V&R

Klaus Walter Bilitza (Hg.)

Suchttherapie und Sozialtherapie

Psychoanalytisches Grundwissen
für die Praxis

Mit einem Vorwort von
Annelise Heigl-Evers

Vandenhoeck & Ruprecht
Göttingen · Zürich

Die Deutsche Bibliothek – CIP-Einheitsaufnahme

Suchttherapie und Sozialtherapie: psychoanalytisches
Grundwissen für die Praxis / Klaus Walter Bilitza (Hg.). Mit
einem Vorw. von Annelise Heigl-Evers. – Göttingen; Zürich:
Vandenhoeck und Ruprecht, 1993
ISBN 3-525-45759-6
NE: Bilitza, Klaus Walter [Hrsg.]

Die Drucklegung wurde gefördert von Frau Dr. med. Sabine Zwick,
Geschäftsführende Gesellschafterin der Fachklinik Fredeburg.

Das Werk einschließlich aller seiner Teile ist urheberrechtlich geschützt.
Jede Verwertung außerhalb der engen Grenzen des Urheberrechtsgesetzes
ist ohne Zustimmung des Verlages unzulässig und strafbar.
Das gilt insbesondere für Vervielfältigungen, Übersetzungen,
Mikroverfilmungen und die Einspeicherung und Verarbeitung
in elektronischen Systemen.
© 1993 Vandenhoeck & Ruprecht, Göttingen
Printed in Germany
Satz: Competext, Heidenrod
Druck und Einband: Hubert & Co., Göttingen

Inhalt

ANNELISE HEIGL-EVERS
Vorwort 7

KLAUS WALTER BILITZA
Einführung 10

Grundzüge der psychoanalytischen Krankheitslehre

ALEXANDER BÖHLE
Psychoanalytische Neurosenlehre 21

FRIEDHOLD HEMPFLING
Ich-Psychologie, Selbst-Psychologie und Objektbeziehungs-Theorie. Ein Überblick zur psychoanalytischen Theoriebildung nach Sigmund Freud 40

GERHARD STANDKE
Psychoanalytische Entwicklungspsychologie 57

FRIEDHOLD HEMPFLING
Lehre der präödipalen Störungen 87

Grundformen psychoanalytischer Suchttheorien

FALK EITH
Alkohol im Dienste des Lustprinzips. Triebpsychologische Suchttheorien 115

UWE BÜCHNER
Sucht als artifizielle Ich-Funktion. Ich-psychologische Suchttheorien 145

KLAUS W. BILITZA und ANNELISE HEIGL-EVERS
Suchtmittel als Objekt-Substitut. Zur Objektbeziehungs-
Theorie der Sucht 158

Grundlagen der psychoanalytisch orientierten Beratungs- und Behandlungstechnik für Sucht- und Sozialtherapeuten

HEIDEMARIE GERBEIT
Psychoanalytische Diagnostik – Stellenwert und Bedeutung im Prozeß der Behandlung 185

JOHANNES DITTERT
Anamnesen-Erhebung und diagnostischer Prozeß . . . 205

KARL KÖNIG
Grundkonzepte der psychoanalytischen Technik:
Übertragung, Gegenübertragung, Widerstand 217

FRANZ HEIGL, ELKE SCHULTZE-DIERBACH und
ANNELISE HEIGL-EVERS
Die Bedeutung des psychoanalytisch-interaktionellen
Prinzips für die Sozialisation von Suchtkranken . . . 230

ALEXANDER BÖHLE und HEDWIG VATTES
Stationäre Gruppenpsychotherapie mit Alkoholkranken 250

MARIO WERNADO
Präödipale Störungen und Abhängigkeitserkrankungen
in der stationären Behandlung 270

IRENE HELAS
Theorie und Praxis der psychoanalytisch orientierten
Weiterbildung zum Sozialtherapeuten 289

Die Autoren 300

Gesamtbibliographie 304

Personenregister 317

Sachregister 320

Vorwort

Abhängigkeits- und Suchterkrankungen sind in zunehmendem Maße Gegenstand der Sorge aller damit Befaßten. Für die Politiker ist hier inzwischen ein weltweites Problem entstanden, für die Gesundheitspolitiker und die Leistungsträger der Versorgung nicht zuletzt ein erhebliches finanzielles Problem; für die in der Versorgung mit Prävention, Früherkennung, Diagnostik und Therapie Beschäftigten gibt es das Problem des diesen Krankheits- und Störungsgruppen und ihrer Versorgung angemessenen Instrumentariums.

Als Vertreter des Gesamtverbandes für Suchtkrankenhilfe im Diakonischen Werk der Evangelischen Kirche Deutschlands (GVS) – es waren ERNST KNISCHEWSKI und EBERHARD RIETH – sich 1974 mit der Frage an mich wandten, ob und auf welche Weise die Psychoanalyse und die analytische Psychotherapie Hilfen zur Verbesserung des Versorgungsnotstandes im Bereich von Abhängigkeit und Sucht leisten könnten, war mir schnell klar, daß diese neue Herausforderung angenommen werden mußte. Diese Auffassung wurde von anderen Psychoanalytikern in Göttingen (FRANZ HEIGL, EBERHARD HERDIECKERHOFF, ALBRECHT HERING, KARL KÖNIG, WULF-VOLKER LINDNER und anderen) und Stuttgart (FRIEDRICH BEESE, JOHANNES DITTERT, HELMUT ENKE, DIETER SALVINI) geteilt. Die Möglichkeiten, aber auch die Grenzen des hier von der psychoanalytischen Psychotherapie zu Leistenden wurden bald erkennbar: Auf der einen Seite war eine Beteiligung an der direkten Patientenversorgung von den analytischen Psychotherapeuten in ihren jeweiligen Tätigkeitsfeldern zu erhoffen und anzuregen; auf der anderen Seite ging es darum – das erschien besonders dringlich –, die praktizierte Versorgung in den verschiedenen Facheinrichtungen durch qualifizierende Weiterbildungsangebote ebenso wie durch Fortbildungsangebote von seiten der analytischen Psychotherapie zu verbessern.

Das machte es erforderlich, unser Wissen über die Abhängigkeits- und Suchterkrankungen auf der Linie der hier in der Zeit vor dem zweiten Weltkrieg entstandenen und durch das NS-Regime unterbrochenen psychoanalytischen Tradition (FERENCZI, RADÓ, SIMMEL und andere) und unter Einbeziehung neuerer Publikationen aus dem angelsächsischen Bereich (KRYSTAL, RASKIN, ROSENFELD, WURMSER) ebenso wie neuerer deutschsprachiger Veröffentlichungen (LÜHRSSEN) in einer berufsbegleitenden Weiterbildung in Theorie und Praxis systematisch zu vermitteln.

Dabei wurde den Inauguratoren dieser Weiterbildung bald deutlich, daß zur Optimierung der Versorgung unter Ausschöpfung aller verfügbaren Kapazitäten die Verhaltenstherapie parallelisiert in die geplante qualifizierende Weiterbildung einbezogen werden mußte, ebenso wie später die systemische Familientherapie.

Die Vermittlung von Lernstoffen, von Kenntissen und Fähigkeiten, ist nicht möglich ohne Lehrtexte, die für den Bereich der Weiterbildung in der analytischen Psychotherapie zunächst in Form von Zusammenstellungen der dazu verstreut vorliegenden Literatur, ferner in einer Reihe von einschlägigen Veröffentlichungen im Nicol-Verlag (Kassel), außerdem in Lehrbriefen vorgelegt wurden, später auch in den Berichten der gemeinsamen Fachtagungen, die von den beteiligten Arbeitsrichtungen (analytische Psychotherapie, Verhaltenstherapie, systemische Familientherapie) veranstaltet wurden. Es fehlte jedoch – auch nach Erscheinen der vorzüglichen Monographie zur Psychoanalyse der Sucht von ROST (1987) – ein unter didaktischen Gesichtspunkten zusammengestellter Lehrtext, der über die wichtigsten Grundbegriffe, Theorien und Konzepte der Psychoanalyse, die für diesen Gegenstand und diese Thematik bedeutsam sind, informiert. Inzwischen war es auch besonders wichtig geworden, die von der Psychoanalyse entwickelten Konzepte der sogenannten präödipalen (synonym: ich-strukturellen, basalen oder »frühen«) Störungen für das Verständnis von Sucht und Abhängigkeit fruchtbar zu machen, da eine sicherlich beträchtliche Zahl von Abhängigkeits- und Suchtkranken dieser Störungsgruppe und Psychopathologie zuzuordnen sind.

Mir war es hocherfreulich, daß der Psychoanalytiker und Sozialpsychologe KLAUS BILITZA, den ich seit vielen Jahren kenne und schätze, sich erbot, eine solche Publikation in Zusammenarbeit mit den in der Weiterbildung Tätigen zu entwerfen und sodann zu betreuen. Die Zusammenführung und ›Bändigung‹ einer Vielzahl von Autoren bedeutet neben dem Vergnügen natürlich auch eine Anstrengung. Das Resultat der gemeinsamen Bemühung des Herausgebers und einer Autorengruppe kann nunmehr vorgelegt werden. Ich hoffe zuversichtlich, daß damit den Teilnehmern an den Weiterbildungsgängen des Gesamtverbandes für Suchtkrankenhilfe und an ähnlichen Angeboten eine Orientierungs- und Informationshilfe gegeben wird, die das Lernen spannender, interessanter und ergiebiger sein läßt. Ebenso hoffe ich, daß die wissenschaftliche und didaktische Diskussion unter den Lehrenden dadurch belebt wird und daß die für die Abhängigkeits- und Suchtthematik zuständigen Experten verschiedener Disziplinen und Zuständigkeitsbereiche für diese so wichtige und nach wie vor problematische Versorgung interessiert werden.

Annelise Heigl-Evers

Klaus Walter Bilitza

Einführung

In New York, ehemals Fluchtburg für jene Psychoanalytiker, die sich vor der Verfolgung durch die Nationalsozialisten retten konnten, hatte ich im Sommer 1992 eine Begegnung, die meine Einstellung zu dem vorliegenden Buch nachhaltig beeinflußte. In der 42. Straße, nahe der Public Library, verwickelte mich ein jüngerer Straßenhändler, ein Bouquinist reinster Pariser Form, dessen psychoanalytische Bücherangebote mir aufgefallen waren, in ein intensives fachliches Gespräch. Er sei besonders interessiert an den frühesten psychoanalytischen Werken, und er freue sich immer, wenn eine der frühen Thesen durch nachfolgende Theorieentwicklung Bestätigung fände. Auf meine etwas erstaunte Frage, wie er, der sich als Autodidakt offenbarte, sich derart mit der Psychoanalyse beschäftigen könne, belehrte er mich, die Psychoanalyse sei für alle da – nicht nur für die Psychoanalytiker! Zum Beleg verwies er mich auf ein psychoanalytisches Volksbuch, von dem er gehört habe, nähere Angaben wisse er nicht.

Das gab mir zu denken, besonders wenn mir wieder einmal Zweifel kamen, ob ein Lehrbuch, das nicht für Psychoanalytiker geschrieben wird, sondern für analytisch orientierte Sucht- und Sozialtherapeuten, die sich in ihrer täglichen Praxis bekanntlich von vielfältigen Theorien leiten lassen, nicht eine Verdünnung der psychoanalytischen Theorien bedeute.

»Das Psychoanalytische Volksbuch« (1926 herausgegeben von Paul Federn und Heinrich Meng; mit Beiträgen von August Aichhorn, Franz Alexander, Felix Deutsch, Sandor Ferenczi, Karl Landauer, Hermann Nunberg und anderen über allgemeine »Seelenkunde«, Psychohygiene, Sexualhygiene, neurotische Störungen und psychoanalytische »Kulturkunde«) wandte sich, hervorgegangen aus dem »Ärztlichen Volksbuch«, an die »Fertigen«, an die Multiplikatoren, wie wir heute sagen würden, also Ärzte, Lehrer, Erzieher, Fürsorger, Kunstschaffende, Juristen, aber auch an interessierte Eltern. Ziel war nicht, die Alltagspraxis des vorgebildeten Publikums zu missionieren, sondern dem Eindruck von Psychoanalyse als einer sich abschließenden Geheimwissenschaft entgegenzuwirken, indem der Austausch mit wissenschaftlichen, kulturellen und geistigen Strömungen gesucht wurde. Im Vorwort hieß es dort:

»Der fertige Mensch ändert seine Anschauungen nur schwer, zum Teil aus Interesselosigkeit und Trägheit, vor allem aber, weil er bereits einmal als ›werdender Mensch‹ sein Bedürfnis nach Unabhängigkeit in Ablehnung des Überkommenen – als Revolutionär – oder des Neuen – als Reaktionär – gestillt hat. Nun sind aber die ›Fertigen‹ überall maßgebend und einflußreich; doch weil sie sich in bestimmten Bahnen eingefahren haben, dauert es fast immer die Zeit einer Generation, ehe etwas wesentlich Neues anerkannt wird und wirken kann. Darum ist es mit wenigen Ausnahmen das Los der Schöpfer, daß die Früchte ihres Schaffens erst in einem Lande reifen, das sie nicht mehr betreten können« (FEDERN; MENG 1926).

Wissenschaftliches Licht in das Dunkel menschlicher Gefühlswelt verständnisvoll und mit Respekt zu tragen und in diesem Sinne auf vielen gesellschaftlichen Feldern, insbesondere Gesundheit und Erziehung, vorbeugend und helfend mitzuwirken, das erscheint mir nach Durchsicht dieses vielleicht ersten Sammelbandes zur Angewandten Psychoanalyse als ein traditionelles Anliegen der Psychoanalyse. Genaugenommen hatte sich die Disziplin als Ganze nie gescheut, die schwierigen und unlösbar erscheinenden psychischen Erkrankungen und Phänomene zu untersuchen sowie Wege zu deren Beeinflussung zu entwickeln. Erstaunlich, daß eine frühe, originelle Arbeit von ALEXANDER MITSCHERLICH (1947) über das »Vieltrinken« von Wasser, über die Psychoanalyse der Trinksucht also, in den einschlägigen Darstellungen nicht erwähnt wird. Heute sind es die sich rasch verbreitenden Süchte und Abhängigkeitserkrankungen, derer sich die Psychoanalyse wieder anzunehmen beginnt und die nicht nur die Fachleute, sondern auch die politisch Verantwortlichen beunruhigen.

Der vorliegende Sammelband wendet sich daher weniger an den gebildeten Laien – wie seinerzeit »Das Psychoanalytische Volksbuch« –, sondern an Ärzte, Berater, Psychologen, Sozialpädagogen und Therapeuten in Beratungsstellen,

Fürsorgeeinrichtungen und Fachkliniken, die nach einer wissenschaftlichen Orientierung im Umgang mit Suchtgefährdeten und Suchtkranken suchen. Daher ist der Leser eingeladen, den vorliegenden Sammelband in dem weiten Feld zwischen »Psychoanalytischem Volksbuch« und den großen, den Studierenden der Psychoanalyse gewidmeten Aufsatzsammlungen einzuordnen; für letztgenannte möge die von ROBERT FLIESS 1950 in London herausgegebene Anthologie »The Psycho-Analytic Reader« stehen, in der anerkannte Autoren wie OTTO FENICHEL, VIKTOR TAUSK, RUTH BRUNSWICK, WILHELM REICH, HELENE DEUTSCH u.a. publizierten.

Indem sich die Psychoanalyse von der klassischen Psychoanalyse (Lehre des Unbewußten, Triebtheorie, frühe Strukturtheorie) über die Ich-Psychologie bis zur Selbst-Psychologie und Objektbeziehungs-Theorie erweiterte, wurden auch solche Krankheitsbilder behandelbar, die sich bisher der Psychotherapie entzogen hatten. Die sogenannten präödipalen Störungen, also psychische Erkrankungen im weiten Bereich zwischen Psychose und Neurose, waren in den letzten vierzig Jahren Gegenstand intensiver psychoanalytischer Forschung, so daß heute die Sucht- und Abhängigkeitserkrankungen, diagnostisch überwiegend präödipalem Strukturniveau zugeordnet, nicht nur als verstehbar gelten, sondern auch mit modernen psychoanalytischen Verfahren behandelbar werden. Suchtentwicklungen können von Ärzten, Psychologen, Psychotherapeuten und Sozialtherapeuten bekanntlich um so eher einer Behandlung zugeführt werden, als die diagnostischen und behandlungstechnischen Fähigkeiten dieser Fachleute wachsen. Denn angesichts hoher Neuerkrankungsraten von Sucht und Abhängigkeit und angesichts der hohen Rückfallquoten übersteigt der Bedarf an Behandlung die Bereitstellung von Therapieplätzen bei weitem; zudem bleibt eine allgemeine Versorgungsstrategie, die auf stigmatisierte und gesellschaftlich selektierte Patienten wartet, letztlich unbefriedigend. Neben der Behandlung und Rehabilitation (tertiäre Prävention) kommt daher der Früherkennung und rechtzeitigen Frühbehandlung von Suchtentwicklung, der sogenannten sekundären Prävention, eine immer größere Bedeutung zu (vgl. BILITZA 1985).

Sucht äußert sich phänomenologisch immer in einem

dranghaften symptomatischen Verhalten mit Kontrollverlust; wir sind gewohnt, zwischen suchtmittellosen Süchten und Süchten mit Suchtmitteln zu unterscheiden (vgl. FENICHEL 1980, S. 258ff.).

Suchtmittel werden in den Körper (nasal, perkutan, oral, rektal, vaginal usw.) eingeführt; suchtmittellose Süchte bestehen im unkontrollierbaren Ausführen bestimmter Handlungen, beispielsweise bei Arbeitssucht, Glücksspiel und Geldspielsucht, Kleptomanie, Liebessucht, exzessiver Onanie.

Von Anfang an untersuchte die Psychoanalyse die strukturellen und dynamischen Voraussetzungen der Sucht. Während die psychoananlytischen Triebtheorien die Dynamik derartigen symptomatischen Suchtverhaltens entweder als Streben nach Lust oder später als Vermeiden von Unlust erklärten (vgl. den Beitrag von ALEXANDER BÖHLE), erkannte die psychoanalytische Ich-Psychologie in der Sucht eine artifizielle Ich-Funktion eines unzureichend entwickelten Ich, das um Vervollständigung bemüht ist. Die ich-strukturellen »Lücken« werden nunmehr im Sinne eines mißlingenden, kreativen Selbst-Heilungsversuches »künstlich« geschlossen (vgl. den Beitrag von UWE BÜCHNER). Die objektbeziehungstheoretischen Suchttheorien rücken die Pathologie von Internalisierungsprozessen in den Vordergrund; Sucht wird als der mißlingende Versuch verstanden, innere psychische Strukturen durch einen der Internalisierung nachgebildeten Prozeß der Einnahme von Substanzen zu errichten (vgl. den Beitrag von KLAUS BILITZA und ANNELISE HEIGL-EVERS).

Somit bietet die Psychoanalyse der Sucht dem theoretisch wenig Vorbelasteten zugleich ein Lehrstück zum Verständnis des psychoanalytischen Theoriegebäudes, auch in seiner wissenschaftshistorischen Entwicklung; denn die genannten drei Paradigmen markieren die Theorieentwicklungsphasen seit SIGMUND FREUD (vgl. hierzu die Beiträge von ALEXANDER BÖHLE und von FRIEDHOLD HEMPFLING).

Wer am Beispiel der Suchttheorien das weite Spektrum psychoanalytischer Theorieansätze wahrgenommen hat, kann nicht weiterhin dem fachlichen Dialog mit der Begründung ausweichen, diese Wissenschaft sei über die grundlegenden Einsichten ihrer Pioniere nicht hinausgekommen. In umfassender Weise widerlegen auch die einschlägigen Reviews und

Monographien diese Auffassung (ADAMS 1978; BEAN und ZINBERG 1981; BLUM 1966; LÜHRSSEN 1976; ROSENFELD 1964; ROST 1987; WURMSER 1978 u.a.). EVA MARIA BLUM (1966) listet über 200 Arbeiten auf, die von dem klassischen psychoanalytischen Ansatz bis zur Ich-Psychologie reichen und den Wandel in der analytischen Psychotherapie des Alkoholismus widerspiegeln: Förderung einer – bisher defizitären – Ich-Entwicklung statt Aufarbeitung einer (neurotischen) Konfliktpathologie. Auch J. WINSTEAD ADAMS (1978) gibt zunächst einen Überblick über die Literatur, um dann, ausgehend von einem Konzept der Sucht als einer speziellen Form des pathologischen Narzißmus, fünf ausführliche klinische Fallstudien vorzustellen. Diese Auffassung, Sucht sei ein Selbstheilungsversuch als Schutz gegen das Aufbrechen einer zugrundeliegenden Pathologie (vgl. hierzu auch ROST 1987, S. 51ff.), findet sich ebenfalls in der Monographie von LÉON WURMSER (1978), in der sich Theorie und Falldarstellung in einer brillanten Mischung ergänzen. Ich habe anderenorts die mißlingende Abwehrfunktion des Alkohols mit der Abwehrfunktion sozialer Institutionen gegen archaische Ängste und Impulse verglichen (BILITZA 1991); denn im klinischen Material findet sich häufig der Beginn maligner Suchtentwicklungen, nach vorhergehenden Phasen des Alkoholmißbrauchs, mit dem Wegfall haltgebender sozialer Institutionen (Ehe, Arbeitsplatz usw.).

Der Ansicht, die Ich-Psychologie mit ihrer Überbetonung des Selbstheilungsversuches verharmlose das Selbstdestruktionspotential der Sucht (welches wiederum die Objektbeziehungs-Theorie zutage treten lasse – in diesem Sinne etwa ROST 1987, S. 75ff.) möchte ich so lange zustimmen, als die ichstrukturellen Defizite ohne Berücksichtigung der Über-Ich-Pathologie diagnostiziert und behandelt werden. Sobald die sadistische Stärke eines gespaltenen Über-Ich (weitere Merkmale wären: Personifizierung, Externalisierung) erfaßt wird, schwindet der Eindruck einer Verharmlosung.

Bekanntlich werden diagnostische und behandlungstechnische Fähigkeiten nicht aus Büchern gelernt, sondern unter Anleitung erfahrener Kollegen langsam in der Praxis erworben. Dennoch fehlte seit langem im deutschen Sprachraum ein psychoanalytisch orientiertes Lehrbuch, das besonders auf die Voraussetzungen bei Sucht- und Sozialtherapeuten hin abgestimmt wurde. Der Aufbau dieses Buches orientiert sich daher an dem Curriculum des Weiterbildungsganges zum Sozial- und Suchttherapeuten – psychoanalytisch orientiert (Träger: Gesamtverband für Suchtkrankenhilfe im Diakonischen Werk der EKD), das zuvor in zweijähriger Diskussion überarbeitet wurde (vgl. hierzu auch den Beitrag von IRENE HELAS in diesem Band). Aufgrund unserer Lehrerfahrungen gingen wir von dem Grundsatz aus, daß der Umgang mit den präödipalen Pathologien – bekanntlich ist der überwiegende Teil der Klienten und Patienten diesem psychischen Strukturniveau zuzuordnen – in Beratung und Therapie ein umfangreiches Vorwissen verlangt; schließlich beginnen auch die zukünftigen Psychoanalytiker ihre Ausbildung nicht am Ende der psychoanalytischen wissenschaftlichen Theorieentwicklung. Als Vorwissen betrachten wir die psychoanalytischen Suchttheorien; diese wiederum können ohne vorherige Auseinandersetzung mit der allgemeinen Krankeitslehre nicht verstanden werden. In der Darstellung der Krankheitslehre und Behandlungstechnik nimmt die psychoanalytische Auffassung vom Alkoholismus sowohl aus theoriegeschichtlichen wie aus epidemiologischen Gründen – alkoholbedingte Erkrankungen überwiegen die durch »harte« Drogen verursachten bei weitem – einen zentralen Platz ein.

Das Buch gliedert sich in drei Teile. Der erste Teil ist als eine Einführung in die psychoanalytische Krankheitslehre zu lesen, die mit der psychoanalytischen Neurosenlehre (Beitrag von ALEXANDER BÖHLE) beginnt und bis zur Lehre der präödipalen Störungen (FRIEDHOLD HEMPFLING) reicht. Die paradigmatische Entwicklung der Theorieentwicklung nach SIGMUND FREUD (FRIEDHOLD HEMPFLING) wird in diesem Zusammenhang dargelegt. Da eine psychoanalytische Krankheitslehre heute nicht mehr ohne analytische Entwicklungspsychologie auskommt, wurde eine Einführung in die Entwicklungspsychologie (GERHARD STANDKE) hinzugenommen, in der auch auf die Ergebnisse der neueren Säuglingsforschung Bezug genommen wird.

Vor dem Hintergrund des ersten Teiles wird die Auswahl der Beiträge im zweiten Teil »Grundformen psychoanalytischer Suchttheorien« verständlich. Die Gegenüberstellung von triebpsychologischen Suchttheorien (FALK EITH), ich-psychologischen Suchttheorien (UWE BÜCHNER) und Objektbeziehungs-Theorie der Sucht (KLAUS BILITZA und ANNELISE HEIGL-EVERS) soll nicht den Eindruck einander widersprechender Theorien erzeugen, Anliegen der Autoren ist es hier, die sich entwickelnden und ergänzenden Theorieansätze über denselben Gegenstand in bestimmten hervorgehobenen Charakteristiken zu beschreiben. So vorbereitet erscheint der Leser nunmehr genügend gerüstet, um mittels des dritten Teils »Grundlagen der psychoanalytisch orientierten Beratungs- und Behandlungstechnik für Sucht- und Sozialtherapeuten« Bezüge zu seiner eigenen Beratungs- und Behandlungspraxis herzustellen. In den beiden diagnostischen Beiträgen (HEIDEMARIE GERBEIT, JOHANNES DITTERT) wird das Wesentliche einer psychoanalytischen Diagnostik, die als diagnostischer Prozeß verstanden wird, herausgearbeitet. Nach einer Darstellung der eigentlichen Herzstücke der psychoanalytischen Technik: Übertragung, Gegenübertragung, Widerstand (KARL KÖNIG) folgen Beiträge zur Behandlungstechnik. Zunächst wird das interaktionelle Prinzip der psychoanalytisch-interaktionellen Therapie dargestellt (FRANZ HEIGL, ELKE SCHULTZE-DIERBACH und ANNELISE HEIGL-EVERS); die in der Suchtbehandlung häufig angewandte psychoanalytisch orientierte Gruppenpsychotherapie (ALEXANDER BÖHLE und HEDWIG VATTES) beschließt die Darstellung der Beratungs- und Behandlungstechnik im engeren Sinne. Da schwere Suchtpathologien überwiegend im stationären Rahmen behandelt werden, geht der Beitrag über präödipale Störungen und Abhängigkeitserkrankungen (MARIO WERNADO) auf die Bedingungen der Klinik ein. Das Buch endet mit einem Ausblick auf die »Theorie und Praxis der psychoanalytisch orientierten Weiterbildung zum Sozialtherapeuten« (IRENE HELAS), um so die im Buchtitel erwähnte Arbeits- und Lernsituation nochmals besonders herauszustellen.

Um theoretische Überschneidungen zu vermeiden, war ich als Herausgeber bemüht, eine inhaltliche Abstimmung zwischen den einzelnen Beiträgen zu erreichen. Dies konnte nicht immer gelingen, weil die Arbeiten zeitlich parallel und eigens für das Buch erstellt wurden (mit Ausnahme des leicht überarbeiteten Wiederabdrucks von HEIGL, F.; SCHULTZE-DIERBACH, E.; HEIGL-EVERS, A. 1984). Aus der Not eine Tugend machend, mögen dadurch entstandene Wiederholungen für den Leser als didaktisches Prinzip von Nutzen sein. Auch unser Bemühen um Praxisnähe und um Verständlichkeit auch für Leser ohne psychoanalytische Vorkenntnisse, ohne daß die Art der Darstellung den Informationsgehalt mindert, soll angesichts von fünfzehn sehr unterschiedlichen Autoren doch zumindest erwähnt werden. Inwieweit es uns gelungen ist, mag der Leser entscheiden.

Danksagung

Eine wertvolle Vorarbeit für die Entstehung dieses Buches lieferte die Curriculum-Komission (ANNELISE HEIGL-EVERS, IRENE HELAS, IRENE HÖLL, RENATE JUNGK, ELKE SCHULTZE-DIERBACH, GERHARD STANDKE und KLAUS BILITZA) des Weiterbildungsganges zum Sozial- und Suchttherapeuten – psychoanalytisch orientiert (Träger: Gesamtverband für Suchtkrankenhilfe im Diakonischen Werk der Evangelischen Kirche in Deutschland e.V.).

ANNELISE HEIGL-EVERS, die mit Recht als die Nestorin der Psychoanalyse der Sucht im deutschsprachigen Raum bezeichnet wird, danke ich für ihre freundliche Bereitschaft, dem vorliegenden Buch ein Vorwort voranzustellen.

Mein besonderer Dank gilt den Autoren, die sich in fachlicher Auseinandersetzung bereitfanden, ihre Beiträge auf die Linie des Buches abzustimmen. Die redaktionelle Zusammenarbeit mit einem in der ›Autorenpflege‹ noch wenig erfahrenen Herausgeber, der sich zudem ambitioniert um die Vereinbarkeit der Texte bemühte, konnte nicht ohne Einfluß auf Pegasus bleiben. Ich danke allen, daß die Quelle Hippokrene so reichlich floß! Eine besondere Mithilfe bot mir MARIO WERNADO, dem ich dafür herzlich danke.

Sabine Zwick danke ich für die freundliche Bereitstellung von Fördermitteln, die das Erscheinen des Lehrbuches in der vorliegenden Form ermöglichten.

Für das unermüdliche Schreiben und die Gestaltung des Gesamtmanuskriptes bedanke ich mich bei meiner »Mannschaft«: Susanne Laufenburg, Barbara Reinhartz, Claudia Weymann, Annette Zellner.

Auch Max, Mia und Ulla ein herzliches Danke.

Klaus Walter Bilitza

Grundzüge
der psychoanalytischen
Krankheitslehre

ALEXANDER BÖHLE

Psychoanalytische Neurosenlehre

> STICHWORT: Psychoanalytische Neurosenlehre
>
> Neurosen sind nach psychoanalytischem Verständnis psychogene Erkrankungen, welche mißlungene Lösungsversuche eines intrapsychischen Konfliktes darstellen, dessen Wurzeln in der frühen Kindheit liegen. Diese pathogenen Konflikte entfalten sich immer als Ensemble verschiedenster Auseinandersetzungen der intrapsychischen Substrukturen. Sie sind sowohl »Erinnerungsalbum« des verinnerlichten frühkindlichen Konfliktes wie auch Produzenten der aktuellen neurotischen Symptomatik. Beide Aspekte sind in der krankheitsauslösenden spezifischen Versuchungs- und Versagungssituation verbunden. In bezug auf die Beschreibung einzelner Neurosen blieb in der Psychoanalyse immer eine gewisse Dichotomie zwischen phänomenologischer Symptomorientierung und der Fassung des latenten Kräftespiels der Triebe bestehen, so daß es nie zu einer statischen Nosologie kam, sondern eher zu einer Typik der Lösung neurotischer Konflikte.
>
> In dem Beitrag werden diese verschiedenen allgemeinen und speziellen Aspekte psychoanalytischen Neurosenverständnisses auf Begriffe gebracht und durch Kasuistik bebildert.

> Es gibt auch Ärzte, die jeder Sonderung in der wirren Welt von neurotischen Krankheitserscheinungen, jeder Heraushebung von klinischen Einheiten, Krankheitsindividuen widerstreben und selbst die Scheidung von Aktual- und Psychoneurosen nicht anerkennen. Ich meine, sie gehen zu weit und haben nicht den Weg eingeschlagen, der zum Fortschritt führt ... In der Neurosenlehre verstehen wir noch zu wenig vom Hergang der Entwicklung, um etwas der Gesteinslehre ähnliches zu schaffen. Wir tun aber gewiß das Richtige, wenn wir zunächst aus der Masse die für uns kenntlichen klinischen Individuen isolieren, die den Mineralien vergleichbar sind.
>
> S. FREUD 1916, G.W. XI, S. 405

Aufriß

Ein abenteuerliches Unterfangen wäre es, die psychoanalytische Neurosenlehre – und das heißt in einem weitesten Sinne Freuds gesamtes Werk und das seiner Nachfolger – hier auf wenigen Seiten darstellen zu wollen. Wie Reisende, die bei der Besichtigung einer Region und eines Denkmals nur einige Tage zur Verfügung haben, sind wir gezwungen auszuwählen, und manches Gesehene wird in seiner Bedeutung erst nach der Abreise bei der Lektüre von Originalarbeiten oder des Baedekers deutlich. Deshalb sei gleich hier neben Freuds grundlegenden Schriften auf die bekannten »Baedeker« der Neurosenlehre (Fenichel 1981, Hoffmann und Hochapfel 1991, Loch 1983, Mentzos 1982, Nunberg 1971, Schwidder 1972) hingewiesen und ihr Studium zur systematischen Erarbeitung von Theorie und Klinik der Neurosen empfohlen.

In unserem kurzen Streifzug kann es nur um ein wenig Illustration der zentralen Probleme einer psychoanalytischen Neurosentheorie gehen, die sich doch recht grundlegend von einer symptomorientierten psychiatrischen Sicht unterscheidet.

Aber auch innerhalb der Psychoanalyse selbst changiert der Begriff der Neurosenlehre: Sein Umriß verändert sich von Autor zu Autor, denn einige verstehen darunter die psychoanalytische Krankheitslehre an sich und handeln also auch die Psychosen, die Psychosomatosen und die Süchte ab, andere wiederum wollen damit nur die rein seelischen Störungen beschreiben, die mit weitgehend intakter Realitätsprüfung einhergehen und sich eher durch emotionale Leidenszustände und Symptome äußern, die sogenannten Übertragungsneurosen, welche im folgenden hier Thema sein sollen.

Eine gängige allenthalben anzutreffende Gliederung dieses Bereichs der psychoanalytischen Krankheitslehre besteht in seiner Einteilung in eine allgemeine und spezielle Neurosenlehre, ein der Medizin entlehntes Ordnungsschema, welches dazu verführen kann, innerhalb der Neurosenlehre in einer zu verdinglichten Weise verschiedene Nosoi – einzelne Krankheitseinheiten – zu unterscheiden. Die Psychoanalyse hat jedoch die Tendenz, den statisch-phänomenologischen Begriff der Krankheitseinheit, auf welchem die Krankheitslehre der

Psychiatrie aufgebaut ist, durch ihr dynamisch-energetisches Konzept des psychischen Apparates weitgehend in Frage zu stellen und ist eher am Kräftespiel innerhalb von seelischen Prozessen als an der Phänomenologie von Symptomverbänden interessiert.

Auch FREUD bemühte sich in den verschiedenen Stadien seiner Theorieentwicklung, eine Nosologie der seelischen Erkrankungen aus deren Pathodynamik heraus zu entwickeln (vgl. Zitat oben). Er akzeptierte zunächst mehr oder weniger die psychiatrische Einteilung in Neurosen und Psychosen und fand je nach Fortschritt seiner Theoriebildung eine neue Ordnung innerhalb der Neurosen (bis 1915 behielt er im wesentlichen die Unterteilung in Aktualneurosen, das heißt Neurosen ohne entscheidende Beteiligung eines unbewußten frühinfantilen Konfliktes, und Neuropsychosen bei, welche er wieder in narzißtische und Übertragungsneurosen schied. Ab 1924 gliederte er in Aktualneurosen, Abwehrneurosen, narzißtische Neurosen und Psychosen). Andererseits lösten sich diese Kategorisierungen auf dem Hintergrund des ihnen zu Grunde liegenden Triebantagonismus von Sexualität und Aggression und des daraus entstandenen Reliefs psychischer Substrukturen in ein unendlich komplexes innerseelisches Kräftespiel auf.

Daher blieb in bezug auf die Beschreibung von Neurosen immer eine gewisse Dichotomie zwischen Symptomorientierung und latentem Kräftespiel der Triebe bestehen, und je mehr die Psychoanalyse von der inneren Dynamik des unbewußten Seelenlebens verstand, um so stärker befand sich der klassische Neurosenbegriff in Auflösung. Die vertieften Einsichten in die Psychologie des Selbst und der Objektbeziehungen haben dabei offenbar den Trend weg von der Symptomatik hin zur psychischen Struktur als nosologischem Ordnungsprinzip gefördert. Das hat sein Gutes darin, daß die Theorie noch dichter an die dynamischen Konflikte herangekommen ist und diese nicht als Teilproblem einer seelischen »Region« versteht, sondern besser mit dem Gesamt der Identität, dem Fühlen und den bewußten kognitiven Prozessen des Patienten verbinden kann. Dadurch wurde es möglich, differenziertere Techniken in der Behandlung besonders schwerer Neurosen zu entwickeln. Mit diesem Trend zum Zerfall einer

Nosologie der Neurosen innerhalb der Psychoanalyse geht zeitgleich – mit einer freilich ganz entgegengesetzten Tendenz – die Streichung des Begriffs »Neurose« im DSM III (Diagnostisches und statistisches Manual psychischer Störungen der American Psychiatric Association) und seine Auflösung in symptomatologisch gegliederte »Störungen« einher.

Der Neurosenbegriff ist also umkämpft und umstritten und wir müssen feststellen, daß unser Ausflug uns in ein Grenzland führt – in ein »Dreiländereck« – zwischen Biologie und Disposition, unbewußtem seelischem Erleben und Begehren und schließlich der Interaktion mit und der Internalisierung von gesellschaftlich-sozialen Verhaltensstilen und Normen.

Definition des Neurosebegriffs

Nach allgemeinster Definition sind Neurosen psychogene Erkrankungen, das heißt Krankheiten des Erlebens, Wahrnehmens und Handelns, deren Ursachen nicht in einer biologischen Störung des Körpers bestehen, die aber somatische Folgen haben können.

Die Psychoanalyse faßt Neurosen als mißlungene Lösungsversuche eines intrapsychischen unbewußten Konfliktes auf, dessen Wurzeln in der frühen Kindheit liegen. Dabei kommt es entweder zur Bildung ich-fremd erlebter Phantasien, Handlungen, Gefühle oder Körpererscheinungen, die man Symptome nennt (Symptomneurose) oder zu einer grundsätzlicheren Veränderung des Erlebens- und Verhaltensstiles des Betroffenen, die er ich-synton als Ausdruck seiner Persönlichkeit empfindet (Charakterneurose). Motor des Geschehens ist die Angst, die nicht unbedingt bewußt werden muß. Bei einer Gruppe von Neurosen freilich wird sie zum Hauptsymptom der Erkrankung und unterliegt entweder diversen Bearbeitungen oder quält den Patienten als sogenannte freiflottierende Angst.

Im folgenden wollen wir einerseits das Zentrum der neurotischen Erkrankung – den unbewußten Konflikt – betrachten und andererseits häufig anzutreffende Gestaltungen und Typologien des Neurotischen zumindest skizzieren.

Der unbewußte Konflikt

Seelische Konflikte finden sich im Leben des Menschen allenthalben. Sie sind Kategorien unserer Existenz und begründen diese als menschliche. Es mag sogar die Frage aufkommen, ob etwas Seelisches ohne Konflikt überhaupt denkbar wäre, und die besten Werke der Kunst und Literatur erhalten ihre Kraft aus der Darstellung des unlösbar tragischen Widerstreits der Strebungen und Pflichten.

Konflikte sind daher zunächst einmal Organisatoren seelischer Entwicklung, und gerade an den interpersonellen Auseinandersetzungen mit seinen Erziehungspersonen und seiner Umwelt erfährt das kleine Kind Grenzen, die es reifen lassen und die ihm Gelegenheit zur Ausbildung und Differenzierung seiner Affekte und Vorstellungen geben. Es wird letztlich in den verschiedenen Phasen derartiger Konflikte lernen, Strategien zu entwickeln, welche ihm gestatten, in sozial und innerseelisch verträglicher Weise Kompromisse zwischen seinen Strebungen und den Anforderungen der Welt zu finden.

Kern der Dynamik der neurotischen Erkrankung sind freilich unbewußte *pathogene* Konflikte, welche das Kind überfordern und seine seelischen Möglichkeiten in der jeweils spezifischen Entwicklungsphase übersteigen und nicht zu sozial und intrapsychisch befriedigenden Lösungen des Problems geraten. Sie führen zu einer Stagnation der seelischen Entwicklung an diesem Punkt und binden Kräfte. Im schlimmsten Fall bewirken sie eine Auflösung von Struktur und eine Rückorientierung an vorangegangene Phasen frühkindlicher Entwicklung. Schicksal sowohl der förderlichen wie auch der zerstörerischen Konflikte der Kindheit ist ihre Internalisierung. Das Kind identifiziert sich mit dem Erleben und Verhalten seiner erwachsenen Konfliktpartner. Es macht sich deren Lösungsstrategien mit ihren Vorstellungen und begleitenden Affekten zu eigen und überfordert im Fall pathogener Konflikte auch im Erwachsenenleben sich und seine Umwelt weiter.

Eine einunddreißigjährige Patientin leidet seit drei Jahren unter depressiven Verstimmungen und Rückzügen. In ihrer Ehe kommt es zu immer mehr Spannungen. Ständig ist sie vorwurfsvoll und muß, wenn sie den Eindruck hat, daß ihr Mann ihr nicht das nötige Verständnis entgegenbringt, »quengelig« (wie sie es selbst bezeichnet) weinen und jammern. Ihr von ihr selbst als Symptomatik empfundenes »Gezeter« treibt den Mann schließlich hinter den Schreibtisch, wo er sich mit Arbeit einigelt. Die Patientin beginnt dann, zwanghaft Papiere zu ordnen und grübelt an Plänen für die Arbeit der nächsten Tage herum, die sie alle wegen ihrer ausgedehnten Arbeitsstörung nicht einhalten kann.

Auch in die Behandlungsstunden kommt sie mit vorwurfsvollem, wehem, immer den Tränen nahem Blick, liegt dann jammernd da und verfällt bisweilen in wütendes Weinen mit der Klage, daß ihr Ehemann sich für ihre Therapie nicht interessiere und daß sie von ihm zu »unwürdigen Arbeiten« (Abwasch und ähnliches) getrieben werde. Nach einiger Zeit wird übrigens deutlich, daß der Ehemann sie seit Behandlungsbeginn von der Praxis abholt und in dem letzten Jahr vor der Therapie sie ständig von der Notwendigkeit einer solchen Behandlung zu überzeugen versucht hatte.

Im weiteren Verlauf der Therapie stellt sich dann heraus, daß die Patientin von früher Kindheit an bis zum Verlassen des Elternhauses den Quengeleien und bitteren Vorwürfen ihrer Mutter ausgesetzt war, welche seit der Geburt der Patientin unter einer manisch-depressiven Erkrankung litt. Mutter verlangte von ihr schon als 6-7jährige (!), daß sie sich um sie kümmern und sie versorgen sollte. Ihre Vorwürfe und »tränenblinden« Auftritte betrafen auch den Vater, der dann meist resignierend nachgab oder in seinem Arbeitszimmer verschwand.

Der Vater – Religionslehrer von Beruf – erzog seine Tochter mit zwanghafter Strenge: Sie mußte seit Schulbeginn ein Haushaltsbuch über ihr Taschengeld führen, und Vater legte Ordner über sie an, in denen ihr »Werdegang« dokumentiert wurde. Wünsche der Patientin wurden von ihm »hinter dem Schreibtisch thronend« auf ihr »Für und Wider« und ihre Zweckmäßigkeit geprüft und dann in der Regel abgelehnt.

Die Patientin hat also den sie in ihrer damaligen Entwicklung überfordernden Konflikt mit der Mutter internalisiert. Im aktuellen Konflikt mit dem Ehemann, der in seinem fürsorglichen Verhalten für die ja eher entsagungsvoll aufgewachsene Patientin eine Versuchungs- und Versagungssituation konstelliert, wird dieser alte ungelöste pathogene Konflikt wieder reaktiviert und führt nun bei ihr zu den gleichen ineffektiven Lösungsstrategien wie bei der Mutter. Wenn der Partner sich dann an den Schreibtisch zurückzieht, setzen ihr unbewußte starke Schuldgefühle zu, und sie bestraft sich in gleicher Weise, wie ihr Vater früher mit ihr umging.

Im Rahmen ihrer frühkindlichen Konflikte hat die Patientin also ihre seelische Entwicklung durch Aufrichtung konstanter innerer Bilder (sogenannter Repräsentanzen) ihrer Eltern und von deren Handlungen und Erleben weitergeführt. Diese sind

– weitgehend unbewußt, aber enorm wirksam – zu einem Teil ihres Selbst geworden. Ihr Selbstwertgefühl, die Art ihrer Wünsche und ihre Gewissensstrukturen werden durch diese »Objektrepräsentanzen« der Eltern beeinflußt.

Je zerstörerischer und traumatisierender die Konflikte mit den Erziehungspersonen waren, um so starrer und oft monströser werden die Objektrepräsentanzen des Erwachsenen sein und damit auch um so undifferenzierter seine intrapsychischen Substrukturen. Derartige pathologische innere Objekte sind kaum geeignet, das Erleben und Verhalten eines Menschen im Sinne sozial akzeptabler Wege der befriedigenden Erfüllung von Triebwünschen zu steuern.

Wie auch unsere Kasuistik zeigt, geht es bei diesen neurotogenen Konflikten um die Befriedigung triebhafter Impulse, welche aus leibseelischen Quellen stammen und periodisch mit großer konservativer Statik nach Befriedigung drängen. Neben Hunger und Durst spielen für die Entstehung der Neurose besonders der Sexualtrieb und der Aggressionstrieb in ihren verschiedensten psychischen Derivaten eine herausragende Rolle.

Auf der Ebene der Triebe entsteht der neurotische Konflikt durch den Antagonismus und das verschiedene Zusammenwirken von Aggression und Sexualität.

In unserem Fallbeispiel gab es für die Patientin auch einen antagonistischen Triebkonflikt: Neben ihrem Haß begehrte sie die Mutter, welche sie in den ziemlich rasch wechselnden Phasen manischer Großzügigkeit überraschend mit Süßigkeiten und Spielzeug vollstopfte. Diese unverhofften oralen Höhepunkte waren für die Patientin jedoch immer von ihrem Groll über die eben noch herrschende Beschimpfung durch die Mutter durchzogen, sie kam seelisch »nicht hinterher«, so daß sie sich überrumpelt und gelähmt fühlte und die Geschenke und Verwöhnungen nicht oder nur mit Schuldgefühlen genießen konnte.

Heute gibt sie manchmal durchbruchartig viel Geld für schöne Kleidung oder »überflüssigen Tand« aus, der ihr – kaum daß er bezahlt ist – nicht mehr gefällt und den sie manchmal an der Kasse des Geschäftes vergißt oder etwas später »versehentlich« zerstört (»die rechte Freude kommt nicht auf...«).

Eine andere Ebene des intrapsychischen Konfliktes ist die Auseinandersetzung des andrängenden Triebwunsches mit der Abwehr durch das Ich. An dieser Abwehr sind verschiedene komplexe Maßnahmen des ›Ich‹ beteiligt, die sogenannten Abwehrmechanismen (s. auch A. Freud 1926), deren Aufgabe darin besteht, alle aus dem Es, dem Über-Ich, aber auch innerhalb des Ich auftretenden Triebimpulse oder Phantasien, welche die Konsistenz des psychischen Apparates durch unerträgliche Angst- und Unlustentbindungen gefährden könnten, zu unterdrücken. Ohne den Anspruch auf Vollständigkeit seien hier als einzelne Mechanismen die Verdrängung, die Sublimierung, die Verschiebung, die Reaktionsbildung, das Ungeschehenmachen, die Identifikation und die Projektion genannt. Man kann – und das hat vor allem die Kleinsche Schule getan – diese Abwehrmechanismen auch nach ihrem Vorherrschen in verschiedenen frühkindlichen Reifungsphasen gliedern und kommt dann zu einer Gruppe primärer oder primitiver Abwehrmechanismen wie Spaltung, projektive Identifizierung und ähnlichen. Das Konzept der speziellen Abwehrmechanismen relativiert sich durch die Erfahrung, daß in einem weiteren Sinne jeder psychische Vorgang durch einen anderen abgewehrt werden kann, so daß neben Ich-Vorgängen auch Triebprozesse – wie beispielsweise Regression, Verkehrung ins Gegenteil oder Umwandlung von Aktiv in Passiv – Abwehrmechanismen sein können.

Die Patientin erlebte immer wieder – gerade wenn sie allein war – besonders intensive Gefühle von Leere und Langeweile, die oft mit einer leichten gespannten Ängstlichkeit einhergingen. Im Verlauf der Analyse füllte sich dieses Leere-Erleben mit aggressiven Phantasien gegenüber dem Ehemann und dem Analytiker, welche sie sehr ängstigten. Sie hatte Angst davor, daß ihre Wut sie »zerreißen« könnte und daß sie sich etwa in der Analyse »unmöglich« benehmen könnte oder ihren Mann tätlich angriffe, so daß die Analyse beendet sei, die Ehe kaputt und sie vollkommen einsam.

Zu diesem Konflikt zwischen aggressivem Triebimpuls und Ich-Angst, bei dem die Signalangst, welche die Abwehr (hier Verdrängung) in Gang bringt, zum Teil bewußt war, assoziierte die Patientin gleichzeitig ihre Erlebnisse mit dem strengen und versagenden Vater und begann mehr ihre heftig aufbegehrende Wut ihm gegenüber zu spüren. Es gab also auch einen Aspekt der Auseinandersetzung ihres Über-Ich mit ihren aggressiven Impulsen, der das Symptom der Leere und Langeweile mitgestaltete. Ihr unbewußtes Schuldgefühl wehrte sie jedoch nicht nur durch Verdrängung ab, sondern auch mit Selbstbestrafungen durch Grübeln und Planen, die wir eingangs erwähnten.

In der Kindheit bot die chaotische, stets wechselhafte Mutter der Patientin die Möglichkeit, sich zeitweise vom strengen väterlichen Über-Ich zu entlasten, und korrumpierte damit dessen Forderungen. Die Patientin berichtete, daß sie – wenn Mutter ihren »guten Tag« hatte – ihren abwesenden Vater und dessen Anweisungen »vollkommen vergaß« und tun und lassen konnte, was sie wollte.

Seit der Pubertät kam es bei ihr periodisch durchbruchsartig zu Ladendiebstählen. Bei ihrer sonst überstrengen Moral und Gewissenhaftigkeit verblüffte es den Therapeuten, daß sie in diesen Fällen überhaupt keine Bedenken hatte, ja sich zu ihrem Tun berechtigt fühlte, es als einen Streich auffaßte, den sie »den Konzernen« spielte. Im Rahmen ihrer politischen Wertvorstellungen und ihres zeitweise starken aktiven politischen Engagements deutete sie ihre Delinquenz zur befreienden Tat um.

Diese Diebstähle waren die Folge inselartiger Über-Ich-Defekte. Sie wurden durch das Ich mit Hilfe der Abwehrmechanismen der Rationalisierung und Ideologie-Bildung gerechtfertigt. Das relativ schwache Ich hatte dadurch die Möglichkeit, sich mit Triebimpulsen aus dem Es gegen das Über-Ich zu verbünden, eine Konstellation, die sich eigentlich seltener bei neurotischen Erkrankungen, sehr häufig dagegen beispielsweise bei Süchten findet.

Wir konnten bei unserem Fallbeispiel die Vielgestaltigkeit der unbewußten infantilen Konflikte erkennen, die zu einer neurotischen Erkrankung beitragen. Der pathogene Konflikt entfaltet sich also immer als Ensemble verschiedenster Auseinandersetzungen seiner diversen intrapsychischen Substrukturen mit jeweils eigener Gewichtung. Er ist sowohl »Erinnerungsalbum« des verinnerlichten frühkindlichen Konfliktes wie auch der Produzent der aktuellen neurotischen Symptomatik. Beide Aspekte sind in der krankheitsauslösenden spezifischen Versuchungs- und Versagungssituation verbunden.

Bei unserer Patientin begann die depressive Symptomatik kurz nach dem Suizid der Mutter einige Tage nach deren Beerdigung (Vater war bereits verstorben, als sie 22 Jahre alt war). Sie mußte für kurze Zeit aus dienstlichen Gründen verreisen, obwohl es ihr nach dem Begräbnis nicht besonders gut ging. Einerseits empfand sie den Tod als »Befreiung für Mutter«, andererseits waren nun beide Eltern – »insbesondere auch Vater«, zu dem sie in näherer Beziehung als zur Mutter stand – tot und sie empfand sich auf dieser Reise »wie ein ausgesetztes Waisenkindlein« (was sie erst in der fortgeschrittenen Analyse erinnerte).

Ihr wesentlich älterer Mann (Hochschullehrer im Bereich Pädagogik), den sie einem plötzlichen Entschluß folgend »ohne recht zu wissen warum« nach rund einjähriger Bekanntschaft kurz vor Mutters Tod geheiratet hatte, war nicht besonders ordentlich. Darüber war es schon früher zu Auseinandersetzungen zwischen ihnen gekommen. In ihrer Abwesenheit nun hatte er – aus Wiedergutmachungsabsichten und um ihr zu helfen – den ganzen Berg unerledigter Büroangelegenheiten der Mutter fein säuberlich in Aktendeckeln geordnet. Er empfing sie bei ihrer Rückkehr nun stolz und freudestrahlend an seinem Schreibtisch stehend.

Ihr wurde daraufhin schwindlig, sie bekam ein Schwächegefühl in den Beinen, konnte abends nichts essen und zog sich zur Verwirrung des Mannes alsbald ins Bett zurück. Die Nacht verbrachte sie schlaflos unter Grübeleien über den Tod der Mutter und Anfällen von Übelkeit. An den folgenden Tagen konnte sie nicht zur Arbeit gehen und war krankgeschrieben. Die depressive Symptomatik bestand in wechselnder Intensität kombiniert mit Verdauungsbeschwerden und passagerer Kurzatmigkeit fort. Erst als die Arbeitsstörungen ein bedrohliches Ausmaß annahmen und die Ehe zu scheitern drohte, begab sie sich in Behandlung.

Die unverhoffte Szene löste bei der Patientin offensichtlich – und das zeigte sich dann auch während der Behandlung – hochspezifische unbewußte aggressive, aber auch inzestuöse Impulse aus, die sofort abgewehrt werden mußten und zu einer schweren Depression und einer Konversionssymptomatik (Umwandlung einer psychosexuellen Erregung in ein Körpersymptom) führten.

Die Patientin brachte zu Behandlungsbeginn die auslösende Situation ihrer Symptomatik mit der Trauer um den Tod der Mutter in Verbindung und ihrer Phantasie vom »Waisenkindlein«. Unbewußt waren ihr die Aggression in bezug auf »Mutter«, die sich in der Vorstellung von der »Befreiung der Mutter« andeutete, und ihre inzestuösen Wünsche auf den Vater, die lange vollkommen tabuisiert waren. Unbewußt war ihr auch, daß sie bei der plötzlichen Heirat in ihrem Manne den Vater begehrte. In der Szene mit ihrem Mann bei ihrer Ankunft entpuppte der sich als »Vater« in seiner ordentlichen Strenge und Fürsorge, und die unbewußte angstvolle Phantasie mit ihren Wünschen und Befürchtungen drohte bewußt zu werden. Zur Symptomentwicklung trug wohl außerdem der Umstand bei, daß »Mutter« nun nicht mehr zwischen ihnen stand und zur Abwehr der Inzestwünsche dienen konnte. Im Symptom der Übelkeit und der weichen Knie deutet sich sowohl die Abwehr der wie die Hingabe an die libidinösen Impulse in bezug auf Vater an, in der depressiven Verstimmung orale Abhängigkeitswünsche und Befürchtungen in bezug auf die Mutter.

Einige typische Konstellationen neurotischer Konflikte

Unser kasuistisches Beispiel gibt einen Eindruck davon, mit welchen Schwierigkeiten die Entwicklung einer speziellen Krankheitslehre der Neurosen rechnen muß. Wir konnten nämlich sehen, wie in der spezifischen Versuchungs- und Versagungssituation verschiedene unbewußte Triebkonflikte sich in einem szenischem Bild verdichteten und die Patientin in ihren oralen, analen und phallischen Wünschen und Befürchtungen und den aus deren Abwehr als Kompromißbildung entstehenden Symptomen Aspekte der depressiven Neurose, der Zwangsneurose und der Hysterie vereinte. Eine statische Abgrenzung dieser einzelnen Neurosen nach Symptomverbänden und ähnlichem repräsentiert also in keiner Weise die klinische Realität und kann daher einer psychoanalytischen Nosologie, die ja auch eine Handlungsanweisung zum Umgang mit diesen Erkrankungen sein soll, wenig helfen.

Am günstigsten scheint es zu sein, Freuds Bild von der Methodik der »Gesteinslehre« (siehe oben) zu folgen und Typisches in seiner ›vertikalen‹ Schichtung unbewußter infantiler Konflikte darzustellen. Dabei bieten sich als Gliederungshilfe die interpersonellen und internalisierten Beziehungen des Kindes zu den Objekten in seiner jeweiligen Entwicklungsphase von Libido und Agression an. Sie bilden die Kerne der später im Erwachsenenleben reaktivierten Konflikte, die zu den typischen Gestaltungen neurotischer Krankheitsbilder beitragen.

Den ersten – und zumindest für unsere abendländische Kulturentwicklung wichtigsten – dieser internalisierten Konflikte entdeckte Freud in seiner Selbstanalyse: den »endopsychischen Mythos« (Freud 1897) vom *König Ödipus*. In der tragischen Auseinandersetzung des Kindes mit seinen Liebeswünschen und Haß- und Rivalitätsimpulsen gegenüber Vater und Mutter gelingt es ihm, stabile innere Bilder der Eltern aufzurichten, deren Normen zu den eigenen zu machen und schließlich zu einer sicheren Vorstellung von der äußeren Realität zu kommen.

Die verschiedenen Möglichkeiten des Scheiterns in diesem ödipalen Dreieckskonflikt durch sexuelle Verwöhnung und Versagung, durch Verletzung der Intimschranken und des Inzestverbotes, durch aggressive Willkür und die Kastrationsdrohungen seitens der Erziehungspersonen führen zu den drei verschiedenen Neurosetypen, der *Hysterie*, der *Zwangsneurose* und den *Phobien*.

Bei der *Hysterie* beeindruckten die Ärzte des 19. Jahrhunderts besonders die körperliche Symptomatik der psychogenen Lähmungen und vielfältigsten Dysfunktionen, insbesondere der Sinnesorgane, und die großen mit Bewußtseinstrübungen einhergehenden Anfälle. Diese Phänomene werden heutzutage etwas seltener beobachtet. Dafür finden sich gerade bei den vielen Patienten mit gemischten Neurosen häufiger psychische Symptome: Hysterische Gedächtnisstörungen (Amnesien), die vegetativen Folgeerscheinungen der Angst (Schwitzen, Erröten, Schwindelanfälle, Atemstörungen u.ä.), Erleben von Depersonalisation und Dissoziation der Persönlichkeit. Das Sexualleben ist fast immer beeinträchtigt; von Schmerzen beim Verkehr (Dispareunie) und diversen gynäkologischen Beschwerden über alle Stadien der Anorgasmie – und bei Männern der affektiven bis körperlichen Impotenz – bis hin zu oft quälend empfundener Hypersexualität, Sexualisierung nicht genitalsexueller Gefühlsbereiche (z.B. Oralität) und schließlich Nympho- und Erotomanie. In der Partnerbeziehung kommt es oft zu dramatischen Szenen und »kastrierenden« aggressiven Auseinandersetzungen, die sich häufig in der Öffentlichkeit abspielen, mit einem eher introvertierten farblosen Partner.

Das Ensemble der diesem neurotischen Erleben zugrundeliegenden Konflikte hat als Gemeinsamkeit die Verdrängung oder Verleugnung der sich auf den gegengeschlechtlichen Elternteil beziehenden libidinösen und aggressiven Impulse nach dem Modus »aus den Augen, aus dem Sinn« auf der Basis des Inzestverbotes. Diese aus dem intrapsychischen

Konflikt stammende nicht abführbare Triebspannung wird in eine körperliche Störung konvertiert, welche den unbewußten Wunsch im Sinne einer »Wiederkehr des Verdrängten« (FREUD) symbolisiert.

Eine 19jährige Südländerin aus einer streng religiösen, konservativen, sehr reichen Familie in ländlichem Milieu kam zum Studium in eine westdeutsche Großstadt und zog aus »finanziellen Gründen« mit einem Kommilitonenpaar zusammen. Es war ihre erste längere Trennung vom Elternhaus, in welchem sie behütet aufwuchs, in enger Beziehung zum idealisierten Vater und bis dato ohne intime Beziehung. Nach kurzem Aufenthalt in Deutschland entwickelte sie auf einer Party akute Rückenbeschwerden und wurde deswegen in eine Klinik eingeliefert, wo kein somatischer Befund erhoben werden konnte. Der Neurologe besprach mit ihr zugrunde liegende sexuelle Konflikte, wodurch sich die Symptomatik noch verstärkte. Dem schließlich hinzugezogenen psychoanalytischen Kollegen begegnete sie in tief gebückter Haltung halb abgewandt und das Gesäß weit herausgestreckt. Die Exploration zeigte rasch, daß die Patientin durch den Kulturwechsel und die Konfrontation mit der offeneren Lebensweise ihrer Mitbewohner in eine Versuchungs- und Versagungssituation geraten war, welche alte ödipale Triebkonflikte reaktivierte und zu dieser stark symbolhaften Konversionssymptomatik geführt hatte. Schon durch die – sinnvollerweise nicht interpretierende – Exploration besserte sich die Symptomatik auf dem Hintergrund einer schnell einsetzenden Übertragungsliebe zu dem älteren väterlichen Arzt.

Die psychischen Symptome der Amnesie, die Dämmerzustände und das Depersonalisationserleben gehen auch auf den Hauptabwehrmechanismus der Hysterie, die Verdrängung der sexuellen Vorstellungsinhalte und die Bildung unbewußter Phantasien zurück. Damit soll das Erleben drohender Überwältigung durch Angst und Unlust verhindert werden. Die dissoziativen Phänomene resultieren aus dem Fehlausgang des Versuchs der ödipalen Gewinnung einer stabilen Ich-Identität. Der Patient bleibt quasi beim »spielerischen« Ausprobieren verschiedener Möglichkeiten stehen.

Eine 35jährige sehr gebildete Patientin, die in führender Position tätig war, konnte sich lange Zeit in der Analyse nicht oder nur unter großer Mühe an die letzte Behandlungsstunde erinnern. Eine halbwegs realistische Erhebung von Daten aus der Biographie war zunächst nicht möglich. Das Wort Biographie ersetzte sie oft durch »Bildergraphie«. Im weiteren Verlauf der Therapie wurde deutlich, daß sie ihre Freunde und Verwandten nur schemenhaft erlebte, ohne »wirkliche Identität«. Sie berichtete, daß Empfänge und Parties unendliche Anstrengung für sie bedeuteten, da sie bei jedem neuen Gesprächspartner ihr »Bewußtsein« änderte und eine andere wurde; am Ende sei sie so verwirrt gewesen, daß sie sogar einmal durch die Stadt irrte, nicht mehr nach Hause fand und erst tief in der Nacht in einer zweifelhaften Gegend »aufwachte«.

In ihrer frühen Kindheit bestand eine starke – wohl auf manifeste sexuelle Verführungen und Verletzungen zurückgehende –. Bindung an den Vater und weitere männliche Bezugspersonen. Eine weitere Fixierung lag in der oralen Phase in bezug auf die als »dumm«, hart, selbstsüchtig und schikanös geschilderte Mutter, die in einigen ihrer Träume als monströses Ungeheuer mit unklarer Identität zwischen Mensch und Tier auftauchte.

Ein anderer – zur Hysterie sich eher gegensätzlich verhaltender – Lösungsversuch des pathogenen ödipalen Konfliktes – ist die *Zwangsneurose*, die als abgegrenzte schwere Erkrankung eindrucksvoll, aber nicht häufig ist. In der Mischung mit anderen Neurosenstrukturen finden sich zumindestens in Deutschland nahezu bei jedem Neurosekranken deutliche Zwangsphänomene.

Besonders charakteristisch an den Zwangssymptomen ist ihr quälender Charakter. Die Patienten leiden stark unter den ich-fremd erlebten Vorstellungen, Gedanken, Impulsen und Handlungen.

Ein Patient klingelt zehn Minuten nach Sitzungsende wieder an der Tür des Analytikers, ihm sei vor dem Hause ein »Gestank, wie wenn etwas brennt« aufgefallen. Zehn Minuten hatte er in grübelndem Zweifel zugebracht, ob es sich wirklich so verhält, jetzt wolle er mich warnen. »Es wäre ja nicht gut, wenn Sie verbrennen würden«. Gleichzeitig hielt er seine Befürchtung für »totalen Quatsch«, aber wenn er sie mir nicht mitteilte, würde er sie tagelang nicht los.

In der vorangegangenen Stunde hatten wir eine Auseinandersetzung um das Honorar, das er vergessen hatte zu bezahlen. Er mache sich »als ordentlicher Mensch« Vorwürfe darüber, an so kleinen Dingen zu scheitern, es sei freilich jedes Mal ein großer »Batzen«, aber »ohne Geld ist nichts« und »Sie müssen ja auch leben«. Meine Versuche, an seine Ambivalenz und den ärgerlichen Affekt mir gegenüber heranzukommen, waren zunächst fruchtlos. Nach der Stunde freilich mußten die andrängenden Triebimpulse durch eine kompromißhafte Symptombildung abgewehrt werden, bei der die aggressiven Vorstellungen bewußt waren und in eine Befürchtung umgekehrt wurden, der aggressive Affekt blieb unbewußt. Um etwaige aus seinen von ihm wahrscheinlich magisch erlebten Gedanken folgenden Beschädigungen zu kontrollieren, mußte er mich noch einmal lebend sehen.

Sehr viel später in der Therapie wurde der in dieser Stunde reaktivierte infantile Konflikt deutlich. Sein Vater war ein »mit allen Wassern gewaschener« skrupelloser Geschäftsmann, der sein Geld hortete und den

Sohn während seines Studiums und der beginnenden Berufstätigkeit »kurz hielt«. Sein Lieblingsspruch, wenn er wieder einmal ein Geschäft gemacht hatte, war »Geld stinkt nicht«. Der Patient rechtfertigte lange Zeit in der Analyse Vaters Verhalten als sinnvolle Erziehung »zur Disziplin im Kleinen«.

An dieser Kasuistik wird der zwangsneurotische Abwehrmodus deutlich. Im Gegensatz zur Hysterie bleibt hier der Vorstellungsteil des inkompatiblen Triebimpulses bewußt (wobei die Patienten ihre Ideen oft nicht mitteilen). Zwangsneurotiker haben anders als Hysterische ein ausgezeichnetes Erinnerungsvermögen bis weit in die frühe Kindheit hinein. Hier ist lediglich der Affekt verdrängt und auf andere Vorstellungen verschoben oder in sein Gegenteil verkehrt.

Der zugrundeliegende Konflikt liegt häufig in einer durch einen besonders sadistischen Vater oder eine bemächtigend bindende Mutter so unbefriedigend verlaufenden Ödipussituation, daß das Kind gezwungen ist, auf die Fixierungen der anal-sadistischen Phase zu regredieren. (Einige schwer kranke Patienten mit besonders rigider Familienstruktur erreichen das ödipale Stadium gar nicht; siehe auch FENICHEL 1980). Dabei bleiben die anal-aggressiven und genitalsexuellen Vorstellungen bewußt, ohne daß diese – archaischer als bei der Hysterie anmutenden – Triebabkömmlinge auf dieser früheren Entwicklungsstufe in das Ich integriert werden können, das seinerseits dem Drängen eines noch unreifen archaisch strengen Über-Ich ausgesetzt ist (Sphinktermoral nach FERENCZI). Aus dem analen Konflikt von Selbstbewahrung und sich in wütendem Trotz artikulierendem Autonomiestreben und Wünschen nach Abhängigkeit und Versorgtwerden resultiert der zwanghafte Charakter mit der von HOFFMANN beschriebenen Trias von »1. emotionaler Autarkie. Der Zwanghafte ist ein ›affektiver Selbstversorger‹, womit ein Teil seiner Beziehungsarmut beschreibbar ist. 2. Vermeidung autonomer Handlungen, 3. ein Gefühl ständigen Getriebenseins. Dem Zwanghaften sitzt immer ein imaginärer Aufpasser (Gewissen) im Nacken.« (HOFFMANN 1986, S.49). Auf diesem Grundkonflikt entsteht dann die Zwangssymptomatik meist auf dem Hintergrund einer aggressiven Versuchungs- und Versagungssituation (siehe auch Fallbeispiel).

Eng verbunden mit der Zwangsneurose sind die Phobien (FREUDS Angsthysterie, S. FREUD 1926), bei denen die Patienten unter unrealistischen Ängsten in bezug auf äußere Objekte (z.B. Tiere, Autos usw.) oder Situationen (z.B. Menschenansammlungen, Fahrstuhlfahren usw.) leiden. Schwerer ausgeprägte Symptomatik kann den Patienten durch sein Vermeidungsverhalten gegenüber der phobischen Situation sozial und beruflich soweit behindern, daß es nicht selten sogar zu Berentungen kommt.

Phobische Patienten haben oft ängstlich-depressive oder ehrgeizige, wenig Symbiose gestattende Mütter, die in der frühen analen Phase eine Sicherheit bietende Internalisierung als »Steuerndes Objekt« nicht ausreichend gewährleisten (siehe auch KÖNIG 1981). In der ödipalen Situation entsteht aus dem Konflikt zwischen sexuellen Triebabkömmlingen und dem Inzesttabu Angst, die von diesen Patienten mit früheren aus der brüchigen Internalisierung des mütterlichen Objektes stammenden Angsterfahrungen in assoziativen Zusammenhang gebracht wird. Daher neigen sie dazu, Signalangst aus andrängenden Triebimpulsen auf beliebige, manchmal symbolisch relevante, manchmal akzidentielle Gegenstände oder Situationen zu verschieben und dann als äußere Angst wahrzunehmen.

Ähnlich wie bei der Zwangsneurose besteht der Abwehrmechanismus in einer Affektverschiebung, dem hysterischen Neurosentypus entspricht dabei eher die weitgehende Verdrängung des Vorstellungsteils des Triebimpulses. Phobien treten sehr selten isoliert auf, meist sind sie mit hysterischen oder Zwangssymptomen verbunden.

Neben dem Ödipuskonflikt und den eben beschriebenen aus ihm folgenden drei Neuroseformen gestaltet ein weiteres zentrales Konfliktfeld menschliches Schicksal, die dyadische Beziehung zwischen Mutter und Kind, welche in ihrem Gelingen dem Menschen ein stabiles Selbst- und Urvertrauen (ERIKSON 1971) schenkt und ihn mit genug Selbstliebe ausstattet, an den Frustrationen und Demütigungen des Lebens nicht zu zerbrechen. Die verschiedenen Aspekte dieses Grundkonfliktes werden von der Psychoanalyse mit dem Mythos vom sich spiegelnden *Narkissos* in Verbindung gebracht (FREUD 1910, 1914).

Der Fehlausgang dieses Konfliktes durch physische und psychische Mißhandlung durch die Mutter oder einfach durch ihre fehlende Einfühlung in das Kind führt zu den verschiedenen psychotischen und ich-strukturellen Störungen und auf der Ebene der Neurosen zur *depressiven Neurose* und zur *Angstneurose*.

Angst und Depression stehen in einer engen Beziehung zueinander (siehe auch den Beitrag von BÜCHNER in diesem Band), beide Affekte können sich mit oralen, analen oder genital-sexuellen Partialtrieben verbinden und tauchen so als Komponenten aller Neurosenformen auf. Beide verbinden sich mit Unlust- oder Katastrophenerfahrungen. Während diese beim depressiven Affekt jedoch als vergangen betrauert werden, erwartet sie der Ängstliche im Kommenden. Der Unterschied des depressiven Symptoms bei der depressiven Neurose im Verhältnis zu den anderen Neurosenformen besteht in seinem Inhalt, dem Objektverlust, während er bei den anderen Neurosen auch Trauer um andere Traumata (z.B. Kastration) beinhalten kann. Ebenso bezieht sich die Angst, welche bei den bereits abgehandelten Neuroseformen Reaktion des Ich auf inkompatible Triebabkömmlinge ist, bei der Angstneurose eher auf den Objektverlust und die Abwehr der daraus resultierenden Aggression.

Einige Erscheinungen der depressiven Neurose sind bereits in unserer ersten Kasuistik zum unbewußten Konflikt angeklungen. Die Patienten leiden unter einer Hemmung ihres Antriebes, können sich kaum mehr für etwas interessieren, sie sind passiv, und ihr ganzes Erleben ist von einer traurigen Verstimmung durchzogen, welche weitgehend unbewußt sein kann und nur in ihren Auswirkungen der Leere und Sinnlosigkeit bis hin zu leiblichen Mißempfindungen bemerkt wird. Die Patienten fühlen sich müde und abgeschlagen, haben Einschlafstörungen und Gewichtsprobleme, und ihr untergründig zwiespältiges Harmoniebedürfnis, das von latenten Schuldvorwürfen gegen andere durchsetzt ist, führt oft zu Problemen mit Partner und Freunden.

Der zugrundeliegende internalisierte infantile Konflikt beinhaltet den erlebten oder phantasierten Verlust des hochambivalent erlebten mütterlichen Objektes. Der Patient wünscht und fürchtet gleichzeitig seine aggressiven Impulse gegenüber der Mutter. In diesem Stadium noch nicht abgeschlossener Ich-Reifung werden ihre libidinösen und destruktiven Aspekte zum Teil introjiziert und gestalten so die Objektbeziehungen (Selbstrepräsentanzen und Objektrepräsentanzen; vgl. nachfolgende Beiträge) mit. Das führt zu einer Wendung des ehemals dem Objekt geltenden aggressiven Triebimpulses gegen die eigene Person (FREUD 1917). Dieser Vorgang muß bei dem physisch und psychisch von der Mutter noch sehr abhängigen wenig entwickelten Ich des Patienten zu ausgedehnten Selbstwertregulationsstörungen führen, die sich beim Erwachsenen dann in dem chronischen Minderwertigkeitsgefühl des Depressiven und in dessen Reparationsversuch durch unbewußte Größenphantasien äußern. Insbesondere die aus der starken Kränkbarkeit resultierende narzißtische und Enttäuschungswut wird einerseits verdrängt und äußert sich dann in versteckten Vorwürfen und indirekter Aggressivität, oder sie wird vollkommen aus dem Selbst herausprojiziert und als Aggression der anderen erlebt, die den Patienten nicht verstehen oder ihn gefühlsmäßig brutal behandeln.

Die Grenzen zwischen *Angstneurose* und Borderline-Störungen sind häufig fließend. In ihrer höher-strukturierten Form als Herzneurose (RICHTER u. BECKMANN 1973) könnte man sie als präödipal getönte Form der Phobie auffassen. In ihren schwereren Verlaufsformen liegt meist eine ausgeprägte strukturelle Ich-Störung vor. Das geschwächte Ich kann die Angst nicht mehr tolerieren, so daß jeder neue Angstaffekt wie in einem Circulus vitiosus das Ich weiter traumatisiert und schwächt (vgl. auch KRYSTAL u. RASKIN 1983).

Hier kommen wir nun in das Grenzgebiet zu den Süchten, den Psychosomatosen und den psychosenahen Störungen und beenden an dieser Stelle unseren Ausflug in die klassische psychoanalytische Neurosenlehre.

Als Basisliteratur empfohlen:

FENICHEL, O. (1980): Psychoanalytische Neurosenlehre. 3 Bände, Walter-Verlag, Freiburg i.Br.
HOFFMANN, S.O., HOCHAPFEL, G. (1984): Einführung in die Neurosenlehre und psychosomatische Medizin. Schattauer Verlag, Stuttgart/New York, 4. Aufl. 1991

Zur weiterführenden Lektüre empfohlen:

Freud, A. (1936): Das Ich und die Abwehrmechanismen. Kindler Verlag, München, 1974; auch in: Die Schriften der Anna Freud. Bd. I, Fischer, Frankfurt a.M., 1987, S. 191-355

Freud, S. (1916): Vorlesungen zur Einführung in die Psychoanalyse. Ges. Werke Bd. XI, Fischer, Frankfurt a.M.

Schwidder, W. (1972): Klinik der Neurosen. In: Kisker, K.P. (Hrsg.): Psychiatrie der Gegenwart. Bd. II/ Teil 1, Springer, Berlin/Heidelberg/New York, 1972

Literaturangaben zum Text:

Erikson, E. H. (1971): Kindheit und Gesellschaft. Klett, Stuttgart

Freud, S. (1897): Brief vom 12. Dez 1897. In: Briefe an Wilhelm Fließ. Fischer, Frankfurt a.M., 1986

Freud, S. (1905): Drei Abhandlungen zur Sexualtheorie. Ges. Werke Bd. V (Fußnote von 1910), Fischer, Frankfurt a.M.

Freud, S. (1914): Zur Einführung des Narzißmus. Ges. Werke Bd. X, S. 138-170, Fischer, Frankfurt a.M.

Freud, S. (1917): Trauer und Melancholie. Ges. Werke Bd. X, Fischer, Frankfurt a.M., 1978

Freud, S. (1924): Neurose und Psychose. Ges. Werke Bd. XIII, Fischer, Frankfurt a.M., 1978

Freud, S. (1926): Hemmung, Symptom und Angst. Ges. Werke Bd. XIV, Fischer, Frankfurt a.M., 1978

Hoffmann, S.O. (1986): Psychoneurosen und Charakterneurosen. In: Kisker, K. P. (Hrsg.): Psychiatrie der Gegenwart. Bd. I, Springer, Berlin/Heidelberg/New York, S. 29-62

König, K. (1981): Angst und Persönlichkeit. Vandenhoeck & Ruprecht, Göttingen

Krystal, H.; Raskin, H. A. (1983): Drogensucht – Aspekte der Ich-Funktion (Amerikanische Erstausgabe 1970). Einl. u. Überarbeitung d. Übers. von Wulf-Volker Lindner, Vorwort für die dt. Ausgabe von Annelise Heigl-Evers, Verlag für Medizinische Psychologie im Verlag Vandenhoeck & Ruprecht, Göttingen

Loch, E. (1983): Die Krankheitslehre der Psychoanalyse. Hirzel Verlag, Stuttgart

Mentzos, S (1982): Neurotische Konfliktverarbeitung. Fischer Verlag, Frankfurt a.M.

Nunberg, N. (1971): Allgemeine Neurosenlehre. Huber, Bern/Stuttgart/Wien

Schwidder, W. (1972): Klinik der Neurosen. In: Kisker, K.P. (Hrsg.): Psychiatrie der Gegenwart. Bd. II/ Teil 1, Springer, Berlin/Heidelberg/New York, 1972

Friedhold Hempfling

Ich-Psychologie, Selbst-Psychologie und Objektbeziehungs-Theorie

Ein Überblick zur psychoanalytischen Theoriebildung nach Sigmund Freud

> Stichwort: Psychoanalytische Theoriebildung nach Sigmund Freud
>
> Die Weiterentwicklungen der psychoanalytischen Theorie trugen dazu bei, den Indikationsbereich der Psychoanalyse über die klassischen Neurosen hinaus auf Krankheitsformen wie Persönlichkeitsstörungen, Charakterneurosen, Suchtkrankheiten, Perversionen, Psychosomatosen und präpsychotische Störungen zu erweitern. Freud darin bis heute folgend, stellen wir bei solchen seelischen Störungen diagnostisch eine »strukturelle Ich-Störung« in den Mittelpunkt. Die strukturellen Aspekte des Ich bilden den gemeinsamen Ausgangspunkt für Ich-Psychologie, Selbst-Psychologie und Objektbeziehungs-Theorien, mit denen die wichtigsten Entwicklungslinien der modernen Psychoanalyse benannt sind. Die Ich-Psychologie zentriert sich auf die Untersuchung der Entwicklung, Struktur und Funktion des gesunden und kranken Ich sowie auf seine Behandlungsmöglichkeiten. Selbst-Psychologie und Objektbeziehungs-Theorie gewinnen mit dem Begriff des »Selbst« eine neue psychoanalytische Perspektive, die unter anderem im Selbstbezug des Ich liegt. Das Selbst entsteht aus den Niederschlägen der frühen und späteren Selbst- und Objektbeziehungen und gewinnt so seine normale oder auch pathologische Grundlegung und Ausgestaltung.

Grundlagen

Die Reichweite der psychoanalytischen Theorie und Praxis hat in den letzten Jahrzehnten beträchtlich zugenommen. Der wohl wichtigste Bereich, den dies betrifft, sind Störungen der frühen und frühesten menschlichen Entwicklungsphasen. In diesem Kapitel werden die dazugehörigen klinischen Theorien in Ausschnitten dargestellt.

Die Hintergründe für die angesprochenen Neuerungen in der Psychoanalyse sind vielschichtig. Es finden sich unterschiedliche und miteinander in Wechselwirkung stehende Faktoren: die Notwendigkeit, die seit der Gründerzeit der Psychoanalyse hinzugewonnenen Erfahrungen mit der psychoanalytischen Methode zu systematisieren und theoretisch zu konzeptualisieren; die Einführung neuer, vom klassischen »Couch-Verfahren« abweichender Behandlungssettings wie Gruppen-, Paar- und Familientherapie; die zusätzlichen Möglichkeiten, die sich durch stationäre und teilstationäre (tagesklinische) Behandlungsformen ergeben; die Intensivierung der Forschung, besonders auch in jüngster Zeit der neonatologischen Forschung; und – nicht zuletzt – die seit der Jahrhundertwende eingetretenen Veränderungen in Familie und Gesellschaft.

Entscheidenden Einfluß hatten jedoch die Bestrebungen, den Indikationsbereich für die psychoanalytische Behandlung über die klassischen Neurosen hinaus zu erweitern, und zwar auf Krankheitsformen, die an Häufigkeit zuzunehmen schienen und einen größeren Anteil an der Praxis- und Klinikklientel ausmachten. Das betraf vor allem Persönlichkeitsstörungen, Charakterneurosen, Suchtkrankheiten, Perversionen, Psychosomatosen und präpsychotische Störungen.

Solche Störungen, die zwar seelisch begründet scheinen, sind mit dem klassisch-ödipalen Konfliktmodell der Psychoanalyse jedoch nur unzulänglich verstehbar. Auch erweisen sie sich als durch FREUDS Behandlungsmethode nicht ausreichend beeinflußbar. In manchen Fällen scheinen sie sich darunter sogar zu verschlechtern. Schon FREUD hatte solche Erfahrungen gemacht. Er fand, daß es für die analytische Arbeit entscheidend sei, wie das Ich beschaffen ist, das der Psychoanalytiker bei seinem Patienten vorfindet. Für die gemeinsame Arbeit müsse es wenigstens soweit »normal« sein, daß er sich mit ihm verbünden könne, »um unbeherrschte Anteile ihres [der Patienten] Es zu unterwerfen und sie in die Synthese des Ich einzubeziehen«. »Aber ein solches Normal-Ich ist, wie die Normalität überhaupt, eine Idealfiktion«, fährt er fort, und: »Jeder Normale ist eben nur durchschnittlich normal, sein Ich nähert sich dem des Psychotikers in (...) größerem oder geringerem Ausmaß, und der Betrag der Entfernung (...) und der Annäherung (...) wird uns vorläufig ein Maß für die so unbestimmt gekennzeichnete ›Ichveränderung‹ sein« (s. FREUD 1937, S. 375).

Unter anderem mit diesen Überlegungen hatte FREUD eine Entwicklungslinie in der Psychoanalyse vorgegeben, die bis heute reicht. Mittlerweile wurden psychoanalytisch begründete Therapieansätze entwickelt, die auch solchen Patienten helfen, deren Ich nach dem FREUDschen Kriterium nicht »annähernd normal« ist, ja in bestimmter Hinsicht sogar als teilweise oder tendenziell psychotisch diagnostiziert werden kann.

Wie FREUD stellen auch wir heute noch bei solchen seelischen Störungen, die im Bereich zwischen Neurose und Psychose angesiedelt sind, eine »strukturelle Ich-Störung« diagnostisch in den Mittelpunkt. Wir nennen sie auch »frühe« oder »Frühstörungen«, weil die entscheidenden pathogenen Einwirkungen auf die seelische Entwicklung in der frühen und frühesten Kindheit beziehungsweise in der Säuglingszeit lokalisiert werden können. Aufgrund des Ausmaßes der Ich-Beeinträchtigungen und Traumatisierungen in der Entwicklung, die sich pathologisch auf die Persönlichkeits- oder Charakterstruktur auswirken, spricht man auch von schweren Persönlichkeitsstörungen. Es gibt viele weitere Synonyme und nosologisch spezifizierende Fachausdrücke für diese Gruppe psychischer Störungen – bis zu 40 solcher Diagnosen lassen sich aufzählen.

Der Begriff der »präödipalen Störungen« nimmt Bezug auf FREUDS Phasenmodell der psychosexuellen Entwicklung und auf das damit verbundene strukturelle Konfliktmodell von Es, Ich und Über-Ich. Dieses Modell entwickelte er aus dem klinischen Studium von Neurosen, wobei er die Relevanz der seelischen Konflikte des 3- bis 6-jährigen Kindes, die er nach dem griechischen Mythos von König Ödipus »ödipal« genannt hatte, für die spätere Entwicklung von Neurosen betonte. Präödipale Entwicklungspathologien reichen entstehungsgeschichtlich in die Zeit davor, worauf sich die Vorsilbe »prä« bezieht. Die ersten drei Lebensjahre stehen für deren Verständnis im Zentrum, also die Zeit vor der Herausbildung ödipaler Konflikte.

Dies ist eine Entwicklungsspanne, in der sich das Ich mit

seinen verschiedenen Funktionen entwickelt und differenziert. In diesem Zeitraum bilden Kinder das Vermögen, sich auf sich selbst und auf die ersten menschlichen Objekte zu beziehen. Sie entwickeln die Fähigkeit, sich aus der absoluten Abhängigkeit von dem mütterlichen Primärobjekt schrittweise zu lösen, um aus dieser ausschließlichen Zweierbeziehung heraus sich zusätzlichen Objekten anzunähern, meist zunächst dem Vater. Dies ist mit vielfältigen und störanfälligen Prozessen der Ich- und der Affektentwicklung, der Bildung von Repräsentanzen (Erfahrungs- und Vorstellungseinheiten) des Selbst und der Beziehungsobjekte, mit dem allmählichen Gewinn von Autonomie und Identität verbunden.

Damit ist umrissen, mit welchen Neuerungen innerhalb der klinischen Theorie der Psychoanalyse wir uns bei der Erörterung von präödipalen Störungen zu beschäftigen haben. Es sind dies gleichzeitig einige der wichtigsten Entwicklungslinien der modernen Psychoanalyse: Ich-Psychologie, Selbst-Psychologie, Objektbeziehungs-Psychologie und neonatologische Forschung. Sie haben unser Verständnis der sogenannten Frühstörungen und die Möglichkeiten ihrer Behandlung erheblich erweitert. Mit ihnen werden wir uns zunächst beschäftigen, vor allem mit der Objektbeziehungs-Psychologie, deren Weiterentwicklung und Studium wohl gegenwärtig die meisten wissenschaftlichen Bemühungen in der Psychoanalyse gelten, sowohl hinsichtlich der theoretischen als auch hinsichtlich der klinischen Forschung. Sie beeinflußt auch die Untersuchungen zum erkenntnistheoretischen Standort der Psychoanalyse selbst, der im Spannungsfeld zwischen Hermeneutik (wissenschaftliche Verfahren des Verstehens, der Auslegung und Deutung) und Naturwissenschaft liegt.

Ich-Psychologie

Für FREUD war das Ich die zentrale psychische Instanz, die zwischen Triebansprüchen (Es) und innerer und äußerer Wirklichkeit einerseits, moralischen Anforderungen des Gewissens und der während der individuellen Sozialisation verinnerlichten Normen und Wertvorstellungen (Über-Ich) andererseits vermittelt. Er faßte es als eine Art von Organisation mit verschiedenen Funktionen wie Realitätsprüfung, Wahrnehmung, Abwehr, Aufmerksamkeit, Gedächtnis und Urteilsvermögen auf. Das Hauptaugenmerk in der Behandlung galt jedoch zunächst einmal den Es-Inhalten, den unbewußten Triebabkömmlingen, die zu analysieren waren. Wie wir schon erwähnten, war ihm in seinem Spätwerk die Wichtigkeit der ich-strukturellen Voraussetzungen für eine solche deutend-analytische Aufgabe klar geworden. Die von ihm noch »unbestimmt gekennzeichnete ›Ichveränderung‹« sollte nun von seinen Nachfolgern genauer untersucht werden.

ANNA FREUD, seine Tochter, hat speziell die Abwehrfunktion des Ich in ihrem Buch von 1936 »Das Ich und die Abwehrmechanismen« systematisch untersucht. Sie nennt zehn Abwehrmechanismen, die dem Ich zur Lösung seiner Abwehraufgabe zu Verfügung stehen. Später kommen noch andere Abwehrformen hinzu. Sie verwies darauf, wie wichtig es sei, die unbewußten Abwehrtätigkeiten des Ich genau zu analysieren. Nur dadurch könne es gelingen, die »Triebumwandlungen« und die Art, wie sie »im Aufbau der Persönlichkeit« verwendet würden, aufzudecken. Aus heutiger Sicht handelt es sich um Abwehrvorgänge, die überwiegend dem reiferen Ich zugeschrieben werden können.

Das 1939 von HEINZ HARTMANN veröffentlichte Buch »Ich-Psychologie und Anpassungsproblem« ließ ihn zu einer Art »Vater« der modernen Ich-Psychologie werden, aber auch zu einem Ausgangspunkt für andere wichtige moderne Strömungen in der Psychoanalyse. Im Begriff der »Anpassung« betont er den Aspekt der Beziehung zwischen Umwelt und Organismus. Letzterer entwickelt »autoplastische« Fähigkeiten, das meint Fähigkeiten, auf sich selbst einzuwirken, und »alloplastische« Fähigkeiten, auf seine Umwelt Einfluß zu nehmen. HARTMANN gelangte zu der Annahme, daß es »Apparate der primären Autonomie« gebe, also angeborene Ich-Fähigkeiten wie Wahrnehmung, Willen, Gedächtnis oder Motorik. Diese liegen im konfliktfreien Bereich der Psyche, können allerdings sekundär konfliktbehaftet werden.

Damit war ein neues Denken eingeleitet, das der Autonomie-Entwicklung des Patienten in der Behandlung stärker Rechnung trug, nämlich eher seine Eigenarbeit in der Analyse zu fördern, als ihn mit »guten« Deutungen abhängig von der

Kompetenz und Zuwendung des Analytikers zu machen. Weitere Begriffe HARTMANNs, die befruchtend auf die Nachfolger wirkten, sind zum Beispiel die »synthetische Funktion« des Ich; die »durchschnittlich erwartbare Umgebung«, die ein Neugeborenes vorfinden sollte; die Bedeutung des »Zusammenpassens« von Mutter und Säugling; der »intrasystemische Konflikt« in Ergänzung zum »intersystemischen«, das bedeutet, Konflikte sind auch innerhalb der Systeme Ich und Es oder Über-Ich möglich und nicht nur zwischen den Systemen. Mit alledem wurden von HARTMANN die Grundlagen dafür geschaffen, daß man in der Folge schwere seelische Störungen besser verstehen und behandeln lernte.

Zum Teil gemeinsam mit seinen Mitarbeitern KRIS und LOEWENSTEIN (1946) konzeptualisierte er bis heute für die Psychoanalyse kardinale Begriffe, wie beispielsweise »Neutralisierung«; »Narzißmus« als libidinöse Besetzung der Selbstrepräsentanzen und nicht des Ich; die Bedeutung der »Objektkonstanz« für die Entwicklung der Objektbeziehungen oder die Bildungsprozesse des Über-Ich. HARTMANN und seine Gruppe haben damit tragende Grundlagen geschaffen, auf denen alle psychoanalytisch einflußreichen Weiterentwicklungen aufbauten.

Wenn man vom Wechsel eines psychoanalytischen Paradigmas sprechen wollte, der dadurch eingeleitet wurde, dann bestünde dieser Wandel in folgendem: Für FREUD war das Ich schon zu Beginn, als er es im topischen Modell noch als synonym mit »bewußt« verstand, nur Abkömmling und – mehr oder weniger – eine Art Handlanger des Unbewußten. Dies kam einer Entthronung der Ratio, der menschlichen Vernunft, gleich und war sicher ein entscheidender Grund für die Ablehnung der Psychoanalyse in der damaligen Gesellschaft und scientific community. Später, nach Einführung des Strukturmodells der Psyche, konnte man seine Formulierungen, die wir weiter oben schon zitierten, ähnlich verstehen. Nach dem Grundsatz »entweder ist das Ich für die analytische Deutungsarbeit stark und ›normal‹ genug oder nicht«, entschied sich die Indikation für eine Psychoanalyse. Auch hier noch erscheint das Ich – überspitzt ausgedrückt – eher als ein passiver, abhängiger Agent, den der Analytiker allerdings zur Mitarbeit gewinnen muß.

In der Folge von HARTMANNs Untersuchungen wurde das Ich quasi rehabilitiert, es wurde gründlich in seiner Struktur erforscht. Man erkannte, daß der Erfolg vieler Psychoanalysen wesentlich davon abhing, daß man sich behandlungstechnisch primär dem Ich zuwandte, bevor man die Analyse unbewußter seelischer Konflikte vorantreiben konnte. Besonders konsequent in der Umsetzung der Ergebnisse ich-psychologischer Forschung war das Autorenpaar GERTRUDE und RUBIN BLANCK. Ihr 1974 erschienenes Buch »Ego Psychology: Theory and Practice« (deutsch 1981: Angewandte Ich-Psychologie) hatte großen Einfluß auf Diagnostik und Therapie präödipaler Störungen. Mit kurzer Fokussierung auf BLANCK und BLANCK wollen wir den Abschnitt über die Ich-Psychologie hier abschließen.

In ihrem Kapitel »deskriptive Entwicklungsdiagnose« weisen die Autoren auf die entscheidende Verflechtung von Diagnose- und Therapieschritten bei Frühgestörten hin. Sie systematisieren die verschiedenen Gesichtspunkte der psychoanalytischen Entwicklungspsychologie wie psychosexuelle Reifung, triebzähmende Prozesse, Objektbeziehungen, Anpassungsfunktion, Angstniveau, Abwehrfunktion, Identitätsbildung und Verinnerlichungsprozesse. Als Begriff für ein entwicklungspathologisch geschädigtes Ich führen sie die Bezeichnung Ich-Modifizierung ein. Sie unterscheiden dabei Ich-Defekt, Ich-Abweichungen, Ich-Verzerrung und Ich-Regression. Diese Unterteilung wurde für sie erforderlich, weil es sich bei Strukturstörungen des Ich unter neurotischem Niveau nicht um ein Kontinuum von fast neurotisch über schwere Borderline-Pathologie bis hin zu den Psychosen handelt. Vielmehr gibt es ihrer Auffassung nach abgrenzbare Ausprägungsformen der Ich-Pathologie.

Die Abläufe der psychischen Entwicklung wurden miteinander in übersichtlicher Weise in Beziehung gesetzt und eine Art Manual der Diagnose präödipaler Störungen geschaffen. Die Psychoanalytikerin MARGRET MAHLER, deren Konzepte später noch vorgestellt werden, hatte in ihren Säuglingsuntersuchungen eine Entwicklungsphase gefunden, die sie als »Wiederannäherung« bezeichnete. Diese bildet für sie einen wichtigen Dreh- und Angelpunkt der Psychogenese. Auch BLANCK und BLANCK sehen in dieser Phase eine Art Entscheidungspunkt für das weitere Schicksal der sich bildenden Ich-

Organisation. Wenn nach der »Übungsphase«, dem ersten MAHLERschen Schritt der Ablösung von der Mutter, die »Wiederannäherung« geglückt ist, hat sich ein erster, grundlegender Zyklus von Bindung und Trennung vollzogen. Damit ist die Basis für die Autonomieentwicklung im weiteren Individuationsprozeß geschaffen. Gelingt sie nicht, ist eine Voraussetzung für spätere schwere seelische Erkrankungen gegeben.

BLANCK und BLANCK untersuchten auch die Unterschiede zwischen Psychoanalyse und (psychoanalytisch orientierter) Psychotherapie und nahmen eine eigene Position in der damals aktuellen Diskussion hierüber ein. Sie entwickelten ihre eigenen behandlungstechnischen Strategien, die vor allem auf der Struktur und der Funktionalität des Ich aufbauen. Neben dem Widerstandsgesichtspunkt möchten sie vor allem den adaptiven Aspekt der Abwehr berücksichtigen, den am weitesten entwickelten Ich-Anteil, den es in erster Linie therapeutisch zu unterstützen gilt. Ihre anschaulichen Darstellungen sind ein Gewinn für Psychotherapeuten, die mit präödipalen psychischen Störungen zu tun haben. Allerdings hat man diese Autoren auch dahingehend kritisiert, daß ihre Therapie unbewußte Prozesse zu sehr vernachlässige, daß etwa an die Stelle von Widerstands- und Übertragungsarbeit eine Art Stützungs- und Ermunterungsstrategie trete. Dies kommt allerdings dem Verdikt nahe, »abweichlerisch« zu sein, denn die Arbeit mit und an Widerstand und Übertragung sind für die Psychoanalyse Bedingungen sine qua non.

Selbst-Psychologie

Die Selbst-Psychologie ist eine von dem Psychoanalytiker HEINZ KOHUT inaugurierte Schulrichtung. Wir fügen sie bereits hier in einem eigenen Absatz ein, obwohl es sich um eine Objektbeziehungs-Theorie neueren Datums handelt. Sie ist in ihrer Terminologie und vielleicht auch in ihrem Anspruch jedoch so eigenständig, daß wir sie aus dem Zusammenhang der Objektbeziehungs-Theorien herausnehmen. Damit ist auch dem Einfluß Rechnung getragen, den manche ihrer Konzepte bis heute gewonnen haben.

HEINZ KOHUT gewann seine Konzepte über die frühkindliche

Entwicklung aus der Arbeit mit erwachsenen Patienten, vor allem bei der Behandlung *narzißtischer Persönlichkeitsstörungen*. Das ist die neue diagnostische Kategorie, die er einführte. Sie hat sich seither zunehmenden Gebrauchs erfreut – was allerdings auch zum Gegenstand von Kritik wurde. Seine beiden Bücher »The Analysis of the Self« von 1971 und »The Restoration of the Self« von 1977 hatten in den siebziger Jahren großen Nachhall und haben innerhalb der Psychoanalyse nach wie vor einigen Einfluß.

KOHUT setzt bei HARTMANNS begrifflicher Unterscheidung zwischen dem Ich und dem Selbst und seiner Bestimmung des Narzißmus als Besetzung des Selbst an. Das Selbst ist als die Struktur der Selbstrepräsentanzen definiert. KOHUT untersucht die Entwicklung des Selbstgefühls und findet aus der Art, wie sich Patienten in der Analyse verändern und in den Übertragungsfiguren variieren, bestimmte Muster, wie Selbst und Selbstgefühl sich im Verlauf der menschlichen Entwicklung herausbilden könnten. Es handelt sich für ihn um Stadien des Narzißmus in seiner Entwicklung von primitiver zu reifer Ausprägung.

Wenn eine narzißtische Persönlichkeitsstörung vorliegt, ist das oft nicht auf den ersten Blick zu erkennen. Symptome wie Körperstörungen, Perversionen, Arbeitsstörungen und »neurotische« Symptombilder können die primäre Störung verdecken oder abwehren, die sich in tiefgreifender Selbstwertunsicherheit, Leeregefühlen, einer schweren Schamproblematik oder in schwer erträglicher Kränkbarkeit ausdrückt. Entstanden sind diese auf das Selbst bezogenen Probleme durch zu starke Enttäuschungen kindlicher Entwicklungsbedürfnisse.

Nach KOHUT durchläuft das Kind ein Stadium, in dem es ein Größen-Selbst bildet (vergleichbar dem, was MAHLER zum Stadium der »Übungsphase« annimmt, siehe dazu unten). Dieses Größen-Selbst will ausreichend bestätigt werden, zum Beispiel in der sogenannten »Spiegelung« durch die Eltern. Dadurch kann das Größen-Selbst sich zu reiferen Formen des Narzißmus entwickeln, anderenfalls bleibt es als »archaisches Größen-Selbst« pathogen. Ähnlich verhält es sich mit einem weiteren frühen Bedürfnis des Kindes, nämlich, seine Eltern-Vorstellungen (-»Imagines«) zu idealisieren. Durch traumatogene Frustration narzißtischer Grundbedürftigkeit kommt es zu Fixierungen auf diesen sonst passageren Entwicklungsstufen. Die dann archaisch gebliebenen narzißtischen Bedürfnisse werden in der Folge entweder verdrängt, was Kohut »horizontale Spaltung im Selbst« nennt, oder sie bleiben erhalten und müssen vom Real-Selbst verleugnet werden, was er als »vertikale Spaltung« bezeichnet. In diesen traumatisierenden Entwicklungsmängeln liegt nach Kohut die Kernstörung der verschiedenen Formen des pathologischen Narzißmus.

Diagnostizieren kann man sie allerdings nur durch genaue Übertragungsdiagnose. Dieser Umstand ist für ihn entscheidend wichtig, wurde aber in der Folge dennoch oft vernachlässigt. Weil letztlich das »grandiose Selbst« und die »idealisierten Primärobjekte« die erste Stufe und Erscheinungsform »kohärenter« (ausreichend zusammenhaltender) Selbst- und Objekt-Repräsentanzen ist, kommt es auch zu relativ stabilen narzißtischen Übertragungen, die allerdings regressiv schon auch mehr oder weniger durch Fragmentierung bedroht sind. Fragmentierung heißt, daß das Selbst in bruchstückhafte »Teil-Selbste« und »Teil-Objekte« zerfällt, die in eine mehr oder weniger psychotisch geprägte Wechselwirkung treten. Dadurch wird aber normales Beziehungserleben und -Handeln mehr oder weniger unmöglich.

Kohut sieht das Selbst als Spannungsregulator, eine Funktion, die es durch (in Kohuts Worten) »umwandelnde Verinnerlichung« von Aspekten des idealisierten Elternobjekts entwickeln kann. Werden solche Internalisierungsvorgänge allzusehr gestört, kann das Kind nicht in ausreichendem Maße eigenständige Besänftigungsmechanismen und andere regulierende Funktionen für sich selbst übernehmen. Es resultiert ein »archaisches, idealisiertes Selbst-Objekt«, das unter anderem die Grundlage der schweren Formen von Drogen- und Suchtkrankheiten darstellt. Der Begriff des Selbst-Objekts drückt aus, daß Selbst und Objekt noch nicht vollständig getrennt, noch teilweise undifferenziert und »verschmolzen« sind; das Objekt wird wie ein Teil des Selbst erlebt.

Spätere Störungen der narzißtischen Entwicklung (zweites und drittes Jahr) betreffen die Neutralisierung sexueller und aggressiver Triebbedürfnisse, die teilweise impulshaft, archaisch und verzerrt (beispielsweise perverse Phantasien) bleiben können. Noch spätere Störungen, also in der ödipalen Entwicklungsphase, zur Zeit der Bildung und Konsolidierung der Über-Ich-Strukturen, führen zu ungenügend narzißtisch besetzten Idealen, Wertvorstellungen und Normen des eigenen Verhaltens. So bleibt eine Abhängigkeit von äußeren Idealfiguren und Autoritätspersonen bestehen, die stark idealisiert werden müssen.

Kohuts Einfluß ist vielleicht darauf zurückzuführen, daß seine theoretischen und behandlungstechnischen Beiträge ein sehr differenziertes Verständnis von Störungen des Selbstgefühls und des Selbstwerterlebens ermöglichen und zusätzliche Ansätze für deren Behandlung aufweisen. Ganz besonders aber hat Kohut die eminente Bedeutung der Empathie des Analytikers in der Behandlung theoretisch fundiert. Allerdings wurden seine zunächst auf narzißtische Persönlichkeitsstörungen ausgerichteten konzeptuellen und behandlungstechnischen Überlegungen zunehmend verallgemeinert und vielleicht auch allzusehr vereinfacht, so daß Widerstände aus dem psychoanalytischen Kreis erwuchsen und Kritik formuliert wurde. Man warf den Selbst-Psychologen schließlich unter anderem Dogmatismus und Reduktionismus vor, dazu gesellte sich ein Argument, das wir bereits von der Kritik an der Ich-Psychologie Blanck und Blancks her kennen: die Vernachlässigung der unbewußten Widerstands- und Übertragungsdynamik.

Objektbeziehungs-Theorie

Objektbeziehungs-Theorien wurden überwiegend durch die Arbeiten von ich-psychologisch orientierten Psychoanalytikern aufgegriffen, weiterentwickelt und in die Psychoanalyse integriert. Beginnend mit Hartmann, wie schon erwähnt, müßten hier Namen wie Balint, Bowlby, Jacobson, Kernberg, Kohut, Mahler, Winnicott und nicht wenige mehr genannt werden. Objektbeziehungs-Theorien haben an der modernen Psychoanalyse großen Anteil, vor allem bilden sie den Kern der heute verfügbaren psychoanalytischen Konzepte, um schwere Psychopathologien besser verstehen und behandeln zu können.

Würde man Freud als den Vater der Psychoanalyse und Hartmann als den der Ich-Psychologie charakterisieren, dann könnte Melanie Klein, eine Zeitgenossin Freuds, wohl zu Recht als Mutter der Objektbeziehungs-Theorie apostrophiert werden. Sie und RONALD D. FAIRBAIRN nennt man oft die Begründer der sogenannten »Britischen Schule« der Objektbeziehungs-Theorie. KLEINS zentrales Anliegen war die Ansicht, daß menschliches Dasein nicht in erster Linie auf Lustgewinn und Spannungsreduktion beziehungsweise Triebversagung und -befriedigung aufbaut. KLEIN konzentrierte sich auf die Behandlung von Kindern und stellte bald fest, daß deren sprachliche Mittel begrenzt sind, daß spieltherapeutisch mehr erreichbar ist, beispielsweise mit Puppen, Figuren, Ton oder Zeichenmaterial.

MELANIE KLEIN fand heraus, daß Kinder viel Energie darauf verwenden, mit ihren Gefühlen gegenüber den in ihrem Leben wichtigsten Beziehungsfiguren zurecht zu kommen. Sie gingen also mit den inneren Vorstellungen dieser Personen und den an sie geknüpften Gefühlen um, was KLEIN die »innere Objektwelt« nannte; die für die Kinder zentralen Beziehungen machten demnach ihr inneres Leben aus. Im Mittelpunkt standen ihre Versuche, eine zwischenmenschliche Welt aufzubauen, wobei die Mutter-Kind-Beziehung als Prototyp aller weiteren Beziehungen zu fungieren schien, als Kern jedes Selbst-Seins. Damit war das Grundpostulat der Objektbeziehungs-Theorie umrissen: Beziehungen stehen im Mittelpunkt der seelischen Entwicklung des Menschen, durch sie werden die inneren Strukturen aufgebaut und organisiert. Die Funktionen und Regulationen der Psyche gründen auf Verinnerlichungen von Objektbeziehungen, auf einer inneren Welt der Selbst-, Objekt- und Objektbeziehungsrepräsentanzen.

Weiteres Resultat von MELANIE KLEINS Arbeit war die Auffassung, daß es schon vor der Geburt angeborene, urtümliche Vorstellungsbilder von Mutter, Brust oder Penis – um nur einige zu nennen – gebe, die dann im Wechselspiel mit der Umgebung differenziert und entwickelt werden. Auch glaubte sie an die Existenz des »Todestriebes«, wie er von FREUD beschrieben wurde. KLEIN war der Ansicht, daß der innere Kampf zwischen dieser destruktiven Kraft des Todes mit den Kräften des Lebens der Urgrund für die frühkindliche Aufteilung der Welt in Gut und Böse sei. In einem Wechselspiel werde das an libidinösem und destruktivem innerlich vorhandene Potential auf äußere Figuren projiziert, um schließlich, angereichert durch erste Erfahrungen mit den Objekten (zunächst sind es Bruchstücke von menschlichen Objekten, sogenannte »Teilobjekte« oder »Partialobjekte«), wieder introjiziert zu werden. Dadurch wird schließlich eine innere Vorstellungswelt geschaffen, die zunächst aus entweder nur guten (liebevollen) oder nur bösen (destruktiven) Eigenschaften besteht, also gespalten ist. Sie nannte diese erste Phase der Organisation der inneren Welt des Kindes die »paranoid-schizoide Position«. Man kann diese Formulierung besser verstehen, wenn man weiß, daß KLEIN Psychiaterin war, und daß sie von dem ursprünglichen Vorherrschen der angeborenen destruktiven Kräfte ausging, die das Kind bedrohlich erlebt, also auch als von der Umgebung ausgehend, deshalb paranoid. Auf sie reagiert es mit einer Abspaltung solcher »bösen« Vorstellungsbilder, vor denen die »guten« geschützt werden müssen.

Ab dem vierten Lebensmonat und etwa bis zum Ende des ersten Lebensjahres erreicht das Kind die »depressive Position«. Diese Phase endet nach MELANIE KLEIN später mit der Integration von guten und bösen Objektvorstellungen, mit der Möglichkeit, die Mutter realistischer mit sowohl bösen als auch guten Eigenschaften wahrzunehmen. Aus der paranoid-schizoiden (Verfolgungsangst, Bedrohung und Spaltung) wird die depressive Angst (die Mutter beschädigt zu haben, Schuldgefühle). Diese bildet die Voraussetzung zur Empathie-Fähigkeit. Damit ist eine höhere Stufe in der Entwicklung der Objektbeziehungen erreicht. Nach wie vor jedoch, und auch im späteren Beziehungsleben der Menschen noch, spielt der ursprüngliche psychische Widerstreit in Liebe-Haß-Konflikten eine bedeutsame Rolle.

MELANIE KLEIN hat das psychoanalytische Denken stark beeinflußt, vor allem aber hat sie das analytische Interesse von ödipalen hin zu präödipalen Entwicklungsvorgängen gelenkt und auf die zentrale Bedeutung der frühesten Entwicklung von inneren Vorstellungswelten aufmerksam gemacht. Unter anderem wurde von ihr erstmals der Vorgang der »projektiven Identifizierung« beschrieben, der bis heute als wichtiger Mechanismus bei präödipalen Störungen geläufig ist. Der bedeutsame Schritt von der Ein-Personen-Psychologie zu einer Psychoanalyse als Beziehungs-Psychologie war durch ihre konsequente Pionierarbeit gebahnt, wenn sie auch zu Lebzeiten viel Widerstand gegen ihre Thesen erlebte – neben der Bewunderung durch ihre Anhänger.

Wenden wir uns nun kurz einer weiteren Pionierarbeit zu, die entscheidenden Einfluß auf die Objektbeziehungs-Psychologie nahm. MARGARET MAHLER untersuchte die frühe und früheste Mutter-Kind-Beziehung erstmals systematisch und mit psychoanalytischem Anspruch. Sie und ihre Mitarbeiter beobachteten in regelmäßigen Abständen Interaktionsepisoden von Müttern mit ihren Säuglingen. Sie kam zu dem Ergebnis, daß die Reifung und Entwicklung des Kindes aus einer Symbiose mit der Mutter heraus stattfindet. Wenn auch heute durch neuere neonatologische Untersuchungsergebnisse und aktuelle Säuglingsbeobachtungen einige ihrer Ergebnisse in Frage gestellt werden, hat ihr Konzept der Entwicklung als einer fortwährenden »Loslösung und Individuation« aus der symbiotischen Bindung an die Mutter großen Einfluß gewonnen (vgl. den Beitrag von GERHARD STANDKE in diesem Band).

Abschließend wollen wir uns einem modernen Objektbeziehungs-Theoretiker zuwenden, dem Amerikaner OTTO F. KERNBERG, der heute zu den einflußreichsten Psychoanalytikern auf diesem Gebiet zählt. Er hat viel über das objektbeziehungstheoretische Verständnis schwerer Persönlichkeitsstörungen und Charakterpathologien geschrieben, einige seiner Bücher wurden ins Deutsche übersetzt und fanden hier viel Beachtung (KERNBERG 1978; 1988 a,b,c).

Für KERNBERG liegen die Ursprünge schwerer Psychopathologie in defizitären Objektbeziehungen, die verinnerlicht wurden. Die Erscheinungsformen schwerer seelischer Störungen sind Ausdruck dieser anormalen inneren Welt von gestörten Objektbeziehungen. Sein Hauptinteresse bezieht sich auf die von ihm so genannten »Borderline Conditions«, im Deutschen meist mit »Borderline-Persönlichkeitsorganisation« wiedergegeben.

KERNBERG versteht die Objektbeziehungs-Theorie nicht als alternatives psychoanalytisches Konzept, sondern integriert sie mit der psychoanalytischen Triebtheorie. Triebe äußern sich primär als angeborene Verhaltensmuster. Zu einer Strukturierung oder Organisation in der Psyche kommt es dadurch, daß menschliche Interaktionen, vor allem mit der Mutter, verinnerlicht werden. In diesem Verinnerlichungsprozeß von

Objektbeziehungen gibt es vier Abschnitte. Nach dem ersten, dem »Stadium der Nichtdifferenzierung«, folgt als zweite Stufe die »Konsolidierung des undifferenzierten Selbst-Objekt-Bildes«. Hier gibt es entweder mit nur guten oder mit nur negativen Affekten verknüpfte Selbst-Objekt-Einheiten, wie wir es von den anderen Objektbeziehungs-Theoretikern schon kennen.

Dies stellt eine erste seelische Struktur dar, eine Trennung zwischen dem Selbst und den Objekten ist nur rudimentär gegeben. Störungen in den Objektbeziehungen mit Fixierungen auf dieser Stufe sind die Ursache schizophrener Psychosen. Regressionen auf diese Ebene entstehen dadurch, daß nur gute Selbst- und Objektanteile introjiziert werden, während »böse« Anteile projiziert werden. In einem zweiten Schritt verschmelzen Selbst- und Objektanteile erneut, und es kommt zu einem psychotischen Verlust der Ich-Grenzen und der Realitätsprüfung.

Eine zweite Organisationsstufe der Psyche liegt vor, wenn es zu einer Unterscheidung zwischen Selbst und Nicht-Selbst gekommen ist, eine Voraussetzung für das Errichten von stabilen Ich-Grenzen und Realitätsprüfung. Nach wie vor allerdings bleibt die relative Unverbundenheit von guten und schlechten Objektbeziehungs-Einheiten bestehen, die erst auf der dritten Entwicklungsebene zu ganzheitlich organisierten Vorstellungsbildern von sich selbst und den Objekten integriert werden. Dabei ist jede solche Objektbeziehungs-Repräsentanz aus drei Komponenten aufgebaut: einem Vorstellungsinhalt von sich selbst, einem von dem anderen und einer Gefühlstönung. Wie gesagt, sind diese bipolar voneinander getrennten Repräsentanzen auf der uns hier besonders interessierenden dritten Entwicklungsstufe, die nach KERNBERG die entscheidende Störungsebene für alle schweren Persönlichkeitsstörungen darstellt, zu integrieren. Geschieht diese Integration unzulänglich, kann man von einer zumindest latenten *Borderline-Persönlichkeitsorganisation* der Psyche sprechen.

KERNBERG sieht die Ursache einer solchen strukturellen Störung der Persönlichkeit darin, daß unerträgliche und zu bedrohliche Wut- und Haßgefühle in der Beziehung zur Mutter sehr stark anwachsen. Sie drohen, die basal guten Objektbeziehungs-Anteile so zu durchdringen, daß sie sie vernichten könnten. Damit gerät aber auch die erreichte seelische Struktur in Gefahr. Das Überwiegen primitiver Aggressionen behindert die Integration der guten und bösen Objektbeziehungs-Repräsentanzen, sie bleiben bipolar gespalten, und eine integrierte Persönlichkeit kann sich nicht bilden. Falls es bereits zu einer gewissen, wenn auch nicht ausreichenden Integration gekommen ist, führen unerträgliche Wut- und Haßgefühle (in Beziehungen) zu einer regressiv wiedereinsetzenden Spaltung, die dazu dient, die guten Selbst- und Objektanteile zu retten. KERNBERG nennt Störungen mit dieser Pathodynamik Charakterpathologien der niederen Ebene. Hierzu zählt er Borderline-Persönlichkeitsstörungen, antisoziale und infantile Persönlichkeiten, schwere narzißtische Charakterstörungen und Suchtpersönlichkeiten.

Erst in der abgeschlossenen Integration der Objektbeziehungs-Repräsentanzen mit ausreichender Neutralisierung primitiver aggressiver und sexueller Triebbedürfnisse ist die vierte Stufe der Verinnerlichung erreicht. Sie ist die Voraussetzung zur Entwicklung von Ich-Identität, der höchstmöglichen psychischen Organisation. Über Identifikationen hinaus ist ein konsistentes Selbstsystem entstanden, das sozusagen alle bisherigen Objektbeziehungserfahrungen »metabolisieren« konnte. Eine solche Person verfügt über ein gesundes Selbstgefühl, Selbstbesänftigungs- und Selbstbestätigungsmöglichkeiten, beständige Wertvorstellungen und von Triebkonflikten weitgehend befreite Ich-Funktionen und -Aktivitäten. Noch vorhandene Restkonflikte sind demgegenüber begrenzter Natur, sie können erfolgreich verdrängt werden oder äußern sich als neurotische Symptombildungen. Der überwiegende Bereich der Persönlichkeit und der Psyche ist jedoch konfliktfrei.

KERNBERG hat einen wichtigen Beitrag zum Verständnis vor allem der Borderline-Persönlichkeitsorganisation geleistet, indem er den großen Kreis dieser Persönlichkeitsstörungen in übersichtlicher Weise systematisiert hat. Diese gleichzeitig differenzierende und integrierende theoretisch-klinische Arbeit erhält besonderen Wert auch dadurch, daß sie dezidierte behandlungstechnische Überlegungen fundiert. KERNBERG konnte allerdings auf nicht wenige Vorläufer und Mitdenker zurückgreifen. Die Psychoanalyse als eine Theorie der Persönlichkeit und der menschlichen Entwicklung in Begriffen von Triebschicksalen und deren heilsamer Deutung hat sich mit der Objektbeziehungs-Theorie zu einer Beziehungs-Psychologie und -Medizin erweitert, die auch schwere psychische Leidensformen begreifbar und Methoden für deren Behandlung verfügbar macht.

Als Basisliteratur empfohlen:

BLANCK R.; BLANCK G. (1978): Angewandte Ich-Psychologie (Amerikanische Originalausgabe 1974). Klett-Cotta, Stuttgart, 2. Aufl.
KERNBERG, O. F. (1981): Objektbeziehungen und Praxis der Psychoanalyse. Klett-Cotta, Stuttgart

Zur weiterführenden Lektüre empfohlen:

HARTMANN, H. (1975): Ich-Psychologie und Anpassungsproblem. Klett, Stuttgart, 3. Aufl.
KOHUT, H. (1983): Narzismus (Amerikanische Erstausgabe 1971). Suhrkamp, Frankfurt a.M.
MERTENS, W. (1992): Psychoanalyse. Kohlhammer, Stuttgart

Literaturangaben zum Text:

BLANCK, R.; BLANCK, G. (1989): Jenseits der Ich-Psychologie (Amerikanische Originalausgabe 1986). Klett-Cotta, Stuttgart
FREUD, A. (1936): Das Ich und die Abwehrmechanismen. In: Die Schriften der Anna Freud, Bd. I. Fischer, Frankfurt a.M., 1987, S. 191-355
FREUD, S. (1982): Die endliche und die unendliche Analyse. Studienausgabe, Ergänzungsband. Fischer, Frankfurt a.M., S. 351
HARTMANN, H. (1972): Ich-Psychologie. Studien zur psychoanalytischen Theorie. Klett, Stuttgart
JACOBSON, E. (1978): Das Selbst und die Welt der Objekte. Suhrkamp, Frankfurt a.M.
KERNBERG, O. F. (1980): Borderline-Störungen und pathologischer Narzismus. Suhrkamp, Frankfurt a.M.
KERNBERG, O. F. (1988): Schwere Persönlichkeitsstörungen. Klett-Cotta, Stuttgart
KERNBERG, O. F. (1988): Innere Welt und äußere Realität. Verl. Internationale Psychoanalyse, München/Wien
KOHUT, H. (1981): Die Heilung des Selbst (Amerikanische Originalausgabe 1977). Suhrkamp, Frankfurt a.M.
KLEIN, M. (1962): Das Seelenleben des Kleinkindes und andere Beiträge zur Psychoanalyse. Klett, Stuttgart
MERTENS, W. (1990): Einführung in die psychoanalytische Therapie. 3 Bände, Kohlhammer, Stuttgart/Berlin/Köln
WINNICOTT, D. W. (1979): Vom Spiel zur Kreativität. Klett-Cotta, Stuttgart

GERHARD STANDKE

Psychoanalytische Entwicklungspsychologie

STICHWORT: Psychoanalytische Entwicklungspsychologie

Die psychoanalytische Entwicklungslehre hat nicht nur im Rahmen der psychoanalytischen Krankheitslehre ihre Bedeutung, sondern erklärt darüber hinaus den Verlauf der normalen menschlichen Entwicklung. Im Mittelpunkt stehen dabei Prozesse der Loslösung von den Liebesobjekten der frühen Kindheit sowie der Individuation im Sinne von Ich-Identität und Objektkonstanz. Unter dem Einfluß der modernen Säuglingsbeobachtung (vgl. dazu vor allem STERN 1992) ist eine gründliche Revision bisheriger Konzepte und Theorien eingeleitet worden. Dabei wird vor allem die Vorstellung kritisiert, daß der Säugling in den ersten Lebensmonaten den Entwicklungsprozeß nur passiv erfährt, keinesfalls aber aktiv daran teilhat. Ferner wird ebenfalls unter dem Einfluß der modernen Säuglingsbeobachtung und Experimentalpsychologie davon ausgegangen, daß die Entwicklung der menschlichen Persönlichkeit nicht allein auf die Entfaltung erblich angelegter Triebkräfte zurückgeführt werden kann. Vielmehr ist die menschliche Entwicklung nur noch im Rahmen einer Theorie der emotionalen Entwicklung schlechthin zu beschreiben (HOFFMANN und HOCHAPFEL 1984). Dem Menschen ist demnach eine emotionale Bedürftigkeit angeboren, deren verschiedene Aspekte in jeweils eigenen Entwicklungslinien beschrieben werden müssen. Neben der sexuellen beziehungsweise triebhaften Bedürftigkeit sind in diesem Zusammenhang die passiven und Abhängigkeitsbedürfnisse zu nennen, die aktiven und Autonomiebedürfnisse, die aggressiven Bedürfnisse sowie letztlich auch die narzißtischen Wünsche und Strebungen. Das Schicksal dieser Bedürfnisse ist abhängig von den Beziehungserfahrungen (vgl. dazu auch KÖNIG 1992, 1988), die zu ihrer Ausdifferenzierung führen sollen, aber natürlich auch pathogen verlaufen können und jeweils entsprechende Folgen nach sich ziehen werden. Die psychoanalytische Entwicklungslehre hat sich spätestens seit der intensiven Auseinandersetzung mit der Frage nach der Behandelbarkeit überwiegend präödipal beziehungsweise prägenital gestörter Patienten, zu denen wir unter anderem auch viele Suchtkranke zählen,

> stark ausgeweitet und differenziert. Im Hinblick auf das Verstehen von psychischer Abhängigkeit und manifester Sucht wird es darum gehen, die neueren entwicklungspsychologischen Hypothesen darzulegen und in den Rahmen der bislang als gültig erachteten Entwicklungslehre einzuordnen.

Aspekte der Ich-Entwicklung vor dem Hintergrund der Strukturtheorie

An den Anfang stellen möchte ich allerdings einen alten, klassisch zu nennenden Theorieansatz. Es geht um die Instanzenlehre, um die sogenannte Strukturtheorie von der Persönlichkeit des Menschen. FREUD (1923) hat mit diesem Konzept Abschied genommen von einer rein topischen Vorstellung von Psychoanalyse. Die Strukturtheorie simuliert die Innenbefindlichkeit der Menschen mittels der drei Instanzen *Es*, *Ich* und *Über-Ich*. Die äußere Realität wirkt auf diese innere Struktur ein und trägt mit dazu bei, daß sie sich im Grunde nie spannungsfrei darstellen kann, sondern von bewußten wie unbewußten Konflikten geprägt ist.

Das *Es* ist die älteste dieser drei »psychischen Provinzen« oder »Instanzen«, wie FREUD (1938, S. 67f.) sie bezeichnete. »Sein Inhalt ist alles, was ererbt, bei Geburt mitgebracht, konstitutionell festgelegt ist ... [Die Macht des Es] besteht darin, seine mitgebrachten Bedürfnisse zu befriedigen« (FREUD 1938). FREUD beschreibt damit die angeborene Tendenz des Menschen, Unlust zu vermeiden, nach Lust und Bedürfnisbefriedigung zu suchen, um in einem Zustand der psychischen wie physischen Entspannung leben zu können. In der Sozialpsychologie spricht man an dieser Stelle auch von den »hedonistischen« Bedürfnissen des Menschen (vgl. dazu FORGAS 1987, S. 14). »Die Kräfte, die wir hinter den Bedürfnisspannungen des Es annehmen, heißen wir Triebe. Sie repräsentieren die körperlichen Anforderungen an das Seelenleben« (FREUD 1938, S. 67). Dabei unterscheiden wir mit FREUD den Liebestrieb (Libido) und den Destruktionstrieb (Todestrieb). FREUD war der Ansicht, daß das »Es den gesamten psychischen Apparat zum Zeitpunkt der Geburt umfaßt und daß das Ich und das Über-Ich ursprüngliche Teile des Es waren, die sich im Laufe des Heranwachsens hinreichend differenzieren, um sie als eigene Entitäten betrachten zu können« (BRENNER 1955, S. 43f.).

Bei diesen Instanzen oder Strukturen handelt es sich um relativ stabile Determinanten individuellen Erlebens und Verhaltens. Sie entstehen bei jedem Menschen aus dem spezifischen Zusammenwirken von biologischer Ausstattung und frühkindlicher Sozialisation. Diese wiederum wird von sozioökonomischen und soziokulturellen Faktoren geprägt, die umgekehrt dann wieder von den so sozialisierten Menschen beeinflußt werden können.

Das *Ich* wird durch einen Komplex von Funktionen definiert und entwickelt sich unter der Bedingung, daß dem Säugling von Geburt an »hinreichend gute Objekte« zur Ausdifferenzierung der zunächst undifferenzierten Bedürfnisspannungen aus dem Es zur Verfügung stehen. Das heißt, wenn wir uns mit der Entwicklung des Ich und seiner Funktionen beschäftigen, so können wir dies nicht losgelöst von triebdynamischen Aspekten tun, aber auch nicht unabhängig von den jeweils vorherrschenden Beziehungserfahrungen. Die Entfaltung der Ich-Leistungen und der Niederschlag von Selbst- und Objektrepräsentanzen bedingen sich gegenseitig und sind entsprechend von Geburt an bedeutsam. Von einem Normal-Ich würden wir sprechen, wenn vor allem die folgenden Aspekte der Ich-Organisation (unter anderem auch die sogenannten Ich-Funktionen) hinreichend gut entwickelt sind.

- *Realitätswahrnehmung und -prüfung*
  - Fähigkeit, zwischen inneren und äußeren Reizquellen zu unterscheiden.
  - Differenziertheit, in der äußere wie innere Reizquellen zeitlich, räumlich und sprachlich aufeinander bezogen werden können (Fähigkeit zum reflexiven Umgang mit sich selbst).

- *Antizipation und Verhaltensabstimmung in der Interaktion mit anderen*
  - Fähigkeit, sich mögliche Konsequenzen des eigenen Verhaltens vorstellen zu können.
  - Fähigkeit, sich gefühlsmäßig auf andere Menschen differenziert einstellen und sich entsprechend verhalten zu können (Taktgefühl).

○ *Steuerung von Impulsen und Affekten*
- Fähigkeit zur Triebmischung; Aufhebung der Gut-Böse-Spaltung;
- Frustrationstoleranz gegenüber narzißtischen Verletzungen, Versagen, Versagungen durch andere; Toleranz gegenüber Anforderungen des Über-Ich und den Idealvorstellungen vom eigenen Selbst;
- Fähigkeit zum Aufschub von Bedürfnisbefriedigung.

○ *Denkprozesse*
- Gedächtnis, Konzentrationsvermögen und Aufmerksamkeit;
- Vorstellungsvermögen und Abstraktionsfähigkeit;
- kreative Fähigkeiten.

○ *Selbst- und Objektbilder (bzw. Fähigkeit zu deren Gestaltung)*
- differenzierte und dauerhafte Vorstellungen von sich und anderen;
- Fähigkeit zur Aufrechterhaltung von Selbst- und Objektbildern (Objektkonstanz).

○ *Synthetisch-integrative Funktion des Ich*
- Fähigkeit zum Wahrnehmen, Ertragen und Auseinandersetzen mit Pluralität und möglicher Widersprüchlichkeit in sozialen Bezügen.

Diese Zusammenstellung der Ich-Funktionen erfolgte in Anlehnung an eine Untersuchung zur Erforschung der Ich-Funktionsdefizite bei Neurotikern, Suchtkranken und Patienten mit Morbus-Crohn. (Vgl. dazu DAVIES-OSTERKAMP, HEIGL-EVERS, HARTKAMP, STROHMEYER, ZEPF 1988; die für Suchtkranke relevanten Befunde sind veröffentlicht in HEIGL-EVERS, STANDKE 1989).

Abhängig sind die Ich-Funktionen in ihrer Entwicklung (nach BRENNER 1955, S. 44f.) einerseits von physischen Wachstumsschritten des Kindes und der Fähigkeit sowie der Möglichkeit, die fortschreitenden körperlichen Reifungsprozesse zu entdecken, auszuprobieren und positiv libidinös zu besetzen, das heißt, damit eine Befriedigung narzißtischer Bedürftigkeit zu erfahren. Andererseits sind dafür jene spezifischen Erfahrungen bedeutsam, die das Kind in der Auseinandersetzung mit der Umwelt sammelt und verinnerlicht. ZEPF (1985) beschreibt denn auch jene Prozesse als Ich-Funktionen, »die sich in der Lebenspraxis als notwendig für die narzißtische und Triebbefriedigung erweisen. Sie haben instrumentellen Charakter und können unbewußt auf der Ebene des Primärvorganges als auch bewußt auf der Ebene des Sekundärvorganges eingesetzt werden« (Zepf 1985, S. 102).

Bewußt oder auch unbewußt drängt das Individuum auf die Wiederholung solcher Vorgänge, weil sie nach seiner Erfahrung zur lustvollen Entspannung oder Vermeidung von Unlust geführt haben. Das Ich des Kindes wird mehr oder weniger bewußt dazu eingesetzt, die Umwelt als Quelle der Befriedigung, der Befreiung von körperlicher Unlust zu nützen. Dabei würden wir das Ich nicht mehr ausschließlich als Vollstrecker der Triebe (Brenner 1955, S. 45) verstehen. Die Funktionen, die es bestimmen, tragen nicht ausschließlich zur Triebbefriedigung bei, sondern führen zur Entlastung von Unlust überhaupt, oder sollen jedenfalls dazu führen.

Es geht also um einen Prozeß der Bedürfnisregulierung (vgl. Mahler 1979), der durch das Verhältnis von Bedürfnisäußerung aufgrund von Unlusterleben auf seiten des Kindes oder des Säuglings und Bedürfnisbefriedigung auf seiten der Liebesobjekte (nicht nur der Mutter) geprägt zu sein scheint. Falls eine solche Entwicklung nicht pathogen verläuft, wird sich dieser Bedürfnisaustausch immer spezifischer gestalten und dazu führen, daß solche Prozesse verinnerlicht und damit zugleich auch Erinnerungsspuren geschaffen werden.

Solche Prozesse werden dann gestört verlaufen, wenn die Liebesobjekte – in der Regel zunächst Mutter und Vater – nicht in verläßlicher Weise auf jene Signale eingehen, die eine beginnende Differenzierung und Weiterdifferenzierung kindlicher Fähigkeiten ankündigen, wenn sie also nicht in einem spiegelbildlichen Bezugsrahmen (Mahler 1979, S. 25) antworten. Praktisch würde sich dies etwa so zeigen, daß die Mutter das Weinen oder Schreien des Kindes immer gleich beantwortet, ihm beispielsweise immer den Schnuller gibt, obwohl die Anlässe des Weinens oder Schreiens sehr unterschiedlich sein können. Die Mutter beziehungsweise die Eltern würden dies nicht bemerken und damit möglicherweise nicht über jene Ich-Fähigkeit verfügen, die Spitz (1965, S. 65) als »coenästhetisches« Erleben dargestellt hat. Spitz hat damit eine Ich-

Funktion beschrieben, die es insbesondere den Müttern ermöglichen soll, sich auf präverbale Bedürfnisse einzulassen, diese zu verstehen und zu beantworten, obwohl sie nicht ausgesprochen werden können.

Ganz elementar bedeutsam für die Entwicklung der Ich-Funktionen ist daneben natürlich auch die Beziehung des Kindes zum eigenen Körper und jenen Erfahrungen, die es im Umgang damit macht. FREUD hat darauf bereits 1911 hingewiesen und basierend darauf das Konzept des »Primären Narzißmus« im Unterschied zum sekundären Narzißmus beschrieben. FREUD ordnete dem eigenen Körper deshalb eine besondere Bedeutung in der Ich-Entwicklung zu, weil die Beschäftigung des Kindes damit zu *zwei* Empfindungen führt. Es fühlt hier nicht nur, es wird zugleich auch gefühlt, und dies gilt für die Wahrnehmung äußerer Objekte nicht. Es sind Vorgänge des Autoerotismus, der Selbstbefriedigung, die FREUD in diesem Zusammenhang unter anderem interessiert haben. Diese Vorgänge, die anders als Objektwahrnehmungen verlaufen, tragen zur Stärkung der Realitätswahrnehmung, zur Realitätsbeurteilung bei. Das Kind lernt, zwischen Ich und Du zu unterscheiden und mit dieser Unterscheidung umzugehen.

Unberücksichtigt geblieben ist in der bisherigen Darstellung die phasenspezifische Triebdynamik, der FREUD (1905) noch die größte Bedeutung für die Entwicklung der menschlichen Persönlichkeit zuwies. In den »Drei Abhandlungen zur Sexualtheorie« beschrieb FREUD (1905) den Menschen als vorwiegend triebgesteuert. Den Entwicklungsverlauf stellte er sich in Phasen vor, wobei nach seiner Vorstellung in jeder Phase eine spezifische Thematik entfaltet wurde. In der oralen Phase der Entwicklung ging es danach um das Thema Verwöhnen und Versagen, in der analen um die Autonomie und den eigenen Willen, in der phallischen um die Prozesse der Selbstwertregulierung sowie um das Schicksal omnipotenter Vorstellungen von der eigenen Person. In der ödipalen Phase wurde die Entwicklung vor dem Hintergrund der Triangulierung verstanden und der Feststellung, daß die Eltern in besonderer Weise zueinander in Beziehung stehen, während das Kind sich mehr oder weniger ausgegrenzt fühlt. Dies zu verändern macht ein Rivalisieren mit dem jeweils gleichgeschlechtigen Elternteil notwendig, führt aber zugleich auch zu

Schuldgefühlen und Kastrationsängsten, weil weder Vater noch Mutter in der Regel bereit sind, die Besonderheit ihrer Beziehung zueinander aufzugeben. Die Identifikation mit dem eigenen Geschlecht sowie die Hinwendung zur Gleichaltrigengruppe entlastet schließlich, führt aus diesem Konflikt heraus und zu der für die Latenzphase typischen Triebruhe.

Heute geht man eher davon aus, daß die Entwicklung der Persönlichkeit nicht auf die Triebentwicklung allein reduzierbar ist. HOFFMANN und HOCHAPFEL (1984, S. 28) sprechen davon, daß die menschliche Entwicklung nur im Rahmen einer Theorie der emotionalen Entwicklung schlechthin zu beschreiben ist. Den Menschen ist demnach eine emotionale Bedürftigkeit angeboren, deren verschiedene Aspekte in jeweils eigenen Entwicklungslinien beschrieben werden müssen. Neben der sexuellen beziehungsweise triebhaften Bedürftigkeit nennen HOFFMANN und HOCHAPFEL die passiven und Abhängigkeitsbedürfnisse, die aktiven und Autonomiebedürfnisse, die aggressive Bedürftigkeit sowie die narzißtischen Wünsche und Strebungen. Das Schicksal dieser Bedürfnisse ist nun abhängig von Beziehungserfahrungen, die zu ihrer Ausdifferenzierung führen sollen, aber natürlich auch pathogen verlaufen können und jeweils entsprechende Folgen nach sich ziehen werden.

Ich-Entwicklung und Über-Ich-Bildung als Internalisierungsprozesse

Um die Dynamik zwischen der Ich-Entwicklung und der Entfaltung einer inneren Welt von Repräsentanzen näher zu bestimmen, soll an dieser Stelle auf Arbeiten von SANDLER und ROSENBLATT (1984) eingegangen werden. Sie unterschieden einen strukturellen und einen funktionalen Aspekt der Ich-Organisation und führten dazu aus: »Wir hielten es für notwendig, zwischen dem Ich ... als organisierter Menge von Funktionen einerseits und der Vorstellungswelt andererseits zu unterscheiden ... Der Aufbau der Vorstellungswelt ist ein Produkt von Ich-Funktionen. Die Selbst- und Objektvorstellungen sind Teil dieser Vorstellungswelt« (SANDLER u. ROSENBLATT 1984, S. 204f.). Diese Vorstellungswelt beinhaltet aber offensichtlich mehr, also vermutlich auch Vorstellungen von Beziehungsabläufen, von Szenen und den damit verbundenen Gefühlen und Affekten. Ohne auf die Diskussion einzugehen, ob und inwieweit auch Beziehungsaspekte und die damit verbundenen emotionalen Erfahrungen repräsentiert sein können, sollen die Prozesse beschrieben werden, die zu einer »inneren Welt von Repräsentanzen« beitragen. Es sind dies die Prozesse der Internalisierung, der Identifizierung und der Introjektion. Diese Begriffe wurden und werden in der Literatur nicht einheitlich, manchmal sogar synonym verwendet. Immer beschreiben sie aber Prozesse der Hereinnahme von Aspekten der Außenwelt in die inneren Strukturen, die bewußt und auch unbewußt verlaufen können. Dies geschieht nach SANDLER (1964) auf unterschiedlichen Abstraktionsniveaus, damit haben diese Prozesse auch unterschiedliche strukturelle Gegebenheiten zur Voraussetzung.

Mit dem Begriff der Internalisierung (S. 733) beschreibt der Autor die früheste Phase dieses Prozesses der Hereinnahme, die noch ganz und gar auf den genetisch angelegten Erlebens- und Verhaltensmöglichkeiten aufbaut. Es *geschieht* dem Säugling aufgrund seines angeborenen Erlebens- und Verhaltensrepertoires sozusagen, seine äußere wie seine innere Welt zu erleben, ohne daß Unterscheidungsmöglichkeiten zwischen Innen und Außen bedeutsam werden oder subjektiv von Interesse sind. Es geht um die Registrierung von Unlustempfindungen, die auf Befriedigung drängen und auch Befriedigung erfahren. Aus diesem Zusammenspiel von Bedürfnisäußerung und Bedürfnisbefriedigung werden Erinnerungsspuren gebildet, die dann gewissermaßen zum Motor der Weiterentwicklung werden, weil das Individuum auf die Wiederholung solcher Erfahrungen drängt und sich darüber hinaus dadurch zur weiteren aktiven Auseinandersetzung mit der äußeren Welt angeregt fühlen kann. SANDLER (1964, S. 734) spricht hier von einer organisierenden Tätigkeit des Ich, die dazu beiträgt, eine Anpassung an die Umwelt auf dem Wege zu erreichen, daß bestimmte Aspekte aus dieser Umwelt in die innere Welt aufgenommen werden.

An dieser Stelle ist darauf hinzuweisen, daß diese Vorgänge der Hereinnahme von KERNBERG (1981) völlig anders dargestellt werden. Introjektion stellt für ihn die früheste, primitivste und fundamentalste Ebene in der Organisation von Internalisierungsprozessen dar (KERNBERG 1981, S. 25f.). Identifizierung ist eine Form der Introjektion auf höchster Ebene, die nur stattfinden kann, wenn die perzeptiven und kognitiven Fähigkeiten des Kindes sich soweit entwickelt haben, daß es die Rollenaspekte zwischenmenschlicher Interaktion erkennen kann. Im Verlauf dieses Beitrags werden wir sehen, daß diese Auffassung von modernen Entwicklungspsychologen – wie beispielsweise STERN 1992 – nicht mehr geteilt wird. Für KERNBERG (1981, S. 28), das sei der Vollständigkeit halber gesagt, repräsentiert die Ich-Identität die höchste Ebene in der Organisationsform der Internalisierungsprozesse. Ich erwähne diese Begrifflichkeit von KERNBERG deshalb besonders, weil wir darauf bei der Beschreibung der präödipalen Persönlichkeitsstrukturen zurückgreifen werden.

Der Begriff der Internalisierung wird in der Literatur nicht immer von dem der Identifikation unterschieden. Bei BRENNER (1955, S. 48), der sich in seinen Definitionen sehr an FREUD anlehnt, heißt es: »Unter Identifizierung verstehen wir den Akt oder Vorgang, durch den man in einem oder mehreren Denk- oder Verhaltensaspekten wie etwas oder wie jemand wird. FREUD legte dar, daß die Tendenz des Menschen, wie ein Objekt seiner Umwelt zu werden, ein wichtiger Teil seiner Beziehung zu diesen Objekten ganz allgemein ist, und daß sie offenbar im sehr frühen Lebensstadium von ganz besonderer Bedeutung ist. Schon in der Mitte des ersten Lebensjahres lassen sich im Verhalten des kleinen Kindes Zeichen dieser Tendenz erkennen.«

Nach SANDLER (1964, S. 736) ist die Identifizierung ein innerer Prozeß, der damit auch das Vorhandensein differenzierter innerer Schemata, also Selbst- und Objektrepräsentanzen, und die Art der Beziehung zwischen ihnen schon voraussetzt. Damit ist also die Fähigkeit angesprochen, Wege zu finden, mit der vom Objekt getrennten Existenz, dem eigenen Selbst, umzugehen. Es handelt sich hier um einen Prozeß, der bewußt verlaufen kann, sich aber in der Regel unbewußt vollzieht. »Man kann Identifizierung also definieren als einen Abänderungsprozeß des Ich-Schemas auf der Basis gegenwärtiger oder vergangener Wahrnehmungen eines Objekts, wobei eine solche Modifikation vorübergehend oder dauernd, ganz oder partiell, ich-bereichernd oder ich-einschränkend sein kann ...

Die Identifizierung ist ein Mittel, dasselbe zu fühlen wie das bewunderte oder idealisierte Objekt und dadurch mit ihm eins zu sein« (SANDLER 1964, S. 737). Sie kann, wie FREUD es herausgestellt hat, neben einer realitätsangemessenen Wahrnehmung der Beziehung zum Objekt bestehen. Wenn man sich vergegenwärtigt, mit welcher Freude das ganz kleine Kind, bewußt oder unbewußt, einen Elternteil oder ältere Geschwister nachahmt, wird deutlich, ein wie wichtiges Mittel die Identifizierung ist, um im Kind das Gefühl des Geliebtwerdens zu erzeugen und es in einen inneren Zustand des Wohlbefindens zu versetzen.

Der Vorgang der Introjektion bezieht sich nun darauf, daß die realen Liebesobjekte – in der Regel die Eltern – als Quelle narzißtischer Befriedigung ganz oder zumindest teilweise aufgegeben werden können. SANDLER führt dazu aus: »Die Entstehung des Introjekts ist daher Folge einer völligen oder partiellen Auflösung der Beziehung zum wirklichen Objekt. Durch die Introjektion wird die Beziehung zum Objekt aufrechterhalten und weitergeführt, aber das wirkliche Objekt ist für diese Beziehung nicht mehr von so elementarer Bedeutung. Daraus folgt, daß weder die Persönlichkeit noch das Verhalten introjiziert wird, sondern ihre Autorität« (1964, S. 739). Das heißt unter anderem, die Kinder sind jetzt nicht mehr nur oder vielleicht gar nicht aus dem Grund an der Beziehung zu den Eltern interessiert, weil sie ihrer Bedürfnisbefriedigung dient. Vielmehr sind sie auch vor dem Hintergrund eines eigenen Willens und einer eigenen Verantwortlichkeit an ihren Eltern als Menschen an sich interessiert, da sie sich ja weiter auf eine besondere Weise auf die Beziehung zu ihnen einlassen. Es wird bedeutsam, die Eltern in ihren Bedürfnissen, Wünschen und Ängsten, in ihren Motiven, Erlebens- und Handlungsweisen kennenzulernen und vor dem Hintergrund ihrer individuellen Lebensgeschichte zu verstehen. Dies setzt voraus, daß die Kinder auch bemerken, daß sich aus dieser Lebensgeschichte andere Modi des Verhaltens und Erlebens, andere charakterliche Züge ergeben können, als dies für sie selbst der Fall ist. Es geht darum, nicht nur mit dem »Genausosein«, sondern auch mit dem »Anderssein« leben zu lernen.

Mit der Introjektion wird also ein hochdifferenzierter Prozeß beschrieben, der zur Herausbildung eines autonomen Über-

Ich führt, das sich jetzt auch unabhängig von den Eltern in eigenen Bahnen weiterentwickeln kann. »Das Über-Ich bildet sich, um bei der FREUDschen Formulierung zu bleiben, als Niederschlag im Ich, und seine Entstehung steht in Wechselbeziehung mit einer partiellen und relativen Abschwächung des Interesses an den wirklichen Eltern sowie der Abhängigkeit von ihnen« (SANDLER 1964, S. 739). Die Hauptquelle der Selbstachtung und Selbstbewertung sind jetzt nicht mehr die wirklichen Eltern, sondern das eigene Über-Ich, die Notwendigkeit vor dem inneren Zensor, der sich als neue Struktur im psychischen Erleben etabliert hat, zu bestehen.

Mit dem Über-Ich beschreiben wir eine moralische Instanz. In der Literatur werden strafende wie zielsetzende Aspekte dieser moralischen Instanz betont und unterschiedlich zueinander in Beziehung gesetzt. Dabei geht es um die Frage, ob Ich-Ideal und Über-Ich im Grunde voneinander getrennte Instanzen darstellen oder zwei gegenläufige Aspekte der gleichen Instanz repräsentieren, die in ihrer Gesamtheit als Über-Ich definiert wird. ZEPF (1985, S. 119) relativiert diese Unterscheidung, nach der das Ich-Ideal Ziele setzt, während durch das Über-Ich Grenzen abgebildet sind und entsprechende Sanktionen ausphantasiert werden. Seiner Meinung nach besteht hier eine enge Verbindung und ein entsprechendes Zusammenwirken insofern, als es für das Individuum sicher auch ein idealisiertes Ziel sein wird, die durch das Über-Ich gesetzten Grenzen einzuhalten.

*Schritte der Loslösung vom Objekt und
der Aufbau des Selbst*

Im letzten Abschnitt habe ich bereits darauf hingewiesen, daß die Ich-Entwicklung nicht losgelöst von triebdynamischen und von objektbeziehungstheoretischen Vorstellungen betrachtet werden kann. Wir beschreiben mit der Entwicklung der Objektbeziehungsmöglichkeiten des Menschen also keinen grundsätzlich anderen Gegenstand, sondern ändern lediglich unseren Blickwinkel. Die Beziehung wird zur zentralen Kategorie. Wir richten dafür unseren Blick auf die Art und Weise, wie Menschen aufeinander einwirken und gegenseitig voneinander profitieren. In der Sozialpsychologie wird Entwicklung deshalb ganz allgemein als ein reziproker Prozeß beschrieben, als ein Prozeß also, bei dem Kinder – auch Säuglinge und Kleinkinder – nicht nur von ihren Eltern lernen, sondern auch immer umgekehrt die Eltern von ihren Kindern. Alle Beziehungspartner machen immer wieder neue Erfahrungen und entwickeln sich somit auch weiter. Theoretisch kommt die Entwicklung des Menschen also niemals zum Stillstand, sondern endet erst mit dem Tod (THOMAS 1992, S. 199f.). In der Objektbeziehungs-Theorie betrachten wir die Beziehungserfahrungen einerseits in ihrer Bedeutung für die Loslösung vom Liebesobjekt, andererseits im Hinblick auf den Prozeß der Individuation, bzw. im Hinblick auf die Differenzierung des Selbst (MAHLER et al. 1975).

Loslösung bedeutet die zunehmende Fähigkeit zum Verzicht auf die ständige Gegenwart der Mutter, zum Aushalten und Tolerieren von Trennungen. In diesem Kontext werden die Bedingungen beschrieben, unter denen eine solche Verzichtleistung, also letztlich das Ertragen von Unlust, möglich wird. Diese Betrachtung erscheint deshalb so wichtig, weil es nach sozialpsychologischen Erkenntnissen eher in der Natur der Menschen liegt, solchen Erlebensweisen aus dem Wege zu gehen (ALLPORT 1924, zit. n. FORGAS 1987, S. 13f.). Es muß deshalb ein Motiv für die Bereitschaft des Säuglings geben, welches verständlich werden läßt, daß sich dieser Prozeß der Trennung trotzdem vollzieht.

MAHLER et al. (1975, S. 58) sehen im Vorgang der Individuation ein entscheidendes Motiv für die Erträglichkeit des Trennungsprozesses. Der Säugling entdeckt mit fortschreitendem biologischen Reifungsprozeß die Lust an dem Umgang mit eigenen, mehr oder weniger selbst steuerbaren Verhaltens- und Erlebensmöglichkeiten, wenn die Eltern genügend Raum geben, diese Lust zu entfalten. Nach MAHLER ist es im wesentlichen die lustvolle Besetzung dieser Reifungsschritte, die ein Fortschreiten des Trennungsprozesses ermöglicht. Gemeinsam mit ihren Mitarbeitern PINE und BERGMANN beschreibt sie einen Prozeß, der die Entwicklung vom sogenannten »normalen Autismus« bis zur »Loslösung und Individuation« und einer »emotionalen Objektkonstanz« nachzeichnet und sich in etwa von der Geburt an bis in das 3. Lebensjahr hinein erstreckt.

Der »*normale Autismus*« (1. Lebensmonat) sei gekennzeichnet durch Prozesse der Lust-/Unlustregulierung, wobei der Säugling vor Reizen von außen durch eine ihm angeborene Gleichgültigkeit, die wie eine natürliche Reizschranke wirke, stark geschützt werde. Der Säugling erwache vor allem, wenn Hunger und andere Bedürfnisse – also Bedürfnisse aus seinem Inneren – ihn dazu veranlassen, er sinke in den Schlaf zurück, sobald er befriedigt sei. Der Säugling nimmt die Herkunft dieser Bedürfnisse nicht wahr, kann sie in ihrer spezifischen Qualität auch nicht unterscheiden. Da der Vorgang der Bedürfnisbefriedigung als zum eigenen allmächtigen Umkreis gehörig empfunden wird (selbstgenügsame halluzinatorische Wunscherfüllung), sind Vorstellungen von Selbst und Objekt nicht repräsentiert (MAHLER et al. 1975, S. 60).

Mit dem verschwommenen Gewahrwerden des bedürfnisbefriedigenden (Teil-)Objekts beginnt die »*normale Symbiose*« (2./3. Lebensmonat). Das wesentliche Merkmal ist die illusorische, somatopsychische omnipotente Fusion mit der Mutterrepräsentanz. Diese äußert sich in der Illusion des Einsseins mit der Mutter verbunden mit dem Erleben einer gemeinsamen Grenze nach außen. Am Gipfelpunkt der symbiotischen Phase im 4./5. Lebensmonat entsteht ein »symbiotisches Objekt« (MAHLER et al. 1975, S. 65f.), das heißt, es werden sowohl lustvolle wie unlustvolle Erfahrungen mit der Erinnerung an die perzeptuelle Gestalt der Mutter und die von ihr ausgehende Pflegeleistung verbunden. Verhält sich das Objekt oder Teilobjekt verläßlich, so werde der Säugling zunehmend befähigt, Spannungen und Unlustwahrnehmungen auszuhalten, Befriedigungen aufzuschieben im Vertrauen auf wieder einsetzendes lustvolles Erleben. Nach der Überzeugung MAHLERS ist der Säugling diesen Ereignissen eher passiv ausgeliefert. Sie ereignen sich ohne seine eigene aktive Beteiligung daran. Für MAHLER stellt das störungsfreie Erleben der symbiotischen Phase eine zentrale Voraussetzung für eine gesunde Persönlichkeitsentwicklung dar.

Erst in der Phase der *Differenzierung* (MAHLER et al. 1975, S. 72f.) und der Entwicklung des Körperschemas ab dem 6./8. Lebensmonat wird mit der libidinösen Besetzung der zunehmenden sensorischen Möglichkeiten, also des Sehens, eine aktive Leistung erkennbar, die den Prozeß der Individuation zusehends in Gang setzt. Dieses »Sehen« ermöglicht ein prüfendes Verhalten, welches Mahler als »checking back« beschrieben hat. Dies sei ein Verhalten, bei dem das Kleinkind damit beginne, die Mutter sehr genau zu erfassen und mit allem zu vergleichen, was in ihrer Umgebung auftaucht, aber nicht zu ihr gehört. Es handelt sich hier um einen Vorgang, den R. Spitz aufgrund seiner entwicklungspsychologischen Beobachtungen von Kleinkindern als »Fremdeln« beschrieben hat.

Die *Übungsphase* (Mahler et al. 1975, S. 87f.) vom 10.-12. bis zum 16. oder 18. Lebensmonat wird dann weiter geprägt durch die libidinöse Besetzung des sich fortentwickelnden Bewegungsapparates. Es sind die Bewegungsmöglichkeiten, die jetzt wichtig werden, das Krabbeln, das Anfassen und Zufassen, das Sich-Aufrichten, die selbständige Möglichkeit des Ausprobierens dieser Bewegungsmöglichkeiten. Die Chance, sich auch einmal von der Mutter weiter zu entfernen, sie scheinbar nicht mehr zu benötigen, führt zu einer sehr schnellen Entfaltung vielfältiger Ich-Funktionen, unter anderem auch der Entfaltung der Intelligenz und des Denkens, die Piaget unter dem Begriff der sensumotorischen Intelligenz näher beschrieben hat.

Wiederannäherung (Wiederannäherungskrise) (Mahler et al. 1975, S. 101f.): Vom 14. oder 16. bis zum 22. oder 24. Lebensmonat ist es die sprachliche Differenzierung, die weitere Fortschritte ermöglicht, wenn sie sich hinreichend lustvoll besetzen läßt. In dieser Phase geht es darum, sich das mit den neu erworbenen Fähigkeiten erworbene Omnipotenzgefühl von den Eltern bestätigen zu lassen, spüren zu können, wie wertvoll man ihnen geworden ist. Mahler schildert als typische Ausdrucksform solcher Wünsche sogenannte »Weglauf- und Beschattungsmuster«. Die Kinder verstecken sich, um sich von den Eltern suchen und finden zu lassen. Sie erfahren damit einerseits eine Bestätigung ihrer Bedeutsamkeit und erleben andererseits eine Nähe, die unbewußt die Erinnerung an symbiotisches Erleben herstellt. Die Möglichkeiten, sich über Sprache zu vermitteln, führen aber auch zu weiterer Abgrenzung, zum Trotzverhalten und dem »*Nein*« des Kindes, das Spitz als einen dritten und damit auch zentralen Organisator der Psyche beschrieben hat. Deutlich werden der eigene Wille und die Abhängigkeit der Eltern von der Willensäußerung des

Kindes. Dies zeigt sich nicht zuletzt bei der mit 2 Jahren zunehmend einsetzenden Reinlichkeitserziehung.

Ab dem 20. oder 22. bis zum 30. oder 36. Lebensmonat setzen auf der Basis bisheriger Erfahrungen die Konsolidierung der *Individualität* und die Anfänge einer emotionalen *Objektkonstanz* (MAHLER et al. 1975, S. 142f.) ein. Zu dieser Individualität gehört nach MAHLER ein stabiles Gefühl der Einheitlichkeit, eine klare geschlechtliche Identität; darauf soll im Zusammenhang mit der Beschreibung der libidinösen Entwicklung noch einmal eingegangen werden. Zur Objektkonstanz gehört neben der Möglichkeit, gute wie böse Objektanteile zu einer Gesamtrepräsentanz zu integrieren, insbesondere die Fähigkeit, die reale Abwesenheit des Liebesobjektes zu ertragen. Möglich wird dies, weil das Kind sich mittlerweile ein sehr unverwechselbares inneres Bild von seinen Liebesobjekten schaffen konnte. Damit geht einher, daß das Kind bis zu einem gewissen Grade die Fähigkeit erworben hat, die sehr ambivalenten Gefühle zu ertragen, die den Liebesobjekten gelten. Konkret heißt dies, das Kind kann die Mutter oder den Vater auch dann noch als gut und liebenswert sehen, wenn diese einmal strafend, zurückweisend oder enttäuschend auftreten. Es muß dann auch nicht an sich selbst, an der eigenen Bedeutung für die Eltern völlig zweifeln, sondern kann davon ausgehen, daß es geliebt wird, obwohl oder gerade weil es auch mit den unlustvollen Seiten der Beziehung zu den Liebesobjekten konfrontiert wird.

Noch anschaulicher als bei MAHLER wird der Aspekt des Aushaltens von Trennungen und Frustrationen bei KERNBERG (1978) betont. Ihm geht es zwar in erster Linie um das Verstehen narzißtischer Persönlichkeitsstörungen und die Erklärung des Borderline-Syndroms. Seine Arbeiten sind deshalb in dem Kontext dieses Buches aber auch von besonderem Interesse, weil sehr dezidiert Bezüge von seinen Überlegungen zum Verstehen und zur Behandlung der Suchtmittelabhängigkeit hergestellt worden sind. So unterscheiden HEIGL et al. (1983) unter Bezugnahme auf KERNBERG (1978) drei Entwicklungsschritte, die spezifische Leistungen des Individuums beziehungsweise des Säuglings in der Auseinandersetzung mit der Umgebung verlangen und mehr oder weniger aufeinander aufbauen. Zugleich ist es unter Berücksichtigung dieser Entwicklungsschritte möglich, das Suchtmittel, insbesondere den Alkohol, in seinen unterschiedlichen Funktionen für die aktuelle Beziehungsgestaltung zu diskutieren. Es wird so eine Basis für eine differenzierte Beziehungsdiagnostik geschaffen, die an anderer Stelle in diesem Buch zu besprechen sein wird.

Als die früheste Stufe im Rahmen der Entwicklung wird die Auseinandersetzung mit den *Ich-Du-Grenzen* beziehungsweise der Selbst-Objekt-Differenzierung beschrieben. Das Individuum ist vor dem Hintergrund symbiotischer Vereinigung mit Frustrationen befaßt, die ganz unmittelbar psychophysische Körperspannung und Unlust auslösen. Dies ist zwar spürbar, das Individuum kann aber die Reizquelle noch nicht hinreichend der inneren oder äußeren Wirklichkeit zuordnen, geschweige denn Ursache-Wirkungs-Zusammenhänge erkennen. Vielmehr wird die eintretende Befriedigung vor dem Hintergrund illusionär-symbiotischer Omnipotenzvorstellungen als eine Möglichkeit begriffen, die frei verfügbar ist. Der Andere, also das Liebesobjekt, wird zur Funktion des eigenen Selbst (zum »*Selbstobjekt*«, wie Kohut sagt). Entzieht sich dieser andere, wird also sehr plötzlich ein Erleben von Getrenntsein deutlich, so treten heftige Angst- oder Wutreaktionen auf. Das Kind muß, vor dem Hintergrund seiner bestehenden Möglichkeiten, dieses Getrenntsein als existenzbedrohend erleben, so daß sich entsprechend Angst und Wut auf archaischem Niveau völlig ungesteuert äußern (Heigl-Evers und Standke 1991, S. 52f.). Das Individuum hat unbewußt die Tendenz, das verlorengegangene Gefühl von Wohlbehagen, Geborgenheit und Sicherheit wiederherzustellen (siehe dazu auch die Ausführungen von Zepf [1985] zur narzißtischen Bedürftigkeit im Sinne der Wiederherstellung primärer Ungeschiedenheit). Erscheint dem Individuum dieser Differenzierungsprozeß als bedrohlich, möchte es ihm ausweichen oder durch den Einsatz von Suchtmitteln umgehen, so sprechen wir unter dem Aspekt der Objektbeziehungen von einer *präpsychotischen (oder primär-narzißtischen) Persönlichkeitsstruktur*. So strukturierte Menschen sind ganz und gar auf unmittelbare Bedürfnisbefriedigung (im Sinne der Entlastung von psychophysischer Anspannung) ausgerichtet. Nur am Rande sei erwähnt, daß eine solche Art der Bedürfnisbefriedigung von personalen Objekten im Grunde nie angeboten werden kann, da diese immer bestimmte Verzichtsleistungen fordern und Frustrationstoleranz erwarten werden. Das Suchtmittel kann deshalb an deren Stelle treten, weil es jene Befriedigung anzubieten scheint, die die personalen Liebesobjekte verweigern. An anderer Stelle wird deshalb in diesem Zusammenhang auch von einem apersonalen Modus der Objektbeziehung gesprochen (HEIGL-EVERS und STANDKE 1988, S. 28).

Wird die Differenzierung zwischen Ich und Du bis zu einem Grade erträglich, der Existenzverlustangst oder Selbstauflösungsphantasien nicht mehr in primärer Massivität zu Tage treten läßt, stellt sich eine neue Aufgabe im Erleben des Säuglings ein. Diese besteht in der Notwendigkeit, sich des guten Objektes trotz der bestehenden Getrenntheit sicher sein zu können. Deshalb passen böse und gute Aspekte des gleichen Objekts nicht zum Erleben, welches das Kind von ihm haben möchte. Es sieht die erwünschten positiven Anteile durch die bösen gefährdet und neigt deshalb dazu, zwischen dem guten und bösen Objekt zu spalten, so als ob es sich tatsächlich um zwei Objekte handeln würde. Es handelt sich hier um einen normalen Entwicklungsschritt, der dann zu pathogenen Fixierungen führen kann, wenn real verwöhnende Erfahrungen nie gemacht werden können oder scheinbar überverwöhnende Objekte durch ihr Verhalten eine in Wirklichkeit vorherrschende Ablehnung des Kindes überdecken (ROST 1987, S. 110).

Scheitert der notwendige Integrationsprozeß von Gut und Böse, so zeigen sich bei Menschen mit entsprechenden Fixierungen massive primitive Idealisierungs- oder Entwertungsmechanismen, es zeigen sich Leugnungstendenzen sowie massive Stimmungsschwankungen und Impulsdurchbrüche, die durch die Zerbrechlichkeit der bislang vorhandenen Selbst- und Objektbilder ständig provoziert werden können und als Versuche zu verstehen sind, existentielle innere Ängste zu verarbeiten. Wir sprechen in diesem Zusammenhang von einer *Persönlichkeitsorganisation auf Borderline-Niveau.* Das Suchtmittel kann für Borderline-Persönlichkeiten wohl auch die Funktion haben, durch die mit dem Suchtmittelabusus verbundene Selbstdestruktion die bösen inneren Objektrepräsentanzen mit zu vernichten.

Das Suchtmittel trägt ferner dazu bei, die Leugnung unlustvoller und böser Aspekte des eigenen Selbst zu stützen und primitive Idealisierungen und Identifikationen aufrechtzuerhalten. Somit erfährt die Bedeutung des Suchtmittels im Vergleich zur präpsychotischen Organisationsstruktur auf dem Niveau der Borderline-Persönlichkeit eine Modifikation, die für die therapeutischen Interventionen wesentlich ist.

Erscheint nun im Verlaufe der Weiterentwicklung die Integration guter und böser Anteile der Selbst- und Objektrepräsentanzen nicht mehr als bedrohlich, so kann sich die Ausdifferenzierung der Vorstellung von sich und anderen weiter verstärken. Diese Phase ist nach KERNBERG vorrangig durch Spannungen zwischen realen und idealisierten Selbst- und Objektrepräsentanzen geprägt. Persönlichkeiten mit einer *Fixierung auf diesem narzißtischen Niveau der Persönlichkeitsentwicklung* sind geprägt durch die Unfähigkeit, diese Spannungen auszuhalten. Sie versuchen ständig, ihrem eigenen Idealbild zu entsprechen. Damit leben sie in omnipotenten Vorstellungen von sich, um Ängste und Kränkungen vermeiden zu können, die mit der Wahrnehmung oder gar der Akzeptanz ihres realen Selbst aus ihrer Sicht verbunden sein müssen. KÖNIG (1992, S. 21) hat darauf hingewiesen, daß solche Störungen sich auch deshalb entfalten können, weil so fixierte Menschen zumeist mit Liebesobjekten zu tun hatten, die die realen Leistungsmöglichkeiten ihrer Kinder nie angemessen würdigen wollten oder konnten. So war es den Kindern nicht möglich, Selbstachtung und Zufriedenheit mit sich selbst zu entwickeln. Das Suchtmittel kann für narzißtisch gestörte Menschen die Funktion haben, die Identifikation mit idealisierten Vorstellungen von sich und anderen aufrechterhalten und das Andrängen von Aspekten der Realität sowie den damit verbundenen Kränkungen und Verletzungen weiter leugnen zu können.

»Aktive« Beziehungsmöglichkeiten im Säuglings- und Kleinkindalter

Die Befunde der modernen Beobachtungs- und Experimentalpsychologie haben dazu geführt, daß einige der bislang vorgestellten Konzepte in Frage gestellt werden müssen.

Dabei ist nach STORK zunächst die Rolle erblicher Faktoren

bei der Manifestation erster Wahrnehmungs- und Verhaltensmöglichkeiten von Säuglingen und Kleinkindern neu zu bedenken (vgl. dazu STORK 1986a, S. 10-13). Nach seiner Auffassung ist davon auszugehen, daß das Kind spätestens zum Zeitpunkt der Geburt zu primitiven Wahrnehmungen fähig ist, unter denen es Unterscheidungen vornehmen, die es behalten und wiedererinnern kann. Diese ersten Wahrnehmungen sind somit begleitet von einfachen, grundlegenden Denkprozessen, die es erlauben, aktiv eine Auswahl vorzunehmen und das Verhalten in einem bestimmten Rahmen autonom zu steuern (STORK 1986a, S. 14). Damit wird der erblichen Determination von Wahrnehmung, Denken und Verhalten eine große Bedeutung beigemessen.

Bei STERN (1992, S. 19) heißt es sogar, daß die Entwicklung des Selbst- und Objekterleben sich in Quantensprüngen vollziehe. »Nach jeder dieser Umbruchphasen entwickeln die Kinder den Eindruck, daß in ihrem subjektiven Erleben des Selbst und der anderen große Veränderungen stattgefunden haben. Plötzlich wirken sie wie verwandelt. Dies läßt sich nicht allein mit einer Reihe neuer Fertigkeiten und Verhaltensweisen erklären: die Präsenz des Kindes und seine soziale Anmutung haben sich ganz unvermittelt verändert; und diese Präsenz und Anmutung sind mehr als nur die Summe der erworbenen Fertigkeiten ... Die Organisationsveränderung des Säuglings und deren Deutung durch die Eltern fördern einander wechselseitig, mit dem Ergebnis, daß das Kind eine neue Empfindung davon zu haben scheint, wer es selbst und wer sein Gegenüber ist und welche Interaktionen nun stattfinden können« (STERN 1992, S. 22f.).

EMDE (1991, S. 752) vertritt die Auffassung, daß genetische Einflüsse sich häufig nicht einmal von Geburt an bemerkbar machen müssen; vielmehr könnten sie sich während der gesamten Lebensdauer durchsetzen und in verschiedenen Altersstufen eine durchaus unterschiedliche Rolle spielen. Gene haben nach EMDE (1991, S. 749) die Fähigkeit, sich ›aus- und einzuschalten‹. Es hänge von »spezifischen« Umwelteinflüssen ab, in welcher Weise sie sich konkret bemerkbar machten. Offen bleibt in seiner Darstellung allerdings, worin diese Umwelteinflüsse bestehen, ob und inwieweit sie individuumspezifisch und oder generalisierend beschreibbar sind. Letzteres dürfte allerdings weniger wahrscheinlich sein. Beachtenswert erscheint aber in jedem Fall, daß offensichtlich starke Einflüsse von Erbfaktoren bei solchen psychiatrischen Krankheitsbildern nachgewiesen worden sind, die erst in den Jugendjahren oder noch später im Erwachsenenalter manifest in Erscheinung traten und eine entsprechende Behandlung erforderlich machten. Es gebe – so EMDE – starke Beweise auch für eine Vererbung bei Alkoholismus (insbesondere bei Männern) neben einigen entsprechenden Befunden für Angststörungen und kriminelles Verhalten (EMDE 1991, S. 751).

In jedem Fall wird neben einer genetischen Komponente die Bedeutung des Beziehungsaspektes für die Entfaltung von Beziehungsmöglichkeiten sowohl für die gesunde wie auch für die krankmachende Entwicklung von Geburt an betont. Dies widerspricht diagnostischen und therapeutischen Vorgehensweisen der orthodoxen Psychoanalyse. So weist etwa MERTENS unter Rückgriff auf Äußerungen von BALINT (1952) darauf hin, daß die orthodoxe Theorie im Unterschied zur heutigen Sichtweise noch eine »one-body-psychology« gewesen sei, da »sich alle psychoanalytischen Begriffe mit Ausnahme an einer Stelle in den ›Drei Abhandlungen zur Sexualtheorie‹ (FREUD 1905) auf das Individuum beziehen und nicht auf den wechselseitigen Bezug zwischen dem Kind und seinen Bezugspersonen« (MERTENS 1992, S. 43).

Man kann aufgrund der erwähnten Befunde zur Verhaltensforschung (STORK 1986a) wohl soweit gehen, zu sagen, daß es sich hier nicht um einen dialogischen Bezugsrahmen zwischen Mutter und Kind handeln muß. Vielmehr ist von einer »Dreidimensionalität der frühkindlichen Entwicklung« auszugehen, »einer frühen Triangulierung, die dialektische Prozesse und konflikthaftes Geschehen von Anfang an beinhaltet und die Anlaß gibt, hierin die Vorgeschichte der klassischen ödipalen Konstellation zu sehen« (STORK 1986b, S. 17). STORK (1986b, S. 15/16) geht noch einen Schritt weiter, um diesen Aspekt zu unterstreichen. Er weist auf empirische Untersuchungen zum Vater- und Mutterbild hin, die nach seiner Einschätzung ganz ausdrücklich belegen, daß »das Fehlen der Gegenwärtigkeit des Vaters« in der frühen Kindheit – worunter er nicht die körperliche, sondern eine psychische Abwesenheit versteht – einen »ursächlichen Faktor für Psychopathologie« darstelle.

Ins Positive gewendet bedeutet die Anwesenheit des dritten Objektes in der frühen Kindheit einen Entwicklungsanreiz, ein Angebot zur Differenzierung und Loslösung und zum Erleben von Eigenständigkeit. Dieser Entwicklungsanreiz liegt ganz offensichtlich in der Wahrnehmungsmöglichkeit von Unterschieden zwischen den Objekten, die über die Haut und den Mund fühlbar werden, die zu hören sind und auch am Geruch ausgemacht werden können. ROTMANN (1976) sah die Rolle des Vaters im Rahmen des Loslösungs- und Individuationsprozesses in der präödipalen Phase der Entwicklung vor allem in seiner »Schrittmacherfunktion« bei der Herausbildung von Objekt- und Selbstrepräsentanzen. Er schaffe damit die Basis für ein ödipales Erleben, für die Möglichkeit zur Entfaltung von Rivalität in triangulären Beziehungsfeldern.

Uneinheitlich stellt sich in der Literatur allerdings die Frage dar, in welchem Alter des Kindes der Vater beziehungsweise das dritte Objekt Bedeutung für die Entwicklung erlange. Während STORK (1986b) unter Berufung auf ABELIN (1971, 1986) und Autoren aus der französischen Schule (GRUNBERGER 1967, CHASSEGUET-SMIRGEL 1975) in dem oben dargelegten Sinne davon ausgeht, daß es angeborene Vorstellungen von interaktionellen Abläufen geben müsse, so daß man sich fragen könne, ob nicht schon im pränatalen Bereich von einem väterlichen und ödipalen Prinzip zu sprechen sei (STORK 1986b, S. 14), gehen andere Autoren davon aus, daß Objektrepräsentanzen sich erst im 2. Lebensjahr herausbilden können. HARTKAMP (1990) faßt Überlegungen von LICHTENBERG (1991) dahingehend zusammen, daß zur Herausbildung von Objektrepräsentanzen die Wahrnehmungsfähigkeiten und kognitiven Möglichkeiten des Kindes bereits differenziert entwickelt sein müssen, da diese Prozesse ausgesprochen komplex seien. Deshalb könne man auch erst ab dem 2. Lebensjahr davon sprechen, daß die Herausbildung von Objektrepräsentanzen möglich werde. Nach meiner Auffassung muß hier allerdings nicht unbedingt ein Widerspruch liegen, wenn man davon ausgeht, daß genetisch angelegte Vorstellungen von Beziehungsstrukturen – also von Selbst- und Objektrepräsentanzen – und darauf abgestimmte Aktivitäten vom Kind erst dann wahrgenommen werden können, wenn die Liebesobjekte, in der Regel also die Eltern, diese durch ihr Gebaren und Denken auch abfordern (STERN 1992, S. 22).

MAHLER (1975, 1979) ging in ihren Überlegungen zur psychischen Geburt des Menschen sogar von der Vorstellung aus, der Säugling sei in den ersten Wochen nach der Geburt ein »sozusagen unbeschriebenes Blatt«, »seine Aktivitäten seien höchstens reflexartiger Natur« (STORK 1986a, S. 11). Wörtlich heißt es bei MAHLER et al.:

»In der ›normalen autistischen Phase‹ werden äußere Reize relativ schwach besetzt. Es ist dies die Periode, in der die Reizschranke – die dem Säugling angeborene Gleichgültigkeit gegenüber Außenreizen – am klarsten in Erscheinung tritt. Der Säugling verbringt den Tag vorwiegend in einem halbwachen, halb schlafenden Zustand: er erwacht vor allem, wenn Hunger oder andere Bedürfnisspannungen ihn veranlassen zu schreien, und er sinkt in Schlaf zurück, sobald er befriedigt, das heißt von übermäßigen Spannungen befreit ist« (MAHLER et al. 1975, S. 59).

Diese Spannungen beruhen eher auf physiologischen als auf psychologischen Prozessen. In ihrer spezifischen Art sind sie für den Säugling nicht identifizierbar. Nicht wahrnehmbar wird für ihn der Prozeß, in dem der Abbau von Spannungen zustandekommt. Dazu heißt es bei MAHLER (1979, S. 13) an anderer Stelle:

»Der Wachzustand des Neugeborenen konzentriert sich auf dessen ununterbrochene Bemühung, zur Homöostase zu gelangen. Die Wirkung der Pflegeleistungen seiner Mutter bei Verminderung der von Bedürfnis = Hunger erzeugten Qualen kann nicht isoliert [wahrgenommen] werden, und ebensowenig kann sie der Säugling von seinen eigenen spannungsverringernden Bemühungen unterscheiden, etwa dem Urinieren, Defäzieren, Husten, Niesen, Spucken, Aufstoßen, Erbrechen – allen Möglichkeiten also, durch die sich der Säugling von unlustvollen Spannungen zu befreien versucht.«

Aktive Möglichkeiten werden von MAHLER nicht gesehen. Sie betont ihr Festhalten an der Vorstellung vom »normalen Autismus« und der Symbiose als normaler Entwicklungsphase, obwohl sie selbst auf experimentelle Untersuchungen verweist, die »eindrucksvoll die fortgeschrittene Perzeptionsfähigkeit des sehr jungen Säuglings und selbst des Neugeborenen beschreiben«, weil nach ihrem damaligen Eindruck »in den ersten Wochen außeruterinären Daseins die Umweltperzeption nicht wesentlich libidinisiert wird« (MAHLER 1979, S. 12).

Auch die sich anschließende »normale Symbiose« (2./3. Lebensmonat) beschreibt sie unter dem Gesichtspunkt der absoluten Abhängigkeit vom symbiotischen Partner, in der Regel also der Mutter. Das wesentliche Merkmal dieser Phase der Entwicklung, die mit dem verschwommenen Wahrnehmen des bedürfnisbefriedigenden Objekts einhergehe, sei die »halluzinatorisch-illusorische, somatopsychische und omnipotente Fusion mit der Mutterrepräsentanz und insbesondere die illusorische Vorstellung einer gemeinsamen Grenze der beiden in Wirklichkeit getrennten Individuen« (MAHLER 1979, S. 15).

Diese absolute Abhängigkeit bedinge ein großes Anpassungsbedürfnis beim Kinde (mit dem Ziel, Befriedigung zu erlangen). So werde von Anbeginn das Kind innerhalb der Matrix der Mutter-Kind-Zweieinheit geformt und entwickelt. Der Säugling finde seine Gestalt in Harmonie und in Kontrast zu Verhaltensweisen und Stil der Mutter, unabhängig davon, ob sie ein gesundes oder pathologische Objekt dieser Anpassung darstelle (MAHLER et al. 1975, S. 15f.). Diese Annahmen von MAHLER und Mitarbeitern hängen – so meine ich – möglicherweise damit zusammen, daß sie zur Beschreibung der psychischen Entwicklung über die intensive Auseinandersetzung mit psychotischen Kindern gekommen ist. Sie schloß also unter anderem aufgrund der Auseinandersetzung mit Kindern, die krankhaft auf einen symbiotischen Zustand fixiert waren, darauf, daß es eine »normale« symbiotische Phase in der frühkindlichen Entwicklung gebe und daß diese notwendig durchlaufen werden müsse, wenn es nicht zu Störungen in der Entwicklung kommen soll. Wie bereits angesprochen, widersprechen diesen Annahmen die in den letzten Jahren vorgelegten Forschungen zur Säuglingsbeobachtung.

Autistische und symbiotische Zustände, so wie sie von MAHLER, PINE und BERGMANN (1975) beschrieben worden sind, werden heute also nicht mehr zu den normalen Phänomenen in der kindlichen Entwicklung gerechnet. Dies gilt ebenso für die von SPITZ angenommene objektlose Frühphase kindlicher Entwicklung (SPITZ 1965, S. 53). Auch die Annahme eines primär-narzißtischen Zustands der Ungeschiedenheit, auf dessen

Wiederherstellung nach Joffe und Sandler (1967, S. 152ff) alles weitere Streben des Menschen ausgerichtet sei, kann durch die Resultate neuerer Säuglingsbeobachtungen gleichfalls nicht gestützt werden.

Anzunehmen ist vielmehr ein »autonomes«, primär psychisches Bewußtsein mit noch rudimentären Gefühlen und Phantasien und damit ein Zustand, der nicht nur biologisch oder physiologisch, sondern auch psychisch von Spannungszuständen und Spannungserlebnissen geprägt sein kann, auch wenn es natürlich nicht möglich ist, diese differenziert wahrzunehmen und nach außen in eindeutiger Form zu vermitteln. Anzunehmen ist ferner ein Potential »autonomer« Verhaltensmöglichkeiten, die dem Säugling verfügbar oder zugänglich sind und die er auch weiterentwickeln kann, in Abhängigkeit von der Fähigkeit der Mutter, seine Leistungsmöglichkeiten anzuerkennen. Mehr oder weniger unbewußte Phantasien zur Innenbefindlichkeit des Säuglings auf seiten der Pflegepersonen beeinflussen in dieser Phase die Entwicklung. Entgegen einer verbreiteten Annahme haben sie ihre Wirkung, obwohl gerade weil sie sprachlich nicht thematisiert werden können. Im optimalen Fall trägt der nonverbale Austausch zwischen Kind und Pflegepersonen dazu bei, angeborene Wahrnehmungs- und Verhaltenspotentiale auszuprobieren und weiter entfalten zu können. Andererseits können sie auch in die Gefahr geraten zu verkümmern. Dies wäre etwa dann zu befürchten, wenn das Kind dauerhaft mit einer sehr ängstlichen überfürsorglichen Mutter konfrontiert ist. Das Kind könnte dieses Verhalten der Mutter als Signal dafür verstehen, eigene Aktivitäten und Verhaltensmöglichkeiten zurückzustellen, sich der angebotenen Überfürsorglichkeit zu überlassen, weil nur so die Mutter zufriedengestellt werden und entsprechend libidinös antworten kann. Auf der Ebene der Beziehung würde das die Notwendigkeit beinhalten, sich auf symbiotische Phantasien, auf ein Einssein mit der Mutter mit ihrem Fühlen und Denken zurückzuziehen, um sich vor (drohender) Reizüberflutung, hervorgerufen durch mögliche Unlustreaktionen der Mutter, halbwegs schützen zu können (Heigl-Evers und Standke 1991, S. 52ff).

Das Dilemma der frühkindlichen Entwicklung besteht unter diesem Aspekt darin, daß die vom Säugling im Lichte einer

Größenphantasie subjektiv erlebte Autonomie auf mehr oder weniger massive Versagungen und Entbehrungen treffen kann. Prekär sind diese Versagungserlebnisse deshalb, weil natürlich ein Zustand großer Abhängigkeit von der Mutter besteht. Die vorhandenen Ich-Leistungen des Kindes reichen selbstverständlich nicht annähernd aus, um sich gefahrlos und in befriedigender Weise in der eigenen Umgebung bewegen zu können. So braucht es den Schutz und die Hilfe der Mutter auf der einen Seite, auf der anderen droht bei übermäßiger Hilfe die Zerstörung des vom Kind subjektiv empfundenen Hochgefühls. Die Mutter wirkt insbesondere dann entwicklungsfördernd für ihr Kind, wenn es ihr gelingt, die Autonomie des Säuglings anzuerkennen, ihn dies spüren zu lassen, ohne daß sie selbst in ständiger Angst und Sorge verbleiben muß. In diesem Zusammenhang kann es notwendig werden, speziell auch ein Sich-Abwenden des Kindes zu ertragen. Das im Erleben des Kindes immer auch implizite »Nein« ist ein wichtiger Promotor seiner Entwicklung.

WINNICOTT (1960, S. 56) nannte dies die haltende Funktion (holding function) der Mutter. Es ging dabei weniger um eine Haltung der Fürsorglichkeit, um ein Geben oder Versorgen. Vielmehr war damit eine Fähigkeit gemeint aufzunehmen, anzunehmen, auch zu ertragen, was das Kind an Verhalten, insbesondere an Eigenart und Eigenwilligkeit bietet. Dabei wäre unter »Ertragen« eine Fähigkeit zu verstehen, sich durch das Verhalten des Kindes nicht bedroht zu fühlen und nicht aufgrund solcher Bedrohungsvorstellungen zu reagieren (STORK 1986a, S. 30).

Für einen Säugling ist demnach nicht einfach das Vorhandensein eines guten Objektes im Sinne eines versorgenden Objektes notwendig. Das Objekt kann sich dem Kind auch nicht als solches anbieten. Vielmehr muß das Kind die Möglichkeit haben, in einer Art schöpferischen Vollzugs sich sein Objekt zu schaffen und es zu beherrschen. Dazu gehört beim Kind auch die Phantasie der eigenen Unabhängigkeit von diesem Objekt (STORK 1986a, S. 31). Eine solche Phantasie unbegrenzter eigener Macht wird von STORK im Zusammenhang mit dem von FREUD (1925) postulierten Unbewußten und dessen spezifischen Merkmalen (Anspruch auf die Herrschaft des Lustprinzips und magische Allmacht, verbunden mit dem

Streben nach Verneinung und Leugnung aller Widersprüche und Unsicherheiten) gesehen.

Die Inhalte dieses Unbewußten werden nicht nur vom Verdrängten bestimmt, das vom Individuum zuvor als Erfahrung (ontogenetisch) erworben wurde, sondern es enthält ebenso aus der Phylogenese stammende Inhalte. Dazu gehören auch sogenannte Urphantasien von Beziehungsstrukturen (STORK 1986a, S. 23), die für unterschiedliche Entwicklungsstufen beschrieben worden sind. Diese Stufen müssen durchlaufen sein, wenn es zu einer dem betreffenden Individuum angemessenen Entwicklung kommen soll. Die Fähigkeit zum autonomen Erleben ist beim Säugling angelegt, ohne daß dieses Angelegtsein dazu ausreiche, in der Welt zu bestehen, darauf wurde schon mehrfach hingewiesen. Die vorgegebene Möglichkeit autonomen Erlebens muß sich vielmehr in der für das Kind gegebenen objektgebundenen Abhängigkeit ausdifferenzieren und weiterentwickeln. Zu der Weiterentwicklung gehört auch, daß zunehmend die Fähigkeit erworben werden kann, die mit der Aktivität des Objekts, des Anderen, verbundene Gefahr und die durch es verursachten Ängste auszuhalten.

Zur frühen Sozialisation Suchtkranker

Dazu haben HEIGL-EVERS, STANDKE und WIENEN (1981) die Annahme formuliert, daß Patienten mit süchtigen Verhaltensweisen zwar in der Lage sind, Bedürfnisspannungen ihrer Quantität und ihrer Intensität nach wahrzunehmen, nicht jedoch in ihrer spezifischen Qualität. Sie spüren zwar Bedürfnisse, doch drücken sich diese ausschließlich in allgemeinen, meist körperlich festgemachten Unlustäußerungen, in motorischer Unruhe und in Signalen individueller Unzufriedenheit aus. Da unter solchen Voraussetzungen eine Befriedigung bestehender Bedürfnisse erschwert ist, läßt sich weiter vermuten, daß es »in regressiven oder fixierten Zuständen unspezifischer Bedürfnisspannungen bei süchtigen Patienten zu einer Identifizierung mit solchen Objekten der frühen Sozialisation kommt, die ihrerseits einen unspezifischen Modus der Bedürfnisbefriedigung beziehungsweise -versagung praktiziert haben« (HEIGL-EVERS et al. 1981, S. 53).

Dies wird nachvollziehbar, wenn wir uns die Erziehungsstile vor Augen führen, die in den Herkunftsfamilien von Alkoholikern vorherrschend wird. Rost stellt unter Rückgriff auf Goertz (1972) idealtypisch drei grundlegende Erziehungsstile heraus, die gehäuft vorzufinden sind.

»1. eine offen ablehnende, zurückweisende, kühl-distanzierende, vernachlässigende Erziehungshaltung;
2. eine übertrieben besorgte und fürsorgliche, überaktive, vorzeitig eingreifende Erziehungshaltung mit den Varianten einer verwöhnenden, gewährenden, übernachgiebigen Haltung oder einer bevormundenden, einengenden Haltung;
3. eine inkonsequente, unberechenbare, wechselhafte Erziehungshaltung« (Rost 1987, S. 109).

Wichtig scheint in diesem Zusammenhang, daß nach Rost diese scheinbar sehr gegensätzlichen Erziehungsstile insofern durchaus einen gemeinsamen Ursprung haben, als Überverwöhnung nicht etwa Ausdruck von einer echten Objektliebe darstellt. Vielmehr trägt diese Erziehungshaltung unbewußt dazu bei, den Haß und die Ablehnung zu verschleiern, die die Eltern ihrem Kind gegenüber tatsächlich empfinden (Rost 1987, S. 110). Letztlich sind und bleiben sie – sicher aus psychodynamisch gut nachvollziehbaren Gründen – nur an der Befriedigung ihrer eigenen Bedürfnisse interessiert und haben von daher wenig Raum, sich wirklich auf den Prozeß der Bedürfnisregulierung ihrer Kinder einzustellen.

Dabei darf an dieser Stelle natürlich nicht außer acht gelassen werden, daß dieses Erziehungsverhalten durch die Gesellschaft mit ihrem riesigen Konsumangebot (Rost 1987, S. 110; Heigl-Evers et al. 1981, S. 52) geradezu gestützt wird; unspezifische Befriedigungsmöglichkeiten und damit letztlich auch süchtiges Verhalten werden insbesondere für jene begünstigt, die in ihrer frühen Entwicklungsgeschichte Störungen in der geschilderten Art und Weise zu verkraften hatten. Zu denken ist etwa daran, daß Warenangebote in der Werbung häufig so präsentiert werden, als ob durch ihren Besitz oder ihren Konsum Glück und Wohlbefinden sowie narzißtische Gratifikation erreicht werden könnte. Die durch Werbung ausgelösten

Hoffnungen, durch den Kauf von Konsumartikeln unerfüllte Glückssehnsüchte befriedigen zu können, ein inneres Wohlgefühl zu erreichen oder ein gesundes und erfolgversprechendes Selbstbewußtsein entfalten zu können, schaffen einen Anreiz, der mit der angebotenen Ware letztlich kaum mehr etwas zu tun haben muß. Wohl auch deswegen läßt sich Beliebiges verkaufen, wenn es nur durch entsprechende Slogans richtig verpackt ist. »Gerade eine Konsumgesellschaft verführt schwache und hilflose Eltern dazu, ihre Kinder mit Waren aller Art zu überfüttern, ihnen einen Ersatz zu kaufen für das, was sie aus sich heraus an Liebe und Zuwendung nicht zu geben vermögen« (ROST 1987, S. 110).

Als Basisliteratur empfohlen:

HOFFMANN, S.O.; HOCHAPFEL, G. (1984): Einführung in die Neurosenlehre und psychosomatische Medizin. Schattauer Verlag, Stuttgart/New York, 4. Aufl. 1991

MERTENS, W. (1992): Psychoanalyse. Kohlhammer, Stuttgart/Berlin/Köln/Mainz, 4. Aufl.

Zur weiterführenden Lektüre empfohlen:

KÖNIG, K. (1992): Kleine psychoanalytische Charakterkunde. Vandenhoeck & Ruprecht, Göttingen

STERN, D. (1990): Tagebuch eines Babys. Was ein Kind sieht, spürt, fühlt und denkt. Piper, 3. Aufl. 1991

STORK, J. (1991): Wege der Individuation. Beiträge über die Dialektik in der Psychoanalyse. Verlag Internationale Psychoanalyse, Weinheim

Literaturangaben zum Text:

ABELIN, E. L. (1971): The Role of the Father in the Separat-Individuation Process. In: MCDEVITT, J. B.; SETTLAGE, C. F. (Hrsg.): Separation-Individuation. Unit. Univ. Press, New York

ABELIN, E. L. (1986): Die Theorie der frühkindlichen Triangulation. Von der Psychologie zur Psychoanalyse. In: STORK, J. (Hrsg.): Das Vaterbild in Kontinuität und Wandel. Zur Rolle und Bedeutung des Vaters aus psychopathologischer Betrachtung und in psychoanalytischer Reflexion. problemata 113, frommann-holzboog, Stuttgart, S. 45-72

BRENNER, C. (1990): Grundzüge der Psychoanalyse. Fischer Taschenbuch, Frankfurt a.M.

Chasseguet-Smirgel, J. (1975): Das Ich-Ideal. Suhrkamp, Frankfurt a.M., 1981
Davies-Osterkamp, S.; Heigl-Evers, A.; Hartkamp, N.; Strohmeyer, G.; Zepf, S. (1988): Persönlichkeitsorganisation und Objektbeziehungen von Patienten mit Morbus Crohn. Bericht zu einem DFG-Forschungsprojekt, Düsseldorf
Emde, R. (1991): Die endliche und die unendliche Entwicklung. Psyche 45, 745-779
Forgas, J. (1987): Sozialpsychologie. Eine Einführung in die Psychologie der sozialen Interaktion. Psychologie Verlags Union, München/Weinheim
Freud, S. (1905): Drei Abhandlungen zur Sexualtheorie. Ges. Werke Bd. V (Fußnote von 1910), Fischer, Frankfurt a.M.
Freud, S. (1911): Formulierungen über zwei Prinzipien des psychischen Geschehens. Ges. Werke Bd. VIII, S. 230-238, Imago, London, 1943
Freud, S. (1918): Aus der Geschichte einer infantilen Neurose. Ges. Werke Bd. XII, S. 27-157, Imago, London, 1943
Freud, S. (1923): Das Ich und das Es. Ges. Werke Bd. XIII, S. 209-233, 235-289, Fischer, Frankfurt a.M.
Freud, S. (1925): Die Verneinung. Ges. Werke Bd. XIV, S. 9-15, Fischer, Frankfurt a.M.
Freud, S. (1938): Abriß der Psychoanalyse. Ges. Werke Bd. XVII, S. 63-138, Fischer, Frankfurt a.M.
Goertz, F. J. (1972): Zur Tiefenpsychologie des chronischen Alkoholabusus. Dissertation Bonn
Grunberger, B. (1967): Ödipus und Narzißmus. In: Grunberger, B. (Hrsg.; 1976): Vom Narzißmus zum Objekt. Suhrkamp, Frankfurt a.M., S. 318-335
Hartkamp, N. (1990): Einige Befunde der Säuglingsbeobachtung und der neueren Entwicklungspsychologie. Prax. Kinderpsychol. Kinderpsychiat. 39, 120-126
Hartmann, H. (1964): Zur psychoanalytischen Theorie des Ichs. Klett, Stuttgart
Heigl-Evers, A.; Heigl, F.; Schultze-Dierbach, E. (1983): Überlegungen zur Indikation von Einzel- und Gruppentherapie bei Suchtkranken, insbesondere bei Alkoholkranken. In: Gesamtverband für Suchtkrankenhilfe (Hrsg.): Sozialtherapie in der Praxis. Psychoanalytisch interaktionelle Therapie in der Suchtkrankenhilfe (Kongreßbericht), Nicol, Kassel, S. 21-36
Heigl-Evers, A.; Standke, G. (1988): Die Behandlung von Suchtkranken aus der Sicht der Psychoanalyse. In: Heigl-Evers, A.; Helas, I.; Vollmer, H.; Knischewski, E. (Hrsg.): Psychoanalyse und Verhaltenstherapie in der Behandlung von Abhängigkeitskranken – Wege zur Kooperation? Nicol, Kassel; Blaukreuz-Verlag, Wuppertal, S. 15-37
Heigl-Evers, A.; Standke, G. (1989): Sachbericht zum Forschungsprojekt Selbsterleben und Objektbeziehungen von Alkoholkranken. Suchtgefahren 35, 191-201
Heigl-Evers, A.; Standke, G. (1991): Die Beziehungsdynamik Patient – Therapeut in der psychoanalytisch orientierten Diagnostik. In: Heigl-Evers,

A.; Helas, I.; Vollmer, H. C. (Hrsg.): Suchttherapie – psychoanalytisch, verhaltenstherapeutisch. Vandenhoeck & Ruprecht, Göttingen, S. 43-56

Heigl-Evers, A.; Standke, G.; Wienen, G. (1981): Sozialisationsstörungen und Sucht – Psychoanalytische Aspekte. In: Feuerlein, W. (Hrsg.): Sozialisationsstörungen und Sucht. Ak. Verlagsgesellschaft, Wiesbaden, S. 51-61

Joffe, W. G.; Sandler, J. (1967): Über einige begriffliche Probleme im Zusammenhang mit dem Studium narzißtischer Störungen. Psyche 21, 152ff

Kernberg, O. (1978): Borderline-Störungen und pathologischer Narzißmus. Suhrkamp Taschenbuch Wissenschaft, Frankfurt a.M.

Kernberg, O. (1981): Objektbeziehungen und Praxis der Psychoanalyse. Klett-Cotta, Stuttgart, 3. Aufl. 1988

König, K. (1988): Basale und zentrale Beziehungswünsche. Forum Psychoanal 4, 177-185

Lichtenberg, J. D. (1991): Psychoanalyse und Säuglingsforschung. Springer, Berlin/Heidelberg

Mahler, M. S.; Pine, F.; Bergmann, A.(1975): Die psychische Geburt des Menschen. Fischer Taschenbuch, Frankfurt, 1980

Mahler, M. S. (1979): Symbiose und Individuation, Bd.I, Psychosen im frühen Kindesalter. Klett-Cotta, Stuttgart

Rost, W. D. (1987): Psychoanalyse des Alkoholismus. Klett-Cotta, Stuttgart, 3. Aufl. 1992

Rotmann, M. (1978): Über die Bedeutung des Vaters in der »Wiederannäherungsphase«. Psyche 32, 1105-1147

Sandler, J. (1961/62): Sicherheitsgefühl und Wahrnehmung. Psyche 15, 124-131

Sandler, J. (1964/65): Zum Begriff des Über-Ichs I. Psyche 18, 721-743

Sandler, J.; Rosenblatt, B. (1984): Der Begriff der Vorstellungswelt. Psyche 38, 235-253

Spitz, R. (1965): Vom Säugling zum Kleinkind. Naturgeschichte der Mutter-Kind-Beziehungen im 1. Lebensjahr. Klett, Stuttgart, 5. Aufl. 1976

Stern, D. (1992): Die Lebenserfahrung des Säuglings. Klett-Cotta, Stuttgart

Stork, J. (1986a): Die Ergebnisse der Verhaltensforschung im psychoanalytischen Verständnis. In: Stork, J. (Hrsg.; 1986): Zur Psychologie und Psychopathologie des Säuglings. problemata, frommann-holzboog, Stuttgart, S. 9-52

Stork, J. (1986b): Der Vater – Störenfried oder Befreier. In: Stork, J. (Hrsg.; 1986): Das Vaterbild in Kontinuität und Wandel. Zur Rolle und Bedeutung des Vaters aus psychopathologischer Betrachtung und in psychoanalytischer Reflexion. problemata 113, frommann-holzboog, Stuttgart

Thomas, (1992): Grundriß der Sozialpsychologie. Bd I, Psychologie Verlags Union, München/Weinheim

Winnicott, D. (1960): Die Theorie von der Beziehung zwischen Mutter und Kind. In: Winnicott, D.: Reifungsprozesse und fördernde Umwelt. Fischer Verlag, Frankfurt, 1985

Zepf, S. (1985): Narzißmus, Trieb und die Produktion von Subjektivität. Springer, Berlin/Heidelberg/New York/Tokio

Friedhold Hempfling

Lehre der präödipalen Störungen

Stichwort: Präödipale Störungen

Der Begriff »Präödipale Störung« bezieht sich auf Freuds Phasenmodell der psychosexuellen Reifung und Entwicklung sowie auf sein Strukturmodell von Es, Ich und Über-Ich, in denen der Ödipus-Komplex den kardinalen Bezugspunkt bildet. Präödipale Psychopathologie reicht entstehungsgeschichtlich also in die Zeit davor. Die ersten drei Lebensjahre stehen für ihr Verständnis im Zentrum. Wir nennen solche seelischen Entwicklungsstörungen auch »frühe« oder »Frühstörungen«. Zu ihnen zählen in erster Linie Persönlichkeitsstörungen, Charakterneurosen, Suchtkrankheiten, Perversionen, Psychosomatosen und präpsychotische Störungen. Für diese Gruppe gibt es viele weitere Synonyme und nosologisch spezifizierende Fachausdrücke. Ihnen gemeinsam sind Störungen der Struktur und Funktion des Ich/Selbst-Systems und der Objektbeziehungen. Daraus resultieren tiefgreifende Dysregulationen der Objektbeziehungen, der Affekte und des Selbstwertes. Weiterentwicklungen der klinischen Theorie der Psychoanalyse in den letzten Jahrzehnten haben die Möglichkeiten der Behandlung solcher seelischen Leidensformen deutlich erweitert.

Einordnung in die psychoanalytische Krankheitslehre

Eine einheitliche klinische Theorie der präödipalen Störungen gibt es nicht. Ausgehend von neueren psychoanalytischen Theorieansätzen lassen sich verschiedene Sichtweisen von Krankheitsentwicklung und Behandlungstechnik unterscheiden. Den Zusammenhalt dieser in manchem unterschiedlichen theoretischen Konzeptualisierungen gewährleisten nach wie vor die Persönlichkeit und das Werk Sigmund Freuds. Letzteres stellt den anerkannt gemeinsamen Ausgangspunkt der verschiedenen psychoanalytischen Neuerungen dar, gibt selbst entscheidende Anregungen für die späteren Weiterentwicklungen der klinischen Theorie der Psychoanalyse.

Aus der speziellen Krankheitslehre der präödipalen Störungen sollen einige klinisch bedeutsame Aspekte beschrieben werden, in der Hauptsache die narzißtischen und Borderline-Persönlichkeitsstörungen betreffend. Eigentlich gehören weitere Krankheitsbilder in den Rahmen einer speziellen »Frühstörungslehre«, nämlich schwerere Formen der Angstkrankheiten, Perversionen, Depersonalisationssyndrome, hypochondrische Syndrome, sensitive Entwicklungen, manche Psychosomatosen, bestimmte Psychoseformen und Suchtkrankheiten. Die meisten ihrer Aspekte sind jedoch bereits in den beiden erstgenannten Syndromen enthalten. Denn schwere Angst, »abnorme« sexuelle Strebungen, psychosomatische Störungen, süchtiges Verhalten oder psychotische Regressionen treten auch im Zusammenhang mit narzißtischen und Borderline-Persönlichkeitsstörungen auf. Sie werden hier nicht als Krankheitsbilder eigens abgehandelt.

Die klinischen Erscheinungsformen präödipaler seelischer Störungen sind vielfältig, lassen sich jedoch mit den theoretischen Konzepten und Begriffen der Ich-, Selbst- und Objektbeziehungs-Psychologie sinnvoll und schlüssig miteinander verbinden. Sie erlauben die Zuordnung zu einer bestimmten psychischen Störungsebene: nach den Konzepten der Ich-Psychologie in eine Phase noch nicht abgeschlossener Ich-Bildungs-Prozesse; nach der Selbst-Psychologie Heinz Kohuts in die frühe Zeit der narzißtischen Entwicklung mit Bildung von Größen-Selbst und idealisierten Selbst-Objekt-Beziehungen; in der Objektbeziehungs-Theorie nach Margaret Mahler in die Phase der »Wiederannäherung«; oder in jene Zeit der frühkindlichen Entwicklung, in der bipolare Repräsentanzenpaare vom Selbst und vom Objekt sich bereits differenziert haben, also die Selbst- von den Objektvorstellungen getrennt sind, aber die Integration der von ihrer affektiven Qualität her als »nur gut« und »nur böse« erlebten Selbst- und Objektanteile zu ganzheitlichen Selbst- und Objektrepräsentanzen noch nicht gelungen ist (vgl. Kernberg 1988).

Wir wollen im folgenden die klinischen Bilder näher betrachten, wobei wir, um möglichst anschaulich und praxisnah sein zu können, deskriptive, genetische, dynamische und strukturelle Aspekte – je nach Nützlichkeit für das Verständnis und ohne Anspruch auf Vollständigkeit – miteinander verbinden.

Krankheitsbilder und Symptomatik

Präödipale Störungen imponieren zunächst schon dadurch, daß es schwer ist, einen symptomatischen Hauptschauplatz zu bestimmen. Von den Neurosen wissen wir, daß eine Zwangsneurose durch Zwänge, eine depressive Neurose durch Depressionen, eine hysterische Neurose durch Konversion oder eine Angstneurose durch Angst typisierbar ist. Nach dem ödipalen Konfliktmodell der psychoanalytischen Strukturtheorie kommt es zu solchen neurotischen Symptomen durch eine besondere Art der Kompromißbildung bei unlösbaren unbewußten Konflikten zwischen den psychischen Instanzen Es, Ich und Über-Ich. Bereits mit der Herausbildung des Symptoms werden somit einige Aussagen über die seelische Struktur und deren Dynamik nahegelegt.

Präödipale Krankheitsbilder haben früher aus dieser Perspektive eher Verwirrung gestiftet, da sie die unterschiedlichsten Symptomkategorien gleichzeitig aufwiesen. Dieser Umstand hat sich heute eher umgekehrt, die Vielzahl ihrer neurotischen und psychosomatischen Symptome ist zu einem eigenen diagnostischen Kriterium geworden. OTTO F. KERNBERG hat in den von ihm geleiteten Untersuchungen der Menninger-Klinik in den USA über das Borderline-Syndrom herausgefunden, daß es im Zusammenhang mit den im folgenden aufgezählten Symptomen oder Syndromen auftritt. Das gleichzeitige Vorhandensein von zwei oder mehr dieser diagnostischen Punkte legt dabei den Verdacht nahe, daß eine Borderline-Persönlichkeitsstörung vorliegt (vgl. KERNBERG 1978):

1. Chronische, diffuse, freischwebende Angst.
2. Polysymptomatische Neurose (zwei oder mehr der folgenden):
   a. Schwerere Polyphobien,
   b. (Sekundär ich-syntone) Zwangssymptome,
   c. Multiple (oft bereits chronische) Konversionssymptome,

   d. Dissoziative Reaktionen (Fugue-und Dämmerzustände, Amnesia),
   e. Hypochondrie,
   f. Paranoide und hypochondrische Züge (in Verbindung mit einer beliebigen anderen Symptomneurose typisch).
3. Polymorph-perverse Sexualtendenzen (mehrere perverse sexuelle Neigungen – Phantasiebildungen und Handlungen – stehen nebeneinander).
4. Präpsychotische Persönlichkeitsstrukturen:
   a. paranoide Persönlichkeit,
   b. schizoide Persönlichkeit,
   c. hypomanische und zyklothyme Persönlichkeit.
5. Impulsneurosen und Süchte (Alkoholismus, Drogensucht, Fett- und Magersucht, Spielsucht, Kleptomanie).
6. Charakterstörungen der »niederen Ebene«:
   a. Formen der hysterischen und infantilen Persönlichkeit,
   b. Formen der narzißtischen Persönlichkeitstörung,
   c. Formen von depressiv-masochistischen Charakterstrukturen (z.B. Selbstverletzer, Suizidalität),
   d. Antisoziale und Als-ob-Persönlichkeiten.

Diese Liste der Symptome könnte jeder Kliniker noch ergänzen, etwa mit Symptomen wie Derealisation und Depersonalisation, Dysmorphophobie oder Körperschemastörung. Vor allem aber müssen die Somatisierungsstörungen hinzugefügt werden, also eine Vielzahl psychosomatischer Krankheiten und funktioneller Körperstörungen. Wichtig ist in unserem Zusammenhang, daß Patienten oft bestimmte Symptome in den Vordergrund stellen, andere lange verschweigen oder auch vor sich selber verleugnen. Das kann diagnostisch in die Irre führen, so daß der psychotherapeutische Kliniker auf eine gründliche Untersuchung angewiesen ist. Nur so kann er Diagnose und Indikation so akkurat erstellen, daß dem Patienten wie auch dem Therapeuten leidvolle Umwege und Sackgassen erspart bleiben.

Dies geschieht, indem wir neben den Symptomen möglichst viel in Erfahrung bringen, und zwar über das Organisationsniveau der verinnerlichten Objektbeziehungen, über die Ich-Struktur und ihr Funktionsniveau (z.B. die wichtigsten Abwehrmechanismen und Ich-Funktionen), über psychodynamische Zusammenhänge der Lebensgeschichte und über die wichtigsten (Trieb-) Bedürfnisse und Befriedigungsmöglichkeiten. Eine gründliche Sozialanamnese gibt zusätzliche Aufschlüsse über das soziale Netz des Patienten, seine Leistungsfähigkeiten und Stärken. Auch die störungsfreien Bereiche müssen untersucht werden, auf sie wird man sich in einer Behandlung stützen können. Besonders wichtig für die Diagnose sind jedoch die Übertragungs- und Gegenübertragungssituationen, die sich schon während der Erstgespräche mit dem Patienten herausbilden. Sie erst geben manchmal die entscheidenden Hinweise auf die Regressionsneigungen und die Ich-Funktionsdefizite, die auf die richtige diagnostische Spur bringen. Deshalb genügt es nicht, auch nicht bei sehr großer Erfahrung, lediglich eine anamnestische Untersuchung durchzuführen. Vielmehr ist zu einer einigermaßen zuverlässigen Diagnose- und Indikationsfindung ein psychoanalytisches Erstinterview erforderlich, das oft mehrere Sitzungen an verschiedenen Tagen umfaßt.

Allerdings genügt häufig selbst eine ausgiebige und von einem erfahrenen Diagnostiker durchgeführte ambulante Untersuchung nicht, und erst die Behandlung bringt Licht in die Störungsproblematik, wie das folgende klinische Beispiel zeigt.

Frau H., eine attraktive junge Frau Anfang 20, suchte die psychotherapeutische Poliklinik wegen eines psychogenen Asthma bronchiale auf. Eine ambulante Psychotherapie hatte sie gerade abgebrochen, weil sie ihr »nichts brachte«. Eine erfahrene Kollegin stellte die Diagnose einer Psychosomatose, und die Patientin wurde teilstationär-psychotherapeutisch in Behandlung genommen. Die Therapeuten der Tagesklinik wurden rasch skeptisch, da in der therapeutischen Beziehung der Eindruck einer Als-ob-Persönlichkeit entstand. Auf diese Weise schützte die Patientin sich womöglich vor einer engeren Beziehung zu den Therapeuten, da anderenfalls ihre Ängste vor Nähe für sie überfordernd geworden wären. Als ihr Vertrauen in ihre Therapeutin wuchs, gestand sie ihr, daß sie täglich eine große Anzahl von Beruhigungsmitteln einnehme. Nach weiteren schwierigen Interventionsschritten stellte sich vier Monate später die Diagnose wie folgt dar: Präpsychotische, paranoide Persönlichkeitsstruktur, masochistisch-depressive Charakterproblematik (Selbstverletzungen und Suizidversuche), polyvalente Sucht, Anorexia nervosa und psychogenes Asthma bronchiale bei schwerer ich-struktureller Störung auf Borderline-Niveau. Die Behandlung lag als schwerer, langer Weg vor der Patientin.

In einer gründlichen strukturellen Diagnostik – aber, wie wir gesehen haben, gelegentlich auch erst während der nachfolgenden Behandlung – treten die charakteristischen klinischen Phänomene und Eigentümlichkeiten präödipaler Störungen zutage. Im folgenden wollen wir diese klinischen Charakteristika etwas näher betrachten, um uns dann abschließend mit differentialdiagnostischen und behandlungsmethodischen Aspekten zu befassen.

Allgemeine Ich-Schwäche

FREUD setzte, wie wir schon sahen, für die Psychoanalyse von Neurosen ein annäherndes »Normal-Ich« (sogenanntes fiktives Normal-Ich) voraus, mit dem der Analytiker sich verbündet, dem er seine Deutungen vorschlägt. Der Psychoanalytiker STERBA führte den Begriff der »therapeutischen Ich-Spaltung« ein, mit dem er kennzeichnen wollte, was in der psychoanalytischen Arbeit geschieht: Der unbewußte neurotische Ich-Anteil möchte seine kindlichen und konflikthaft verbliebenen Wünsche ausleben, »ausagieren«, also direkt in Verhalten und Handlung umsetzen. Das bewußte Ich oder der vernünftige Ich-Anteil sieht das Neurotische dieser Wünsche, Ängste oder Schuldgefühle wenigstens ansatzweise ein, ist also krankheitseinsichtig und verbündet sich mit dem Psychoanalytiker im Durcharbeiten der neurotischen Konflikte. Entscheidend ist, daß der neurotisch beeinträchtigte Patient Konfliktspannungen aushalten kann, also über Konflikttoleranz verfügt, ambivalente Gefühle in weiten Grenzen ertragen und benennen kann.

Diese Voraussetzungen eines mehr oder weniger reifen Ich bestehen bei Frühstörungen nicht. Das Ich ist in seinen Aufgaben und Funktionen geschwächt. Es kann beispielsweise Triebimpulse nicht ausreichend hemmen, so daß solche Menschen impulshaft erscheinen und sprunghaft auf Außeneinflüsse reagieren. Man spricht in diesem Zusammenhang von mangelhafter Impulskontrolle. Sie ist vielleicht der wichtigste Indikator des Vorliegens von Ich-Schwäche. Zu den Zeichen von Ich-Schwäche zählt weiter eine geringe Spannungstoleranz. In Situationen, in denen es zu innerer Anspannung kommt, entstehen relativ rasch zusätzliche Symptome und regressives Verhalten, oder unkontrollierte Reaktionen treten auf. Gefühle gehen nahtlos in Handlungstendenzen über, widerstreitende Gefühle lösen »Ambitendenzen« aus. Sie können nicht im Sinne von »Ambivalenzen« innerlich verbleiben, wie dies bei neurotischen Patienten überwiegend der Fall ist.

Wie die Spannungstoleranz ist bei diesen Patienten auch die Angsttoleranz erheblich herabgesetzt. Mangelhafte Impulskontrolle, herabgesetzte Angst- und Spannungstoleranz sind die Hauptindikatoren bei der Entscheidung, ob eine Behandlung genügend Erfolgsaussichten hat, und wenn ja, in welcher Form und in welchem Setting. Nach KERNBERG gehört auch die mangelhafte Ausbildung von »Sublimierungen« zu den Kriterien von Ich-Schwäche. Mit diesem Begriff bezeichnete FREUD kreative, gestalterische und künstlerische Fähigkeiten, die es dem Menschen möglich machen, manche seiner inneren Konflikte und Nöte produktiv umzusetzen, wie es uns Künstler in besonders effektvoller oder ästhetischer Weise vor Augen führen.

Als Beispiel für geringe Spannungstoleranz (aber auch für mangelhafte Impulskontrolle und archaisch-destruktive Wut) sei eine Szene aus der Anfangsphase der Behandlung von Frau B. genannt. Sie war wegen einer Anorexia nervosa mit schwerer narzißtischer Persönlichkeitsstörung in Behandlung gekommen, die sich manifestierte, nachdem sie weit weg von zu Hause ein Studium der Chemie begonnen hatte. Der Therapeut hatte sich zu einem der ersten mit ihr vereinbarten Termine um etwa zehn Minuten verspätet. Als er auf sein Behandlungszimmer zukam, saß sie auf dem Boden davor und schlug ihren Kopf immer wieder mit aller Wucht gegen die gemauerte Wand neben der Türe, was mit einem ihm unerträglich erscheinenden Geräusch einherging. Er war äußerst bestürzt und untersagte ihr sofort dies schreckliche Tun. Es war ihr jedoch überhaupt nicht bewußt, ob sie dies aus unerträglicher Angst, er könnte sie vergessen haben, für sie vielleicht sogar gänzlich verlorengegangen sein, getan hatte, oder aus ohnmächtiger Wut darüber, daß sie ihm völlig unwichtig sei. Was sie im Bearbeiten dieser und ähnlicher Situationen allmählich zu identifizieren vermochte, war das Gefühl, vollkommen, durch und durch schlecht und böse zu sein, gänzlich wertlos, so daß ihr nurmehr blieb, sich selbst zu vernichten. Sie hatte mehrere ernsthafte Selbstmordversuche bereits hinter sich – und damals auch noch vor sich.

Defizitäre Ich-Funktionen

Nach der Theorie der Ich-Psychologie hat das Ich eine Struktur, mittels derer seine Inhalte und Funktionen sich organisieren und regulieren. Die Objektbeziehungs-Psychologie beschreibt, wie sich das Ich organisiert, indem seine Strukturen, Regulationen und Funktionen durch die Verinnerlichung von Objektbeziehungen gebildet werden. Struktur und Organisation sind komplexe Begriffe, denen wir uns überwiegend theoretisch annähern. Dagegen können wir uns unter Regulationen schon eher konkretere seelische Abläufe vorstellen. Beispielsweise können wir untersuchen, wie ein bestimmter Patient, mit dem wir es diagnostisch oder therapeutisch zu tun haben, sein *Selbstwertgefühl reguliert*, wenn ihn eine herabsetzende Äußerung eines Mitmenschen trifft; oder wir können bei uns selbst beobachten, wie wir es in unseren persönlichen Beziehungen anstellen, daß weder unangemessene Intimität und Nähe noch ein zu großes Maß an unpersönlicher Distanziertheit entsteht. Wir sind mehr oder weniger fähig zur »*Nähe-Distanz-Regulierung*«.

Gerade die beiden letztgenannten Regulierungen gelingen Menschen, die unter präödipalen Störungen leiden, oft nicht oder nur sehr unzureichend. Hierin liegen wichtige Probleme der Therapie von solchen Krankheitsbildern begründet. Schon ein vorsichtig formulierter und taktvoll gemeinter therapeutischer Hinweis kann für manchen dieser Patienten eine große Kränkung bedeuten. Andererseits kann besonderes empathisches Verstehen oder Einfühlung bereits ein Gefühl zu großer Nähe auslösen, das seine Nähe-Toleranz übersteigt.

Auch die Beeinträchtigungen weiterer Ich-Funktionen bedürfen der genauen diagnostischen Klärung. Dazu zählt unter anderem die Antizipationsfähigkeit, mit der wir die Wirkung des eigenen Verhaltens auf andere im vorhinein richtig einzuschätzen wissen. Weitere Ich-Funktionen sind die Urteilsfähigkeit; die integrative Kompetenz (das Vermögen, widersprüchliche Gesichtspunkte, Affekte, oder Einstellungen zu einem Ganzen zu integrieren); die Regression (»im Dienste des Ich«, z.B. in künstlerischer oder auch in therapeutischer Absicht); der Realitätssinn; oder die Stimulusschranke. Sie alle sind in unterschiedlicher Ausprägung gestört und prägen so die jeweiligen Ich-Modifikationen (Verzerrungen, Regressionen, Abweichungen des Ich von der Norm). Eine Aufgabe des Therapeuten wird bei schwereren strukturellen Ich-Störungen darin bestehen, teilweise solche Funktionen für den Patienten mitzuübernehmen. Er wird ein Stück weit zum »*Hilfs-Ich*« des Patienten. Zu wissen, in welchem Ausmaß dies unbedingt erforderlich ist und wann es nicht mehr nötig oder »zuviel des Guten« ist und den therapeutischen Fortgang eher behindert, bedeutet psychotherapeutische Heilkunst.

Einige der Ich-Funktionen haben besondere Bedeutung, die Abwehrfunktion beispielsweise, auf die wir weiter unten näher eingehen werden, oder die Realitätsprüfung, die wir bei der Differentialdiagnose psychotischer Persönlichkeitsstörungen erörtern werden. Hier soll abschließend noch die Ich-Funktion des Denkens (Sprache, Begriffsbildung, Gedächtnis und Konzentration) erwähnt werden. FREUD hatte für das »System Unbewußtes« und später für das Es eine besondere Denkform festgestellt, die er »*primärprozeßhaftes Denken*« nannte. Funktionsweisen des psychischen Apparates nach diesem »Primärvorgang« sind bestimmt durch Mechanismen, wie sie auch für den Traum typisch sind, nämlich Verschiebung von Bedeutungen und Inhalten, deren Verdichtung, Überdeterminiertheit von Symbolen oder auch Symptomen, das Fehlen von Zeitstruktur und von Ursache-Wirkungs-Gesetzen. Im Unterschied dazu definierte er das erwachsene Denken im Wachzustand als »sekundär-prozeßhaft«. Für präödipale seelische Störungen ist nun kennzeichnend, daß eine Tendenz zu primärprozeßhaften Denkformen besteht, besonders in regressiven Ich-Zuständen. Diese »primitive« Denkform kann gut in projektiven Tests nachgewiesen werden und hat sich als typisch für Borderline-Zustände erwiesen.

Präödipale Abwehrorganisation

Das Kind lernt in der »Differenzierungsphase« zwischen Selbst und Nicht-Selbst beziehungsweise Objekten zu unterscheiden. In diesem Zusammenhang werden Ich-Grenzen errichtet, Grenzen zwischen innen und außen, zwischen dem Selbst und den Objekten. Eine Voraussetzung hierfür ist die Reifung der »Apparate primärer Autonomie« (vgl. dazu meinen Beitrag Ich-Psychologie, Selbst-Psychologie und Objektbeziehungs-Theorie in diesem Band). Jedoch gelingt es in diesem Stadium noch nicht, liebevoll zugewandte und befriedigende Vorstellungen mit solchen, die aggressiv-versagend erlebt wurden, zu vermitteln. Diese libidinösen und aggressiven Anteile ein und derselben Person müssen in einem Prozeß der Integration sozusagen miteinander »legiert« werden. Den damit gemeinten Integrationsvorgang kann man sich als eine Art Versöhnung beider Gefühlsqualitäten vorstellen. Erst dadurch bildet sich ein ganzheitliches Objektbild – und ebenso Selbstbild – heraus. In diesem Prozeß neutralisieren sich die konträren Affekte ein Stück weit und verlieren ihre extreme Ausprägung. Indem die Intensität der Gefühle nachläßt, nimmt ihre Steuerbarkeit zu, es werden Kräfte für zielgerichtetes Handeln freigesetzt. Dieser Integrationsprozeß ist aber bei präödipal Gestörten verhindert, die Selbst- und Objektrepräsentanzen bleiben in größerem oder geringerem Ausmaß polar gespalten.

Was während der kindlichen Entwicklung eine Ich-Schwäche des unreifen Ich darstellt, das damit sozusagen das Gute vor dem noch als übermächtig erlebten Bösen zu schützen weiß, wird nun bei den präödipalen Störungen zu einer zentralen Abwehrformation. Immer dann, wenn die Reizschutzschranke durch aggressive oder sexuelle Anforderungen von innen oder von außen überfordert wird, versagen die Integrationsmöglichkeiten des Ich und der Abwehrvorgang der *Spaltung* greift Platz. Die Reizschutzschranke mit ihrer protektiven Funktion ist bei diesen Patienten zu stark geschwächt. Ursache hierfür sind aggressive und auch sexuelle seelische Traumatisierungen in der Kindheit. Das hat aber zur Folge, daß ängstigende oder verpönte Ereignisse dem Bewußtsein nicht ausreichend ferngehalten werden können, sie können nicht verdrängt werden. Erst mit einer intakten Verdrängung wäre die reife Organisationsform der Abwehrtätigkeiten des Ich erreicht. Die meisten der von SIGMUND FREUD und seiner Tochter ANNA FREUD untersuchten Abwehrmechanismen sind als Differenzierungen und Spielarten dieses »reifen« Abwehrmechanismus der Verdrängung aufzufassen.

Bei der Spaltung handelt es sich im Gegensatz dazu um einen *primitiven Abwehrvorgang*, auf den das Ich in Bedrängnis zurückgreift. Solche Bedrängnis entsteht immer dann, wenn ein anderer Mensch für diese Patienten stärkere emotionale Bedeutung gewinnt, sich persönliche Bindung und Nähe entwickeln. Das geschieht oft fast überstürzt, da die Nähe-Distanz-Regulierung, wie wir schon ausführten, unzureichend ausgebildet ist. Überwiegend jedoch haben solche Menschen nicht genügend Fähigkeiten zu echter Anteilnahme und Mitgefühl entwickeln können, sie leben in »entfremdeten«, emotional eher flachen Beziehungen. Eine realistische Einschätzung ihrer selbst und anderer gelingt nicht. Solange andere Menschen ihnen eher fremd und distanziert bleiben, können sie mit ihnen auch in einer Weise interagieren, die den Erfordernissen des alltäglichen Miteinanders gerecht wird.

Entsteht jedoch eine intensivere emotionale Bezogenheit, entbindet sie leicht übermäßig starke Bedürfnisse nach verschmelzender Beziehung und totaler Versorgung, deren unumgehbare Frustration starke Aggressionen freisetzt; diese jedoch reaktivieren frühe Traumataerfahrungen, die die innere Struktur des Ich bedrohen. Diese Beschreibung umreißt in sehr knapper Form das Geschehen, das letztendlich dem Einsetzen des Abwehrvorgangs der Spaltung zugrundeliegt. Durch die Spaltung wird die psychische Struktur oder innere Ordnung sozusagen auf einer primitiveren Ebene wieder gesichert. Die unerträglichen »Teilselbste« oder »Teilobjekte« werden abgespalten und neu arrangiert. Das Gute und Sichernde muß vom Bösen, Bedrohlichen »freigemacht« werden.

Das geschieht auf unterschiedlichen Wegen: einmal durch sogenannte *Externalisierung*, zum anderen durch die sogenannte *projektive Identifizierung*. Diese Abwehrvorgänge haben etwas Zwingendes für die Beteiligten, was unter anderem dadurch verstehbar wird, daß alles, was zu einer Korrektur verzerrter Wahrnehmung führen könnte, die Abwehr gefährdet. Externalisierung und projektive Identifizierung als Abwehrvorgänge beschreiben die Inszenierung innerer emotionaler Unvereinbarkeiten mit Personen der unmittelbaren Umgebung. Dies geschieht in einer Heftigkeit, der sich unmittelbar Betroffene kaum zu entziehen vermögen. Der Begriff der projektiven *Identifizierung* soll dies ausdrücken. Er verweist darauf, daß der Projizierende mit dem Projizierten identifiziert bleibt, es nicht abspaltet, wie bei der Projektion.

Das Objekt der projektiven Identifizierungen wird sozusagen nicht aus der pathologischen Beziehungssetzung entlassen.

Alle jene Realitätsaspekte, die die innere Abwehrdramaturgie stören, müssen ausgeblendet werden. Deshalb gehört zu dem beschriebenen circulus vitiosus der Spaltungsvorgänge auch der Abwehrmechanismus der *Verleugnung*. Vervollständigt wird die Gruppe der primitiven Abwehrmechanismen nach KERNBERG durch die sogenannte *primitive Idealisierung und Entwertung*.

Zu den Symptomen präödipaler Störungen gehören unerträgliche Gefühle der Leere, des Alleineseins, der Sinnlosigkeit, oft Mißtrauen, tiefe Verunsicherung und Verletzlichkeit. Besonders bei narzißtischen Persönlichkeitsstörungen stehen solche Störungen des Selbstgefühls ganz im Vordergrund. Das Gefühl des Mit-sich-selbst-identisch-Seins ist oft nur sehr gering ausgeprägt, bis hin zu einem Zustand der *Identitätsdiffusion*. Sie tritt bei narzißtischen oder Borderline-Störungen dann verstärkt in Erscheinung, wenn Spaltungsvorgänge überhand nehmen und die verbliebene innere Integration zu sehr schwächen. Das kann bis hin zu einer schweren, durchdringend erlebten Angst vor innerem »Auseinanderfallen« reichen, einer Fragmentierungs-Angst, die in Symptomhandlungen wie beispielsweise Selbstverletzungen oder perversen Handlungen Entlastung sucht. Wie wir im Abschnitt zur Differentialdiagnose noch sehen werden, kann es tatsächlich zu vorübergehenden (Teil-) Fragmentierungen kommen, die sich als psychotische Übertragungen manifestieren.

Störungen der Affektentwicklung

Als präödipal sind Affekte dadurch charakterisiert, daß sie übermäßige Intensität aufweisen, unzureichend kontrollierbar sind und noch weitgehend mit den dazugehörigen Handlungsimpulsen verknüpft bleiben. Sie haben insofern stärker imperativen Charakter und noch keine »Signalfunktion«, das heißt Hinweischarakter der Art, daß sie ihren Träger beispielsweise auf Situationen hinweisen, die mit innerer oder äußerer Gefahr verbunden sind. Unterhalb des strukturellen Niveaus der Neurose gibt es beispielsweise zu wenig »Signalschamgefühle«, die die antizipatorische Funktion hätten, größere »Fettnäpfchen« zu vermeiden, um das eigene Ansehen und Selbstwertgefühl zu schützen. Vielmehr würde eine solche Situation in dieser Hinsicht erst verleugnet werden müssen, um schließlich, wenn dieser Abwehrmechanismus nicht mehr ausreiche, in tiefe und totale Beschämung und Selbstverachtung zu münden.

Gefahrensituation, Handlungsimpuls und Angstgefühl bleiben bei schwerer Charakterpathologie mehr oder weniger eine Einheit. Das bedeutet, daß ein zeitlicher Aufschub zwischen Gefühl und Handlung, eine zunächst kognitive statt handelnde Reaktion auf die Gefahrensituation (Denken als Probehandeln), wenig möglich ist. Statt *Signalangst*, wie FREUD eine reife Form der Angst auch nannte, herrschen primitivere, archaische Angstqualitäten vor.

Mit einem Begriff FREUDS, den wir bereits kennen, kann man frühe Angst auch als zum Primärprozeß gehörig beschreiben. Sie folgt noch vermehrt dem Alles-oder-nichts-Prinzip, hat Globalcharakter. Ähnliches gilt für weitere sogenannte Unlustaffekte, zum Beispiel Schuld- und Schamgefühle. Sie entstammen zwar späteren Phasen der Trieb- und Ich-Entwicklung, entstehen im Verlauf gestörter seelischer Entwicklung allerdings sozusagen in »archaisierter« Form. Sie bleiben durchdrungen von primitiver Angst und Aggressivität.

Dies trifft auch in der allgemeineren Form zu, daß nämlich die *Affektdifferenzierung* generell gering ausgeprägt ist. Ähnliches gilt für die Fähigkeit der *Affektidentifizierung*, also für die Fähigkeit, Gefühle voneinander abzugrenzen, sie zu unterscheiden. Bei sehr schweren Persönlichkeitsstörungen herrscht oft eine Befindlichkeit vor, die vom Patienten kaum in Worte zu fassen ist. Am ehesten wird sie als diffuses, durchdringendes Gefühl von Unbehagen beschrieben, oder als ein starkes inneres Spannungsgefühl, das weder als seelisch noch als körperlich näher bestimmbar scheint. Die Vermutung liegt nahe, daß diese affektiven Erlebensqualitäten wenigstens teilweise zu einem präverbalen Entwicklungsstadium gehören.

Dies führt zu einem weiteren Charakteristikum archaischer Gefühle, ihrer Körpernähe. Der Begriff der frühen Störung impliziert auch eine Behinderung der Differenzierung von psychischem Selbst und Körper-Selbst in der frühesten Phase der menschlichen Entwicklung. Hier sind Gefühle und die dazugehörigen Körperempfindungen noch identisch, bleiben es allerdings in einem gewissem Ausmaß ein Leben lang, wie wir es etwa vom Herzklopfen und anderen physiologischen Begleiterscheinungen beispielsweise des Angstgefühls gut kennen. Auf frühester Ebene spricht man von coenästhetischen Empfindungen, die zum Beispiel bei psychotischen Störungen als Mißempfindungen häufig zu beobachten sind (in ausgeprägter Form etwa bei der sogenannten coenästhetischen Schizophrenie).

Entsprechend den Ich-Bildungs-Vorgängen und Verinnerlichungsprozessen haben BLANCK und BLANCK (1981) eine Hierarchie verschiedener Angstniveaus zusammengestellt, die als diagnostische Leitlinie bei der Differentialdiagnose präödipaler Störungen fungieren kann. Wir wollen sie hier auf die MAHLERschen Phasen der psychischen Entwicklung bezogen skizzieren. Demnach wäre die »früheste« Angstform die vor psychophysischer Vernichtung und Fragmentierung. Im Zuge der »Differenzierungssubphase« von MAHLER wird der Objektverlust zur vorherrschenden Angstquelle. Reale oder befürchtete Objektverluste und andere Objektverlustäquivalente stellen den häufigsten Auslöser für Dekompensationen beziehungsweise Erkrankungen des präödipalen Formenkreises dar. Mit der Wiederannäherungsphase wird schließlich das Signalangst-Niveau erreicht. In der Folge entsteht nun zunehmend Angst vor dem Verlust der Liebe des Objektes, eine Stufe, die im Falle präödipaler Pathologie oft nicht oder nur in Ansätzen erreicht worden ist. Kastrationsangst und Angst vor dem Über-Ich (Bestrafungsangst) schließen die Entwicklungsabfolge unterschiedlicher Angstniveaus ab. Von neurotischer und präödipaler Angst ist die Realangst abzugrenzen, die als eine der wirklichen Gefahrensituation angemessene Angstreaktion des Ich definiert ist (vgl. RÜGER 1984).

Aspekte der Sexualität bei präödipalen Störungen

Die Pathologie verinnerlichter Objektbeziehungen auf einer »primitiven« oder »archaischen« Ebene ist auch verbunden mit einer oft auffällig gestörten sexuellen Erlebnisfähigkeit.

Dabei ist zu berücksichtigen, daß die Mitteilungen von Patienten hierüber bestimmte Charakteristika aufweisen, die diagnostisch relevant sind. Auf eine eher niedrige Ebene des psychopathologischen Funktionsniveaus läßt sich schließen, wenn ein Patient über sein gestörtes Sexualleben oder traumatische sexuelle Erlebnisse recht rasch und schon in der Diagnostik Mitteilungen macht. Dieser Umstand verweist meist eher auf eine gestörte Distanzregulation und schwere Über-Ich-Pathologie (mangelhafte Scham- und Schuldfähigkeit) als auf hohe Behandlungsmotivation, Ich-Stärke oder Offenheit und Vertrauen.

FREUD hatte die psychosexuellen Entwicklungsphasen beschrieben und seine Analysen dieser Vorgänge zeigten, daß eine endgültige Identifizierung mit dem eigenen Geschlecht erst relativ spät erfolgt. Sie fällt mit der Überwindung des Ödipuskomplexes zusammen. So ist verstehbar, daß präödipale Störungen immer einhergehen mit einer zumindest unsicheren, meist jedoch ausgeprägteren Störung der Geschlechtsidentität (homosexuelle Tendenzen, transsexuelle Problematik).

FREUD hatte auch angenommen, daß bis zur ödipalen Krise sexuelle Partialtriebe vorherrschen, und in diesem Zusammenhang von »polymorph-perversen Tendenzen« gesprochen. Sie würden erst im Zuge der Errichtung des sogenannten »Genitalprimates« integriert werden. Dies läßt bestimmte sexuelle Störungen wie etwa den Exhibitionismus oder auch die sexuelle Fixierung auf bestimmte Körperteile oder Körperfunktionen (z.B. Ausscheidungsvorgänge) plausibel erscheinen, nämlich als mißlungene Integration mit dem Ergebnis, daß der eine oder andere sexuelle Partialtrieb die Vorherrschaft übernimmt in einer insgesamt unreif und instabil gebliebenen Sexualorganisation.

Die noch nicht vollständige Selbst- und Objektdifferenzierung ist mit ein Hintergrund dafür, daß extensive autoerotische Befriedigungsformen häufig anzutreffen sind. Dies läßt sich unter anderem auch darauf zurückführen, daß in der masturbatorischen Aktivität als »Selbst-Befriedigung« eine Möglichkeit der Selbstbesänftigung, der Spannungsabfuhr liegt und vorübergehend das Identitätsgefühl gestärkt wird. Dem folgen in der Regel jedoch überstarke Schuldgefühle, die ununterdrückbare Selbstbestrafungstendenzen auszulösen vermögen (beispielsweise Selbstverletzungs- und suizidale Impulse oder Hungern und Erbrechen bei Magersucht und Bulimie).

Früher sexueller Mißbrauch läßt sich bei präödipal gestörten Menschen häufig – oft erst im Verlauf längerer Behandlungen – in der Lebensgeschichte auffinden, häufig im Zusammenhang mit auch aggressiv ungesteuerten Elternpersonen. Eine gegenseitige Durchdringung sexueller und aggressiver Gefühle hatte FREUD in bestimmter Hinsicht als zur normalen Entwicklung gehörig angenommen. Bei Frühgestörten finden wir jedoch oft deutlich darüber hinausgehende sadistische und masochistische sexuelle Praktiken, verbunden mit auch extremen aggressiven Phantasien, von Zerstückelung bis hin zu Kannibalismus.

Wir erinnern uns, daß es hier um sehr frühe Entwicklungsstörungen geht, die, wie wir erörterten, in die Zeit der Ich- und Selbst-Konstitution fallen. In dieser Zeit sind Ganzobjekte noch nicht konsolidiert, vielmehr existieren überwiegend Partialobjekte, an die sich nun unter bestimmten Umständen sexuelle Triebwünsche heften können. Diese fungieren, wie es in sexuellen Phantasiebildungen deutlich wird, nach dem Prinzip des pars pro toto. Um Teilobjekte in diesem Sinne geht es auch beim sogenannten Fetischismus, der dadurch gekennzeichnet ist, daß ein unbelebter Teil eines anderen Menschen, beispielsweise eines seiner Kleidungsstücke, zum sexuellen Stellvertreterobjekt wird.

In der Diagnostik wie auch in der Behandlung präödipaler Störungen geht gerade auch bezüglich sexueller Problematiken die therapeutische Grundtendenz bei Anzeichen von Ich-Schwäche zunächst nicht dahin, unbewußten Phantasien nachzugehen oder psychosexuelle Traumata – noch mehr, als dies oftmals ohnehin der Fall ist – offenzulegen. Vielmehr wird man zunächst an der Objektbeziehung ansetzen und in der therapeutischen Beziehung die Voraussetzungen für neue Verinnerlichungsprozesse schaffen. Erst dadurch lassen sich die ich-strukturellen Voraussetzungen schaffen für eine nachträgliche Bewältigung sexueller Traumatisierungen.

Besonders zu berücksichtigen ist dabei, daß die Bewältigung vorerst nicht in einer »Verarbeitung« besteht, sondern sich zunächst in der wachsenden Fähigkeit zur Verdrängung anzeigt. Traumatisch wirkende Sexualerlebnisse werden sozusagen verspätet »vergessen«. Das Einsetzen dieser Verdrängung ist verbunden mit Vorgängen der Neutralisierung und neugewonnenen Möglichkeiten der Sublimierung. Der Heilungsweg beginnt in der präödipalen Psychopathologie in der Regel bei einer unbezogenen, durch Macht und Ohnmacht entfremdeten Sexualität, die als ungebundene Erregung nicht genügend steuerbar ist und gleichzeitig in manchmal geradezu unmenschlich wirkender Weise fixiert und eingeengt bleibt. Zielvorstellungen sind hier sicherlich individuell geprägt. Aber eine in und mit Beziehungen geregelte Liebes- und Genußfähigkeit, die nicht ausschließt, sondern einbezieht, deren Spektrum von Freude an sexueller Lust über die Fähigkeit zu persönlicher Freundschaft und Intimität bis hin zur Freude an Dingen und am Leben überhaupt reicht, sind wichtige Bestimmungsstücke so verstandener Liebesfähigkeit. In ihnen sah FREUD die entscheidenden Umwandlungen des Eros, des Lebenstriebes, mit denen eine gelungene Sozialisation einhergeht.

Formen »prägenitaler« Aggression

Die Aggressivität als zentrale Lebenserscheinung ist naheliegenderweise gerade auch in der Psychoanalyse Gegenstand vielfältiger Theoriebildungen. Wenn FREUD von triebzähmenden Prozessen sprach, bezog er sich dabei auf die beiden menschlichen Grundtriebe der Sexualität und der Aggression. Wir hatten bereits darauf hingewiesen, daß unter anderem KERNBERG davon ausgeht, daß diese Triebe in ihrer Stärke genetisch mitbestimmt sind, und daß MELANIE KLEIN darüber hinaus dazugehörige undifferenziert-primitive Vorstellungskomplexe bereits beim Säugling annimmt. Es gibt auch andere Auffassungen darüber. So hat der Psychoanalytiker WINNICOTT (1979) sehr anschaulich beschrieben, daß kindliche Aggression zunächst Ausdruck primitiver liebender Bestrebungen ist, sich beispielsweise im erregten »Angreifen« des Säuglings im wörtlichen Sinn zeigt, also eher in Richtung liebenden Eroberns geht. Destruktive und eliminative Qualitäten würden demnach erst durch die von außen kommenden Einflüsse entstehen.

Der Ausdruck *prägenitale Aggression* verweist jedoch auf die von FREUD eingeführten und beschriebenen Reifungsphasen der psychosexuellen Entwicklung vor der Integration von Partialtrieben unter das »Genitalprimat«. »Partialtriebe« leiten sich ab von den Körpervorgängen, die der Abfolge von psychophysischen Reifungsschritten entsprechend jeweils im Mittelpunkt stehen. In der oralen Phase etwa betrifft dies die Nahrungsaufnahme, in der analen Phase den Ausscheidungsvorgang. Der Begriff prägenitale Aggression bezieht sich auf solche Phasen neurophysiologischer Reifung und Entwicklung. Die Erscheinungsformen und Qualitäten aggressiver Äußerungen sind in spezifischer Weise entsprechend dem oralen oder analen Organisationsniveau der psychophysischen Entwicklung geprägt.

In dieser frühen Zeit der Entwicklung tritt Aggression in der Form lustvoller Bemächtigung und Bemächtigt-Werdens in Erscheinung, was in den Begriffen Sadismus und Masochismus zum Ausdruck kommt. Man spricht in der Psychoanalyse deshalb im Zusammenhang mit prägenitaler Aggression von »oral-sadistisch« und »anal-sadistisch« oder von »oralem« und »analem Masochismus«, um bestimmte Qualitäten von Aggression zu kennzeichnen. Andererseits bezeichnet man etwa Haß- und Wutgefühle als »oral« oder »anal«, um neben der Qualität auch die auslösende Situation mitzubezeichnen. Oral hieße man etwa eine durch Frustration von Versorgungs- und Abhängigkeitswünschen ausgelöste Wut, anal würde man entsprechend der in der analen Phase im Mittelpunkt stehenden Autonomieentwicklung beispielsweise eine Wut nennen, die durch Ohnmachtsgefühle ausgelöst ist.

Die Frustrationen kindlicher Bedürfnisse und Wünsche spielen in der Entwicklung aggressiver Kompetenzen eine zentrale Rolle. Sind sie zeitgerecht und angemessen, fördern sie progressive Entwicklungsschritte, andernfalls überfordern sie und lösen Regressionen aus, das heißt Rückschritte hin zu entwicklungsmäßig früheren Formen der Bedürfnisbefriedigung und -bewältigung. Es sind die durch Frustrationen (Versagung, Verneinung, Mißbilligung, Grenzsetzung oder gar Angriff) ausgelösten aggressiven Gefühle, die dem gesunden Widerstand und den Gegenbewegungen die Kraft verleihen und zu einer angemessenen Durchsetzung der eigenen Bedürfnisse und Interessen verhelfen. Die Störung der Aggressionsentwicklung bei präödipaler Charakterpathologie ist zurückzuführen auf real unmäßig erfahrene Frustrationen, die wiederum übermäßige Aggressivität zur Folge haben. Für KERNBERG spielt dies in der Genese von Borderline-Persönlichkeitsstrukturen die wahrscheinlich entscheidende Rolle. Mangelhafte Ausreifung der angeborenen Ich-Fähigkeiten und unzulängliche Angsttoleranz kommen hinzu. Sie bewirken, daß die innerlich entstandene Aggression projiziert werden muß, um dann in Form aggressiv bedrohlich gewordener Selbst- und Objektimagines wieder introjiziert, also verinnerlicht zu werden. Nur durch Spaltung kann diese Situation teilentschärft werden, kann die diffuse Ausbreitung von Angst im Ich verhindert werden. Ständig erneute Rekapitulierungen dieses Circulus vitiosus halten die Spaltungsabwehr aufrecht, verstärken und fixieren sie. Erst mit der Integration und Synthese bipolarer Repräsentanzen tritt eine Neutralisierung von Aggression ein, ein Vorgang, der als Hauptquelle der Energien für die Ich-Entwicklung anzusehen ist.

Zur Über-Ich-Pathologie präödipaler Störungen

Störungen des Über-Ich bei frühen Störungen sind im wesentlichen darauf zurückzuführen, daß die Art und das Ausmaß der strukturellen Ich-Störung in der Regel die Über-Ich-Struktur ebenso betrifft, sind doch beide durch dieselben Objektbeziehungsschicksale geprägt. KERNBERG weist darauf hin, daß gelegentlich trotz einer schweren Ich-Störung ein besser integriertes und funktionierendes Über-Ich entstehen kann. Dies ist vielleicht damit zu erklären, daß das Über-Ich eine spätere Struktur ist. So können ungewöhnlich günstige Umweltbedingungen in der späteren Kinderzeit bewirken, daß das Über-Ich eine integriertere Struktur aufweist als das Ich. Es sind jedoch auch umgekehrte Verhältnisse möglich. Eine genaue diagnostische Untersuchung der Über-Ich-Pathologie ist für die Indikationsstellung bei präödipalen Störungen unabdingbar.

Wie schon angedeutet, weist also auch das Über-Ich bei präödipaler Störungsproblematik in der Regel die Zeichen mangelnder Integration auf, man spricht auch von ungenügend miteinander verbundenen konträren Über-Ich-Kernen. Das Über-Ich entsteht aus verschiedenen »punktuellen« Introjektionen und Identifizierungen, die im Laufe seiner Reifungsprozesse miteinander verschmelzen, das heißt integriert und synthetisiert werden. Werte und moralische Maßstäbe erreichen so im Verlauf der Entwicklung einen höheren Abstraktionsgrad. Während ursprünglich die Normen und Wertvorstellungen des Über-Ich noch stark an die sie vertretenden Elternpersonen geknüpft sind, werden sie später mehr und mehr von ihnen unabhängig. Eine solche Autonomieentwicklung führt zu einer »Depersonalisierung« des reifen Über-Ich. Bei schwerer Charakterpathologie dagegen bleiben die Inhalte des Über-Ich mehr oder weniger personalisiert und heteronom, also auch im erwachsenen Leben weitgehend abhängig von wichtigen Bezugspersonen.

Erscheinungsformen der präödipalen Über-Ich-Pathologie sind eine übergroße Toleranz gegenüber konträren Wertvorstellungen, häufig auch eine übermäßig sadistische Strenge gegenüber sich selbst, die sich in einer autoaggressiven Haltung im Sinne von Selbstbestrafungsbedürfnissen äußert. Es handelt sich um ein Über-Ich, das sozusagen nach einem übersteigerten Talionsprinzip (Prinzip der Vergeltung) funktioniert. In den Augen des unbeteiligten Beobachters relativ geringe Vergehen müssen hart bestraft werden, bis hin zu den bei diesen Patienten nicht seltenen Selbstverletzungstendenzen und suizidalen Impulsen. Im Unterschied zu schwereren Formen der neurotischen Depression und des depressiven Charakters handelt es sich jedoch nicht um eine kontinuierliche und stabile Konfliktstruktur oder Charakterbildung, sondern um vorübergehende Ich-Zustände, abhängig von bestimmten Objektbeziehungskonstellationen.

Über-Ich-Lücken in dem Sinne, daß Wertbezogenheit und moralische Verpflichtung weitgehend fehlen, verweisen auf eine schlechte Behandlungsprognose. Dieses Fehlen äußert sich in mangelnder Rücksichtnahme auf andere, in antisozialen Tendenzen wie Lügen, Betrügen und Stehlen. Nach KERNBERG findet man eine solche Charakterpathologie häufig bei narzißtischen Borderline-Persönlichkeitsstörungen. Steht dieser Zug im Vordergrund, spricht man auch von einer antisozialen

Persönlichkeit. Nicht selten gehört eine solche Über-Ich-Konstellation jedoch eher zum Bild der infantilen Persönlichkeiten.

Differentialdiagnostik

Die Verläßlichkeit, mit der wir eine diagnostische Einschätzung vornehmen, hat bei Persönlichkeitsstörungen sicher nicht weniger Einfluß auf die Prognose der Behandlung, als dies bei neurotischen Krankheitsbildern der Fall ist. Die aussichtsreichste Behandlungsform muß sorgfältig ausgewählt werden, weil das Setting und die therapeutische Methode hier eine außerordentlich große Rolle spielen. Auch ist ein Scheitern der Behandlung bei diesen Patienten oft verbunden mit einer tiefergreifenden Regression. Sie kann zur Folge haben, daß die Fähigkeiten der Lebensbewältigung zusätzlich geschwächt werden, manchmal vielleicht auch irreversibel. In diesen Fällen ist die Regression so schwerwiegend, daß man sie als »bösartige«, als »maligne Regression« bezeichnet.

Wir wollen uns zunächst mit den Unterscheidungsmöglichkeiten zwischen narzißtischen und Borderline-Persönlichkeitsstörungen beschäftigen und schließlich auf die Abgrenzung zu psychotischen Störungen eingehen. (Zu den Charakterneurosen und anderen Persönlichkeitsstörungen s. Literaturangaben im Anschluß an diesen Artikel.)

Die Unterscheidung der schwereren Formen narzißtischer Persönlichkeitsstörungen von Borderline-Persönlichkeitsstörungen wirft einige Probleme auf. Das liegt einmal daran, daß mit einer Borderline-Pathologie immer auch eine Störung der narzißtischen Regulationen einhergeht. Zum anderen kann aber auch dann, wenn die narzißtische Pathologie klinisch im Vordergrund des Krankheitsbildes steht, die damit verbundene Persönlichkeitsstruktur insgesamt alle Merkmale einer Borderline-Persönlichkeitsorganisation aufweisen. Abgesehen von solchen schweren Störungsbildern läßt sich jedoch dahingehend verallgemeinern, daß narzißtische Persönlichkeitsstörungen meist mit besserer Lebensbewältigung und besseren sozialen Kompetenzen einhergehen. Solche Patienten verfügen über ein kohärenteres Selbst und über mehr Ich-Stärke, als dies bei Borderline-Strukturen der Fall ist.

Kernberg empfiehlt, daß man beim Diagnostizieren drei Kriterien systematisch einbezieht: Funktionsniveau und Struktur des Ich und des Über-Ich, die Pathologie der verinnerlichten Objektbeziehungen und die Störungen der libidinösen und aggressiven Triebschicksale. Aus der Trieb-, Ich- und Objektbeziehungs-Pathologie resultieren nach Kernberg drei Störungsniveaus, nämlich »higher« (oberes), »intermediate« (mittleres) und »lower level« (unteres Niveau). Narzißtische Persönlichkeiten ordnen sich hauptsächlich dem mittleren Funktions- und Strukturbereich zu. Für Borderline-Syndrome, aber auch für infantile, antisoziale und schwere narzißtische Persönlichkeitsstörungen ist die dritte Ebene kennzeichnend.

Bei Borderline-Syndromen, so hat der Psychoanalytiker Winnicott einmal bündig definiert, sei der Kern der Störung zwar ein psychotischer; es gebe jedoch insoweit genügend Strukturbildungen, daß die eigentlich psychotische Angst durch neurotische und psychosomatische Symptome abgewehrt werden kann. Allerdings treten auch bei Borderline-Persönlichkeitsstörungen als typische Behandlungskomplikation psychotische Episoden in der Form von »Übertragungspsychosen« auf. Wodurch lassen sich »Grenzzustände« und Psychosen praktisch-klinisch unterscheiden?

Kernberg (1988) favorisiert ein aktives differentialdiagnostisches Vorgehen, um diese Unterscheidung sicher vornehmen zu können. Er hat damit jedoch nicht nur Zustimmung gefunden. Es besteht darin, daß man den Patienten von Anfang an mit seinen primitiven Abwehrvorgängen konfrontiert und sie ihm deutet. Dies geschieht natürlich in einer gebotenen taktvollen Art und abhängig von der aktuellen emotionalen Beziehung zwischen Therapeut und Patient. In der Regel läßt sich bei dieser Vorgehensweise bemerken, daß das Funktionsniveau sich aktuell eher verbessert, was sich vor allem auch auf die Realitätsprüfung bezieht. Im Falle eigentlich psychotischer Persönlichkeitsstörungen kommt es umgekehrt zu einer Destabilisierung.

Die Ich-Funktion der Realitätsprüfung ist dabei der entscheidende Gradmesser dafür, in welchem Ausmaß die Differenzierung zwischen Selbst und Objekt gelingt und die Grenzen zwischen Ich und Nicht-Ich intakt sind. In der therapeutischen Arbeit beispielsweise können auf den Therapeuten bedrohliche oder auch ausbeuterische und mißbrauchende Selbst-Aspekte projiziert werden, oft auch in sehr archaischer und verzerrter Form. Die intakte Realitätsprüfung äußert sich dann in der Weise, daß der Patient weitgehend in der Lage bleibt, diese projizierten Bilder von den wirklichen Eigenschaften des Therapeuten zu unterscheiden. Konfrontiert der Therapeut seinen Patienten mit diesen Unterschieden zwischen projektiver Phantasie und Wirklichkeit, wird, verkürzt gesagt, dem Patienten mit Borderline-Persönlichkeitsorganisation diese Unterscheidung klarer, den psychotisch Erkrankten dagegen »verwirrt« sie noch mehr.

Grundzüge der Behandlung

Autoren wie WINNICOTT, KLEIN, KOHUT oder KERNBERG haben für präödipale Störungen Modifizierungen der ursprünglichen FREUDschen Behandlungsmethode eingeführt. Völlige Einigkeit darüber, welche Behandlungsziele und Vorgehensweisen bei Frühstörungen vorzuziehen sind, wurde allerdings nicht erzielt. Es gibt jedoch Grundtendenzen. So wird allgemein die Behandlung im Sitzen dem »Couch-Verfahren« vorgezogen, um der oft starken Regressionsneigung besser begegnen zu können. Das Behandlungsziel liegt darin, der herabgesetzten Abwehrstärke des Patienten, die mit starken Übertragungsbedürfnissen einhergeht, Rechnung zu tragen. Das Ich ist nicht wehrhaft genug und soll durch die Behandlung zunächst einmal stark genug und fähig werden, zu verdrängen. Ich und Selbst sollen eine strukturelle Anreicherung erfahren und fehlende Integrationsschritte nachholen können.

Entsprechend diesem Spektrum an psychotherapeutischen Zielsetzungen sind Techniken entwickelt worden, und man hat die hierfür förderliche therapeutische Grundhaltung konzeptualisiert. Bezogen auf die Wahl des Settings und auf den Zeitfaktor fallen Empfehlungen schwer. Mehrmonatige stationäre Behandlungen, die von mittel- bis langfristiger ambulanter Betreuung gefolgt sind, galten lange als Königsweg. Später entdeckte man, daß besonders die Gruppe von schweren Persönlichkeitsstörungen, bei denen Nähe-Distanz-Probleme sowohl ambulante wie auch stationäre Therapie sehr erschweren, im teilstationären (tagesklinischen) Setting mit gutem Erfolg behandelbar ist. In der ambulanten Versorgung wird der Einzelbehandlung wohl in den weit überwiegenden Fällen der Vorzug gegeben. Die alternativen Möglichkeiten der Kurztherapie, die man auch als Intervalltherapie planen kann, und der jahrelangen niederfrequenten analytischen Psychotherapie entscheiden sich je nach den Zielsetzungen der Behandlung.

Eine Vielzahl katamnestischer Untersuchungen zur Effektivität psychoanalytisch orientierter Behandlungen hat in den beiden letzten Jahrzehnten gezeigt, daß sich die Reichweite und Heilungskompetenz der modernen Psychoanalyse auf präödipale Störungsformen erweitert hat. Wer erfahren hat, welche Entwicklungs- und Entfaltungsmöglichkeiten eine psychoanalytische Behandlung bei Menschen mit schweren Persönlichkeitsstörungen freisetzen kann, der wird auch den nicht unerheblichen Aufwand einer Langzeittherapie gerechtfertigt sehen. Solche Erfahrungen wiegen für viele Therapeuten auch die persönliche Beanspruchung auf, die sich mit der Behandlung schwerer seelischer Leidensformen oft verbindet.

Als Basisliteratur empfohlen:

BLANCK R.; BLANCK G. (1981): Angewandte Ich-Psychologie (Amerikanische Originalausgabe 1974). Klett-Cotta, Stuttgart, 2. Aufl.
KERNBERG, O. F. (1980): Borderline – Störungen und pathologischer Narzißmus (Amerikanische Originalausgabe 1975). Suhrkamp Verlag, Frankfurt a.M., 4. Aufl.

Zur weiterführenden Lektüre empfohlen:

KOHUT, H. (1981): Die Heilung des Selbst (Amerikanische Originalausgabe 1977). Suhrkamp, Frankfurt a.M.
ROHDE-DACHSER, C. (1982): Das Borderline-Syndrom. Verlag Hans Huber, Bern/Stuttgart/Wien, 4. Aufl. 1989
WINNICOTT, D. W. (1979): Vom Spiel zur Kreativität. Klett-Cotta, Stuttgart

Literaturangaben zum Text:

HEIGL-EVERS, A.; HENNEBERG-MÖNCH, U.; ODAG, C.; STANDKE, G. (Hrsg.; 1986): Die Vierzigstundenwoche für Patienten, Konzept und Praxis teilstationärer Psychotherapie. Vandenhoeck & Ruprecht, Göttingen

JANSSEN, P. L. (1987): Psychoanalytische Therapie in der Klinik. Klett-Cotta, Stuttgart

KERNBERG, O. F. (1988): Schwere Persönlichkeitsstörungen. Klett-Cotta, Stuttgart

MERTENS, W. (1990): Einführung in die psychoanalytische Therapie. 3 Bände, Kohlhammer, Stuttgart/Berlin/Köln

RÜGER, U. (1984): Neurotische und reale Angst. Vandenhoeck & Ruprecht, Göttingen

Grundformen
psychoanalytischer Sucht-
theorien

FALK EITH

Alkohol im Dienste des Lustprinzips

Triebpsychologische Suchttheorien

STICHWORT: Triebpsychologische Suchttheorien

Unter »Sucht« wird in der Psychoanalyse ganz allgemein der unwiderstehliche innere Zwang verstanden, eine bestimmte Substanz mit unkontrollierbarer und hemmungsloser Gier einzunehmen. Die Schädlichkeit dieses Stoffes wird dabei bewußt oder unbewußt toleriert (LÜHRSSEN 1976, S. 838).

Im triebpsychologischen Konfliktmodell wird Suchtmittelgebrauch als Versuch verstanden, einen unbewußten inneren oder verinnerlichten frühkindlichen Konflikt zwischen psychischen Instanzen zu lösen, der wieder aktualisiert wurde. Dabei handelt es sich um einen Triebkonflikt, der wesentlich zwischen den Instanzen *Ich* und *Es* wirksam ist. Symptome, wie Alkoholabusus oder eine manifeste Sucht, sind Kompromißbildungen zwischen den Anforderungen der verschiedenen psychischen Instanzen, die jedoch dramatisch die Unzulänglichkeit dieses Lösungsversuches anzeigen.

Im folgenden werden die wesentlichen Entwicklungslinien der Suchttheorien im triebpsychologischen Modell dargestellt. Ausgangspunkt ist SIGMUND FREUD (1897), Endpunkt SÁNDOR RADÓ, der in seiner Arbeit von 1926 verschiedene Überlegungen zur Sucht in das triebpsychologische Modell integrieren konnte und in seiner Arbeit von 1934 den Wandel von trieb- zu ich-psychologischen Konzepten der Sucht einleitete.

Darüber hinaus werden zwei spätere Versuche dargestellt, Sucht im Rahmen der Triebpsychologie zu beschreiben.

Die Entwicklung der Suchttheorie in FREUDS Werk

Im Werk SIGMUND FREUDS gibt es keine zusammenhängende oder abgeschlossene Arbeit über Sucht und Alkoholismus. Jedoch finden sich in seinem umfangreichen Gesamtwerk eine Reihe von Hinweisen zu diesem Thema, die für die spätere psychoanalytische Theoriebildung zur Sucht grundlegende Bedeutung haben.

Noch bevor sich Freud in seinen Arbeiten zur Sucht äußerte, unternahm er einige Selbstversuche mit Kokain, dessen süchtig machende Wirkung noch nicht erkannt war. Freud wurde allerdings nicht kokainsüchtig. Die Erfahrungen seiner Versuche führten ihn zu mehreren Veröffentlichungen über Kokain, und er kam der Entdeckung des Kokains zur Lokalanästhesie des Auges, die Carl Kollers Verdienst wurde, sehr nahe (v. Scheidt 1973).

Die frühesten Äußerungen Freuds zum Alkoholismus stammen aus einer Zeit, in der er mit der sogenannten kathartischen Methode arbeitete. Deren Wirkung beruhte auf einer »reinigenden« Abfuhr pathogener Affekte. Diese Technik wurde aus der Hypnosebehandlung heraus entwickelt und mündete sukzessiv, durch Erfahrungen mit seinen Patienten und seine Selbstanalyse (1896–1897) gefördert, in die Methode der freien Assoziation (Freud 1895).

Freuds theoretische Auffassungen basierten damals auf der dynamischen Vorstellung eines Konflikts zwischen einem psychischen System und der äußeren Realität. Danach kann es im Organismus zur Spannungssteigerung kommen, wenn die durch belastende Ereignisse der äußeren Realität verursachte innere Spannung nicht adäquat abgeführt werden kann. Es kann aber auch zu Abwehrvorgängen gegen die Erinnerung an diese Ereignisse kommen, und schließlich zu einer Entladung der in der Spannung gebundenen Energie, und zwar in Form einer Symptomatik. Trotz dieser energetischen Vorstellungen war der Begriff »Trieb« damals noch nicht eingeführt und das Triebkonzept noch nicht ausgearbeitet.

Doch Freud hatte bereits bis 1898 bestimmte Vorstellungen über die Bedeutung der Sexualität in der Ätiologie der Neurosen entwickelt. Diese fanden zunächst in der – später aufgegebenen – sogenannten Verführungstheorie Ausdruck, nach der reale Verführungssituationen den Ursprung der Neurosen bilden. Daher lag es nahe, sexuellen Momenten auch bei der Entstehung des Alkoholismus eine bedeutsame Rolle beizumessen.

Ersatzbildung

In einem Brief vom 11. Januar 1897 schreibt er denn auch an seinen Freund, den Berliner Arzt und Biologen Wilhelm Fliess: »Die Dipsomanie [periodisch auftretende Trunksucht] entsteht durch Verstärkung, besser *Substitution* des einen Impulses für den assoziierten sexuellen«. Auf diese Ersetzung eines sexuellen Impulses durch einen anderen, vermutet Freud, läßt sich auch die Spielsucht zurückführen (Freud 1962, S. 160).

Am Ende desselben Jahres glaubt er zu wissen, was genau die Sucht ersetzen soll. In einem Brief vom 22. Dezember 1897 schreibt er: »Es ist mir die Einsicht aufgegangen, daß die Masturbation die einzige große Gewohnheit, die ›Ursucht‹ ist, als deren Ersatz und Ablösung erst die anderen Süchte nach Alkohol, Morphin, Tabak etc. ins Leben treten« (ebd., S. 205). Die Heilungschancen der Süchte beurteilt Freud pessimistisch.

In derselben Denklinie beschreibt Freud ein Jahr später Sucht als Ersatz für fehlenden sexuellen Genuß. »›Gewöhnung‹ ist eine bloße Redensart ohne aufklärenden Wert; nicht jedermann, der eine Zeitlang Morphium, Kokain, Chloralhydrat u. dgl. zu nehmen Gelegenheit hat, erwirbt hierdurch die ›Sucht‹ nach diesen Dingen. Genauere Untersuchung weist in der Regel nach, daß diese Narkotika zum Ersatz – direkt oder auf Umwegen – des mangelnden Sexualgenusses bestimmt sind, und wo sich normales Sexualleben nicht mehr herstellen läßt, da darf man den Rückfall des Entwöhnten mit Sicherheit erwarten« (Freud 1898, S. 506).

Mit diesen Bemerkungen versucht Freud sich dem Phänomen Sucht anzunähern, zu dessen Erklärung ihm aber noch die psychoanalytische Begrifflichkeit fehlt. Heute lassen sich die damaligen Bemerkungen so verstehen: Sucht ist eine Ersatzbildung; bei ihr kommt es zur Ersatzbefriedigung eines unbewußten Wunsches und damit zur symbolischen Ersetzung eines unbewußten psychischen Inhalts durch einen anderen. Die direkte Befriedigung des auf Triebansprüchen beruhenden unbewußten Wunsches wird durch Abwehrvorgänge verhindert.

Sucht resultiert für Freud zu diesem Zeitpunkt aus einer genitalen (masturbatorischen) Fixierung, und sie dient dem Lustprinzip, dessen konzeptionelle Grundlagen er bereits 1895 in seinem »Entwurf einer Psychologie« vorgezeichnet hatte (FREUD 1962, S. 297ff). Später wird das Lustprinzip als automatisches Regulationsprinzip präzisiert, welches das psychische Geschehen beherrscht und darauf zielt, Unlust zu vermeiden sowie durch Erregungsverminderung Lust zu schaffen. Das Lustprinzip steht dem Realitätsprinzip antagonistisch gegenüber, wird jedoch von ihm nicht außer Kraft gesetzt. Lustbefriedigung unter Berücksichtigung des Realitätsprinzips, also mit Rücksicht auf Anforderungen der Außenwelt, ist nur auf Umwegen oder nach Aufschub möglich.

In den folgenden Jahren schreibt FREUD »Die Traumdeutung« (FREUD 1900). Darin konzipiert er wesentliche Elemente der Psychoanalyse. In Träumen erkennt er eine durch unbewußte Phantasien bestimmte sinnvolle psychische Leistung, und er entwirft sein erstes topisches Modell, in dem zwischen drei psychischen Systemen unterschieden wird: Bewußt, Vorbewußt und Unbewußt.

Orale Fixierung

Im Zusammenhang mit der Differenzierung seiner Sexualtheorie (FREUD 1905a) verschiebt FREUD auch den Akzent bezüglich der Ätiologie des Alkoholismus. Er untersucht Perversionen Erwachsener und frühkindliche Aktivitäten, führt dabei den Begriff »Trieb« ein und kommt zu einem erweiterten, nicht auf die Genitalität reduzierten Verständnis von Sexualität. Besonders die frühkindliche Sexualität umfaßt nicht nur frühe genitale Bedürfnisse, sondern vor allem eine von erogenen Zonen ausgehende orale und anale Sexualität.

Als Ausdruck oraler Sexualität beschreibt FREUD die autokratischen und infantilen Sexualäußerungen »Lutschen oder Wonnesaugen«, die »in *Anlehnung* an eine lebenswichtige Körperfunktion« entstehen. Dabei stellt er für den Fall einer konstitutionell verstärkten erogenen Lippenzone fest: »Bleibt diese erhalten, so werden diese Kinder als Erwachsene Kußfeinschmecker werden, zu perversen Küssen neigen oder als Männer ein kräftiges Motiv zum Trinken und Rauchen mitbringen« (FREUD 1905a, S. 83).

Die erweiterte Sexualtheorie ermöglicht daher eine Formulierung über die Ätiologie des Alkoholismus auf einer ontogenetisch früheren Ebene. Zwar steht der Alkoholismus weiterhin im Dienste des Lustprinzips, doch wird sein Ursprung nicht in einer genitalen, sondern in einer oralen Fixierung gesehen.

Darüber hinaus betont FREUD »die größte klinische Ähnlichkeit« der Neurosen, die durch Störungen des Sexuallebens entstehen, mit jenen »Phänomenen der Intoxikation und Abstinenz, welche sich durch die habituelle Einführung Lust erzeugender Giftstoffe (Alkaloide [gemeint ist Kokain]) ergeben« (FREUD 1905a, S. 117). Diese Sicht wird er in weiteren Arbeiten bekräftigen (FREUD 1906b, S. 158; 1908, S. 148). Die Erfolgsaussichten einer Behandlung bewertet er jetzt etwas optimistischer und empfiehlt Hypnose als geeignetes Therapieverfahren (FREUD 1905c, S. 311).

Herabsetzung der Abwehr

In der Zwischenzeit hat FREUD die Verführungstheorie aufgegeben. Dadurch gewinnt in der Ätiologie der Neurosen die Phantasie gegenüber der äußeren Realität an Bedeutung. Zugleich aber beschäftigt sich FREUD mit Phänomenen aus dem Alltagsleben. So erklärt er normalpsychologische Vorgänge wie Versprechen oder zeitweiliges Vergessen durch Einflüsse störender vor- oder unbewußter Inhalte. FREUD untersucht auch die Wirkung der heiteren, freudigen Stimmung – sei sie nun toxischen Ursprungs oder von innen heraus entstanden.

Die »Lust am Unsinn« lasse sich am besten bei intoxikierten Erwachsenen untersuchen (FREUD 1905c, S. 140), denn in der so erzeugten »Heiterstimmung erscheint fast alles komisch« (S. 249). Der Alkohol mache die unterdrückten »Lustquellen wieder zugänglich«, indem er die hemmenden Kräfte und die Kritikfähigkeit herabsetze. Die somit herbeigeführte »Veränderung der Stimmungslage ist das Wertvollste, was der Alkohol dem Menschen leistet, und weshalb dieses ›Gift‹ nicht für jeden gleich entbehrlich ist ... Unter dem Einfluß des Alkohols wird der Erwachsene wieder zum Kinde, dem die freie Verfügung über einen Gedankenablauf ohne Einhaltung des logischen Zwanges Lust bereitet« (S. 142). Diese toxisch veränderte

Stimmungslage funktioniert nach Gesetzen des Primärvorganges, der dem Lustprinzip nahesteht. Der Primärvorgang herrscht im System ›Unbewußt‹ und zeichnet sich durch die freie Abfuhr psychischer Energien aus. Dabei werden mit Befriedigungserlebnissen verknüpfte unbewußte Vorstellungen immer wieder neu besetzt, indem psychische Energie von einer Vorstellung zur anderen verschoben wird. In Träumen zeigt sich dieser Vorgang besonders deutlich.

Sechs Jahre später versucht FREUD einen Fall von Schizophrenie zu verstehen. In diesem Zusammenhang bemüht er sich um die Erklärung des Eifersuchtswahns beim Alkoholiker. Als spezifische Wirkungen des Alkohols beschreibt er, daß Hemmungen aufgehoben und Sublimierungen rückgängig gemacht werden. »Nicht selten« treibe es den Mann durch Enttäuschungen beim Weibe zum Alkohol ins Wirtshaus. Dort, in Gesellschaft der Männer, werde ihm die beim Weibe »vermißte Gefühlsbefriedigung gewährt« (FREUD 1911, S. 300). Durch diese Annäherung wird also unbewußte homosexuelle Libido mobilisiert, die jedoch dem Bewußtsein des Alkoholikers bedrohlich und verpönt erscheint. Sie muß daher abgewehrt werden – indem sie auf die eigene Frau projiziert wird nach der Formel »Nicht ich liebe den Mann – sie liebt ihn ja« (S. 301). Jetzt, nach der Verlagerung der eigenen verpönten Bestrebung von innen nach außen auf die Frau, können sie auf das lebhafteste bekämpft werden.

Alkohol löst – im Dienste des Lustprinzips – triebhemmende Wirkungen auf und setzt die Funktion der Abwehr herab. Auch Sublimierungen, wie etwa intellektuelle Arbeit oder künstlerische Betätigung, lockern sich auf. Unter Sublimierung wird ein Vorgang verstanden, der sexuelle Triebimpulse vom ursprünglich sexuellen Ziel ablenkt und auf ein nicht sexuelles Objekt richtet. Werden Sublimierungen durch Alkohol aufgehoben, können unbewußte Konflikte und Impulse, besonders latent homosexuelle, zunehmend deutlich ins Bewußtsein durchbrechen und nach Befriedigung verlangen.

In einer weiteren Arbeit verweist FREUD auf die in der Poesie beschriebene Ähnlichkeit zwischen dem Verhältnis eines Liebenden zu seinem Sexualobjekt und dem eines Trinkers zu seiner Sorte Wein – sowie auf die Unterschiede.

Im Gegensatz zu mancher Erfahrung aus dem Liebesleben,

in dem der Liebende immer neuen und unbefriedigenden Ersatzobjekten nachjage, knüpfe die Gewöhnung »das Band zwischen dem Manne und der Sorte Wein, die er trinkt, immer enger ... Wenn man die Äußerungen unserer großen Alkoholiker, z.B. *Böcklins*, über ihr Verhältnis zum Wein anhört, es klingt wie die reinste Harmonie, ein Vorbild einer glücklichen Ehe. Warum ist das Verhältnis eines Liebenden zu seinem Sexualobjekt so sehr anders?« (FREUD 1912, S. 89).

Er hält es zum damaligen Zeitpunkt für möglich, »daß etwas in der Natur des Sexualtriebes selbst dem Zustandekommen der vollen Befriedigung nicht günstig ist.« Das Suchtmittel dagegen erweise sich dem Alkoholiker als idealer Ersatz des Sexualobjekts. Es werde zum Ideal-Objekt, da es stets die gleiche toxische Befriedigung biete, also keine Enttäuschung bereite.

Im Jahre 1914 führt FREUD den Begriff »Narzißmus« in die psychoanalytische Theorie ein, unter anderem, um dem Verständnis der Psychosen näher zu kommen; er beschäftigt sich auch mit Fragen, die mit dem Ich zusammenhängen. Dies ist der Ausgangspunkt für die spätere Ich-Psychologie. Außerdem versucht er in einigen Arbeiten, seine bisherigen Vorstellungen zu systematisieren.

In einer dieser Arbeiten findet sich eine Bemerkung FREUDS zur Erklärung des Alkoholdeliriums. Bei der Wunschpsychose, der »Amentia«, werde ein Verlust verleugnet, den die Realität behauptet, der dem Ich jedoch unerträglich ist. Die Realitätsprüfung werde ausgeschaltet, jener Vorgang also, der es ermöglicht, zwischen inneren und äußeren Reizen zu unterscheiden. Dann können, so FREUD, die Wunschphantasien als die bessere Realität ins Bewußtsein drängen. Analog verhalte es sich beim Alkoholdelir. »Der unerträgliche Verlust, der von der Realität auferlegt wird, wäre eben der des Alkohols, Zuführung desselben hebt die Halluzinationen auf« (FREUD 1916a, S. 425).

In der Arbeit »Trauer und Melancholie«, in der FREUD die Melancholie als aggressive Reaktion gegen ein verinnerlichtes, introjiziertes Objekt (zum Beispiel die Mutter) beschreibt, findet sich ein Vergleich zwischen dem Alkoholrausch – »insofern er ein heiterer ist« – und der Manie.

Bei letzterer handelt es sich um einen extrem heiteren Gemütszustand mit Enthemmung und Triebsteigerung, den FREUD auf ein Nachlassen der Energien zurückführt, die Verdrängungen aufrechterhalten. Beim Alkoholrausch, der ebenfalls manische Elemente enthalten kann, handle es sich »wahrscheinlich um die toxisch erzielte Aufhebung von Verdrängungsaufwänden« (FREUD 1916b, S. 441).

Unlustvermeidung

In den Jahren zwischen 1916 und 1928 finden sich keine Äußerungen FREUDS zur Sucht. Er erweitert und revidiert seine Trieblehre, indem er einem Lebenstrieb (Eros) einen Todestrieb gegenüberstellt, und führt den »Wiederholungszwang« ein (FREUD 1920) – ein Begriff, dessen Position in der psychoanalytischen Theorie schwer zu bestimmen ist. Auf psychopathologischer Ebene handelt es sich beim Wiederholungszwang um einen unbewußten Prozeß, der dazu führt, daß sich ein Mensch immer wieder gemäß alten Erfahrungsmustern aktiv in unangenehme Situationen bringt. Außerdem stellt FREUD seine zweite Topik vor, in der er jetzt die Instanzen Ich, Es und Über-Ich (FREUD 1923) unterscheidet; auch revidiert er in diesen Jahren seine frühere Angstkonzeption (FREUD 1926).

Schließlich kommt FREUD nochmals im Zusammenhang mit dem Humor auf den Rausch zu sprechen. Das Wohltuende am Humor erkennt er in der Abwehr des Leidens durch »die Abweisung des Anspruchs der Realität und die Durchsetzung des Lustprinzips«. Dadurch nehme der Humor »einen Platz ein in der großen Reihe jener Methoden, die das menschliche Seelenleben ausgebildet hat, um sich dem Zwang des Leidens zu entziehen, einer Reihe, die mit der Neurose anhebt, im Wahnsinn gipfelt, und in die der Rausch, die Selbstversenkung, die Ekstase einbezogen sind« (FREUD 1928, S. 385).

In einer Arbeit von 1930 präzisiert FREUD den Aggressionstrieb als Abkömmling des Todestriebes und untersucht seine Beziehungen zum Gewissen und zum Schuldgefühl. Er geht der Frage nach, mit welchen Mitteln Menschen in einer bestimmten Kultur danach streben, Leiden zu vermeiden und Glück zu erlangen. In diesem Zusammenhang findet sich auch die umfassendste Stellungnahme FREUDS zur Sucht.

»Die roheste, aber auch wirksamste Methode solcher Beeinflussung [des Organismus, Glück zu verspüren und Leid nicht zu empfinden] ist die chemische, die Intoxikation. Ich glaube nicht, daß irgendwer ihren Mechanismus durchschaut, aber es ist Tatsache, daß es körperfremde Stoffe gibt, deren Anwesenheit in Blut und Geweben uns unmittelbare Lustempfindungen verschafft, aber auch die Bedingungen unseres Empfindungslebens so verändert, daß wir zur Aufnahme von Unlustregungen untauglich werden. Beide Wirkungen erfolgen nicht nur gleichzeitig, sie scheinen auch innig miteinander verknüpft. Es muß aber auch in unserem eigenen Chemismus Stoffe geben, die ähnliches leisten, denn wir kennen wenigstens einen krankhaften Zustand, die Manie, in dem dies rauschähnliche Verhalten zustande kommt, ohne daß ein Rauschgift eingeführt worden wäre. Überdies zeigt unser normales Seelenleben Schwankungen von erleichterter oder erschwerter Lustentbindung, mit denen eine verringerte oder vergrößerte Empfänglichkeit für Unlust parallel geht. Es ist sehr zu bedauern, daß diese toxische Seite der seelischen Vorgänge sich der wissenschaftlichen Erforschung bisher entzogen hat. Die Leistung der Rauschmittel im Kampf um das Glück und zur Fernhaltung des Elends wird so sehr als Wohltat geschätzt, daß Individuen wie Völker ihnen eine feste Stellung in ihrer Libidoökonomie eingeräumt haben. Man dankt ihnen nicht nur den unmittelbaren Lustgewinn, sondern auch ein heiß ersehntes Stück Unabhängigkeit von der Außenwelt. Man weiß doch, daß man mit Hilfe des ›Sorgenbrechers‹ sich jederzeit dem Druck der Realität entziehen und in einer eigenen Welt mit besseren Empfindungsbedingungen Zuflucht finden kann. Es ist bekannt, daß gerade diese Eigenschaft der Rauschmittel auch ihre Gefahr und Schädlichkeit bedingt. Sie tragen unter Umständen die Schuld daran, daß große Energiebeträge, die zur Verbesserung des menschlichen Loses verwendet werden könnten, nutzlos verloren gehen« (FREUD 1930, S. 436 f).

Wieder führt FREUD eine Akzentverschiebung ein. Stand bisher der Lustgewinn im Vordergrund der Überlegungen zum Alkoholismus, kommt jetzt die Unlustvermeidung hinzu. FREUD betont die von außen kommenden Reize und die Funktion des Suchtmittels: Wie ein Schutzschild soll es Unlust verursachende Reize abschirmen. Es soll vor dem Elend dieser Welt schützen, dagegen unempfindlich und davon unabhängig machen. WILHELM BUSCH hat dies auf die kurze Formel gebracht »Wer Sorgen hat, hat auch Likör« (zitiert nach FREUD 1930, S. 432).

FREUDS Formulierungen schließen jedoch den später von RADÓ hervorgehobenen Schutz vor inneren Reizen keineswegs aus, und der Suchtmittelmißbrauch erhält jetzt schon die Bedeutung eines gescheiterten Selbstheilungsversuchs, ein Aspekt, der in späteren ich-psychologischen Ansätzen wesentlich werden wird.

Zusammenfassend hat FREUD folgende Aspekte in seinen Äußerungen zur Sucht formuliert (LÜHRSSEN 1976, S. 841; ROST 1987, S. 32):

- Die Gefährlichkeit der toxischen Substanzen ergibt sich aus ihren Eigenschaften.
- Die Masturbation ist die »Ursucht« und Trinken ist ein Ersatz für den Sexualakt.
- Die Wirkung des Alkohols liegt in der Hebung der Stimmung durch Aufhebung von Hemmungen und Verdrängungen, Herabsetzung der Kritikfähigkeit, sowie Rückgängigmachen von Sublimierungen.
- Beim Alkoholismus bestehen oralerotische Fixierungen, Tendenzen zu oralen Perversionen und zur Homosexualität.
- Der Rausch ist eine manische Flucht vor der Realität und dem alltäglichen Elend; er steht somit anderen ekstatischen Zuständen nahe.
- Alkohol fungiert als Liebesersatz- und Idealobjekt.

Diese von FREUD skizzierten Gedankengänge wurden von verschiedenen Psychoanalytikern aufgegriffen, akzentuiert und vertieft. Dabei wurden meist verschiedene Suchtformen unabhängig voneinander beschrieben, und es gelang nicht, eine geschlossene Anschauung zur Ätiopathogenese der Sucht zu entwickeln. Eine Auswahl von Arbeiten dieser Autoren, die sich im Rahmen der Triebpsychologie um weitere Klärung bemühten, soll im folgenden kurz dargestellt werden.

Frühe psychoanalytische Suchtkonzepte anderer Autoren

Die erste psychoanalytische Schrift, die sich ausschließlich mit dem Problem des Alkoholismus befaßt, ist von KARL ABRAHAM und stammt aus dem Jahr 1908. Für die Jahrhundertwende typisch, beschreibt er darin Alkoholismus nur bei Männern. Neu ist, daß er im Alkohol ein Symbol für den männlichen, kraftspendenden Samen sieht. Der Gedanke eines Symbolgehalts des Alkohols wird in den folgenden Jahren so sehr erweitert, daß GLOVER 1933 eine geradezu inflationär anmutende Liste symbolischer Bedeutungen des Alkohols auflisten kann – vom Phallus des Vaters über alle möglichen Körpersubstanzen bis hin zur Milch der Mutter.

Abraham jedoch meint, der Alkohol wirke insgesamt »als Reiz auf den ›Komplex‹ der Männlichkeit« (ABRAHAM 1908, S. 32). Er betont den Versuch des Alkoholikers, mit Hilfe des Suchtmittels seine Potenz zu steigern oder zu erhalten. Alkohol wirke sexuell enthemmend und damit aktivitätssteigernd. Dies gelte nicht nur für normale, sondern auch für perverse Sexualität wie Sadismus, Masochismus, Voyeurismus und Exhibitionismus, sowie für inzestuöse und homoerotische Sexualität. Alkohol zerstöre jedoch langfristig die sexuelle Potenz nachhaltig, so daß der Alkohol zu einem Surrogat, einer Art Fetisch werde. Die toxisch bedingte Regression, der libidinöse Rückzug auf frühere Organisationsstufen der Libidoentwicklung, führe zur Entmischung libidinöser und aggressiver Triebe und damit zu einer Aufsplitterung des Sexualtriebes in seine einzelnen Partialtriebe. Diese beziehen ihre Kraft aus den ihnen spezifischen Triebquellen (etwa oraler oder analer Partialtrieb) und suchen die ihnen eigenen Triebziele (zum Beispiel als Bemächtigungstrieb oder Sadismus). ABRAHAM erkennt eine Analogie zwischen Perversion und Alkoholismus. Ebenso haben die im Alkoholrausch vermehrt verübten »Rohheitsdelikte« (ABRAHAM 1908, S. 31) hier ihren Ursprung. Später hebt ABRAHAM die Bedeutung der oralen Gier für alle Süchte hervor und vergleicht die Qualen der unter einer zwanghaften exzessiven Eßlust Leidenden mit den Qualen der »Trunksüchtigen« (ABRAHAM 1916, S. 98).

SANDOR FERENCZI (1913) beschreibt einen Fall von Alkoholparanoia mit Eifersuchtswahn. Dieser Erkrankung liege ein Konflikt zwischen heterosexuellen und unbewußten homosexuellen Wünschen zugrunde. Der Alkohol habe diesen Konflikt durch Aufhebung der Sublimierungen lediglich freigelegt. Alkoholismus sei meist nicht die Ursache der Neurose, sondern deren Folge (FERENCZI 1911, S. 148; 1913, S. 127), mithin »in erster Linie für solche Persönlichkeiten gefährlich ..., die aus inneren Gründen ein gesteigertes Bedürfnis nach exogener Lustbefriedigung haben« (FERENCZI 1911, S. 149). FERENCZI weist besonders auf einen von anderen Autoren übersehenen Aspekt hin: die Unfähigkeit des Alkoholikers, sich Lustbefriedigung ohne die Droge zu verschaffen; darum gerade ist der Süchtige auf das Suchtmittel angewiesen.

Unter dem Aspekt der Triebentmischung durch Alkohol wird von OTTO JULIUSBURGER – neben schon erwähnten Aspekten – besonders das Schicksal destruktiv-aggressiver Triebimpulse beschrieben, deren Bedeutung etwa ab 1910 in der Psychoanalyse erkannt wird. Die aggressiven Triebimpulse können sich im Extrem gegen die eigene Person richten – bis hin zur Selbstzerstörung. Der in der Sucht entfesselte Sadismus zeige sich besonders in Verbindung mit dem Eifersuchtswahn (JULIUSBURGER 1913, S. 12), während der Rauschzustand Ausdruck des Versuches sei, »das Individualbewußtsein zu erweitern oder gar zum Schweigen zu bringen« (S. 14). Auch darin sei die Tendenz zum Selbstmord erkennbar, und JULIUSBURGER schreibt vom »Wille[n] zur Selbstverneinung, wie er sich im Selbstmord kundgibt« (S. 15) – dem vielleicht ersten psychoanalytischen Hinweis auf die Suizidalität des Alkoholikers (ROST 1987, S. 94).

ARTHUR KIELHOLZ, von dem es verschiedene Arbeiten zum Alkoholismus gibt, betont unter anderem die Bedeutung der Depression und vermutet als Ursache eine gravierende Divergenz zwischen Ich und Ich-Ideal. Der Begriff des Ich-Ideals wurde von FREUD im Zusammenhang mit der schon erwähnten Einführung des Narzißmus geprägt. Es kann als Substruktur des Über-Ich angesehen werden. Das Ich-Ideal entsteht durch narzißtische Besetzung sowie durch Idealisierung von Teilen des Ich, zudem beinhaltet es Identifizierungen mit den Eltern und Ideale. Der Mensch versucht sich diesen Inhalten anzugleichen und mißt daran das bisher Erreichte. Das Ich des Alkoholikers schneidet bei diesem innerpsychischen Vergleich schlecht ab. Dies führt zu Schuld- und Minderwertigkeitsgefühlen, schlimmstenfalls zum Selbstmord. KIELHOLZ rückt den Alkoholismus in die Nähe der narzißtischen Neurose (KIELHOLZ 1925, S. 30), worunter er eine der manisch-depressiven Psychose nahestehende Erkrankung versteht.

Radós *integrative Beschreibung der Sucht*

29 Jahre nach Freuds ersten Äußerungen zur Sucht gelingt Radó mit seiner Arbeit »Die psychischen Wirkungen der Rauschgifte« (1926) die erste integrative Beschreibung der Süchte im Rahmen der Triebpsychologie. Es ist sein Verdienst, die Vielzahl von – sich auch widersprechenden – Ideen zur Sucht innerhalb der zweiten Topik Freuds unter metapsychologischen Gesichtspunkten zusammengefaßt zu haben.

Radó geht aus von den »vorzüglichen Eigenschaften« der Rauschgifte, »derentwillen sie in der Heilkunde und im Leben zur Verwendung gelangen«. Mittels zweier Wirkungsarten bieten sie »dem Menschen in seiner Bedrängnis Hilfe und Lust« (Radó 1926, S. 361).

Innerhalb der hilfreichen Wirkungsart unterscheidet er wiederum zwei Möglichkeiten: eine analgetische, schmerzlindernde und sedierende, sowie eine stimulierende Wirkung der Rauschgifte.

Die *schmerzlindernde* Wirkung greife in die Lust-Unlust-Regulation des psychischen Apparates ein. Dadurch leisten die Rauschgifte gerade das, »woran es der seelischen Organisation mangelt, einen *Reizschutz nach innen*. Dieser artifizielle Reizschutz tritt *zentral*, an den Eingangspforten des Seelenapparats, gleichsam als zweiter Verteidigungsgürtel, in Funktion« (S. 362). Mit diesem wichtigen Gedanken ergänzt Radó den von Freud erwähnten Aspekt des Reizschutzes nach außen.

Die zweite Möglichkeit innerhalb der hilfreichen Wirkungsart, die *stimulierende*, sei uns auch von Genußmitteln bekannt, und beruhe auf dem Wechselspiel zwischen erregenden und lähmenden Wirkungen. Sie bringe im »Endergebnis eine *Umwandlung der unlustvollen in lustvolle Spannungen*« (S. 363). Das Ich muß eine dauernde Anpassungsleistung erbringen zwischen den äußeren Anforderungen der Realität einerseits und den innerlichen libidinösen Wünschen des Es sowie den Forderungen des Über-Ich andererseits.

Die durch Rauschmittel erwirkte »Stimulation« – wie Radó es nennt – beruhe darauf, daß Hemmnisse – hauptsächlich Gewissensspannungen – beseitigt werden. Dadurch werde gestörten Intentionen freie Bahn verschafft, was einer unbewußten Befriedigung bestimmter Wunschregungen gleichkomme.

Die Stimulation versteht er nicht als pathologischen Vorgang, sondern im Ergebnis als Entlastung des Ich, als toxische Förderung (S. 363) und geglückte Erotisierung der Ich-Funktionen (S. 364), sowie als »vortrefflich dosierte[n] ›Minimaleffekt‹ der« – im folgenden zu beschreibenden – »orgastischen Wirkung« des Rauschmittels (S. 365).

Für RADÓ ist die zweite Wirkungsart der Rauschgifte die gefährliche. Weil sie Lust verschafft, mache sie süchtig. Die Wirkung werde durch die »Herbeiführung wollustiger Zustände (Euphorie, Betäubung, Rausch)« erzielt. Diese haben erotischen Charakter, mehr noch, es besteht »eine wesentliche Übereinstimmung zwischen dem idealen toxischen Rausch und der Endlust des natürlichen Sexualgenusses, dem Orgasmus« (S. 364). Im Gegensatz zur Lustbefriedigung durch Partialtriebe, deren Sensationen immer lokal auf die entsprechende erogene Zone begrenzt bleiben, breitet sich toxisch erzeugte Wollust, wie beim sexuellen Orgasmus auch, über den ganzen Organismus aus. Darum spricht RADÓ von der »orgastischen Wirkung der Rauschgifte«, vom »pharmakologischen« oder »pharmakogenen Orgasmus«. Im Gegensatz zum genitalen Orgasmus zeige dieser einen langgestreckten Erregungsverlauf (S. 365).

»Im pharmakogenen Orgasmus lernt das Individuum eine neue Art der erotischen Befriedigung kennen, die mit den natürlichen Modalitäten der Sexualbefriedigung in Wettbewerb tritt. Sie zeichnet sich durch ganz ungewöhnliche Vorzüge aus und muß um so verlockender erscheinen, je mehr die normalen Befriedigungsmöglichkeiten durch Neurose oder Mißgunst der Verhältnisse beeinträchtigt sind. Die entscheidende Wendung tritt ein, wenn sich das Ich auf den *Rauschwunsch* einstellt und so dem Erleben des pharmakologischen Orgasmus mit seiner ganzen libidinösen Bereitschaft entgegenkommt. Ist einmal der toxische Rausch zum Sexualziel geworden, dann ist das Individuum der Sucht verfallen; nur selten bringt es jemand fertig, die weitere Entwicklung hintanzuhalten« (S. 365). Zu weit habe sich das Individuum vom im Dienste des Ich stehenden Realitätsprinzip entfernt und »in die gefährliche Nähe des blinden ›Triebgehorsams‹ begeben« (S. 366).

So werde die genitale Sexualität in »ihrem verwickelten

Zusammenspiel« mit den erogenen Zonen und ihrem schwerfälligen Erregungsablauf »unterminiert« (S. 367). Die Erregung kann statt dessen in einer Art »Kurzschluß« direkt auf das Zentralorgan einwirken. Diesen Vorgang bezeichnet RADÓ als »Meta-Erotik« (S. 366). Sie zerstöre letztlich die genitale Sexualität, führe zur Aufgabe realer Liebesobjekte und zur Abwendung von der Realität. Die gesamte psychosexuelle Energie könne dann, wie bei der kindlichen Onanie, direkt abgeführt werden – aber erst, nachdem die erogenen Zonen, besonders die orale, als eine Art »Vorlustmechanismus« der Meta-Erotik untergeordnet worden sei (S. 368).

Die Meta-Erotik könne, ebenso wie gesunde Vorgänge auch, gewissen Störungen unterliegen. RADÓ nennt hier vor allem die »pharmakotoxische Impotenz« (S. 368). Damit meint er eine durch Gewöhnung bedingte Toleranzsteigerung gegenüber dem Suchtmittel, die er später »sinkende Rauschgröße« nennt (RADÓ 1934, S. 22). Weitere Störungsmöglichkeiten der Meta-Erotik führt er auf Abwehrmechanismen gegen den pharmakogenen Orgasmus zurück. Produkte der Abwehr erkennt RADÓ in quälenden Angst- und Erregungszuständen, im Delirium und in Halluzinationen; dies sei die »›neurotische‹ Kehrseite des beglückenden Rausches« (RADÓ 1926, S. 368).

In schweren Fällen der Sucht kann, so RADÓ, die Meta-Erotik das Seelenleben sehr weitgehend zersetzen. Allmählich versiegen die Partialtriebe, und es erlischt jede differenzierte Äußerungsform der Erotik. Die Seelenlandschaft verödet und funktioniert nach der »sehr einfachen Formel: *Rauschwunsch – Rausch – Kater –, usw. ...* Die ganze seelische Persönlichkeit stellt dann, wenn man nur den Giftstoff hinzunimmt, einen autokratischen Lustapparat dar. Das Ich ist durch die Libido des Es vollkommen unterjocht und verödet –, man kann fast sagen zum Es zurückverwandelt –, die Außenwelt ignoriert, das Gewissen zersetzt« (RADÓ 1926, S. 369). Dieser fortlaufende Regressions- und Zerfallsprozeß gehe mit einer Triebentmischung einher. Sie führe zu manifesten Perversionen und Homosexualität, besonders zum Freiwerden destruktiv-aggressiver Impulse, die auch im Über-Ich wirken können. Dann nehmen die Gewissensspannungen mit intensiven Strafbedürfnissen zu. »Aus diesem Sachverhalt resultiert ein *Circulus vitiosus*, der den Kranken immer tiefer in die Sucht hineintreibt und eine psychologische Begründung für die unausweichliche Steigerung der Dosis abgibt« (S. 370). Den freiwerdenden destruktiven Impulsen mißt Radó große Bedeutung bei, können sie doch in »Wendung gegen die eigene Person« zur physischen Vernichtung des Süchtigen führen.

Um den Übergang vom sexuellen in den pharmakogenen Orgasmus zu erklären, führt Radó den Begriff des »alimentären Orgasmus« ein, also einen durch die Ernährung bedingten Orgasmus. Darunter versteht er eine oralerotisch initiierte Erregung, die sich von der somatischen Quelle, der Mundpartie, auf den gesamten Organismus ausweitet. »Der reichlichen und genußvollen Einverleibung wohlschmeckender Speisen folgt eine Phase, der physiologisch nur die einsetzende Verdauung und Resorption entsprechen kann, und in der das psychische Bild durch das angenehme Gefühl der Magenfülle (Sattsein) und weit darüber hinaus durch ein allgemeines diffuses Wollustgefühl beherrscht wird, an welchem wiederum der ganze Organismus teil hat ... Kein Zweifel, daß dieser Vorgang im Erwachsenen den Überrest einer psycho-physiologischen Grundfunktion darstellt, die man als *alimentären Orgasmus* bezeichnen muß« (S. 372).

Die Lustsensationen beim Säugling gipfeln nach Radó im alimentären Orgasmus, dessen physiologische Vorgänge im Körperinnern verborgen, der Wahrnehmung nicht zugänglich, ablaufen. Der Säugling verschiebe daher sein Interesse auf die seiner Wahrnehmung zugänglichen Vorgänge an den oralen Zonen, die den Erregungs- und Befriedigungsvorgang als Vorlustmechanismus einleiten. So werde zum Beispiel das Lutschen des Säuglings als Surrogat der alimentären Wollust verständlich, die er wiederzuerlangen versuche. »Wir haben im alimentären Orgasmus mit seinem eben skizzierten psychischen Überbau die spezifische Fixierungsstelle zu erblicken, die zur Süchtigkeit disponiert. Der pharmakotoxische Orgasmus erweist sich als eine Neuauflage des alimentären, mit dem er den gestreckten Verlauf und vieles andere gemeinsam hat, den er aber sonst in seinen Lustcharakteren weitaus übertrifft« (S. 373).

Von hieraus erscheinen Radó die immer wieder im Zusammenhang von Sucht beschriebenen Perversionen und die Homosexualität als »die psychischen Einkleidungen des alimentären Orgasmus aus der Infantilzeit« (S. 373). Im alimentären Orgasmus selbst erblickt er eine Art Urmechanismus aller Lust, auch der sexuell-genitalen, die ihre orgastische Potenz nach dem Vorbild der Ernährungsvorgänge gebildet habe.

In seiner Arbeit von 1934, »Psychoanalyse der Pharmakothymie« – die ich nur hinsichtlich ihrer triebpsychologischen Relevanz berücksichtigen werde – versteht RADÓ die Homosexualität als einen für das Ich relativ akzeptablen Kompromiß zwischen der toxisch geschwächten genitalen Männlichkeit und dem freigesetzten Masochismus. Die Homosexualität ist »als eine Art Heilungsversuch aufzufassen« (RADÓ 1934, S. 28).

Gleichzeitig betont er, »daß es zwar viele Suchtmittel, aber nur eine Suchtkrankheit gibt« (S. 18), für die er die Bezeichnung »Pharmakothymie« vorschlägt. Diese Erkrankung sei eine »psychisch bedingte, artifiziell bewirkte«; sie werde »durch das Vorhandensein von Rauschgiften ermöglicht und durch psychische Beweggründe erworben« (S. 17). Ihr liege eine »Initialverstimmung« zugrunde, die sich durch »eine hohe Unlustspannung und gleichzeitig eine hochgradige Intoleranz gegen Unlust« auszeichne (S. 19). Der Alkohol aber bekämpfe und verhüte einerseits Unlust, fördere und erzeuge anderseits Lust. »Beide Arten von Wirkungen, Unlustabwehr und Lustentbindung, dienen dem Lustprinzip« (S. 18).

Spätere Suchtkonzepte: FENICHEL *und* WURMSER

Ausgehend von der Unterscheidung zwischen Zwangshandlungen und Perversionen versucht OTTO FENICHEL (1945) durch sein Konzept der Impulsneurosen den Bereich der Perversionen weiter zu differenzieren.

Zwangshandlungen würden (meist) im Bestreben durchgeführt, sich von Unlust zu befreien. Immer fühle sich ein Zwangsneurotiker »gezwungen, etwas zu tun, das ihm keinen Spaß macht, d.h. er ist gezwungen, seinen Willen gegen sein Verlangen einzusetzen« (FENICHEL 1980, S. 186). Sein Handeln sei ihm ich-dyston – also ich-fremd.

Ein Perverser dagegen, der eine perverse Handlung ausführe, die stets »manifest *sexueller* Natur« sei (S. 187), könne sich gezwungen fühlen, »etwas, sogar gegen seinen Willen, gern zu tun«, er tue es aber »in der Hoffnung auf positiven Lustgewinn« (S. 186). Seine Triebregung sei somit ich-synton – also nicht ich-fremd.

Als die am schärfsten umrissene Gruppe der Impulshandlungen rechnet FENICHEL die Rauschmittelsüchte ebenso wie die rauschmittellosen Süchte zu den Impulsneurosen. Impulshandlungen würden ebenfalls ich-synton erlebt und »empfunden, wie normale Triebregungen von Normalen« (S. 186) – allerdings mit einem erhöhten unwiderstehlichen Drang, in Form einer impulsiven Triebregung, in der Abwehrbestrebungen und Triebbefriedigung hoch verdichtet seien. Wegen dieses triebhaften Charakters der Süchte fühlt sich FENICHEL berechtigt, sie in einem Kapitel »Perversionen und Impulsneurosen« (S. 186f.) abzuhandeln. Dabei weist er auf mögliche Übergänge zwischen bestimmten Süchten und Zwängen, Zwängen und Perversionen hin.

FENICHEL beschreibt im weiteren verschiedene – uns zum Teil schon bekannte – Facetten der Sucht. So weist er auf Schwierigkeiten mit der Masturbation hin, die ihren Ursprung in Konflikten um Geben und Nehmen hätten. Später zeigen sich diese Konflikte in der krankhaften Gier des Süchtigen. Weiter beschreibt er eine homosexuelle Fixierung und das Unvermögen des Patienten, Spannungen zu ertragen. Impulsneurotiker könnten eine unmittelbare Reaktion nicht zurückstellen, »sie handeln, statt zu denken. Sie können nicht warten« (S. 246). Das Realitätsprinzip sei nicht voll entwickelt, und sie handeln so, als brächte – wie im Säuglingsalter – jede Spannung ein gefährliches Trauma mit sich. Dabei sei ihr Ziel nicht Lustgewinn, sondern die Unterbrechung der Unlust, die Vermeidung von Schmerz.

Der Selbstwert der Süchtigen und ihr Gefühl der eigenen Existenz hänge davon ab, ob sie Nahrung und Wärme erhalten. Rauschmittel aber würden gerade als Nahrung und Wärme empfunden. Andererseits hätten sich Impulsneurotiker nie viel aus Objektbeziehungen gemacht, sie seien auf passive narzißtische Ziele fixiert, die mittels Suchtmittel befriedigt werden könnten. Dabei falle im Rausch die narzißtische mit der erotischen Befriedigung zusammen, während der Kreislauf von Rausch und Kater als eine manisch-depressive Abfolge verstanden werden könne. Die Besonderheiten des Alkoholrausches lägen in der Herabsetzung von Hemmungen sowie der Entfernung von schrankensetzenden Rücksichtnahmen auf die Realität. Hemmungen und Schranken würden leichter als Triebregungen aus dem Bewußtsein entfernt, so daß jemand, der eher keine Triebhandlungen wage, mittels des Alkohols sowohl Befriedigung wie auch Entspannung erlangen könne.

Schließlich fragt FENICHEL: »Was macht die Patienten Spannungen gegenüber so intolerant, und was bestimmt die Art ihrer ich-syntonen impulsiven Triebregungen, die darauf zielen, eine unerträgliche Spannung zu reduzieren?« (FENICHEL 1945, S. 247). Ursächlich sei die durch Disposition oder frühe traumatische Erfahrungen herbeigeführte starke oral- und hauterotische Fixierung (entsprechend den Applikationsmöglichkeiten vieler Suchtmittel) sowie die Angst vor Spannungszuständen.

»Das Problem der Sucht reduziert sich also auf die Frage nach der Natur der besonderen Befriedigung, die Personen dieses Charaktertypus sich durch ihre chemisch herbeigeführte Beruhigung oder Aufputschung verschaffen oder verschaffen wollen, sowie auf die Frage nach den Ursprungsbedingungen des Wunsches nach einer solchen Befriedigung« (S. 259).

Den Ursprung, ein Suchtmittel dazu zu verwenden, »ein archaisches orales Verlangen zu befriedigen, das ein sexuelles Verlangen, ein Sicherheitsbedürfnis und ein Bedürfnis nach Aufrechterhaltung des Selbstgefühls in einem ist«, führt FENICHEL auf die seelische Struktur des Patienten zurück. Er nennt dies »die prämorbide Persönlichkeit« (S. 259). Darunter versteht er die auf dem Lebens- und Erfahrungshintergrund des Individuums entstandene innere, psychische Organisation der Persönlichkeit mit ihren spezifischen Konfliktanfälligkeiten. Sie entscheidet über die Art des Gebrauchs eines Suchtmittels. »Süchtig wird derjenige, für den die Wirkung eines Rauschmittels eine besondere Bedeutung gewinnt« (S. 259), und das sind bevorzugt auf oralem und narzißtischem Niveau fixierte prämorbide Persönlichkeiten mit den spezifischen »depressiven Neigungen« (S. 263). Zusammenfassend stellt FENICHEL fest: »Alle Süchte (gleich ob mit oder ohne Rauschmittel) sind ebenso wie sämtliche krankhafte Triebregungen erfolglose Versuche, aktiv mit Schuld, Depression oder Angst fertigzuwerden« (S. 267).

Grundsätzlich sieht FENICHEL Sucht als einen stufenweisen, chronischen Verfallsprozeß an. Sucht ist prinzipiell, jedoch in Abhängigkeit vom Verfallsstadium des Süchtigen, einer psychoanalytischen Behandlung zugänglich. Allerdings sind gewisse technische Veränderungen des Verfahrens erforderlich, vor allem in Richtung auf mehr Aktivität des Behandlers. Anders seien die besonderen Probleme dieser Behandlungen (lustvolles Symptom wie bei den Perversionen, prägenitale, narzißtische prämorbide Persönlichkeit, in welcher der Rauschwunsch wurzle, große Spannungsintoleranz) nicht zu bewältigen. Mitentscheidend sei auch, »ob die notwendige Zufuhr noch von einem Objekt verlangt wird, und ob der Alkohol als Mittel eingesetzt wird, dieses Objekt leichter gewinnen zu können, oder ob der Alkohol selbst bereits zu dieser Zufuhr geworden ist, und das Interesse an ihm jedes andere objektgerichtete Interesse ersetzt hat« (S. 264). Insofern habe der, der mit Freunden zecht, eine bessere Prognose als der Alleinsäufer.

Der Behandlungsbeginn sollte »knapp nach oder während der Entziehungskur« einsetzen, »doch wird man nicht erwarten, daß der Patient während der ganzen Analyse asketisch bleibt. Hat er die Möglichkeit, so wird er wohl im Widerstand zu einem Rauschmittel greifen. Es ist dies ein Grund dafür, daß die Analyse der Süchtigen in der Anstalt besser durchzuführen ist als ambulant« (S. 271).

An FENICHELS Ansatz der Impulsneurosen wurde unter anderem kritisiert, daß er, insofern hinter RADÓ zurückbleibend, keinen dynamischen Prozeß beschreibt, sondern eher deskriptiv »eine unkritische und unintegrierte Aneinanderreihung psychoanalytischer Ideen zum Suchtgeschehen« (ROST 1987, S. 48) liefere. Schlüssiger seien dagegen die nach RADÓ entwickelten ich-psychologischen und objektbeziehungstheoretischen Konzepte zur Sucht (vgl. hierzu die Beiträge von UWE BÜCHNER sowie KLAUS BILITZA u. ANNELISE HEIGL-EVERS in diesem Band).

Ein zugleich anspruchsvoller und zeitgemäßer Versuch, Implikationen der Sucht zu fassen, findet sich bei LÉON WURMSER (1987). Er belegt seine originellen und differenzierten Überlegungen reichlich mit klinischem Material, ist aber dennoch schwer eindeutig in die Gesamtheit psychoanalytischer Theoriebildung einzuordnen.

WURMSER geht es um weit mehr als um die Beschreibung der Toxikomanie, die er als eine »Sonderform des Narzißmus« ansieht. Er ist »um ein verändertes Verständnis des Gesamtproblems des Narzißmus bemüht« (WURMSER 1987, S. 283). Dabei entwickelt er eine der Triebtheorie komplementäre Affekttheorie und versucht so auf triebtheoretischer Grundlage eine Reformulierung der oft unverbunden nebeneinander stehenden Perspektiven von Ich-Psychologie und Objektbeziehungs-Theorie – während er Selbst- beziehungsweise Narzißmus-Theorien für verzichtbar hält. Im Zentrum seiner Überlegungen stehen die Analyse von Abwehrphänomenen gegen das Über-Ich und »Probleme der Affektregulierung« (S. 256, 283).

WURMSER, der sich verschiedentlich auf FENICHEL bezieht, spricht im Zusammenhang mit Sucht ebenfalls von Impulshandlungen und rechnet die Toxikomanie im Gegensatz zu FENICHEL dennoch nicht zu den Impulsneurosen. Jedenfalls postuliert WURMSER für Neurosen, Toxikomanie und Impulsneurosen je einen unterschiedlichen Ausgang des Konfliktes zwischen den psychischen Instanzen.

Während sich »in der Neurose das Ich auf die Seite des Über-Ich und der äußeren Realität stellt und seine Hauptabwehr gegen das Es« richte (WURMSER 1987, S. 237), finde sich bei der Toxikomanie eine spiegelbildliche Konfiguration. Bei ihr wehre sich das Ich in Allianz mit dem Es »sowohl gegen das Gewissen wie auch gegen die äußere Realität, namentlich sofern diese mit Grenzen und Zeit, mit Verantwortung und Verpflichtung, aber auch allgemeiner, wo sie mit Selbsterhaltung, mit Voraussehen der Folgen, mit Aufschub und späterer Befriedigung zu tun hat ... Schon sehr früh werden Aggressionen als *Trotz* im Kampf mit äußerlicher Struktur, im Sichaufbäumen gegen jede Autorität ausgelebt. Das Über-Ich wird zum Hauptgegner, und alles in der Außenwelt, das mit Autorität, mit Beschränkung und mit Zeit zu tun hat, muß mitüberwunden werden. Dabei werden große Teile des Es, und zwar nicht nur Aggressionen, sondern auch mannigfache Formen der Libido, in den Dienst dieser Abwehr gestellt. Es ist nicht ›Lust an sich‹, der Rausch nicht als Selbstzweck, der gesucht wird, sondern es ist Lust im Dienste der breitangelegten Abwehr gegen Über-Ich und Außenwelt« (S. 237).

Ganz anders bei den Impulsneurosen: Hier verbünde sich das Ich zusammen mit Es und Außenwelt gegen das Über-Ich.

WURMSER beschreibt vier Abwehrformen, mit denen sich das toxikomane Ich gegen Über-Ich und Außenwelt gleichermaßen abschotte:

1. Die Verleugnung, »ein Versuch, sich von unliebsamen Affekten und damit von unerwünschter innerer und äußerer Realität zu befreien« (S. 227).
2. Die Wendung ins Gegenteil, »vom *Passiven ins Aktive* und die damit verbundene *Rollenvertauschung* und *Identifizierung mit dem Angreifer*« (S. 229). Sie ermögliche auch eine Affekt- und Triebumkehr, statt Angst könne beispielsweise Wut und Verachtung erlebt werden.
3. Die Affektmobilisierung und die Affektblockierung. Bei der Affektmobilisierung würden mit Deck-Affekten tiefer ängstigende Affekte verhüllt; beispielsweise werde durch Angst vor Einsamkeit und Trennung die wesentlichere Angst vor masochistischen Impulsen verdeckt.
4. Die Externalisierung, »eine Form der Abwehr durch Handlung – die Verlegung eines inneren Konflikts in die Außenwelt« (S. 234). Dort werde dann die Konfliktbearbeitung versucht und die eigene Spannung und Ruhelosigkeit vorübergehend aufgehoben.

Die Einnahme von Suchtmitteln, die »Berauschung ist ... letztlich nur eine *pharmakologisch verstärkte* Form der Abwehr« (S. 227) bestimmter »Über-Ich-Funktionen und deren Vertreter[n] in der äußeren Wirklichkeit« (S. 238). Es handle sich bei der Toxikomanie um eine künstliche Affektabwehr, mit dem Ziel, heftige Affektstürme – zur fast augenblicklichen Wiederherstellung der inneren Kontinuität – zu besänftigen. Suchtmittel haben also nach WURMSER eine Funktion »im Rahmen des gesamten Abwehrsystems« (S. 222), und zwar die des Selbstschutzes und der Selbsterhaltung. Doch die – mittels eines Suchtmittels – abgewehrten Aspekte des Über-Ich kehren in der Dynamik der Toxikomanie wieder.

So kehre das abgewehrte Ich-Ideal in mannigfaltigen narzißtischen Ansprüchen des Süchtigen und der Über-Ich-Aspekt der Selbstbestrafung von außen als provozierte Bestrafung wieder. Der billigende und beschützende Aspekt des Über-Ich zeige sich in der Suche des Süchtigen nach Beschützern und Verzeihern, und schließlich sei die Droge selbst ein Teil des beschützenden Systems, das verstanden wird als »eine reexternalisierte Version des archaischen Über-Ich, das eingesetzt wird, um Macht, Kontinuität und Kontrolle einem Ich zu gewährleisten, das von traumatischer Angst und Depression bedroht wird« (S. 240). Die Droge wirke antiphobisch und diene insbesondere der Abwehr von Scham – nicht von Schuld –, deren Ursprung in den »in der frühen Kindheit erlittenen schweren Traumatisierung[en]« liege (S. 240).

Wie FENICHEL geht auch WURMSER von »einer besonderen *Bereitschaft*« (S. 221) des einzelnen aus, bestimmte Substanzen süchtig aufzunehmen. Er fragt sich, »was denn so spezifisch die Persönlichkeit zu dieser und nicht zu einer anderen Manifestation disponiert« (S. 221). Die zwanghafte Suche der Sucht versteht WURMSER als das »Gegenbild der Phobie« (S. 242). Die Persönlichkeit des Süchtigen sei in ihrem Kern, in ihrem Charakter phobisch, und das bedeute, der Süchtige habe Angst vor Nähe, Einengung oder Gefangennahme durch einen anderen.

Für WURMSER ist Drogen- oder Alkoholmißbrauch »gewöhnlich Teil eines Symptomenpakets« (S. 286) auf Grundlage des phobischen Kerns. Ursächlich dafür seien verschiedene Typen von schweren Familienstörungen. So seien später Toxikomane häufig schweren Traumatisierungen im Sinne »ernster Kindesmißhandlung« (S. 250) bis hin zu sexuellem Mißbrauch ausgesetzt, oder sie wachsen in einem Klima der »Zudringlichkeit« (S. 252), der aufdringlichen Kontrolle auf. Weiter beschreibt er Familien in welchen »Geheimnistuerei, *Verlogenheit* und emotionale Ferne« (S. 253) herrsche, oder Familien, die sich durch »äußerste *Inkonsequenz und Unzuverlässigkeit*« (S. 253) auszeichnen.

Die analytische Behandlung des Toxikomanen komme dann, wenn er sich während der Behandlung »mehr oder weniger der Drogeneinnahme« enthalten könne, »mit relativ geringen Modifikationen« (S. 284) aus. Empfehlenswert sei jedoch »eine Kombination mehrerer Behandlungsmethoden in individuell angepaßter Form« (S. 287).

Fallbeispiel

Die bisherigen theoretischen Ausführungen möchte ich nun mit einem Fallbeispiel aus meiner Praxis veranschaulichen:

Als der 40jährige Handwerkermeister, verheiratet mit einer drei Jahre jüngeren Frau, mit der er zwei Töchter im Alter von 17 und 12 Jahren hat, zum ersten stationären Entzug aufgenommen wird, trinkt er seit 16 Jahren zunehmend. Zuletzt sind es 1,5 Flaschen Weinbrand während der Arbeitszeit und abends noch 20-25 Büchsen Bier.

Am folgenden Tag gehe es ihm immer schlecht. Er habe einen morgendlichen Tremor und Schweißausbrüche. Weiter leide er unter Schlafstörungen, depressiven Verstimmungen, Selbstwertkrisen, Impotenz, verschiedenst getönten Angstzuständen, Unruhezuständen, aggressiven Durchbrüchen, Gedächtnislücken, starken Schuldgefühlen und Selbstmordgedanken.

Diese Zustände hätten sich seit 1,5 Jahren verschlimmert. Damals habe ihm der Hausarzt Antabus verschrieben. Dieses Medikament nahm er 2 Monate ein. Danach habe er 1/2 Jahr nicht getrunken, bis zum Tod des Schwiegervaters.

Der Schwiegervater hatte seine Stieftochter, die Ehefrau des Patienten, bis zu ihrer Pubertät sexuell mißbraucht. Dies sei der Grund, weshalb die Ehefrau des Patienten nur selten mit ihm sexuell verkehre, Nähe insgesamt eher meide. Darüber kam es zu heftigen Auseinandersetzungen zwischen den Eheleuten. In deren Verlauf, sowie bei beruflichen und familiären Problemen allgemein, gerät der Patient in extreme Spannungsgefühle und Nervosität. Er habe seine Frau, die er eifersüchtig überwache, und mit der er wegen Kleinigkeiten in heftigsten Streit gerate, öfter geschlagen. Die flüchte dann ins Frauenhaus. Auch er müsse von zu Hause fortlaufen, wenn es wieder Streit um die Frage gebe, wer wieviel oder wie wenig Zuwendung vom Partner bekommt. Dann habe er Angst »durchzudrehen«. In solchen Situationen – die »komischerweise« häufig gerade nach einer Phase der Annäherung zu seiner Frau auftreten – gehe er »auf Trebe«, trinke besonders viel, schlafe auf der Straße oder bei Fremden. Er besuche dann Bordells, habe homosexuelle Kontakte in Saunen und quälende pädophile Phantasien. Er onaniere dann exzessiv ohne ein Gefühl der Befriedigung.

Nach dem ersten stationären Entzug, den er als »Flucht vor meiner Frau« bezeichnet, macht er eine Kur wegen rezidivierender Magengeschwüre und Rückenbeschwerden. Anschließend besucht er eine Selbsthilfegruppe.

Ein Jahr nach dem ersten kommt es zum zweiten stationären Aufenthalt nach Konflikten mit der ältesten Tochter, die überraschend in eine betreute Wohngemeinschaft eingezogen sei, nachdem sie auf Wunsch der Eltern wegen einer plötzlichen und starken Gewichtsabnahme mit einer Psychologin gesprochen habe.

Ein weiteres Jahr später kommt es zum dritten stationären Aufenthalt, nachdem seine Frau die Scheidung eingereicht habe. Sie will von einer sexuellen Belästigung der ältesten Tochter durch den Patienten erfahren haben. Der Patient bestreitet diesen Vorwurf unter starken Scham- und Schuldgefühlen, ist schwer depressiv und meint, er kämpfe in seinen trockenen Phasen vergebens um die Liebe seiner Frau. Später erklärt er, durchaus Phantasien gehabt zu haben, deren Inhalte den gegen ihn erhobenen Vorwürfen entsprechen.

Der Patient wird als zweitältester in ärmlichen Verhältnissen geboren. Beide Eltern arbeiten viel und hart. Für fünf eigene und drei Pflegekinder bleibt wenig Zeit. Die Mutter (+ 22) ist »immer überlastet«. Die Familie gehört einer religiösen Gemeinschaft mit strengen, schulderzeugenden Regeln und rigidem Normensystem an. Der Patient – der ebenso wie seine Frau weiter dieser Glaubensgemeinschaft angehört – beklagt: »Alle meine Geschwister sind in der Gemeinde was geworden – nur ich nicht!« Die Kinder werden vom Vater (+ 23), kriegsversehrter Verwaltungsangestellter, Frührentner nach Bypass-Operation, der immer geschont werden muß, schwerst und dauerhaft mißhandelt. Der Patient wird einmal bis zur Bewußtlosigkeit geschlagen.

Als Kind näßt er bis ins Schulalter ein und läuft von zu Hause fort. Mit 19 Jahren hat er erste Magenschleimhautentzündungen und mit 22 Jahren erste Ulcusblutungen, die zu einer stationären Behandlung führen.

Dieses Fallbeispiel verdeutlicht eine ganze Reihe der in den verschiedenen theoretischen Darstellungen erörterten Zusammenhänge, Ursachen und auch Folgen des Alkoholismus. Einige sollen nochmals hervorgehoben werden.

So lassen sich die gastritischen Beschwerden und die Entwicklung von Magenulcera als Hinweise auf eine gestörte Oralität und damit auf die prämorbide Persönlichkeit verstehen. Mittels Alkohol und Fortlaufen versucht der Patient, sozusagen um Unlust oder seelischen Schmerz und Spannungen zu vermeiden, aus der Realität seines alltäglichen Elends zu entfliehen. Die Konflikte in der Partnerbeziehung drehen sich wesentlich um die oral getönten Themen Wärme und Nähe: Wer bekommt wieviel? Doch bricht der Patient selbst aus einer gewissen Nähe aus. Zwar vermißt er Nähe, doch erträgt er sie nicht, wenn sie sich einstellt.

Später wird der Alkohol zum Liebesersatzobjekt, und es tauchen, bedingt durch die toxische Aufhebung von Über-Ich-Anteilen sowie von Hemmungen, Verdrängungen und Abwehr, zunächst verpönte sexuelle Impulse in der Phantasie auf; im weiteren bestimmen sie auch teilweise das Verhalten, und er hat mit heftigsten Affekten zu kämpfen. Ebenso werden die infolge Triebentmischung freigesetzten destruktiv-aggressiven Impulse deutlich. Sie führen in Verbindung mit der geringen Spannungstoleranz des Patienten zu »Rohheitsdelikten«. Was folgt, sind Selbstbestrafungen in Form von Selbstvorwürfen.

Die schwere Familienpathologie zeigt sich unter anderem in den schweren Mißhandlungen, denen der Patient als Kind ausgesetzt war; diese könnten auch zu einer hauterotischen Fixierung geführt haben. Die weiter bestehende Bindung an eine rigide religiöse Gemeinschaft verdeutlicht die Suche nach Beschützern und Verzeihern. Beschützer und Verzeiher fungieren als antiphobisches Schutzsystem.

Ergebnis

Ein wesentlicher Gedanke der triebpsychologischen Suchttheorien ist, daß der Alkohol im Dienste des Lustprinzips der zwanghaften Triebbefriedigung dient. Es handelt sich gewissermaßen um einen zwangsmasturbatorischen Akt.

Nicht der Gebrauch oder die chemische Wirkung des Suchtstoffes allein führen zur Abhängigkeit, sondern die prämorbide Persönlichkeit des Süchtigen ist entscheidend.

Im Verlauf der psychosexuellen Entwicklung, während der Kindheit eines später Süchtigen, kommt es zu oralen Fixierungen. Das Kind kann bestimmte in einer spezifischen Entwicklungsphase der psychosexuellen Entwicklung auftretende Konflikte nicht phasengerecht lösen und greift auf die Befriedigungsmechanismen der vorherigen Phasen zurück. So kommt es zu einer Hemmung in der Entwicklung der Libidoorganisation. Diese Fixierung wirkt als Disposition und kann im späteren Leben in bestimmten Konfliktsituationen zur Regression auf eben diese Fixierungsstelle sowie zu ihrer pathogenen libidinösen Besetzung führen. Dadurch wird psychische Energie an entsprechende Vorstellungen, Objekte oder an den eigenen Körper gebunden. So verfällt der Alkoholiker gewissermaßen dem Lustprinzip; er weicht seinen Triebkonflikten aus, die er mittels Alkohol »vernebelt«. RADÓS Konzept des alimentären Orgasmus wurde nötig, um die Verschiebung von einem genital-masturbatorischen zu einem oral-triebhaften

Verlangen triebpsychologisch zu erklären. Über den Kunstgriff, dem angenehmen »Gefühl der Magenfülle« (Radó 1926, S. 372) eine ursprünglich orgastische Funktion zuzuweisen, argumentiert Radó zwar triebpsychologisch, doch sprengt das Konzept des alimentären Orgasmus gleichzeitig seine triebpsychologischen Voraussetzungen. Da dem Sexualtrieb nun der alimentäre Orgasmus als »Grundfunktion« vorausgeht und zugrundeliegt, werden die Freudsche Trieb- und Sexualtheorie sowie der Begriff des genitalen Orgasmus in ihren Implikationen letztlich aufgehoben – zumindest aber auf den Kopf gestellt.

Die Annahme triebpsychologischer Suchttheorien, unsublimierte orale Triebhaftigkeit des Süchtigen strebe nach andauernder Lustbefriedigung, beschreibt nur einen Teilaspekt des Suchtgeschehens. Die tiefgreifende Genußunfähigkeit des Süchtigen zum Beispiel, wie von Ferenczi (1911) beschrieben, wird übersehen.

Das Konzept der Impulsneurosen von Fenichel brachte wesentlich keinen theoretischen Fortschritt im Verständnis der Sucht (Rost 1987, S. 48). Aber Fenichel gelang eine griffige Akzentuierung auf deskriptiver Ebene.

Insgesamt scheinen die triebpsychologischen Suchttheorien nicht falsch zu sein. Sie beschreiben jedoch eher das Geschehen bei »normalen« Trinkgewohnheiten und die soziale Funktion von Alkohol. So unterscheidet Simmel, der sich als erster mit der Frage einer stationären Psychotherapie für Alkoholiker beschäftigte (Simmel 1928), klar zwischen dem »neurotischen Trinker«, der durch den Alkohol seinen neurotischen Konflikten zu entfliehen sucht, und dem Alkoholsüchtigen, dessen Persönlichkeit gänzlich durch den Alkohol zerfallen kann (Simmel 1948).

Triebpsychologische Suchttheorien schließen andere Modelle, insbesondere ich-psychologische Theorien, objektbeziehungstheoretische Ansätze und die Berücksichtigung gesellschaftlicher und sozialer Faktoren beim Suchtgeschehen nicht aus; vielmehr werden sie durch diese ergänzt.

Dagegen versucht Wurmser über eine bloße Ergänzung hinaus eine Integration verschiedener theoretischer Modelle. Ausgehend von Freuds grundlegender Entdeckung des Unbewußten und der Triebe versteht er gerade die Triebtheorie als Kern einer Affekttheorie. Darum ist sein Ansatz nicht eindeutig in die psychoanalytische Theoriebildung einzuordnen.

Auf dem Hintergrund einer Persönlichkeit mit phobischem Kern weist er Suchtmitteln eine klare Funktion im Rahmen der Abwehr gegen das Über-Ich und die daraus resultierenden unbeherrschbaren Affekte – insbesondere Scham und Schuld – zu. Während FENICHEL das Suchtgeschehen ausschließlich mit Blick auf das Es beschreibt, gelingt WURMSER eine dynamische Beschreibung unter Berücksichtigung der Affekte, die als »qualitative Äußerungsform der Quantität an Triebenergie und ihrer Variationen« (LAPLANCHE und PONTALIS 1975, S. 37) verstanden werden können. Sucht wird so im Zusammmenhang mit spezifischen Konflikten unter Einbeziehung verschiedener psychischer Instanzen, namentlich von Es und Über-Ich, beschrieben.

Als Basisliteratur empfohlen:

LÜHRSSEN, E. (1976): Das Suchtproblem in neuerer psychoanalytischer Sicht. In: EICKE, D. (Hrsg.): Freud und die Folgen (1). Bd. II aus: Die Psychologie des XX. Jhdt., Kindler, Zürich/München, S. 838-867

RADÓ, S. (1926): Die psychischen Wirkungen der Rauschgifte. Versuch einer psychoanalytischen Theorie der Süchte. Internationale Zeitschrift für Psychoanalyse 12, 540-556. In: Psyche 4: 360-376, 1975

Zur weiterführenden Lektüre empfohlen:

ABRAHAM, K. (1908): Die psychologischen Beziehungen zwischen Sexualität und Alkoholismus. Z. Sexualwiss. 8, 449-458. In: CREMERIUS, J. (Hrsg.); ABRAHAM, K: Schriften zur Theorie und Anwendung der Psychoanalyse. Eine Auswahl. Fischer, Frankfurt a.M., 1972, S. 29-36

RADÓ, S. (1934): Psychoanalyse der Pharmakothymie (Rauschgiftsucht). Internationale Zeitschrift für Psychoanalyse 20, 16-32

WURMSER, L. (1987): Flucht vor dem Gewissen. Analyse von Über-Ich und Abwehr bei schweren Neurosen. Springer, Berlin

Literaturangaben zum Text:

ABRAHAM, K. (1916): Untersuchungen über die früheste prägenitale Entwicklungsstufe der Libido. Internationale Zeitschrift für Psychoanalyse IV, Heft 2, 71-97. In: CREMERIUS, J. (Hrsg.); ABRAHAM, K: Psychoanalytische Studien zur Charakterbildung und andere Schriften. Fischer, Frankfurt a.M., 1969, S. 84-112

FENICHEL, O. (1980): Psychoanalytische Neurosenlehre. Bd. II, Walter-Verlag, Freiburg i.Br., 2.Aufl.

FERENCZI, S. (1911): Alkohol und Neurosen. Jb. psychoanal. psychopathol. Forsch. 3, 853-857. In: FERENCZI, S.: Bausteine der Psychoanalyse, Bd. I: 145-151, Klett, Stuttgart, 1964

FERENCZI, S. (1913): Über die Rolle der Homosexualität in der Pathogenese der Paranoia. Jb. psychoanal. psychopathol. Forsch. 3. In: FERENCZI, S.: Bausteine der Psychoanalyse, Bd. I: 120-144, Klett, Stuttgart, 1964

FREUD, S. (1895): Studien über Hysterie. Ges. Werke Bd. I, S. 75-312, Fischer, Frankfurt a.M.

FREUD, S. (1898): Die Sexualität in der Ätiologie der Neurosen. Ges. Werke Bd. I, S. 489-516, Fischer, Frankfurt a.M.

FREUD, S. (1900): Die Traumdeutung. Ges. Werke Bd. II/III Fischer, Frankfurt a.M.

FREUD, S. (1905a): Drei Abhandlungen zur Sexualtheorie. Ges. Werke Bd. V (Fußnote von 1910), Fischer, Frankfurt a.M.

FREUD, S. (1905b): Meine Ansichten über die Rolle der Sexualität in der Ätiologie der Neurosen. Ges. Werke Bd. V, 146-159, Fischer, Frankfurt a.M.

FREUD, S. (1905c): Psychische Behandlung (Seelenbehandlung). Ges. Werke Bd. V, S. 287-316, Fischer, Frankfurt a.M.

FREUD, S. (1905d): Der Witz und seine Beziehung zum Unbewußten. Ges. Werke Bd. VI, Fischer, Frankfurt a.M.

FREUD, S. (1908): Die ›kulturelle‹ Sexualmoral und die moderne Nervosität. Ges. Werke Bd. VII, S. 143-167, Fischer, Frankfurt a.M.

FREUD, S. (1911): Psychoanalytische Bemerkungen über einen autobiographisch beschriebenen Fall von Paranoia (Dementia Paranoides). Ges. Werke Bd. VIII, S. 239-320, Fischer, Frankfurt a.M.

FREUD, S. (1912): Beiträge zur Psychologie des Liebeslebens II: Über die allgemeinste Erniedrigung des Liebeslebens. Ges. Werke Bd. VIII, Fischer, Frankfurt a.M.

FREUD, S. (1916a): Metapsychologische Ergänzungen zur Traumlehre. Ges. Werke Bd. X, S. 411-426, Fischer, Frankfurt a.M.

FREUD, S. (1916b): Trauer und Melancholie. Ges. Werke Bd. X, S. 427-446, Fischer, Frankfurt a.M.

FREUD, S. (1920): Jenseits des Lustprinzips. Ges. Werke Bd. XIII, Fischer, Frankfurt a.M.

FREUD, S. (1923): Das Ich und das Es. Ges. Werke Bd. XIII, S. 235-289, Fischer, Frankfurt a.M.

FREUD, S. (1926): Hemmung, Symptom und Angst. Ges. Werke Bd. XIV, Fischer, Frankfurt a.M., 1978

FREUD, S. (1928): Der Humor. Ges. Werke Bd. XIV, S. 381-389, Fischer, Frankfurt a.M.
FREUD, S. (1930): Das Unbehagen in der Kultur. Ges. Werke Bd. XIV, Fischer, Frankfurt a.M.
FREUD, S. (1962): Aus den Anfängen der Psychoanalyse. Briefe an Wilhelm Fließ. Abhandlungen und Notizen aus den Jahren 1887–1902. Fischer, Frankfurt a.M.
GLOVER, E. (1933): Zur Ätiologie der Sucht. Internationale Zeitschrift für Psychoanalyse 19, 170-197
JULIUSBURGER, O. (1913): Zur Psychologie des Alkoholismus. Zbl. Psychoanal. 3, 1-16
KIELHOLZ, A. (1925): Trunksucht und Psychoanalyse. Schweiz. Arch. Neurol. Psychiat. 16, 27-35
LAPLANCHE, J.; PONTALIS, J.-B. (1975): Das Vokabular der Psychoanalyse. 2 Bände, Suhrkamp Taschenbuch Wissenschaft, Frankfurt a.M.
ROST, W.-D. (1987): Psychoanalyse des Alkoholismus. Theorie, Diagnostik, Behandlung. Klett-Cotta, Stuttgart, 3. Aufl. 1992
SCHEIDT VOM, J. (1973): Sigmund Freud und das Kokain. Psyche 5, 385-430
SIMMEL, E. (1928): Die psychoanalytische Behandlung in der Klinik. Internationale Zeitschrift für Psychoanalyse 14, 352-370
SIMMEL, E. (1948): Alkoholism and addiction. Psychanal. Quart. 17, 6-31

Uwe Büchner

Sucht als artifizielle Ich-Funktion

Ich-psychologische Suchttheorien

STICHWORT: Artifizielle Ich-Funktionen

Die Entwicklung der Ich-Funktionen ist eng mit der Erfahrung früher Objekte und der Errichtung konstanter innerer Objekte verknüpft. Im Verlauf einer Entwicklungsstörung bilden sich Ich-Einschränkungen und Selbstgefühlsstörungen, die aus den gestörten Objektbeziehungen abgeleitet werden können. Bei der Beschäftigung mit den mannigfaltigen Ich-Funktionsstörungen besteht die Gefahr, einen ganzheitlichen, personalen Bezug einzubüßen und sich mechanistisch in Einzelfunktionen zu verlieren, wenn man nicht stets die Störungen der Objektbeziehungen und die Pathologie der inneren Objekte bedenkt, die als Identitätsunsicherheit und Selbstwertzweifel in Erscheinung treten. Weil Drogen geeignet sind, bestimmte defizitäre Ich-Funktionen im Sinne eines zunächst erfolgreichen Selbstbehandlungsversuches zu ersetzen, kann ihre Wirkung kompensatorisch zur Herstellung artifizieller Ich-Funktionen dienen. Mit Hilfe von Drogen wird also *artifiziell* (= künstlich) in der Psyche ein Damm aufgeschüttet, der mangelhaft ausgebildete Ich-Funktionen wie Frustrationstoleranz oder Reizschutz gegen Angst, Schmerz und Depressionen ersetzt. Auch bei einem gestörten narzißtischen Gleichgewicht dienen Drogen zur künstlichen Wiederherstellung eines gestörten Selbstwertgefühls.

Ersten Ansätzen bei FREUD folgen RADÓS richtungsweisende Theorien, die wesentlich modernere ich-psychologische Suchttheorien wie die von KRYSTAL und RASKIN beeinflußt haben, ebenso auch deutsche Psychoanalytiker, die sich um A. HEIGL-EVERS gruppierten. Der Beitrag schließt mit der kasuistischen Vignette eines alkoholkranken Brandstifters.

Im folgenden Beitrag wird der heutige Wissensstand über ich-psychologische Suchttheorien allmählich aus dem Nachvollzug des geschichtlichen Werdeganges der psychoanalytischen Suchttheorien entwickelt.

Grundlagen

In ihren Anfangsjahren war die Psychoanalyse vor allem eine Psychologie des Unbewußten. In den psychoanalytischen Therapien standen jedoch von Anfang an als Gegenpart der Triebregungen das Ich und seine Störungen im Mittelpunkt der Aufmerksamkeit.

Erst später, beginnend mit den Arbeiten »Massenpsychologie und Ich-Analyse« (FREUD 1921) und »Jenseits des Lustprinzips« (FREUD 1920) wurde das Ich Gegenstand psychoanalytischer Forschungen FREUDS und in dessen Folge weiterer Psychoanalytiker. Seitdem umfaßt die Psychoanalyse nicht mehr ausschließlich die Erforschung des unbewußten Seelenlebens, sondern auch der Störungen in der Entwicklung der Persönlichkeitsstrukturen, bestehend aus den Instanzen Es, Ich und Über-Ich. Es entwickelte sich eine spezielle Forschungsrichtung, die Ich-Psychologie.

Es, Ich und Über-Ich sind die Bausteine einer erfahrungsfernen Abstraktion in der Psychoanalyse, des sogenannten psychischen Apparates. Das Ich ist der direkten Beobachtung nicht zugänglich, lediglich wenn es sich in Funktion befindet, sind seine Funktionen, die Ich-Funktionen, zu beobachten. Beschreibungen des Ich münden insofern oft in eine lange Liste von Ich-Funktionen. Im folgenden sollen uns nur die Ich-Funktionen beschäftigen, die im Kontext der Suchtentstehung defizitär sind und durch die Drogenwirkung kompensiert werden können. Unser moderner Wissensstand soll dabei allmählich aus dem Nachvollzug des geschichtlichen Werdeganges der psychoanalytischen Suchttheorien entwickelt werden.

Ich-psychologische Ansätze bei SIGMUND FREUD

FREUD berücksichtigte in seinen frühen Arbeiten zur Sucht vorwiegend libidinöse Faktoren, wie im Beitrag von FALK EITH (in diesem Band) ausführlich dargelegt. Er stand damals dem Gebrauch von Drogen überwiegend bejahend gegenüber, glaubte er doch in dem im Selbstversuch erprobten Kokain (FREUD 1884) ein von schädlichen Nebenwirkungen weitgehend freies Mittel gegen ermüdungsbedingte Verstimmungen und viele andere Störungen gefunden zu haben. Erst spät, in »Das Unbehagen in der Kultur« (FREUD 1930) finden sich Äußerungen, die in den Zusammenhang einer ich-psychologischen Betrachtungsweise des Suchtproblems gehören: »Das Leben, wie es uns auferlegt ist, ist zu schwer für uns, es bringt uns zuviel Schmerzen, Enttäuschungen, unlösbare Aufgaben. Um es zu ertragen, können wir Linderungsmittel nicht entbehren. Solcher Mittel gibt es vielleicht dreierlei: mächtige Ablenkungen, die uns unser Elend gering schätzen lassen, Ersatzbefriedigungen, die es verringern, Rauschstoffe, die uns für dasselbe unempfindlich machen. Irgendetwas dieser Art ist unerläßlich« (FREUD 1930, S. 432). In der Fußnote zitiert FREUD WILHELM BUSCH: »Auf erniedrigendem Niveau sagt Wilhelm Busch in der ›Frommen Helene‹ dasselbe, ›Wer Sorgen hat, hat auch Likör‹« (S. 432).

In diesen Zitaten ist die Ich-Funktion der Frustrationstoleranz angesprochen, die bei Suchtkranken defizitär ist. Sie greifen bei Enttäuschungen, die oft so geringfügige Anlässe haben, daß sich sogenannte Normalmenschen kaum in sie einfühlen können, reflektorisch zum dämpfenden Suchtmittel, um nicht von Schmerzen, Angst und vernichtenden Selbstwertzweifeln überschwemmt zu werden. Ein künstlicher Damm in der Psyche wird mit Hilfe der Droge schlagartig aufgeschüttet, der mangels eigener gesunder Ich-Kräfte nicht aus eigenem Vermögen errichtet werden kann. Die Suchtmittelwirkung kompensiert also artifiziell eine defizitäre Ich-Funktion, die Frustrationsintoleranz wird ausgeglichen.

FREUD betrachtete im »Unbehagen in der Kultur« den Gebrauch von Rauschstoffen als zur menschlichen Natur gehörig, gar unerläßlich angesichts eines Übermaßes an Leid, welches das Leben mit sich bringe. Dies mag für Menschen, die nicht abhängig sind, berechtigt sein. Aus der Kenntnis selbstzerstörerischer, lebensbedrohlicher Suchtentwicklungen können wir aber nicht umhin, unseren Patienten, die die Kontrolle über die Suchtmitteleinnahme verloren haben, abhängig geworden sind und an schweren psychischen und körperlichen Folgeerscheinungen leiden, Totalabstinenz (»das erste Glas stehen lassen«) zu empfehlen, nicht ohne allerdings eine Vorstellung davon zu haben, wie in unseren therapeutischen Settings Frustrationstoleranz durch Nachreifung von Ich-

Funktionen erworben werden kann und mit gewachsener Ich-Stärke Leid erträglich wird. (Zu dieser Thematik verweise ich auf den Beitrag »Psychoanalytisch orientierte Gruppentherapie mit Suchtkranken« von Alexander Böhle und Hedwig Vattes in diesem Band).

Beginn der ich-psychologischen Betrachtungsweise des Suchtproblems mit Radó

Radós Arbeit »Psychoanalyse der Pharmakothymie« (1934) stellt den eigentlichen Beginn der ich-psychologischen Betrachtungsweise des Suchtproblems dar und ist auch heute noch nach fast 60 Jahren unverändert modern. Radó fand bei Süchtigen eine gestörte Lust-Unlust-Regulation der seelischen Organisation. Der mangelhafte Reizschutz gegen unerträgliche innere Spannungen (»Initialverstimmung«) wird durch einen artifiziellen Reizschutz mittels Pharmaka ausgeglichen, welcher die Schmerzempfindung herabsetzt und durch gleichzeitige Stimulation defizitärer Ich-Funktionen Unlust in Lust verwandelt.

Auch für die Wiederherstellung eines narzißtischen Gleichgewichts werden Drogen benutzt: »Dieses Ich«, schreibt Radó, »war nicht immer ein so armseliges Geschöpf, wie es uns in seiner Initialverstimmung entgegentrat. Einmal war es ein Baby, von Selbstgefühl strahlend, vom Glauben an die Allmacht seiner Wünsche – seiner Gedanken, Gebärden und Worte – erfüllt. Aber der Größenwahn des Kindes schmolz unter dem unerbittlichen Druck der Erfahrung dahin, das Majestätsgefühl mußte einer bescheideneren Selbsteinschätzung Platz machen« (Radó 1934). Bei dem Versuch, einen Ausweg aus dieser prekären Lage zu finden, werden Drogen zu Hilfe genommen.

In Radós Arbeit werden die bei den Süchtigen defizitären Ich-Funktionen der Affektkontrolle und der Selbstwertregulation angesprochen. Die »Initialverstimmung« droht die gesamte psychische Organisation des Süchtigen zu überfluten und kann wegen des Fehlens ausreichend starker, gesunder Abwehrmöglichkeiten nicht aus inneren psychischen Kräften eingedämmt werden, sondern nur mit Hilfe einer Droge.

Gleichzeitig mit dem Auftreten der Initialverstimmung gerät das brüchige Selbstwertgefühl in Gefahr, in Nichtigkeit zu zerfallen, und kann nur mittels der Droge gerettet, ins Grandiose verkehrt und aufgebläht werden und somit »im Rausch seine narzißtische Urgestalt regenerieren«.

Moderne ich-psychologische Suchttheorie von KRYSTAL und RASKIN

RADÓS Arbeit konnte aber für lange Zeit nichts an der Resignation der Psychoanalytiker angesichts der Suchtkrankheiten ändern. Das psychoanalytische Standardverfahren setzte eben ein Normal-Ich voraus und war für Patienten mit »strukturellen Ich-Störungen« (FÜRSTENAU 1977) ungeeignet. Therapeutische Mißerfolge führten zu der Meinung, Alkoholkranke seien nicht analysierbar. Erst nachdem die moderne analytische Beziehungs- und Ich-Psychologie neue theoretische, diagnostische und therapeutische Wege geschaffen hatte, erfuhren RADÓS Vorstellungen im Werk der amerikanischen Psychoanalytiker KRYSTAL und RASKIN (1970) eine Renaissance. Unser besonderes Interesse gilt ihrem Kapitel »Das Ich und die Affekte, insbesondere Angst und Depression«. Sie gelangten zu der Auffassung, »daß Drogenabhängigkeit Ausdruck einer bestimmten Funktionsweise des Ich ist« (KRYSTAL und RASKIN 1983, S. 15). Sie sehen in der Abhängigkeit eine Form der Anpassung an Probleme, wie Streß- und Konfliktbewältigung, und eine Möglichkeit, Erregung zu dämpfen, insgesamt handele es sich um einen Selbstbehandlungsversuch mit dem Ziel, »dem grauenhaften Gefühl der unvermeidlichen Desintegration des Selbst zu entkommen« (KRYSTAL und RASKIN 1983, S. 15). Sie äußern sich ausführlich über körperliche Schmerzen und schmerzhafte Affekte, die sie hinsichtlich ihrer Entstehung aus gemeinsamen Wurzeln und wegen gemeinsamer Bewältigungsmechanismen als analoge Phänomene betrachten. Sie erwähnen in diesem Zusammenhang die Untersuchungen GOLDSTEINS (1966), die darauf hindeuten, daß das Analgetikum Aspirin eine angstvermindernde Wirkung hat, »vergleichbar mit derjenigen von leichten Tranquilizern und kleinen Dosen von Barbituraten« (KRYSTAL und RASKIN 1983, S. 22).

Angst kann ebenso wie körperliche Schmerzen auch durch Ablenkung vermindert werden. Dies erinnert an FREUDS Feststellung, daß auch »mächtige Ablenkungen« geeignet seien, Elend zu vergessen. Aus dem Bereich der Schmerzphysiologie ist hier an die alte Methode der Schmerzbekämpfung durch »Konterirritation« zu denken, bei der Schmerzleitungen durch andere Botschaften, beispielsweise Kältereize, überlastet werden und die Schmerzwahrnehmung dadurch herabgesetzt wird. Psychische Schmerzen unterliegen also nach KRYSTAL und RASKIN ähnlichen Gesetzmäßigkeiten wie körperliche Schmerzen. Sie sind davon überzeugt, daß »dieselben Ich-Funktionen, die bei der Reaktion auf körperliche Schmerzen wirksam sind, zur Bewältigung unangenehmer (schmerzhafter) Affekte herangezogen werden« (S. 32).

Angst, Schmerz und Depression stammen aus einem gemeinsamen Ursprung, den KRYSTAL Uraffekt nannte. Beim Uraffekt handelt es sich um eine chaotische, panikartige somatopsychische Reaktion, die beim Säugling sehr leicht und schnell bei allen möglichen Frustrationen auftritt. In diesem Uraffekt sind Schmerz, Angst, Wut und Trauer sowie körperliche Begleiterscheinungen noch nicht differenziert. Aufgrund gestörter frühkindlicher Entwicklungsbedingungen, die vorwiegend in einem Mangel an befriedigenden Früherfahrungen bestehen oder in frühen Erlebnissen von Panik (z.B. ausgelöst durch Schreienlassen des Säuglings), geraten Süchtige sehr leicht in Gefahr, auf einen Zustand zurückzufallen, in dem ein solcher Uraffekt sie zu überfluten droht. Sie befinden sich in einer ständigen latenten Unsicherheit, die bei Zunahme der Frustrationsspannung in manifeste Hilflosigkeit übergehen kann. Ihre mangelhaft entwickelten Ich-Funktionen reichen nicht aus, sie vor der Angstüberflutung zu schützen, und in dieser Situation greifen sie zu Drogen. Diese Drogen übernehmen die Funktion, die bei einem gesunden Ich durch Abwehrmechanismen wahrgenommen würde, der Reizschutz wird also artifiziell hergestellt. Der Gesichtspunkt des Selbstheilungsversuchs, wie wir ihn bereits von RADÓ kennen, wird bei KRYSTAL und RASKIN wieder aufgenommen.

Offenbar sind Drogenabhängige auf die Möglichkeit der Bewältigung körperlicher und psychischer Schmerzen durch Drogenzufuhr eingeschränkt, weil ihnen auch der von FREUD genannte Weg der »Ersatzbefriedigungen« kaum zugänglich ist. Unter Ersatzbefriedigungen verstehen wir die Möglichkeit, bei Versagung in einem Triebgebiet auf einem anderen Gebiet Befriedigung zu erzielen und sich so Spannungsabfuhr zu verschaffen. Es erweisen sich aber viele Drogenabhängige durch eine Reduktion ihrer Objektbesetzungen beeinträchtigt, sowohl die Energie zur Selbstablenkung aufzubringen als auch flexibel andere Befriedigungsmöglichkeiten wahrzunehmen. Deshalb bleiben sie in ihrem Repertoire der körperlichen und psychischen Schmerzbewältigung auf die Drogenwirkung angewiesen, mit der sie sich »zumachen«.

Weil ihnen der Weg der Ablenkung durch mangelnde Flexibilität der Objektbesetzung verschlossen ist, greifen manche Abhängige auch zu stimulierenden Drogen wie Amphetamin. Sie ziehen damit Erregungszustände, Hypomanie und sensorische Überempfindlichkeiten im Sinne einer Ablenkung dem bedrohlichen depressiven Leeregefühl vor.

Auch das Symptom der Depersonalisation, unter dem wir ein Fremdheitsgefühl der eigenen Person gegenüber verstehen, das mit einer starken Verminderung der Gefühlswahrnehmung einhergeht, deuten KRYSTAL und RASKIN als eine Möglichkeit der Abwehr gegen Angst und Schmerz in einer völlig analogen Weise wie Gewebetaubheit. Patienten beschreiben sich in einem Zustand der Depersonalisation als im Inneren wie abgestorben oder tot, und dieser Zustand bringt, das mag ein Vorteil sein, eine Verminderung der Wahrnehmung für Angst und Schmerzen mit sich.

Objektbeziehungsstörungen und Ich-Funktionsdefizite bei KOHUT

Ein Jahr, nachdem KRYSTAL und RASKIN ihre »Drogenabhängigkeit« veröffentlichten, stellte HEINZ KOHUT seine Theorie des *Narzißmus* (KOHUT 1971) vor, die zwei Jahre später ins Deutsche übersetzt wurde (KOHUT 1973). Ein Aspekt dieser Arbeit betrifft die Bildung der Objektrepräsentanz, die aus der Verinnerlichung bestimmter Eigenschaften der Objekte im Verlauf früher Objektbeziehungen hervorgeht. KOHUT beschreibt, wie die Idealisierung früher Objekte in kleinen

Enttäuschungsschritten zurückgenommen wird und einer realistischen Betrachtung weicht. Die libidinöse Besetzung des Objektes wird dabei allmählich zurückgenommen und auf die sich bildenden psychischen Strukturen übertragen. Die optimale Verinnerlichung wird jedoch durch traumatische Verluste und Enttäuschungen sowie mangelhafte Einfühlung in die Bedürfnisse des Kindes gestört. Dies hat zur Folge, daß sich spezifische Sektoren des »psychischen Apparates« nicht bilden können und eine Abhängigkeit von äußeren Objekten erhalten bleibt, die diesen Mangel kompensieren sollen.

Auch KOHUT schildert die Folge der frühen Störung in der Beziehung zum idealisierten Objekt als eine Strukturschwäche, die in einem mangelhaften Reizschutz besteht, welcher die Fähigkeit beeinträchtigt, ein grundlegendes narzißtisches Gleichgewicht zu erhalten, und die eine diffuse narzißtische Verwundbarkeit mit sich bringt.

In den Analysen Süchtiger ist die Beziehung zum Analytiker insofern häufig von Anklammerung und der Erwartung geprägt, er möge bestimmte Aufgaben im Bereich des narzißtischen Gleichgewichts erfüllen. Diese Funktion wird im allgemeinen als Hilfs-Ich-Funktion bezeichnet. So sei die Funktion des Reizschutzes bei Patienten mit strukturellen Ich-Störungen mangelhaft, weil das Kind an der schrittweisen Verinnerlichung von frühen Erfahrungen des »optimalen Beruhigtwerdens oder der Hilfe beim Einschlafen« gehindert war. Die Folge ist eine andauernde Anklammerung an äußere Objekte, seien es Menschen oder Drogen, die den Defekt in der psychischen Struktur kompensieren können.

Ein Patient beschrieb die Alkoholwirkung folgendermaßen: »Der Suff hat mir Ruhe, Wärme und Geborgenheit gegeben. Alkohol konnte ich mir selbst holen, er konnte nicht weglaufen und war immer verfügbar. Auch die Angst vor Nähe, die ich bei Frauen so oft erlebte, trat nie auf.«

Besondere Aufmerksamkeit an diesen Worten des Patienten verdient die Aussage »den Alkohol konnte ich mir selbst holen ...«. Die Möglichkeit, sich Alkohol durch Eigenaktivität zu beschaffen und zu trinken, stellt einen wesentlichen Aspekt für die Stützung des brüchigen Selbstwertgefühls dar. Erlaubt sie doch dem Süchtigen zunächst, die Illusion von Ich-Stärke aufrechtzuerhalten, denn seiner Vorstellung nach bewirkt *er* ja schließlich durch Beschaffung und Konsum der Droge die »wunderbaren Veränderungen« in seinem Inneren. Vielleicht wehren sich Süchtige deshalb so lange gegen die Einsicht, abhängig zu sein, also beim Trinken einem unwiderstehlichen inneren Zwang zu gehorchen und keineswegs eine freie Entscheidung treffen zu können, weil ihnen diese Krankheitseinsicht den letzten Rest ihres Selbstwertgefühls nehmen würde. Wir haben selbst von Alkoholkranken, die völlig reflektorisch täglich literweise Alkohol tranken, gehört: »Ich *wollte* ja so viel trinken«.

Schon RADÓ hat diesen wichtigen psycho-dynamischen Zusammenhang, der die Entstehung von Krankheitseinsicht behindert, in bewundernswerten Worten beschrieben: »Das Ich vergleicht im Geheimen seine aktuelle Ohnmacht mit seiner narzißtischen Urgestalt, die in ihm als Ideal fortlebt, quält sich mit Selbstvorwürfen und sehnt sich aus seiner Bedrängnis heraus nach Wiedererlangung seines alten Formats. In diese Situation schneit das Wunder des pharmakogenen Lusterfolges hinein. Das heißt, es kommt eben darauf an, daß es nicht hineinschneit, sondern vom Ich selbst vollbracht wird. Eine magische Handbewegung führt dem Körper ein Zaubermittel zu und siehe da, Schmerz und Leid sind gebannt, der Eindruck des Elends verwischt, die Leiblichkeit durch Wellen von Lust erschüttert, als wären Not und Kleinheit des Ichs ein Alptraum gewesen; jetzt zeigt es sich: Das Ich ist doch der allmächtige Riese, für den es sich zutiefst immer gehalten hat. Das Ich regeneriert im pharmakogenen Rausch seine narzißtische Urgestalt ...« (1934, S. 21).

Psychoanalytisch orientierte Sicht des Suchtproblems bei HEIGL-EVERS

Die Entwicklung der Ich-Psychologie gab in den frühen 70er Jahren auch deutschen Psychoanalytikern Impulse zur Entwicklung eines psychoanalytisch orientierten Zugangs zu Suchtkranken (HEIGL-EVERS und SCHULTZE-DIERBACH 1981, HEIGL-EVERS 1985, HEIGL-EVERS und STANDKE 1988). Diese Autoren orientieren sich an einer Entwicklungspathologie, wie wir sie auch bei vielen Suchtkranken finden. Diese durch Störungen ihrer Ich-Struktur charakterisierten Patienten können nicht wie Patienten mit klassischen Neurosen verstanden und behandelt werden, denen eine Konflikt-Pathologie zugrunde liegt und die über ein »gesundes Ich« verfügen. (Die aus der präödipalen Störung resultierenden Besonderheiten der Objektbeziehungen dieser Patienten werden im folgenden Beitrag von Klaus Bilitza und Annelise Heigl-Evers beschrieben.) Die defizitäre Ich-Entwicklung führt zu vielfachen Ich-Funktions-Störungen, die von Heigl-Evers aus der Art der Beziehungsstörung abgeleitet werden. Es kommt zu Einschränkungen der Realitätsprüfung, der Fähigkeit, differenzierte Affekte zu erleben, wie dies bereits auch von Krystal und Raskin beschrieben wurde, zu Einschränkungen der Urteilsbildung, der Antizipation der Wirkung eigenen Verhaltens auf andere, Einschränkungen der Affekt- und Impulskontrolle und zu der bereits erwähnten herabgesetzten Frustrationstoleranz.

Fallbeispiel: Der alkoholkranke Brandstifter

Abschließend soll die folgende kasuistische Vignette einige Ich-Funktionsdefizite illustrieren und gleichzeitig deutlich machen, daß triebpsychologische und objektpsychologische Gesichtspunkte immer mit berücksichtigt werden müssen:

Bei dem etwa 30jährigen alleinstehenden Hilfsarbeiter hatte sich die Alkoholkrankheit auf dem Boden einer schweren Persönlichkeitsstörung entwickelt. In Identifikation mit einem weichen, zu aggressiven Durchbrüchen neigenden, ebenfalls alkoholkranken Vater und der frühen emotionalen Verunsicherung durch eine harte, emotional kalte Mutter hatte sich bei ihm kein stabiles Selbstwertgefühl entwickeln können. In seiner Familie, in der tätliche Auseinandersetzungen nicht nur zwischen den Eltern, sondern auch den insgesamt 10 Kindern häufig vorkamen, konnte die Fähigkeit zur Steuerung von Triebregungen nicht genügend ausgebildet werden. Schon früh traten bei ihm Symptome wie Bettnässen und Stottern auf, die bis ins Erwachsenenalter persistierten.

In der Stationsgemeinschaft war er ein Außenseiter, zog sich aus Gruppengesprächen häufig abrupt zurück und mied gesellige Zusammenkünfte der Patienten. Er wirkte »dünnhäutig«, vermittelte den Eindruck, daß Nähe ihm bis ins Körperliche spürbare Schmerzen bereitete, und er wich Blickkontakt aus, als ob auch dieser ihn schmerze. Im Zentrum seiner Persönlichkeitsstörung stand eine so ausgeprägte Selbstunsicherheit, daß er mannigfaltige Mikrokränkungen, die in menschlichen Beziehungen ubiquitär sind, wegen eines mangelhaft ausgebildeten Reizschutzes nicht aushalten konnte. Kurz vor dem Verlassen der Klinik wurde auch klar, daß er keinerlei vorausschauende Planung betreiben konnte »wenn ich an der Pforte stehe, werfe ich eine Münze und gehe danach entweder nach rechts oder links«.

Später hatten wir den Patienten wegen mehrerer Brandstiftungen zu begutachten (BÜCHNER 1989), die uns während des stationären Aufenthaltes noch nicht bekannt gewesen waren. Es stellte sich heraus, daß der Patient nach narzißtischen Kränkungen, die seinen Wert und damit seine Existenzberechtigung in Frage stellten, offenbar in akute Gefahr geriet, von einer mörderischen Wut überschwemmt zu werden.

Während seiner Schulzeit hatte er meist tätlich reagiert, wenn er angegriffen wurde. Nachdem aber sein Vater sich erhängte und damit die in der Familie bisher latente Mord-/Selbstmordproblematik manifest wurde, erfuhren die Abwehrmechanismen des von diesem Ereignis erschreckten damals 16jährigen Patienten eine Verstärkung, und die Schicksale der aggressiven Triebäußerungen änderten sich. Schlägereien unterblieben nun zugunsten eines Wachsens der Suizidalität, auch in Gestalt des Alkoholismus.

Zum Zeitpunkt der Begutachtung standen inzwischen vier Brandstiftungen an, die sich unter psycho-dynamischen Gesichtspunkten folgendermaßen rekonstruieren ließen: Nach einer narzißtischen Kränkung, meist wurde er wegen seines Stotterns gehänselt, wandte sich der Patient von den kränkenden Personen ab, um eine tätliche Auseinandersetzung zu vermeiden. Dann betrank er sich und strebte mit der Alkoholwirkung eine Stabilisierung seines durch die Kränkung zusätzlich schwer erschütterten Selbstwertgefühls an und versuchte in seinem Inneren durch die beruhigende Wirkung des Alkohols die aggressiven Triebimpulse auszulöschen, die er infolge einer Verminderung der Impulskontrolle ohne Alkohol nicht mehr beherrschen konnte. In diesem Zustand machte er auch noch lange Fußmärsche zur Abfuhr motorischer Energie, und wenn all dies nicht zur Wiederherstellung eines ruhigeren inneren Gleichgewichts führte, legte er schließlich Feuer.

Bemerkenswert ist, daß er vor der letzten Brandstiftung versuchte, telefonisch einen Beamten der Brandpolizei, der sich ihm bei einer vorangegangenen Brandstiftung väterlich zugewandt hatte, zu erreichen. Er wollte sich ihm in der Hoffnung anvertrauen, die drohende Brandstifung vermeiden zu können.

Dieser Versuch, sich hilfesuchend an einen Menschen zu wenden, zeigt einerseits die oben beschriebene Abhängigkeit von äußeren Objekten mangels eines verläßlichen inneren Objektes, das Ruhe, Selbstvertrauen und Impulskontrolle gewährleisten könnte, weist aber andererseits einen qualitativen Sprung gegenüber einem Selbstbehandlungsversuch mittels Alkohol auf. Seine Ich-Funktions-Defizite versuchte der Patient nun mit Hilfe des Brandmeisters zu kompensieren, blieb aber, da er ihn nicht erreichen konnte, ohne Hilfe, und die zerstörerischen Handlungen liefen in gewohnter Weise unkontrolliert ab. Dieser Schritt, sich hilfesuchend an einen Menschen zu wenden, weist aber auch den Weg, der in der Therapie beschritten werden muß: Besserung der Ich-Funktions-Defizite durch Bearbeitung der Objektbeziehungsstörung mit dem Ziel, verläßliche innere Objekte zu bilden, die Identität, Ruhe und Selbstwertgefühl geben können.

Als Basisliteratur empfohlen:

KRYSTAL, H.; RASKIN, H. A. (1983): Drogensucht, Aspekte der Ich-Funktion (Amerikanische Erstausgabe 1970). Einl. u. Überarbeitung d. Übers. von Wulf-Volker LINDNER, Vorwort für die dt. Ausgabe von Annelise HEIGL-EVERS, Verlag für Medizinische Psychologie im Verlag Vandenhoeck & Ruprecht, Göttingen

RADÓ, S. (1934): Psychoanalyse der Pharmakothymie (Rauschgiftsucht). Internationale Zeitschrift für Psychoanalyse 20, 16-32

Zur weiterführenden Lektüre empfohlen:

LÜHRSSEN, E. (1976): Das Suchtproblem in neuerer psychoanalytischer Sicht. In: EICKE, D. (Hrsg.): Freud und die Folgen (1). Bd. II aus: Die Psychologie des XX. Jhdt., Kindler, Zürich/München, S. 838-867

ROST, W.-D. (1987): Psychoanalyse des Alkoholismus. Theorie, Diagnostik, Behandlung. Klett-Cotta, Stuttgart, 3. Aufl. 1992

Literaturangaben zum Text:

BÜCHNER, U. (1989): Psychodynamische Aspekte des Alkoholismus. In: BECK-MANNAGETTA, H.; REINHARDT, K. (Hrsg.): Psychiatrische Begutachtung im Strafverfahren. Alfred Metzner, Frankfurt a.M.

FREUD, S. (1884): Ueber Coca. In: Centralblatt für die gesamte Therapie 2: 289-314. Nachdruck in: TÄSCHNER, K.-L.; RICHTBERG, W.: Kokain-Report. Akademische Verlagsgesellschaft, Wiesbaden, 1982

FREUD, S. (1920): Jenseits des Lustprinzips. Ges. Werke Bd. XIII, Fischer, Frankfurt a.M.

FREUD, S. (1921): Massenpsychologie und Ich-Analyse. Ges. Werke Bd. XIII, Fischer, Frankfurt a.M.

FREUD, S. (1930): Das Unbehagen in der Kultur. Ges. Werke Bd. XIV, Fischer, Frankfurt a.M.

FÜRSTENAU, P. (1979): Die beiden Dimensionen des psychoanalytischen Umgangs mit strukturell ichgestörten Patienten. Psyche 3, 197-207

GOLDSTEIN, L. (1966): Aspirin vs. Anxiety. Referat. Zitiert in: KRYSTAL, H. ; RASKIN, H.A.: Drogensucht – Aspekte der Ich-Funktion. Vandenhoeck & Ruprecht, Göttingen, 1983

HEIGL-EVERS, A. (1985): Sucht und Abhängigkeit aus tiefenpsychologischer Sicht. In: DEUTSCHE HAUPTSTELLE GEGEN DIE SUCHTGEFAHREN (Hrsg.): Süchtiges Verhalten. Hoheneck, Hamm

HEIGL-EVERS, A.; SCHULTZE-DIERBACH, E. (1981): Therapeut-Patient-Beziehung – Vermittlung von Erfahrungsfeldern im stationären Bereich. Nicol, Kassel, S. 51-60

HEIGL-EVERS, A.; STANDKE, G. (1988): Die Behandlung von Suchtkranken aus der Sicht der Psychoanalyse. In: HEIGL-EVERS, A.; VOLLMER, H.; HELAS, I.; KNISCHEWSKI, E. (Hrsg.): Psychoanalyse und Verhaltenstherapie in der Behandlung von Abhängigkeitskranken – Wege zur Kooperation? Nicol, Kassel; Blaukreuz-Verlag, Wuppertal, S. 15-37

KOHUT, H. (1973): Narzißmus (Amerikanische Originalausgabe 1971). Suhrkamp Taschenbuch Wissenschaft, Frankfurt a.M.

Klaus Walter Bilitza und Annelise Heigl-Evers

Suchtmittel als Objekt-Substitut

Zur Objektbeziehungs-Theorie der Sucht

> Stichwort: Objektbeziehungs-Theorie der Sucht
>
> Mit »Objektbeziehungs-Theorie« werden die neueren psychoanalytischen Theorieansätze bezeichnet, welche die Entwicklung psychischer Strukturen (unter anderem Selbst- und Objektrepräsentanzen, Konstellationen von Repräsentanzen in den psychischen Systemen Ich und Über-Ich) als Folge und als Ergebnis von Internalisierungsprozessen verstehen. Den »Objekten« der Außenwelt, beispielsweise relevanten Bezugspersonen der frühen Kindheit, entsprechen die »Objekt-Repräsentanzen« in der »inneren Welt« (Kernberg 1988b); die erfahrene und gelebte Beziehung zu den Objekten wirkt auch auf die Entwicklung der »Selbst-Repräsentanzen« ein. Analog dem realen Beziehungsschicksal bilden die Selbst-Repräsentanzen mit den entsprechenden Objekt-Repräsentanzen die eigentlichen Objekt-Beziehungsrepräsentanzen (also Repräsentanzen von Selbst- und Objekt-Konstellationen).
>
> Die nachfolgende Darstellung zur Objektbeziehungs-Theorie stoffgebundener Süchte untersucht die Inkorporation als Psychopathologie von Introjektion beziehungsweise von Internalisierung überhaupt. Als leitende Thesen werden diskutiert: Suchtmittel als Objekt-Ersatz, Suchtmittel als Partialobjekt und Suchtmittel als Übergangsobjekt.

Merkmale des objektbeziehungstheoretischen Ansatzes

Als ein besonderes Verdienst psychoanalytischer Objektbeziehungs-Theorie gilt der Brückenschlag zwischen dem Handeln in der Außenwelt und dessen psychischer Repräsentierung in der Innenwelt; psychische Struktur und Dynamik werden in der normalen Entwicklung wie auch in der Pathogenese als der innere Niederschlag von erlebten, äußeren Interaktionen verstanden. Triebtheorie und Ich-Psychologie werden somit um eine zentrale Dimension erweitert. Aus der monadischen

»Ein-Personen-Psychologie« (one-body-psychology; BALINT 1988; vgl. MERTENS 1990, S. 43) erweitert sich die psychoanalytische Sicht zu einer interaktiv angelegten »Subjekt-Objekt-Psychologie«. Zugleich werden die psychoanalytischen Grundannahmen beibehalten, nämlich die Existenz und Wirksamkeit unbewußter Prozesse, die Determiniertheit psychischer Strukturen aus vorausgegangener psychischer Entwicklung, Entwicklung vor allem aufgrund psychischer Organisatoren (z.B. SPITZ 1983) und weniger durch die genetisch-biologische Reifung.

Berücksichtigen wir die Auffassungen der Ich-Psychologie, so verstehen wir unter einer Suchtstruktur nicht einen Mangel, etwa eine »Lücke im Selbst« oder ein »Defizit der Ich-Struktur«, die Sucht stellt vielmehr den Versuch dar, durch produktive Entwicklung einer artifiziellen Struktur (vgl. den Beitrag von BÜCHNER in diesem Band) eben diese »Lücken« oder »Defizite« auszugleichen. Weil dieser Versuch mißlingt, sprechen wir von Sucht als einer Ich-Pathologie.

Hier ermöglicht es die psychoanalytische Objektbeziehungs-Theorie, die Entwicklungen dieser »inneren Welt« (KERNBERG 1988b) zu verstehen und Sucht als eine Ich-Pathologie und eine damit verbundene Über-Ich-Pathologie zu untersuchen. Wenn die Ich-Psychologie eine Art Vergrößerungsglas zur Untersuchung psychischer Entwicklungen bereitstellte, so führt die objektbeziehungstheoretische Betrachtungsweise das Mikroskop ein. Dieser »begriffliche Apparat« hilft psychische Strukturen zu erfassen, die dem bloßen Auge der klassischen Psychoanalyse, das heißt, der Trieb- und Strukturtheorie, nicht zugänglich waren.

Verständlicherweise stößt die Objektbeziehungs-Theorie bei den Klinikern und Praktikern auf Ablehnung, die einer derartig »mikroskopischen« Analyse fernstehen. Der Lohn einer Bemühung um diesen Ansatz könnte darin liegen, ein differenziertes theoretisches Erklärungsmodell zur Verfügung zu haben, aus dem sich ein Aussagensystem zur Beschreibung bisher nicht sprachlich faßbarer psychischer Phänomene ableiten läßt.

Einschlägige Lehrbücher einer Objektbeziehungs-Theorie fehlen, obwohl heutzutage keine psychoanalytische Darstellung ohne diese Theorie auskommt. So muß auf die Schriften von O. F. KERNBERG (1980, 1988a, 1988b) zurückgegriffen werden, der mit Recht als einer der führenden Objektbeziehungs-Theoretiker angesehen wird. KERNBERG unterscheidet die Reichweite objektbeziehungstheoretischer Ansätze in dreifacher Weise (KERNBERG 1988a, S. 54ff.). Erstens lasse sich Objektbeziehungs-Theorie in einem sehr weiten Sinne als das neue Paradigma der Psychoanalyse verstehen, so daß klinische Phänomene und Behandlungstechnik mit Hilfe dieses Theorieansatzes beschrieben und entwickelt werden können. Zweitens spricht KERNBERG von einer Objektbeziehungs-Theorie geringerer Reichweite als einer Theorie der innerpsychischen Widerspiegelung dyadischer und darüber hinausgehender sozialer Erfahrungen. An dieser Stelle ordnet sich auch KERNBERG selbst ein, und ebenso verstehen wir VOLKAN (1978), der KERNBERG nicht fernsteht. Drittens unterscheidet KERNBERG eine spezifisch englische Schule der Objektbeziehungs-Theorie, die, von MELANIE KLEIN ausgehend, von Psychoanalytikern wie FAIRBAIN, WINNICOTT und anderen fortgeführt wurde.

Entwicklung internalisierter Objektbeziehungen nach KERNBERG

Im Sinne der oben genannten zweiten Auffassung findet sich bei KERNBERG (1988a, S. 58ff.) eine Darstellung der Entwicklung der Objektbeziehungen in fünf Stadien.

Angenommen wird zunächst eine genetisch determinierte Bereitschaft zur Entwicklung spezifischer affektiver Vorformen, die den Differenzierungsprozeß der Selbst- und Objektrepräsentanzen bestimmen. Somit liegt nach dieser Auffassung den frühen Selbst- und Objekt-Konstellationen, in denen das Selbst oder das Objekt als »nur gut« oder als »nur böse« wahrgenommen werden, eine genetisch angelegte affektive Disposition zugrunde. Haben sich die Konstellationen aus undifferenzierten Formen zu differenzierteren entwickelt, kommt es im günstigen Fall zur Integration und damit zur Entwicklung von Totalselbst-Repräsentanzen und Totalobjekt-Repräsentanzen. Die sich entwickelnden Selbst- und Objektkonstellationen binden Triebgeschehen und leisten einen wichtigen Beitrag zur Trieborganisation; mit anderen Worten, die Objektbeziehungen organisieren die Triebentwicklung. Auch die Entwicklung der psychischen Systeme von *Es, Ich* und *Über-Ich* geschieht nach dieser Auffassung mittels der inneren Repräsentanzenwelt. Hier die fünf Stadien im einzelnen:

Das *erste Stadium* nennt KERNBERG »normalen Autismus« oder »undifferenziertes Primärstadium«, weil Störungen in dieser frühen Phase zur Entwicklung von Autismus führten. In den ersten Lebenswochen kommt es zu einem undifferenzierten, doch im Ansatz bereits beidseitig interaktiven Geschehen zwischen Mutter und Kind. Während das Kind aufgrund seiner erblichen Disposition mit einer noch völlig unstrukturierten Reaktionsbereitschaft am Geschehen teilnimmt, sind die Verhaltensweisen der Mutter auf die Lebenserhaltung des Kindes gerichtet. Hier spricht KERNBERG von »Vorformen« der undifferenzierten Selbst- und Objektkonstellation (die genaugenommen theoretisch noch nicht klar gefaßt sind).

Im *zweiten Stadium* »... der primären, undifferenzierten Selbst-Objekt-Vorstellungen« bilden sich die undifferenzierten Selbst- und Objektkonstellationen heraus, die ihrer genetischen affektiven Programmierung nach zunehmend den Typus »nur gut« oder »nur böse« aufweisen. »Stadium 2 in der Entwicklung der internalisierten Objektbeziehungen ist dann beendet, wenn das Selbstbild und das Objektbild innerhalb der ›guten‹ Selbst-Objekt-Vorstellung in stabiler Weise differenziert worden sind« (KERNBERG 1988a, S. 60); dies betrifft ebenfalls die Entwicklung der »bösen« Selbst-Objekt-Vorstellung.

Im *dritten Stadium* der »Differenzierung von Selbst- und Objektvorstellungen« bilden sich die »nur guten« und die »nur bösen« Selbst- und Objektkonstellationen aus. Somit ist das Entwicklungsniveau der Spaltung erreicht. »Spaltung« charakterisiert die frühe psychische Welt des Kindes, eine Welt der sogenannten Partialobjekte. Die nur guten Objektrepräsentanzen werden von den nur bösen getrennt gehalten (so die Vorstellung der guten und sorgenden Mutter getrennt von der kalten, frustrierenden Mutter); auch die Selbst-Vorstellungen befinden sich hier entsprechend real erlebter Erfahrungen in einem Zustand der Unverbundenheit. Diese konstellieren bereits frühe Ich-Segmente, die jedoch ebenfalls voneinander getrennt gehalten werden (vgl. VOLKAN 1978, S. 43). Die Über-

Ich-Entwicklung zeichnet sich zu diesem Zeitpunkt durch Über-Ich-Kerne aus, die das Produkt von frühen Internalisierungsvorgängen (sogenannten Introjektionen) darstellen. Beschrieben werden Introjekte vom Typus »streng und strafend« oder »liebevoll-sorgend und bewundernd«, die, noch personifiziert, als Vorformen des strengen Über-Ich-Anteils beziehungsweise des Ich-Ideals gesehen werden können.

Im *vierten Stadium* erfolgt nun nach KERNBERG die eigentliche »Integration von Selbstvorstellungen und Objektvorstellungen und die Entwicklung reiferer intrapsychischer, aus Objektbeziehungen abgeleiteter Strukturen«. Aus den getrennt gehaltenen beziehungsweise aufgespaltenen Selbst- und Objektkonstellationen werden nun integrierte Totalobjekte. Es bilden sich integrierte Selbst-Repräsentanzen und Objekt-Repräsentanzen heraus (das heißt, zuvor getrennt gehaltene Anteile werden nunmehr vereint). Damit nehmen die Entwicklungsmöglichkeiten der Beziehungen zwischen Selbst und Objekt deutlich zu. Waren diese Beziehungsformen zuvor in den Selbst- und Objektkonstellationen der verschiedenen Typen relativ starr festgelegt, so werden sie nun elastischer und flexibler. Weiter wird beschrieben, wie sich die Systeme *Es*, *Ich* und *Über-Ich* entwickeln.

In seinem *fünften Stadium* greift KERNBERG diesen Differenzierungsprozeß auf und beschreibt nun die »Konsolidierung« der psychischen Systeme. Neben dem »autonomen Ich« entwickelt sich das »autonome Über-Ich«. Im günstigen Fall stehen dem autonomen Ich integrierte Selbstvorstellungen zur Verfügung, das autonome Über-Ich verfügt nun ebenfalls über die sozial-normative oder kulturell-moralische Orientierung, aber auch über die Ich-Ideal-Vorstellung, die leitend und tröstend der Selbstwertregulation dient (vgl. JACOBSON 1978, S. 131ff.).

Nach diesem Verständnis entsteht Psychopathologie aus der Pathogenität sozialer Zusammenhänge und insbesondere als Ergebnis spezifischer Internalisierungen, die entwicklungspsychologisch von der frühen Introjektion (Inkorporation) bis zur Identifizierung im eigentlichen Sinne reichen. Unterschiedliche Pathologien lassen sich wiederum diagnostisch verschiedenen psychischen Strukturniveaus zuordnen. Entsprechend dieser Auffassung können wir auch bei der Sucht spezifische Objektbeziehungen bestimmen; das Entwicklungsniveau und die Qualität der Selbst- und Objektbeziehungs-Repräsentanzen spiegeln folglich die pathogenen Verhältnisse zwischen dem Subjekt (Selbst) und seinen relevanten Bezugspersonen (Objekte) wider. Mit anderen Worten, dem symptomatischen süchtigen Verhalten entsprechen somit suchtdeterminierende, »süchtige« Objektbeziehungen. Wenn es gelingt, die Objektbeziehungen suchtkranker Patienten zu erfassen, könnte Sucht als das pathologische Endergebnis einer unbewältigten *Beziehungs*geschichte verstanden werden.

In der Literatur werden vielfältige objektbeziehungstheoretische Thesen zum Suchtgeschehen diskutiert, die insgesamt ein heterogenes Spektrum von Erklärungsansätzen darstellen, wie auch TRESS (1985, S. 82) beklagt. Im folgenden werden daher ausgewählte und als zentral angesehene Thesen dargestellt:

- Suchtmittel als Objekt-Ersatz,
- Suchtmittel als Partialobjekt,
- Suchtmittel als Übergangsobjekt.

Suchtmittel als Objekt-Ersatz?

Diese volkstümliche Vorstellung vertrat SIGMUND FREUD in seinen »Beiträgen zur Psychologie des Liebeslebens« (1912); danach liebt der Weintrinker seinen Wein wie der Liebende sein Liebesobjekt (vgl. den Beitrag von EITH in diesem Band). Mit Blick auf die neuere Objektbeziehungs-Theorie kann diese Auffassung nur noch mit grundlegenden Einschränkungen gelten, die hier wiederholt werden sollen.

Bekanntlich darf das »Liebesobjekt« der klassischen Triebtheorie nicht mit der »Objekt-Repräsentanz« der Objektbeziehungs-Theorie verwechselt werden. Über das Triebobjekt erreicht der Trieb sein Triebziel, die Befriedigung; die Stufen der Triebentwicklung, äußerlich gekennzeichnet durch die jeweils vorherrschenden erogenen Zonen, bestimmen Triebobjekt und Möglichkeiten der Befriedigung.

Im Gegensatz hierzu ist der Begriff der »Objekt-Repräsentanz« weiter gefaßt. Die Repräsentanz ist Teil einer inneren

Struktur aus Selbst- und Objektbeziehungskonstellationen, die einerseits als Niederschlag erlebter Beziehungen zu deuten sind und andererseits als Bestandteile der sich entwickelnden psychischen Systeme *Ich* und *Über-Ich* verstanden werden können. Natürlich kann in diesen gespeicherten Beziehungserfahrungen das Triebobjekt auch als Objekt-Repräsentanz gemäß spezifischer Objektbeziehungen vorkommen. So können zum Beispiel beim klinischen Bild einer dranghaften Oralität sogenannte *orale Objektbeziehungen* identifiziert werden.

Frau X, eine Bulimie-Patientin, auf dem Strukturniveau einer schweren narzißtischen Persönlichkeitsstörung, erkannte erst nach mehreren Jahren Analyse ihre orale Versorgungshaltung in Beziehung zu anderen Menschen. Sie hatte in Zuständen größter Langeweile und Leere im abgedunkelten Zimmer ihrer Kindheit und Jugend, mangels unmittelbarer Interessen, auf das Heimkommen der Eltern gewartet. Deren Erscheinen nahm ihr zwar die Langeweile, führte aber stets zu tiefen Enttäuschungen, wenn diese ihr nicht die zuvor phantasierte Aufmerksamkeit zukommen ließen. So wandelte sie das (oral-passive) Versorgt-werden-Wollen in eine aktive Versorgungshaltung den Eltern gegenüber um, zugleich bedeutete dies für sie ein bewußtseinsnahes Hintanstellen aller eigenen Wünsche und Interessen. Ihr schwach ausgebildetes »Ich« gehorchte den »Über-Ich-Introjekten«, meist hielt sie das, was sie aus Pflicht, Gehorsam oder zur Vermeidung von schweren Schuldgefühlen tat, für ihre eigenen Interessen. Die omnipotente Objekt-Repräsentanz, die aus der Beziehung zur leidvoll-schwachen Selbst-Repräsentanz stammte, trat im Zuge der Analyse zutage und hatte auch einen Namen: »Ich hoffe heute, wohl immer wieder wie früher, auf die ›honigspendende Wollmilchsau‹«. Bei dieser Patientin kam das fein und lecker zubereitete Brötchen, im Eßanfall waren es bis zu dreißig, der Verkörperung des Objektes am nächsten.

Die These vom Liebesobjekt- oder Partnerersatz setzt eine Fähigkeit zur Partnerbeziehung voraus, eine Fähigkeit, die einem »höheren« Entwicklungsstand der Objektbeziehung, nämlich Ganzobjektbeziehungen des zumindest neurotischen Strukturniveaus, entspricht. Mit anderen Worten, die Fähigkeit, sich zu verlieben und zu lieben, hängt vom Entwicklungsstand der Objektbeziehungen ab (KERNBERG 1988a, S. 190ff.; 1988b, S. 317ff.). Doch im klinischen Bild vieler Suchtkranker herrschen Partialobjekt-Beziehungen vor, das neurotische Strukturniveau wurde nicht erreicht.

Die oben genannte Fähigkeit, eine befriedigende Partnerbeziehung aufzunehmen, läßt sich allenfalls klinisch im Falle des neurotischen »Problemtrinkers« finden. Ein aktualisierter neurotischer Konflikt, zum Beispiel in Form einer Partner-Kollusion (WILLI 1979), wird bewußtseinsnah mittels Alkohol zu lösen versucht. Doch der Selbstheilungsversuch mißlingt, die neurotische Ausgangssituation nimmt, da adäquate Lösungen unterbleiben, einen mehr und mehr malignen Verlauf.

Eine 29jährige verheiratete Patientin mit Universitätsabschluß erkrankte unter dem Einfluß einer unbefriedigenden Ehe und einer ihrem Ich-Ideal nicht genügenden Tätigkeit in einer Verwaltungsbehörde an einer neurotischen Depression. Ihr beruflich wenig erfolgreicher Ehepartner, den sie, selbst vermögend, finanziell unterstützte, diente ihrem Gefühl, gebraucht zu werden. Doch infolge des langjährigen »Bemutterns« hatte sie den auffallend jungenhaft gebliebenen Ehemann verstärkt dazu gebracht, alle Verantwortung abzugeben. Besonders litt sie unter seiner Unzuverlässigkeit, wenn sie abends vergeblich auf ihn wartete, er sie, mit Kollegen im Gespräch, oft in der Kneipe, »vergaß«. Die attraktive und überaus intelligente Frau zog sich in ihrer Depression von allen sozialen Aktivitäten zurück. Während sie, zum Beispiel auf ihren Mann wartend, seine teuren Hemden bügelte, gewöhnte sie sich an, eine Flasche Wein zu trinken. Besorgt über ihren zunehmenden Alkoholabusus war sie in die Therapie gekommen. Im Verlauf einer Psychotherapie, die später als langfristige Psychoanalyse fortgeführt wurde, zeigte sich ein Strukturabbau durch den Alkoholmißbrauch als häufig auftretende paranoide Reaktion mit deutlich schizoiden Merkmalen (Regression auf die paranoid-schizoide Position).
Mit dem Durcharbeiten der neurotischen Konflikte (unter anderem bestand ein mehrfach determinierter Trennungs- und Abhängigkeitskonflikt mit umfangreicher Aggressionshemmung, der in dem frühzeitigen, unbewältigten Tod der Eltern begründet war) schwand der Alkoholmißbrauch, die Patientin fand eine neue Stelle in einem Institut im Umfeld ihrer Heimatuniversität und begann, sich mit der Frage einer Trennung vom Ehemann ernsthaft auseinanderzusetzen.

Suchtmittel als Partialobjekt?

Das Partialobjekt ist das (Liebes-)Objekt einer primitiven internalisierten Objektbeziehung. Wie in diesem Band bereits verschiedentlich dargestellt, strebt die seelische Entwicklung nach Integration der Partialobjekte, nach Überwindung der »Spaltung«. In dieser Entwicklungsphase herrschen emotionale Austauschprozesse vor, die als *Zyklen von Projektion und Introjektion* beschrieben wurden (KERNBERG 1988a, S. 40; KLEIN 1946, S. 131ff.; VOLKAN 1978, S. 101). Danach werden dissoziierte

Repräsentanzen – sogenannte Partialselbst-Repräsentanzen oder Partialobjekt-Repräsentanzen – auf die jeweilige relevante Bezugsperson (das Objekt) projiziert und verstärken im Erleben des Subjekts den Partialobjektcharakter des Objekts. So nimmt das Kind, zum Beispiel durch Projektion aggressiver Selbstvorstellungen auf die Mutter, deren Aggressivität vergrößert wahr. Infolge von Introjektionsvorgängen dient das derartig verzerrt wahrgenommene Objekt, das Partialobjekt, der Errichtung der Selbst- und Objekt-Konstellationen in den sich entwickelnden Systemen *Ich* und *Über-Ich*. Die projektiv verzerrt wahrgenommene Mutter-Repräsentanz findet sich dann zum Beispiel als Introjekt im Segment des strengen Über-Ich-Anteils wieder.

Als GLOVER erstmals den Partialobjektcharakter des Suchtmittels beschrieb, hob er dessen psychische Bedeutung im Gegensatz zum psychologisch-pharmakologischen Suchtpotential der jeweiligen Substanz hervor. So stellte er dar, wie dasselbe Suchtmittel zunächst als »nur gut« und mit höherer Dosierung als »nur böse« wahrgenommen wurde: »Kurzum, wir haben allen Grund anzunehmen, a) daß unter geeigneten psychischen Bedingungen jede Substanz die Funktion des Suchtmittels annehmen kann, b) daß »psychische Substanzen« einen Ersatz für die Vorstellung von konkreten Substanzen bilden können, c) daß diese beiden Arten von Substanzen sich in gute und böse, unschuldige und schuldbeladene, wohltätige und bösartige, heilende und schädliche einteilen lassen.« (GLOVER 1933, S. 190)

Diese »Spaltung« findet sich heutzutage im alltäglichen Umgang mit Alkohol wieder. Wer gesellig mittrinken kann, wird als Freund oder Geschäftspartner geschätzt (»guter Alkoholgenießer«); wer alkoholabhängig wurde, wird verachtet (»böser Alkoholkranker«). »Das Suchtmittel würde also eine Substanz (ein Partialobjekt) mit sadistischen Eigenschaften darstellen, das sowohl in der Außenwelt wie auch im eigenen Körper existieren kann, das seine sadistischen Eigenschaften aber nur im Körperinneren entfaltet.« (S. 191)

Sucht bedeutet nach GLOVER Ersatz des nur geliebten oder nur gehaßten Partialobjektes durch das Suchtmittel und archaische Beherrschung durch Projektion und Inkorporation (Introjektion). Auch ROST (1987) schließt sich dieser Auffassung an, doch die Schwierigkeit, mit Hilfe der psychoanalytischen Theoriesprache zu präzisen Formulierungen zu gelangen, zeigt sich hier an der doppelten Verwendung des Begriffes »Spaltung«. Einerseits gehören die Partialobjekt- und Partialselbstrepräsentanzen dem frühen Stadium der Objektbeziehungen an, das durch »Spaltung« gekennzeichnet ist, andererseits ist hier die Unterscheidung zwischen innen und außen beziehungsweise zwischen Selbst und Objekt gemeint.

»Charakteristisch für die Sucht ist jedoch, daß sich – im Gegensatz zur Psychose oder auch zu den Borderline-Störungen – *keine ausgeprägte Gut-böse-Spaltung entwickelt*. Vielmehr kann der Alkoholiker keinen Haß und keine Aggressivität verspüren, sehen wir von den aggressiven Durchbrüchen ab, die einige Alkoholiker fast ausschließlich im Rausch haben. Kein Alkoholiker kann beispielsweise zu Beginn seiner Therapie direkte Wut auf seine Mutter erleben.« (ROST 1987, S. 88) Weiter heißt es »Der Alkoholiker spaltet jedoch nicht im Außen; niemals wird er seine Mutter als böse bezeichnen. Vielmehr unterliegt das Mutterbild einer ungeheuren Idealisierung und Mystifikation, wobei die leibliche Mutter als eine ideale, verwöhnende, unbegrenzt Nahrung zur Verfügung stellende Person phantasiert wird. Bekommt man dann in Angehörigengesprächen diese Mütter zu Gesicht, die die Patienten einem als fürsorglich, liebevoll, versorgend und ideal geschildert haben, so handelt es sich meist um dominante und besitzergreifende, dabei kalte Frauen, bei denen untergründig eine ungeheure Aggression und Wut spürbar sind, die sie jedoch verleugnen und abspalten, häufig altruistisch sublimieren, indem sie anderen ›helfen‹ ... Wenn der Alkoholiker also spaltet, so ist es eine Spaltung zwischen innen und außen.« (ROST 1987, S. 90).

Was ROST hier beschreibt, ist in Wirklichkeit das äußerlich wahrnehmbare Ergebnis einer – auch aus objektbeziehungstheoretischer Sicht – natürlich immer (im Inneren) unbewußt erfolgten Spaltung; leider wird gelegentlich in objektbeziehungstheoretischen Darstellungen das Unbewußte, eines der Kernstücke psychoanalytischer Theorie, nur unzureichend berücksichtigt (so auch bei MERTENS 1990a, S. 46; 1990b, S. 96). Falls eine sorfältige Anamnese möglich ist, zeigen sich in der Innenwelt dieser Patienten – darauf weist KERNBERG (1980) hin – neben den »guten« idealisierten Selbst- und Objektrepräsentanzen eine Vielzahl von »bösen« abgewerteten Repräsentanzen, die unter anderem durch Verleugnung – einen frühen Abwehrmechanismus – unbewußt bleiben.

Um die psychische Funktion des Suchtmittels zu beschreiben, unterscheidet auch Glover (1933) zwei Formen eines projektiv-introjektiven Zirkels. Die Dissoziierung der »guten« von den »bösen« Partialobjektmerkmalen des Suchtmittels wird durch Externalisierung entweder der »guten« oder der »bösen« Partialobjekte von den jeweils entgegengesetzten aufrechterhalten.

»Von diesem Gesichtspunkte aus läßt sich die Bedeutung der Sucht folgendermaßen beschreiben: Indem der Körper – eigentlich die Sinneswahrnehmung – abgetötet, ›abgeschnitten‹ werden, scheint das Suchtmittel die Triebspannung oder Entbehrung beseitigt zu haben. Es vermag aber auch psychische ›Objekte‹ im Körper sowie auch den Körper als ›Selbst‹ zu töten, zu heilen, zu strafen oder zu befriedigen. Indem die Außenwelt ›abgeschnitten‹ wird, können nicht nur aus der Außenwelt stammende Reize beseitigt werden, sondern auch in die Außenwelt projizierte innere Triebreize. Zugleich können aber auch äußere als gefährlich empfundene Objekte getötet oder gestraft werden; diese Fernhaltung der Objekte kann aber auch zu ihrem Schutze unternommen sein. Diese ›doppelte Wirkung‹ erklärt den außerordentlich intensiven Zwang, der mit der Sucht einhergeht. Er ist besonders stark in den Fällen, in denen sowohl das ›Selbst‹ wie auch die ›introjizierten Objekte‹ als böse und gefährlich empfunden werden und die einzige Möglichkeit, ein gutes ›Selbst‹ und gute Objekte zu bewahren, darin liegt, es (in Form eines guten Objektes) in der Außenwelt zu isolieren.« (Glover 1933, S. 197)

Betrachten wir zunächst den klinischen Fall des »lieben, stillen« Trinkers, der, unter Entzug geraten, aggressiver wird, der sich aber durch die Versorgung mit dem Stoff (gutes Partialobjekt) zusehends beruhigt und mildert. Die Projektion oder Externalisierung der »nur guten« Partialobjekte in das Suchtmittel dient ihm dazu, sie vor den dissoziierten »bösen« Partialobjekten zu schützen. Aber aufgrund seines großen Wunsches nach Zuwendung durch »nur gute« Partialobjekte werden diese nun inkorporiert (introjiziert). Über die Einnahme des Mittels kann sich der Suchtkranke etwas Gutes (das gute Partialobjekt) zuführen, um so das »liebevolle« Introjekt gleichsam wiederaufzuwärmen. In geschickter Weise nutzen offensichtlich die Marketingstrategen der Weinindustrie derartige Prozesse, wenn sie Weine mit so inhaltsschweren Namen kredenzen wie zum Beispiel »Liebfrauenmilch« oder »Mädchentraube« – wobei die wahre Herkunft und Qualität dieser Tropfen im Unklaren bleibt.

Beim »bösen«, zu Gewaltausbrüchen neigenden Alkoholkranken, der sich unter Entzug in einen von Schuldgefühlen geplagten, reumütigen Sünder verwandelt, liegt im Gegensatz hierzu ein andersartiger projektiv-introjektiver Zirkel vor. Die Externalisierung der »bösen« Partialobjekte in das Suchtmittel bewirkt eine kurzfristige Beruhigung. Aber das bedrohliche Partialobjekt (»der verdammte Alkohol«) muß bekämpft und vernichtet werden; dies geschieht durch die oral-sadistisch angelegte Inkorporation. Allerdings wütet nun das aufgenommene böse Partialobjekt im Inneren weiter, verstärkt hier die Selbst- und Objektkonstellationen vom Typus »nur böse« und erfordert so eine erneute Projektion, also Externalisierung. Wird das Suchtmittel, zum Beispiel der Alkohol, zum derart negativen Partialobjekt, erlaubt es gewissermaßen eine verschobene und paradoxe Bewältigung der Aggressionsproblematik. Die offene Auseinandersetzung mit realen Bezugspersonen unterbleibt, statt dessen führt der Alkoholkranke den Kampf mit anderen Mitteln gegen den Alkohol in Form der mehr oder weniger offenen oral-sadistischen Einverleibung. Während das Vorhandensein der Flasche der Beruhigung (wegen der oben geschilderten inneren Entlastung durch Projektion) und die Einverleibung (wegen der Aggressionsabfuhr) noch der Spannungsminderung dienen, entfaltet das Mittel im Inneren bereits wieder die aggressive Kraft des bösen Partialobjektes; durch erneute Projektion setzt sich der Zyklus fort.

Im vergeblichen Streben nach Integration der Partialobjekt-Repräsentanzen zu einer Ganzobjekt-Repräsentanz sieht HEIGL-EVERS (1977) die Pathodynamik der Sucht. Der Suchtkranke bewegt sich auf dem Niveau der höheren Borderline-Struktur beziehungsweise der narzißtischen Persönlichkeitsstörung.

»Die Objekt-Repäsentanz des Suchtkranken blieb vor allem mit der Libido der narzißtischen und der oralen Stufe besetzt und mit den Eigenschaften der entsprechenden Trieb-Partialobjekte ausgestattet. Das bedeutet: Die darauf gerichtete Beziehung strebt nach totaler Fusion, nach völliger Verschmelzung mit dem Selbst, um einen Nirwana-ähnlichen Zustand zu erreichen, in dem eine totale Befriedigung der Entstehung von Bedürfnissen zuvorkommt, und/oder sie strebt, im Sinne oral-kannibalistischer Gier, nach Vereinnahmung, nach infantiler Sättigungs-Fusion. ... Der Suchtkranke ist also unfähig, in der Phantasie eine Fusion seiner Selbst-Repräsentanz mit der Repräsentanz des ›guten‹ Objekts, der ›guten‹ Mutter zu erreichen. Es besteht bei ihm eine konstante Enttäuschung an der Objekt-Repräsentanz. Diese verweigert die Erfüllung des Strebens nach Totalvereinigung und nach einem Nirwana-ähnlichen Zustand und/oder nach einem Zustand infantiler Sättigungs-Fusion. Gleichzeitig fühlt sich der Patient auf das Objekt angewiesen und kann Trennung nicht ertragen; denn im Zustand der Trennung vom Liebesobjekt, der hier gleichbedeutend ist mit Objektverlust, werden die Ur-Affekte der Schmerz-Unlust und in Verbindung damit eine nahezu tödliche Enttäuschung am Liebesobjekt der frühesten Kindheit wiederbelebt« (Heigl-Evers 1977, S. 6ff.).

Infolge der fortschreitenden Suchtentwicklung entsteht eine fiktive Partnerbeziehung, fiktiv, weil sie das Entwicklungsniveau von Ganzobjektbeziehungen vortäuscht – dieses aber nicht erfüllen kann.

»Nach Entdeckung der Droge hat der Suchtkranke dann ein quasi perfektes Substitut für das Liebesobjekt gefunden, perfekt insofern, als er es kontrollieren und es immer wieder neu introjizieren, vereinnahmen und so die mit Angst und Schuldgefühlen verbundene Vorstellung von Zerstörung des Objektes zunächst ausschalten kann« (Heigl-Evers 1977, S. 8). Eine ausführliche Darstellung der Substitutionsthese im klinischen Kontext der Sucht findet sich bei Heigl-Evers (1985). An einem Beispiel aus der Supervision der Therapie einer Suchtpatientin durch einen Suchttherapeuten gelingt es Heigl und Heigl-Evers (1991) aufzuzeigen, wie mit Hilfe der Partialobjekt-Substitutionsthese die Beziehungskonstellation in der Therapie, unter Einbeziehung der Lebens- und Suchtgeschichte, verstehbar wird.

Heigl-Evers (1977) hat sich mit dem ich-psychologischen

Suchtkonzept von Krystal und Raskin (1983) auseinandergesetzt und es in die deutschsprachige Literatur eingeführt. Dort findet sich die zentrale These von der Sucht als artifizieller Ich-Funktion (vgl. den Beitrag von Büchner in diesem Band).

»Im Laufe unserer Arbeit und Forschungstätigkeit auf dem Gebiet der Drogensucht gelangten wir immer mehr zu der Auffassung, daß Drogenabhängigkeit Ausdruck einer bestimmten Funktionsweise des Ich ist. Das heißt: Sie ist eine Form der Anpassung, vielleicht der einzige Anpassungsmechanismus an akute Probleme, der dem Betreffenden in diesem Augenblick zur Verfügung steht. Sie stellt seinen Versuch dar, sich selbst zu helfen, sein Leben auf die beste ihm mögliche Weise zu leben.« (Krystal und Raskin 1983, S. 15) Dies erklären die Autoren objektbeziehungstheoretisch folgendermaßen:

»Unter diesen Bedingungen [der Drogenabhängigkeit] wird die Objekt-Repräsentanz durch Verdrängung der Wahrnehmung der eigenen Aggression des Patienten und seines Bedürfnisses nach Liebe und Vergebung streng von der Selbst-Repräsentanz isoliert. Durch den Vorgang der Verleugnung, daß die Objekt-Repräsentanz ein Produkt der eigenen Psyche und des eigenen Lebens ist, wird das Ich gespalten. Das auf diese Weise verarmte Ich unternimmt illusorische Versuche der Selbstheilung und Selbsterhaltung durch das Einverleiben »konkreter« Ersatzobjekte, die als Transsubstantiation [Umwandlung eines Objektes in eine Substanz] des Objektes erlebt werden. Die Ersatzobjekte – also die Abhängigkeit verursachenden Drogen – und die Objektbeziehungen werden mit ambivalenten Übertragungen ausgestattet und müssen ebenso versagen, wie das ursprüngliche Objekt (Mutter) im entscheidenden Lebensstadium des Patienten als versagend erlebt wurde ... [Wir] betrachten ... die Drogenabhängigkeit als ein Beispiel einer extremen Form von Übertragung.« (Krystal und Raskin 1983, S. 74)

Bei Krystal und Raskin findet sich eine Fülle von Erkenntnissen zur Drogensucht – allerdings nicht immer in einer stringenten Darstellung; die in Ausschnitten sehr hilfreichen Aussagen lassen sich nicht eindeutig einordnen, sie bewegen sich zwischen Ich-Psychologie und Objektbeziehungs-Theorie.

Auch Tress (1985) greift in einer neueren Darstellung der Sucht »am objektpsychologischen Modell« die Aspekte der

Spaltung auf. »Klinisch geht es um den Unterschied zwischen der Suchterkrankung eines in seinen Objektbeziehungen scheinbar chaotischen Borderline-Patienten und jener eines sozial gut eingefügten oder sogar erfolgreichen Menschen – häufig in der mittleren Lebensphase, zum Beispiel den klassischen Morphinisten der Medizinalberufe oder die sozial geachtete Ehefrau beziehungsweise den beruflich etablierten Familienvater, die in einen progredienten Alkoholismus abgleiten. Solche Menschen haben zweifelsfrei die depressive Position der Objektkonstanz und der Ambivalenz gegenüber ganzheitlichen Objekten von der Warte eines ganzheitlichen Selbst her bereits betreten, diese Entwicklungsstufen aber nicht bearbeitet! Wie sie zum einen unter dem Einfluß einer undifferenzierten bösen S/O-Vorstellung [gemeint ist die Partialselbst- und Partialobjekt-Repräsentanz] stehen und andererseits unter dieser Bedingung suchtartig von einer Droge abhängig werden können, das zu verstehen macht die theoretische Herausforderung aus.« (TRESS 1985, S. 85)

In seiner Schlußfolgerung betont TRESS den bedeutsamen Unterschied zwischen Patienten mit Borderline-Pathologie, die Sucht als zusätzliche Symptomatik entwickeln, und Patienten von neurotischem Strukturniveau, bei denen es unter dem Einfluß der Suchtentwicklung zu einer »Vernichtung der Realperson« durch Auflösung bereits erworbener Strukturen, unter anderem durch Spaltung kommt. »Anstatt mit Rost (1983) eine Spaltung zwischen innen und außen zu erkennen, scheinen die Spaltungsprozesse im Prozeß der Sucht nicht von anderer Natur als in den übrigen Pathologien.« (TRESS 1985, S. 89)

Auf der Stufe derartiger sogenannter primitiver internalisierter Objektbeziehungen weist auch das Suchtmittel, so läßt sich zusammenfassend festhalten, Partialobjekt-Züge auf, in seiner psychologischen Bedeutung bekommt es die Funktion eines »nur guten« Liebes-Objektes oder eines »nur bösen« Haß-Objektes.

Suchtmittel als Übergangsobjekt?

Die Inkorporation des Stoffes beherrscht als ein zentrales Charakteristikum das Bild der Rauschmittelsucht und legt uns den Vergleich mit dem psychischen Prozeß der Introjektion nahe. Die stoffliche Inkorporation läßt sich als die Materialisation einer ansonsten äußerlich nicht faßbaren seelischen Introjektion verstehen. Bekanntlich gilt Introjektion als ein Internalisierungsmechanismus auf dem Strukturniveau sogenannter primitiver Selbst- und Objektbeziehungen (Phasen I - III nach KERNBERG 1988a).

Wenn das Suchtmittel entsprechend der Introjektion die Körpergrenzen von außen nach innen durchdringt, weist der Bereich des Übergangs von innen nach außen Ähnlichkeiten mit der psychischen Entwicklung auf, die sich nach WINNICOTT (1969, 1990) in Übergangsphänomenen und Übergangsobjekten manifestiert. Bei den letzteren handelt es sich um wichtige seelische Entwicklungen zum Aufbau der Objektrepräsentanzen, die der Errichtung des Selbst und der Identität dienen (vgl. JACOBSON 1978, S. 31ff.). Verlaufen diese Entwicklungen defizitär, können Psychopathologien, unter anderem Sucht, ausgebildet werden, die der Selbstheilung dienen sollen. Sucht wäre somit der Ausdruck für den vergeblichen Versuch eines kranken Selbst, psychische Gesundung durch einen Akt der »Hereinnahme« zu erreichen.

Aufgrund seiner psychischen Bedeutung durchdringt das Suchtmittel nicht nur die körperlichen, sondern auch die seelischen Grenzen von außen nach innen. Dabei ist aus objektbeziehungstheoretischer Sicht nochmals zu betonen, daß Sucht ähnlich wie der von WINNICOTT mit Übergangsobjekt und Übergangsphänomenen gekennzeichnete Erlebensbereich im Übergang von Außenwelt (Welt der »Objekte« als relevante Bezugspersonen) und Innenwelt (Welt der Selbst- und Objektrepräsentanzen) angesiedelt ist. WINNICOTT hebt diesen Übergangsschritt als »dritten Bereich« hervor. Zur Beantwortung der Frage ›Ist das Suchtmittel ein Übergangsobjekt?‹ ist zunächst ein Exkurs in die Theorie des Übergangsobjekts (WINNICOTT 1969; 1990, S. 143ff.) erforderlich.

Exkurs: Übergangsobjekt

»Dieser dritte Bereich des menschlichen Lebens, den wir nicht außer acht lassen dürfen, ist ein Zwischenbereich von Erfahrungen, zu denen innere Realität und Außenwelt in gleicher Weise ihren Beitrag leisten. Es ist dies ein Bereich, der kaum in Frage gestellt wird, weil wir uns zumeist damit begnügen, ihn als eine Sphäre zu betrachten, in welcher das Individuum ausruhen darf von der lebensunlänglichen menschlichen Aufgabe, innere und äußere Realität voneinander getrennt und doch in wechselseitiger Verbindung zu halten.

Es ist üblich, auf die ›Realitätsprüfung‹ hinzuweisen und zwischen Apperzeption und Perzeption klar zu unterscheiden. Ich möchte hier die Aufmerksamkeit auf ein Stadium lenken, das zwischen der völligen Unfähigkeit des Säuglings, die Realität zu erkennen und zu akzeptieren, und der sich entwickelnden Fähigkeit zur Realitätsprüfung liegt. Deshalb untersuche ich das Wesen der *Illusion*, die dem Kleinkind zugebilligt wird und im Leben des Erwachsenen einen bedeutsamen Anteil an Kunst und Religion hat. ...

Ich hoffe, mit dem Gesagten deutlich machen zu können, daß es sich hier *nicht* [Hervorhebung die Autoren] vordringlich um den Teddybären des Kindes handelt, oder um den ersten Gebrauch, den der Säugling von seinen Händen (dem Daumen, den Fingern) macht. Spezifisches Thema ... soll nicht der erste Gegenstand der Objektbeziehung sein. Vielmehr beschäftigt mich die Frage nach dem ersten Besitz und nach jenem Bereich zwischen dem Subjektiven und dem, was als objektiv wahrgenommen wird.« (WINNICOTT 1969, S. 668)

Das Übergangsobjekt stellt die Verbindung, den Übergang, zwischen äußerem Objekt und inneren Objektrepäsentanzen her, steht aber nach WINNICOTT weder für das äußere Objekt noch für die Objektrepräsentanz.

»Ich habe die Ausdrücke ›Übergangsobjekt‹ und ›Übergangsphänomene‹ eingeführt, um jenen Erlebnis- und Erfahrungsbereich zu bezeichnen, der zwischen dem Daumenlutschen und der Liebe zum Teddybären [als einer präödipalen Liebesbeziehung auf der Stufe der Partialobjektrepräsentanzen; die Autoren] liegt, zwischen der oralen Autoerotik und der echten Objektbeziehung, zwischen der ersten schöpferischen Aktivität und der Projektion dessen, was bereits introjiziert wurde ...« (S. 667).

»Das Übergangsobjekt ist *kein verinnerlichtes Objekt* (womit ja ein psychischer Begriff gemeint ist) – es ist ein Besitzstück (für das Kind) und doch kein äußeres Objekt.« (S. 675).

In einem Fallbeispiel beschreibt WINNICOTT die Funktion des Übergangsobjektes als ein »nie versagendes Beruhigungsmittel«. Mit Heranwachsen des Kindes wird dem Übergangsobjekt (z.B. einem Kissen) die Besetzung entzogen. Aber es wird nicht dadurch aufgegeben, daß es verinnerlicht, das heißt zum Teil der psychischen Struktur wird, sondern – das soll hier besonders betont werden – nachdem es zur Bildung der inneren Strukturen entscheidend beigetragen hat.

»Es wird weder vergessen noch betrauert. Es verliert seine Bedeutung in dem Maß, als sich die Übergangsphänomene über den gesamten Be-

reich auszubreiten beginnen, der zwischen innerer psychischer Realität und der äußeren Welt liegt, wie sie von zwei Personen in gleicher Weise wahrgenommen werden kann – das heißt über den gesamten Bereich dessen, was wir als Kultur bezeichnen.
Damit aber führt mein Thema hinüber zu den Phänomenen des Spiels, der Fähigkeit, Kunst zu schaffen und zu genießen, den Phänomenen der Religion und des Träumens ebenso wie zu jenen des Fetischismus, des Lügens und Stehlens, des Entstehens und Erlöschens zärtlicher Gefühle, der *Rauschgiftsucht* [Hervorhebung der Autoren], des Zwangsrituals, etc.« (S. 672).
Nach WINNICOTT entsteht das Übergangsobjekt, »die Wurzeln der Symbolbildung«, als eine kreative, in der Außenwelt wahrnehmbare Leistung des Kindes, um, allerdings nur bei förderlicher Umwelt, die *Illusion* eines psychischen Austausches zwischen Mutter und Kind zu ermöglichen.
Zur Kennzeichnung der frühen Ungeschiedenheit von Selbst- und Objektrepräsentanzen – KERNBERG spricht hier von den Vorformen der undifferenzierten Selbst- und Objektkonstellation – wählt WINNICOTT den Begriff der *Illusion*, »daß die Brust zum Selbst des Kindes gehöre« (S. 677). Die Herstellung der Illusion ebenso wie das Aufgeben der Illusion, die Entwöhnung, stellen notwendige Entwicklungsschritte in der frühen Interaktion zwischen Mutter und Kind dar. Hierzu trägt die Mutter bei, indem sie zum Beispiel dem Kind immer dann die Brust reicht, wenn dieses sich aus seinem Bedürfnis heraus eine prä-symbolische Vorstellung von »Mutterbrust« schöpferisch gebildet hat.
»... die Brust wird immer wieder aufs Neue erschaffen aus der Liebesfähigkeit oder (wie man auch sagen könnte) aus dem Bedürfnis des Kindes. Im Säugling entwickelt sich ein subjektives Phänomen, das wir die Mutterbrust nennen.« (S. 678).
Das Kind wiederum trägt durch den genannten schöpferischen Akt zur Bewältigung dieser Reifungsschritte bei. Im emotionalen Dialog mit der Mutter entwickelt das Kind die für sein Leben entscheidende Erfahrung, »daß es eine äußere Realität gibt, die mit seiner eigenen schöpferischen Fähigkeit korrespondiert« (S. 679). In diesem frühen Stadium trinkt das Kind also von einer Brust, die gemäß seiner eigenen psychischen Welt zu seinem (noch undifferenzierten) Selbst gehört.
»Das Kind nimmt die Brust nur insofern wahr, als es sie jetzt und hier für sich erschaffen kann. Es gibt keinen Austausch zwischen Mutter und Kind. Psychologisch gesehen, trinkt das Kind von einer Brust, die zu seinem Selbst gehört wie die Mutter einen zu ihrem Selbst gehörenden Säugling nährt. So gesehen, beruht die Vorstellung des Austauschs auf einer Illusion.« (S. 679).
Stillen wird verstanden als ein äußerer Ausdruck der geschilderten frühen, inneren Interaktionsfigur zwischen Mutter und Kind. Die psychische Leistung der Entwöhnung vom Stillen beruht in der *Desillusionierung*. Diese verläuft im günstigen Fall derart, daß kein Wunsch nach andauernder Wiederherstellung der Illusion bestehen bleibt. In einem elementaren Sinne kann nunmehr die Realität des Geschiedenseins von der Mutter ausgehalten werden.

Die Theorie der Übergangsobjekte wurde hier deswegen so ausführlich dargestellt, weil sie im Zusammenhang mit der Objektbeziehungs-Theorie der Sucht in der Literatur bisher nur kurz diskutiert wurde (z.B. ROST 1987, S. 89). Dies verwundert angesichts der Tatsache, daß der Theorieansatz von WINNICOTT mittlerweile zum Allgemeingut der Psychoanalyse gehört, offenbar aber wegen seiner schweren Verständlichkeit, damit auch der Mißverständlichkeit, häufig in seinem *tiefen* Gehalt verkannt wird (vgl. WINNICOTT 1990, S. 143ff.).

Gerade der objektbeziehungstheoretische Versuch, Sucht als eine in den frühesten präödipalen Entwicklungsphasen angelegte Psychopathologie zu verstehen, erlaubt einen erneuten Blick auf die Theorie der Übergangsobjekte und Übergangsphänomene. (Aus heutiger Sicht wurde der Begriff »Übergangsobjekt« unglücklich gewählt; das verdeutlicht auch WINNICOTTS Zusatz »Übergangsphänomene«. Denn das Übergangsobjekt ist weder Objekt noch Objektrepräsentanz.) »Die Sucht kann als Regression auf das frühe Entwicklungsstadium verstanden werden, in welchem die Übergangsphänomene noch unangefochten bestanden ...« (WINNICOTT, 1969, S. 666). Folgen wir WINNICOTT, der selbst die Übergangsphänomene zwischem dem vierten und zwölften Lebensmonat ansetzte, dann treten diese in Erscheinung, wenn die Ausdifferenzierung von Partialobjekten beginnt (vgl. Phase II und III nach KERNBERG). Die Anfänge der Suchtpathogenese könnten folglich in dem unmittelbaren Entwicklungsschritt *vor der »Spaltung«* gesucht werden. Sicherlich ist ROST (1987, S. 89) beizupflichten, daß es sich bei der Droge nicht um ein Übergangsobjekt im Sinne WINNICOTTS handle. Vieles spricht dafür, das *Suchtmittel als die pathologische Form eines Übergangsobjektes* zu verstehen, unter anderem auch wegen des starken suchtspezifischen Dranges zur Inkorporation, der seiner archaischen Qualität nach dem frühen, undifferenzierten Stadium von Trieborganisation und Selbst- und Objektdifferenzierung entstammt.

In Weiterführung der Theorie von WINNICOTT wäre die Einnahme eines Suchtmittels genaugenommen der fehlgeleitete Versuch, mit Hilfe eines Stoffes in *den Besitz* zu gelangen, der für die Selbst- und Objektdifferenzierung in der Phase der Übergangsphänomene benötigt wird. Zur Verdeutlichung möge das Beispiel des Kleinkindes dienen, das anstatt eines Kissens, Bettzipfels (oder ähnlichem) Schokolade zum Übergangsobjekt wählt und dessen Funktion dadurch zerstört, daß es die Schokolade aufleckt.

Der dieser frühen Entwicklungsstufe pathogenetisch entsprechende Süchtige verfällt schicksalshaft seiner oral-sadistischen Lust, das Übergangsobjekt zu verschlingen. Somit kann dieses seine hilfreiche Funktion im »dritten Bereich« nicht erfüllen und wird bereits zum Partialobjekt, welches durch Introjektion zum Aufbau innerer Strukturen dienen soll, ehe überhaupt die Voraussetzungen für die Introjektion/Projektion von Partialobjekten sich entwickeln konnten. Mit anderen Worten, ein »Partialobjekt« wird gefunden, bevor es im obigen Sinne geschaffen wurde (vgl. WINNICOTT 1990, S. 236ff.). Die Introjektionen mißlingen, denn unter diesen Voraussetzungen können keine haltgebenden (inneren) Strukturen entwickelt werden (ähnlich argumentiert KOHUT [1987, S. 308] aus Sicht seiner Selbst-Psychologie). Die Abhängigkeit besteht darin, daß weiterhin für Introjektion/Projektion ein Partialobjekt benötigt wird.

Sucht erscheint als die Deformation eines frühen Internalisierungsvorganges.

VOLKAN (1978, S. 158ff.) liefert für die Psychoanalyse der frühen Objektbeziehungen – so auch der Titel seiner Monographie – mehrere klinische Fallbeispiele für die hier bereits formulierte Auffassung, das Suchtmittel nehme die Rolle einer pathologischen Form von Übergangsobjekt ein.

»Ich weise zum Vergleich auf einen analytischen Fall hin, den Berman (1972) eindrucksvoll beschrieben hat und in dem das Einnehmen von Amphetamin-Tabletten durch eine junge Frau zuerst in ihrer fetischistischen Bedeutung und später, als diese durchgearbeitet worden war, als Übergangsobjekt analysiert wurde. Danach bewegte sich der analytische Prozeß *hauptsächlich* in Richtung auf das Verständnis oraler Elemente, nachdem die phallischen Elemente schon früher behandelt worden waren. ... Berman stellt fest, daß die pharmakologischen Wirkungen des Amphetamins, die Gefühle von Wärme, Wohlbefinden und Sicherheit, enger mit dem Übergangsobjekt als mit dem Fetisch verbunden waren.

Margaret, eine meiner Borderline-Patientinnen, war »süchtig« nach Tabletten, besonders wenn sie sie stehlen konnte. Wenn sie bei anderen zu Besuch war, pflegte sie eine Ausrede zu finden, um das Badezimmer aufzusuchen, wo sie in den Arzneischrank sah und zu ihrem eigenen Gebrauch Tabletten herausnahm, die sie dort fand, besonders solche, die den Frauen des Hauses verschrieben worden waren. Sie »stahl« auch Tabletten von ihrer Mutter. Obwohl wir während der Analyse herausfanden, daß die Tabletten weibliche Penisse repräsentierten, war es zu Anfang und lange Zeit hindurch notwendig, daß wir uns auf die *dominierende* Bedeutung der Tabletten als Übergangsobjekte konzentrierten; in diesem Fall bewegte sich die Analyse in umgekehrter Richtung als bei der von Berman beschriebenen Patientin.« (VOLKAN 1978, S. 174f.)

Fazit

Die hier dargestellten objektbeziehungstheoretischen Ansätze zur Sucht und zur psychologischen Bedeutung des Suchtmittels unterscheiden nach dem Reifegrad der jeweils vorherrschenden Objektbeziehung. Während die Bedeutung des Übergangsobjektes einer frühen, präsymbolischen Phase vor der Ausdifferenzierung der Partialobjekte zugeordnet wurde, entsprach die Vorstellung vom Suchtmittel als Partialobjekt dem üblicherweise mit Spaltung charakterisierten präödipalen Niveau der Objektbeziehungen; soll das Suchtmittel als Objekt-Ersatz gelten, so wurde ausgeführt, muß mindestens das neurotische Strukturniveau von Ganzobjekt-Beziehungsrepräsentanzen erreicht worden sein.

Die Rolle der aggressiven Triebäußerungen ist in diesem Beitrag nicht gesondert herausgestellt worden. In der Objektbeziehungs-Theorie von KERNBERG bestimmt der Entwicklungsstand der Objektbeziehungen die Trieborganisation, das heißt aus klinischer Sicht, der Neurotiker konnte seine aggressiven Triebäußerungen durch Beimischungen von Libido neutralisieren oder in sozial-konstruktive Formen verwandeln; der präödipal gestörte Patient hingegen bleibt seinen archaischen Ängsten und aggressiven Impulsen ausgeliefert – bekanntlich werden sie mittels Spaltung in Schach gehalten. Der Auffassung von ROST (1987), das objektpsychologische Konzept betone die destruktive Seite des Suchtgeschehens, »Sucht als Selbstzerstörung«, kann hier daher nicht zugestimmt werden. Welche selbstzerstörerische Kraft die Sucht entwickeln kann, hängt davon ab, auf welchem Entwicklungsniveau der Objektbeziehungen es zur Auflösung psychischer Strukturen infolge des Suchtmittelmißbrauchs kommt. Die dabei zu beobachtende Freisetzung von Aggressionen oder von Autodestruktivität verweist auf den Stand der Ich- und Über-Ich-Organisation. Verstehen wir Sucht als eine Psychopathologie – und nur als diese kann sie psychoanalytisch erfaßt werden –, wäre die selbstzerstörerische Kraft *jeder* Psychopathologie mitzubedenken.

Abschließend sei kurz auf eine Erweiterung des objektbeziehungstheoretischen Ansatzes zum Suchtgeschehen hingewiesen: Die Deutung der therapeutischen Prozesse im stationären Setting der Suchtklinik. Wie bereits KERNBERG (1988a, S. 256ff.; dazu auch KERNBERG 1988c, 1988d) ausführte, ermöglicht die Objektbeziehungpsychologie, die »Innere Welt« der Patienten mit der ihrer Therapeuten im Sinne einer analytischen Sozialpsychologie in Beziehung zu setzen (vgl. BILITZA 1993b). Die äußeren Gegebenheiten der Klinik werden therapeutisch zur Förderung von Internalisierungsprozessen auf seiten der Patienten eingesetzt, durch äußere Strukturierung wird eine innere, haltgebende Struktur – im Sinne von Förderung der Ich- und Über-Ich-Entwicklung – angestrebt.

Besonders der Team-Supervision im stationären Setting kann eine derart erweiterte Objektbeziehungs-Psychologie von Nutzen sein, wie ich kürzlich darstellte (BILITZA 1993a; dazu auch PÜHL und SCHMIDBAUER 1986; SCOBEL 1991), nicht zuletzt wenn die Objektbeziehungen im Team, die bekanntlich einen wesentlichen Teil der Gruppendynamik bestimmen, unter dem andauernden Einfluß schwerer Suchtpathologien das für die Arbeit benötigte Strukturniveau verlieren – sich die Interaktionen im Team in gefährlicher Weise den pathologischen Beziehungsformen angleichen.

Als Basisliteratur empfohlen:

KERNBERG, O. F. (1988a): Objektbeziehung und Praxis der Psychoanalyse (Amerikanische Originalausgabe 1976). Klett-Cotta, Stuttgart
ROST, W.-D. (1987): Psychoanalyse des Alkoholismus. Theorie, Diagnostik, Behandlung. Klett-Cotta, Stuttgart, 3. Aufl. 1992

Zur weiterführenden Lektüre empfohlen:

GLOVER, E. (1933): Zur Ätiologie der Sucht. Internationale Zeitschrift für Psychoanalyse 19, 170-197
KRYSTAL, H.; RASKIN, H. A. (1983): Drogensucht, Aspekte der Ich-Funktion (Amerikanische Erstausgabe 1970). Einl. u. Überarbeitung d. Übers. von Wulf-Volker LINDNER, Vorwort für die dt. Ausgabe von Annelise HEIGL-EVERS, Verlag für Medizinische Psychologie im Verlag Vandenhoeck & Ruprecht, Göttingen
VOLKAN, V. D. (1978): Psychoanalyse der frühen Objektbeziehungen. Zur psychoanalytischen Behandlung psychotischer, präpsychotischer und narzißtischer Störungen (Amerikanische Originalausgabe 1976). Klett-Cotta, Stuttgart

Literaturangaben zum Text:

BALINT, M. (1988): Die Urformen der Liebe und die Technik der Psychoanalyse (Englische Originalausgabe 1952). Deutscher Taschenbuch Verlag, München
BILITZA, K. W. (1993a): Unbewußte Grenzen in klinischen Institutionen – Folgen für die Supervision im Suchtbereich. Referat auf der Fortbildungstagung der GVS, 25. 03.-27. 03. 1992, Mainz. In: HEIGL-EVERS, A.; HELAS, I.; VOLLMER, H. C. (Hrsg.; 1993): Eingrenzung und Ausgrenzung. Vandenhoeck & Ruprecht, Göttingen
BILITZA, K. W. (1993b): Innere Welt klinischer Institutionen und psychoanalytische Psychotherapie in der Klinik. Überarbeitete Fassung eines Referats auf dem XVI. Internationalen Kongreß für Psychotherapie, 16. 09.-20. 09. 1991, Hannover. erscheint in: Gruppenpsychotherapie und Gruppendynamik
FREUD, S. (1912): Beiträge zur Psychologie des Liebeslebens II: Über die allgemeinste Erniedrigung des Liebeslebens. Ges. Werke Bd. VIII, Fischer, Frankfurt a.M.
HEIGL, F.; HEIGL-EVERS, A. (1991): Beziehungskonstellationen in der Suchtkrankentherapie. In: BUCHHEIM, P.; CIERPKA, M.; SEIFERT, TH. (Hrsg.): Psychotherapie im Wandel – Abhängigkeit. Lindauer Texte, Springer, Berlin/Heidelberg/New York, S. 233-243
HEIGL-EVERS, A. (1977): Möglichkeiten und Grenzen einer analytisch-orientierten Kurztherapie bei Suchtkranken. Nicol-Verlag, Kassel
HEIGL-EVERS, A. (1985): Sucht und Abhängigkeit aus tiefenpsychologischer

Sicht. In: DEUTSCHE HAUPTSTELLE GEGEN DIE SUCHTGEFAHREN (Hrsg.): Süchtiges Verhalten (Grenzen und Grauzonen im Alltag); Hoheneck, Hamm, S. 23-34

JACOBSON, E. (1978): Das Selbst und die Welt der Objekte. Suhrkamp Taschenbuch Verlag, Frankfurt a.M.

KERNBERG, O. F. (1980): Borderline – Störungen und pathologischer Narzißmus (Amerikanische Originalausgabe 1975). Suhrkamp Verlag, Frankfurt a.M., 4. Aufl.

KERNBERG, O. F. (1988b): Innere Welt und äußere Realität/ Anwendung der Objektbeziehungstheorie (Amerikanische Originalausgabe 1980). Verlag Internationale Psychoanalyse, München/Wien

KERNBERG, O. F. (1988c): Regression in der Organisation. In: Innere Welt und äußere Realität/ Anwendung der Objektbeziehungstheorie (Amerikanische Originalausgabe 1980). Verlag Internationale Psychoanalyse, München/Wien, S. 268-288

KERNBERG, O. F. (1988d): Regression bei Führungspersönlichkeiten. In: Innere Welt und äußere Realität/ Anwendung der Objektbeziehungstheorie (Amerikanische Originalausgabe 1980). Verlag Internationale Psychoanalyse, München/Wien, S. 289-313

KLEIN, M. (1946): Bemerkungen über einige schizoide Mechanismen. In: KLEIN, M.; THORNER, H. A. (Hrsg.; 1983): Das Seelenleben des Kleinkindes, Klett-Cotta (2.), Stuttgart, S. 131-163

KOHUT, H. (1987): Wie heilt die Psychoanalyse? (Amerikanische Originalausgabe 1984). Suhrkamp, Frankfurt a.M.

MERTENS, W. (1990a): Psychoanalyse. Kohlhammer 3. Aufl., Stuttgart/Berlin/Köln, 4. Aufl. 1992

MERTENS, W. (1990b): Einführung in die psychoanalytische Therapie. 3 Bände, Kohlhammer, Stuttgart/Berlin/Köln

PÜHL, H.; SCHMIDBAUER, W. (HRSG.; 1986): Supervision und Psychoanalyse: Plädoyer für eine emanzipatorische Reflexion in den helfenden Berufen. Kösel, München

ROST, W.-D. (1983): Der psychoanalytische Zugang zum Alkoholismus. Psyche 37, 412-439

SCOBEL, W. A. (1991): Was ist Supervision? Vandenhoeck & Ruprecht, Göttingen, 3. Aufl.

SPITZ, R. A. (1983): Vom Säugling zum Kleinkind. Klett-Cotta, Stuttgart

TRESS, W. (1985): Zur Psychoanalyse der Sucht. Eine Studie am objektpsychologischen Modell. Forum der Psychoanalyse 1, 81-92

WILLI, J. (1979): Die Zweierbeziehung. Spannungsursachen/ Störungsmuster/ Klärungsprozesse/ Lösungsmodelle – Analyse des unbewußten Zusammenspiels in Partnerwahl und Paarkonflikt: Das Kollusions-Konzept. Rohwohlt, Reinbeck bei Hamburg, 10. Aufl.

WINNICOTT, D. W. (1969): Übergangsobjekte und Übergangsphänomene. Eine Studie über den ersten, nicht zum Selbst gehörenden Besitz (Englische Originalausgabe 1958). Psyche 9, 666-682

WINNICOTT, D. W. (1990): Reifungsprozesse und fördernde Umwelt. Studie zur Theorie der emotionalen Entwicklung (Englische Originalausgabe 1965). Fischer Taschenbuch Verlag, Frankfurt a.M.

Grundlagen der psychoanalytisch orientierten Beratungs- und Behandlungstechnik für Sucht und Sozialtherapeuten

HEIDEMARIE GERBEIT

Psychoanalytische Diagnostik – Stellenwert und Bedeutung im Prozeß der Behandlung

> STICHWORT: Psychoanalytische Diagnostik
>
> Der Begriff »Diagnose« stammt aus dem Griechischen und bedeutet: Genau erkennen, unterscheiden. Die psychoanalytische Diagnostik wird verstanden als eine Zwei-Personen-Psychologie, die sich an dem interaktionellen Prozeß zwischen Patient und Therapeut orientiert. Entsprechend der Wechselwirkungsbeziehung zwischen Theorie – Diagnostik – Behandlungstechnik kommt der Diagnostik eine wesentliche, den Behandlungsverlauf steuernde Funktion zu. Die Doppelfunktion des Therapeuten – als Teilnehmer der Interaktion ist er gleichzeitig Bestandteil des diagnostischen Moments – bedingt, daß die psychoanalytische Diagnostik nie im naturwissenschaftlichen Sinne objektiv sein kann. Die komplexen Wechselwirkungen zwischen Therapie und Diagnostik werden entsprechend dem Thema dieses Buches am Beispiel der Therapie mit Suchtkranken beschrieben. Einige persönliche Variablen, die den diagnostischen Prozeß und somit auch den Behandlungsverlauf beeinflussen und beeinträchtigen, werden beschrieben.

Psychoanalytische Diagnostik: Ausdruck und Ergebnis einer sozialen Situation

Der soziale Wandel in den letzten hundert Jahren hat auch das Krankheitsbild verändert. Die klassischen Neurosen treten in den Hintergrund; Störungen, die ihre Ätiologie in der präödipalen Phase haben, wie beispielsweise die psychosomatischen Beschwerden, Suchterkrankungen, strukturelle Ich-Störungen, narzißtische Persönlichkeitsstörungen und Störungen auf dem

Borderline-Niveau, bestimmen gegenwärtig das Behandlungsfeld.

Die Erweiterung der klassischen psychoanalytischen Theorie und Behandlungskonzepte durch die Weiterentwicklung der Ich-Theorie, der Narzißmus-Theorie und der Ausbau der Objektbeziehungs-Theorie führte zur Entwicklung modifizierter psychotherapeutischer Verfahren, die auch im Suchtbereich ihre Anwendung fanden, beispielsweise die tiefenpsychologisch fundierte Psychotherapie und die psychoanalytisch-interaktionelle Therapie.

Diese Verfahren unterscheiden sich zwar von der Psychoanalyse im Hinblick auf ihre Technik (Setting; Verzicht auf Traumarbeit, freien Einfall und regressionsfördernde Tendenzen); sie basieren jedoch in ihren theoretischen Grundannahmen auf der analytischen Theorie. Dementsprechend sind in beiden Verfahren die wesentlichen Grundzüge psychoanalytischer Diagnostik prinzipiell die gleichen.

Im Gegensatz zur naturwissenschaftlichen Diagnostik zielt die analytische Diagnostik im anamnestischen Gespräch und im Behandlungsverlauf nicht nur auf die Datensammlung sogenannter »harter Fakten« zur Krankheit, Lebensgeschichte und sozialen Situation des Patienten. Da der Therapeut stets Beobachter und Bestandteil des diagnostischen Prozesses ist, kann die psychoanalytische Diagnostik nicht im naturwissenschaftlichen Sinn objektiv sein.

Therapie und Diagnostik sind stets Ausdruck und Ergebnis einer »sozialen Situation« (RUDOLF 1981), in der sich eine spezifische kommunikative zwischenmenschliche Beziehung zwischen Patient und Therapeut entwickelt. Die nosologischen Kenntnisse und die Reflexion des kommunikativen Prozesses geben die entscheidenden diagnostischen Hinweise auf die der Symptomatik und der seelischen Pathologie zugrundeliegenden Konflikthaftigkeit, ebenso auch auf die strukturelle Ich-Beschaffenheit des Patienten.

Zahlreiche Forschungsergebnisse und Praxiserfahrungen belegen, daß es weder *die* Persönlichkeit noch *den* Sozialisationsweg des Suchtkranken gibt. Das Thema Abhängigkeit und Sucht kann bei Neurosen, Charakterneurosen, Psychosomatosen wie auch bei ich-strukturellen und somatopsychischen Störungen eine wesentliche Rolle spielen und auf unterschiedliche Fixierungspunkte in der Entwicklung hinweisen. Es gilt also, jeweils die individuelle Psychopathologie des Suchtkranken in ihrer Komplexität zu erfassen. Dies ist zunächst die Aufgabe des anamnestischen Interviews zu Beginn der Behandlung. Wenn auch die im anamnestischen Interview aufgestellte Diagnose dem Therapeuten während des Behandlungsverlaufs eine wesentliche Orientierungshilfe gibt, ist die psychoanalytische Diagnostik doch kein einmaliger, abgeschlossener Erkenntnisakt. Das während der Behandlungsstunden facettenartig neugewonnene Verständnis der auftretenden Abwehrprozesse und der Widerstands- und Übertragungsphänomene gibt dem Therapeuten ein zunehmend detaillierteres Bild von der Persönlichkeitsstruktur des Patienten, ebenso auch Handlungsanweisung für eine flexible, dem Krankheitsbild angemessene Handhabung der Technik.

Da zwischen Diagnostik und Behandlungstechnik ein sich wechselseitig bedingendes Verhältnis besteht, kommt dem diagnostischen Prozeß von der ersten bis zur letzten Behandlungsstunde eine wesentliche, den Behandlungsverlauf steuernde Funktion zu.

Das empathische Verständnis und die hermeneutische Wahrnehmungseinstellung im diagnostischen Prozeß

Von Weiterbildungskandidaten ist häufig die Frage nach dem Stellenwert psychoanalytischer Diagnostik im Behandlungsverlauf zu hören.

Spontan wird in solchen Diskussionen der Diagnostik nur eine untergeordnete, dem empathischen Verständnis dagegen eine »sehr wichtige, die Behandlung tragende Rolle« zugewiesen und eine Dichotomie zwischen empathischem Verständnis und psychoanalytischer Diagnostik hergestellt. Letztere wird in der Regel als »kalt, kognitiv, rational«, das empathische Verständnis dagegen als »warm, haltend« erlebt.

Um in die komplexe Fragestellung einzuführen, stelle ich folgende Gegenfrage: Worin unterscheidet sich das empathische Verständnis eines Menschen, dem ein Freund seine augenblickliche problematische Lebenssituation und seine Krankheitssymptome mitteilt – nehmen wir an, er leidet an einer

Suchtproblematik –, von dem empathischen Verstehen eines Therapeuten, dem der Freund die gleichen Mitteilungen macht?

Der intuitiv empathische, mit alltagspsychologischem Wissen ausgestattete »gesunde« Freund kann sich eventuell in die Bedürfnisse, Reaktionen und Befindlichkeiten des Kranken einfühlen. Vielleicht erkennt er sogar verborgene Motive und genetische Zusammenhänge. Er wird sich möglicherweise ebenso wie der Therapeut fragen, welche Vermutungen er mitteilen, welche er besser für sich behalten sollte, welche Ratschläge im Augenblick angebracht und entlastend sind.

Er wird jedoch nicht – und das unterscheidet ihn vom analytischen Therapeuten – die Beschwerden als Ausdruck eines unbewußten triebdynamischen Konflikts mit entsprechenden Abwehrmanövern verstehen und den in der dyadischen Gesprächssituation reinszenierten Objektbeziehungen besondere Aufmerksamkeit schenken. Zum anderen wird er wohl kaum in dem Gespräch die beziehungsregulierende Funktion der Symptomatik in der Familie und die damit verbundenen Loyalitätsverpflichtungen berücksichtigen.

Wenn auch das empathische Einfühlungsvermögen – das eine Probeidentifikation mit dem anderen impliziert – eine wichtige Voraussetzung für das Verstehen ist, reicht es allein für den diagnostischen Erkenntnisprozeß nicht aus. Wie ARGELANDER (1974) beschreibt, können die psychodynamischen Zusammenhänge und unbewußten Motive über das empathische Vorgehen nicht »*unmittelbar*« verstanden werden. Es bedarf nach ARGELANDER einer weiteren Wahrnehmungseinstellung, der »hermeneutischen«. Das griechische Wort »hermeneuo« bedeutet: »Ich lege aus, erkläre, dolmetsche, übersetze.« Es gilt also, den verborgenen, unbewußten Sinn, sei es »im umgangssprachlich formulierten Text des Patienten« oder in seinem interaktionell gezeigtem Verhalten der Umwelt oder dem Therapeuten gegenüber, verstehend zu erkennen.

Dieser tiefenpsychologisch orientierten Sicht liegen folgende Grundannahmen zugrunde (HEIGL-EVERS und STANDKE 1991):

1. Menschliches Handeln wird organisiert durch unbewußte Triebwünsche und unbewußte narzißtische und Objektbeziehungswünsche.
2. Symptomatik und seelische Pathologie sind das Ergebnis

vielfältiger Abwehrprozesse und Kompromißbildungen. Wenn dieses Ergebnis auch aus persönlicher Sicht nicht befriedigend ist, stellt es doch stets eine sinnvolle Lösung für den seelischen Haushalt dar.
3. Diese Kompromißbildungen, Abwehrformen und die immer wieder durchschimmernde ursprüngliche Bedürftigkeit beeinflussen und organisieren in spezifischer Weise die sozialen Beziehungen – so auch die Beziehung zum Therapeuten während des Behandlungsverlaufs.
4. Der Patient »überträgt« seine infantilen Beziehungswünsche auf den Therapeuten und reinszeniert infantile Beziehungsmuster, auf die der Therapeut seinerseits mit Gegenübertragungsreaktionen reagiert.

Wie Thomä und Kächele (1986) beschreiben, laufen die »kognitiven Prozesse des Analytikers, die seine Reaktionen und Selektionen steuern und die unter den Begriffen Empathie, Probeidentifikationen etc. diskutiert werden ..., vermutlich weitgehend unterhalb der Schwelle bewußter Wahrnehmung ab ... Erst durch die Arbeit des Analytikers an seinen affektiven und kognitiven Reaktionen« – in oder nach den Behandlungsstunden, vielleicht auch in der Supervision – »werden sie ihm zugänglich« (S. 359). Sie können jetzt mit Hilfe der hermeneutischen Wahrnehmungseinstellung in ihrem psychodynamischen Zusammenhang verstanden, das heißt diagnostisch eingeordnet werden und dienen der Vorbereitung therapeutischer Interventionen.

Das empathische Verständnis und die hermeneutische Wahrnehmung sind also wesentliche, nicht voneinander trennbare diagnostische Teilschritte im analytischen Erkenntnisprozeß. Ob der Therapeut sich bei der anschließenden Intervention zu einer Deutung entschließt, also den Patienten auf die latente Bedeutung seiner Mitteilung hinweist, oder aber eine Intervention vorzieht, in der er beispielsweise als Hilfs-Ich dem Patienten die Möglichkeit gibt, einen differenzierten Zugang zu seinen Affekten zu bekommen, wird von der Qualität des Übertragungsmusters und der daraus abgeleiteten ich-strukturellen Beschaffenheit des Patienten abhängen.

Die im anamnestischen Gespräch erfolgte diagnostische

Einschätzung der seelischen Pathologie bestimmt in groben Zügen das therapeutische Ziel und gibt erste Hinweise für den behandlungstechnisch einzuschlagenden Weg. Liegt der diagnostische Akzent auf vorwiegend konfliktpathologischen Anteilen bei relativ gesunden Ich-Funktionen, gilt als primäres therapeutisches Ziel, eine Synthese der »zerrissenen Zusammenhänge« zu ermöglichen. Der Behandlungsfokus würde auf der Wiederbelebung des Verdrängten liegen. Stellt sich jedoch heraus, daß der Suchterkrankung – wie es häufig der Fall ist – eine entwicklungsbedingte strukturelle Ich-Störung zugrunde liegt, gilt die sogenannte Nachreifung der defizitären Ich-Funktionen als therapeutisches Ziel.

Deutungen im klassischen Sinne würden in diesem Fall ihre Wirkung verfehlen und aufgrund der narzißtischen Kränkbarkeit und unzureichenden Affektregulierung des Patienten sogar kontraindiziert sein. Angebracht wäre eine spiegelnde Haltung des Therapeuten und die Übernahme von Hilfs-Ich-Funktionen, um dem Patienten über Identifizierungsvorgänge zu einer differenzierten Wahrnehmung und Steuerung der Affekte und zu Objektkonstanz zu verhelfen. Die sich in der Behandlung reinszenierenden Objektbeziehungsmuster, beziehungsweise das Übertragungs-Gegenübertragungsgeschehen, rücken damit in das Zentrum therapeutischer Aufmerksamkeit.

Die persönlichen Variablen des Therapeuten und seine Werthaltungen im Übertragungs-Gegenübertragungsprozeß

Die analytische Diagnostik, verstanden als interaktioneller Prozeß, beschränkt sich nicht auf eine Klassifikation der Pathologie des Patienten; sie macht eine ständige Reflexion der Rollen nötig, die sich Patient und Therapeut im interaktionellen Prozeß wechselseitig zuordnen.

Die empathische Einfühlung und das Verstehen des Übertragungs-Gegenübertragungsprozesses setzen ein ständiges Oszillieren zwischen dem Therapeuten und dem Patienten voraus.

HEIGL-EVERS UND STANDKE (1991, S. 48) vergleichen den diagnostischen Vorgang mit einem Stegreif-Theater, das von einem »Zwei-Autoren-Kooperativ« sowohl »geschrieben als auch gespielt« wird. Beide, der Therapeut und der Patient, stehen vor der Aufgabe, die »gemeinsame Produktion zu entschlüsseln.« (S. 48)

Während zu Beginn der Behandlung hauptsächlich der Therapeut unter Mithilfe des Patienten diese Entschlüsselung vornimmt, wird dieser später, in Identifikation mit dem analysierenden Therapeuten, zunehmend selbst die Arbeit übernehmen können. Das sich so einstellende *Arbeitsbündnis* ist als ein erstes wesentliches Ergebnis der therapeutischen Arbeit zu betrachten, dessen Wirkung weit über das Therapieende hinaus zu beobachten ist. So beschreiben Patienten, die nach vielen Jahren noch einmal kurzfristig in die Behandlung zurückkommen, daß ihnen das inzwischen internalisierte analytische Vorgehen bei erneuten psychosomatischen Beschwerden oder Konfliktsituationen half, sich dem verborgenen Unbewußten zu nähern und neue Problemlösungsmöglichkeiten zu finden. Auch von RUDOLF (1991) wird auf den signifikanten Zusammenhang zwischen der »Güte der therapeutischen Arbeitsbeziehung und dem Behandlungsergebnis« hingewiesen.

Gegen eine solche Entschlüsselung der gemeinsamen Produktion richten sich in den Behandlungen nicht nur die Widerstände des Patienten, sondern häufig auch die des Therapeuten. Dies wird verständlich, wenn davon ausgegangen wird, daß ähnlich wie bei jeder Partnerwahl auch die Auswahl der Patienten nach unbewußten Regeln erfolgt. Wie RUDOLF (1981) beschreibt, wird entweder eine kompensatorische oder eine ähnliche Struktur gesucht. Dementsprechend bevorzugen zwanghaft strukturierte Therapeuten eher triebhaft spontane Patienten, während depressiv-ängstliche Therapeuten eher ähnliche Patienten in Behandlung nehmen. Auch von RIEMANN (1961) werden derartige Wechselwirkungen zwischen Patient und Therapeut und deren Auswirkung auf die Behandlung beschrieben. Der Widerstand des Therapeuten gegen die Aufdeckung eigener Konflikte und die eigenen Wertmaßstäbe und Gefühlsstereotype bewirken in den Behandlungen zum Teil auch geschlechtsspezifische »Wahrnehmungsauslesen« (RUDOLF

1981) mit der Gefahr, daß sich Therapeut und Patient ähnlich wie in anderen Partnerschaften »verclinchen«.

So stellten wir beispielsweise in einer kollegialen Supervisionsgruppe fest, daß ein Kollege auf hysterisches Agieren von Patientinnen eher gewährend, teilweise sogar partizipierend reagierte, bei ähnlichem Verhalten von Patienten dagegen zu strikten Deutungen neigte und dabei leicht in Gefahr geriet, sich in Machtkämpfe einzulassen. Die Struktureigenschaften des Therapeuten führten zu Widerständen, die die Therapie erschwerten.

Die Qualität der Zusammenarbeit von Therapeut und Patient hängt ab von der Motivation, Krankheitseinsicht und Flexibilität des Patienten – dies sind alles bekannte prognostische Kriterien. Aber auch die Wertschätzung, Sympathie und der Respekt des Therapeuten vor den Problemlösungsversuchen des Patienten korrelieren in hohem Maße mit der prognostischen Einschätzung und dem therapeutischen Erfolg (RUDOLF 1991).

In diesem Zusammenhang ist mir einer meiner ersten Patienten in Erinnerung geblieben, der von der Supervisorin und von der Arbeitsgruppe als prognostisch ungünstig eingeschätzt wurde und dann doch nach vielen Schwierigkeiten eine erstaunlich positive Veränderung erlebte. Bei der späteren Diskussion der therapeutischen Essentials gewannen wir den Eindruck, daß es das Vertrauen in seine Ressourcen war – man könnte auch sagen, die »spiegelnde Mutter« – die den Patienten vor malignen Einbrüchen bewahrte, beziehungsweise ihm immer wieder Mut machte, sich daraus zu lösen.

An dieser Stelle sei auf die Arbeit von FÜRSTENAU »Entwicklungsförderung oder Defizienzorientierung?« (1990) verwiesen, in der der Autor kritisch feststellt, daß sich die psychoanalytische Behandlungstheorie und Praxis einseitig an den pathologischen Persönlichkeitsanteilen orientiert und den »normalen, gesunden Persönlichkeitsbereichen« zu wenig Beachtung schenkt. Er fordert eine »doppelte Sicht«: »Erst auf dem Hintergrund der Identifizierung der gesunden Ich-Anteile und Ressourcen werden die sich unmittelbar oder durch Bericht manifestierenden pathologischen Erlebnismuster identifizierbar und einordenbar« (S. 59).

MORGENTHALER (1978) betont ebenfalls diesen Ansatz und folgert daraus: »Deshalb begegne ich grundsätzlich jedem Analysanden – und möge er noch so krank erscheinen – als einem Partner, der zwar in Konflikten steht, Symptome zeigt und was auch immer für Begleiterscheinungen mitbringt, der aber unter dem Gesichtspunkt seiner Ich-Funktionen und seiner Libidoschicksale so gesund wie möglich und nicht so krank wie möglich ist.« (FÜRSTENAU 1990, S. 58)

Dieser ressourcenorientierte, die gesunden Ich-Anteile mit einbeziehende Ansatz hat wesentliche Auswirkungen auf den Behandlungsverlauf. Begleitet der Therapeut angesichts seiner Diagnose die zaghaften Entwicklungsschritte des Patienten eher skeptisch oder erlebt er die Einbrüche des Patienten als Beweis für die ungünstige Prognose, besteht die Gefahr, daß der Therapeut im Sinne einer *sich selbst erfüllenden Prophezeiung* das negative Skript des Patienten in gefährlicher Weise unterstützt. Die skeptische Sicht korreliert dann mit dem negativen Selbst des Patienten, in deren Folge er sich leicht entmutigen läßt, immer wieder von Neuem expansive Schritte zu versuchen.

Nicht selten wird beispielsweise der während der Therapie eintretende Rückfall des Patienten – unter Hinzuziehung der in der Literatur beschriebenen »ungünstigen Prognose« – vom Therapeuten vorschnell einem Scheitern der Behandlung gleichgesetzt und als Beweis für die »fehlende Willensstärke«, und Unheilbarkeit der Erkrankung erlebt. Die in der Supervision dann auftretenden Phantasien, eventuell die Therapie abzubrechen, »der Patient ist eben nicht behandelbar«, sind häufig Ausdruck einer narzißtischen Kränkung und abgewehrter Schuldgefühle des Therapeuten, der sich für das Versagen des Patienten derart verantwortlich macht, als wäre es sein eigenes. Man könnte in einem solchen Fall auch von einer Überidentifikation des Therapeuten mit dem negativen Selbst des Patienten sprechen. Nicht selten erleben auch die Patienten den Rückfall als ein »tiefes Versagen«, als einen »Beweis« ihrer Unfähigkeit und Minderwertigkeit.

Derartige bewußte oder unbewußte Schuldgefühle und Omnipotenzphantasien können leicht ein Gegenübertragungsagieren zur Folge haben. Der Therapeut begegnet dann seiner Hoffnungslosigkeit und seinem Ohnmachtsgefühl häufig kompensatorisch durch besonders aktives Intervenieren. Dieses hilft in den meisten Fällen wohl eher dem Therapeuten, sein eigenes Gleichgewicht zu regulieren, als dem Patienten.

Die besondere psychische Belastung von Mitarbeitern im Suchtbereich ist bekannt. Angesichts der hohen Rückfallrate und der Bedeutung der Abstinenz als Erfolgskriterium stellt sich bei den therapeutischen Mitarbeitern leicht das Gefühl des »Ausgebranntseins« ein. Eine fundierte Auseinandersetzung mit den wissenschaftlichen Rückfalltheorien bietet hier professionelle Hilfe. Unter Einbeziehung dieser Kenntnisse erweist sich die psychoanalytische, interaktionell orientierte Diagnostik als eine besondere Chance, denn die Reflexion der Gegenübertragungsreaktion und der Übertragungsmuster gibt dem Therapeuten nicht nur die Möglichkeit eines vertieften Zugangs, sondern gleichzeitig auch Handlungsanweisungen für sein weiteres Vorgehen.

In der Supervision könnte sich zum Beispiel herausstellen, daß der Therapeut bei Reflexion seiner Helferimpulse feststellt, daß er in komplementärer Rollenübernahme ähnlich wie die Mutter dem Patienten die Verantwortung für das eigene Handeln abzunehmen versucht und damit Expansion verhindert. Der Rückfall wäre in einem solchen Fall nicht als ein Zeichen der Verschlechterung zu werten. Er könnte statt dessen als ein Selbstbehauptungs- und Abgrenzungsversuch gegen den die Autonomie des Patienten unterbindenden Therapeuten verstanden werden. In weiteren Schritten wären dann die familiäre Wiederholungssituation und die Angst des Patienten vor Abgrenzung bei gleichzeitig bestehender Wut und Abhängigkeitsscham zu reflektieren.

Auf die der Suchterkrankung zugrundeliegende narzißtische Störung, in deren Folge die Patienten das Recht auf ein eigenständiges Erleben und Leben als Loyalitätsverrat an den Primärbeziehungen erleben, und auf die sich daran anknüpfenden Maskierungen der bedrohlich erlebten Scham- und Schuldgefühle wird in der psychoanalytischen Literatur hingewiesen. Diese psychoanalytische Sicht entspricht auch familientherapeutischen Untersuchungen zu familiären Beziehungskonstellationen in Suchtfamilien. Unter Einbeziehung der Mehrgenerationenperspektive kann davon ausgegangen werden, daß mindestens drei Generationen in die Suchtproblematik des Patienten involviert sind. Wiederum ist es eine Frage der theoretischen Einstellung und Werthaltung des diagnostizierenden Therapeuten, ob und wie er familientherapeutische Aspekte in der Einzeltherapie mitberücksichtigt.

Zu warnen ist vor allen Dingen vor der oft zu beobachtenden negativen Gegenübertragung des Therapeuten auf die Angehörigen des Patienten. Die Angehörigen werden leicht als »Täter« und der Patient als »Opfer« deklariert. Eine solche Koalitionsbildung des Therapeuten mit dem Patienten verschärft nicht nur den familiären Widerstand gegen die Therapie, sie verstärkt auch den Widerstand des Patienten. In nicht seltenen Fällen kann der Rückfall des Patienten auch als Ausdruck seiner Angst vor Loyalitätsverrat den Angehörigen gegenüber verstanden werden.

Abgesehen von der aus diagnostischen Gründen notwendigen Reflexion der spezifischen Gegenübertragung in der Behandlung sollte in Arbeits- und Supervisionsgruppen das Augenmerk auch auf die generellen therapeutischen Wertmaßstäbe und Gefühlsstereotype und die sich daraus ableitenden spezifischen Muster bei der komplementären Rollenübernahme gelenkt werden. Diese persönlichen Variablen des Therapeuten beeinträchtigen ebenfalls den diagnostischen Prozeß und den Behandlungsverlauf. In einer begleitenden Selbsterfahrung des Therapeuten könnten sie aufgedeckt und bearbeitet werden. Sollte dies nicht möglich sein, besteht auch in einer kollegialen Supervisionsgruppe die Gelegenheit, zumindest ansatzweise diese Arbeit zu leisten. Fragestellungen wie »Welche emotionalen Bedingungen brauche ich als Therapeut, um zufrieden und erfolgreich Therapie machen zu können? Unter welchen zwischenmenschlichen Konstellationen breche ich den Kontakt ab, wie groß ist meine Toleranzschwelle?« (RUDOLF 1981) sollten in die Selbstreflexion eines jeden Therapeuten mit einfließen.

Es ist mehr als eine analytische Technik, diese Persönlichkeitsvariablen dem Patienten zu benennen, wenn sie von ihm während der Behandlung als Störfaktor bemerkt werden. Gerade Patienten mit sogenannter struktureller Ich-Störung und Störungen in der Selbst-Objektdifferenzierung sind in ihren gefühlsmäßigen Einstellungen häufig stark außenorientiert. Sie reagieren seismographisch auf die Stimmungen, Gefühle, Erwartungen der anderen – auch auf die des Therapeuten. Diese Patienten können nicht zwischen den eigenen Empfindungen und denen der anderen unterscheiden; sie erleben sich im Hinblick auf eigene Gefühle als orientierungslos. Reagiert der Therapeut auf die kritische Stellungnahme des Patienten abwertend, vielleicht sogar mystifizierend, bedeutet dies für diese Patienten eine Wiederbelebung alter traumatischer Beziehungsmuster.

Nicht selten reagieren Patienten in solchen Konstellationen mit erheblichen Spannungszuständen und einer erneut drohenden Fragmentierung des Selbst. Solche Reaktionen werden dann häufig vom Therapeuten – wiederum in Abwehr eigener Anteile – ausschließlich auf das Konto des Patienten verbucht. Der Patient ist dann in der Behandlungsstunde vom »Regen in die Traufe« gekommen. Eine emotionale Neuerfahrung ist verspielt.

Es ist auch mehr als eine analytische Technik, wenn dem Patienten in solchen Fällen mitgeteilt wird, diese Konfusion und Orientierungslosigkeit hänge wohl mit dem unempathischen Verhalten des Therapeuten zusammen. Der Therapeut könne verstehen, daß der Patient gekränkt oder verärgert sei, seine Wahrnehmung, der Therapeut sei uneinfühlsam, dominant oder rechthaberisch gewesen, sei gerechtfertigt.

Diese Vorgehensweise bietet dem Patienten die Möglichkeit, eine Neuerfahrung zu machen. Über eine derartige Spiegelung des Affekts bekommt der Patient Zugang zu den eventuell schambesetzten, abgespaltenen Affekten. In Identifikation mit dem Therapeuten kann der Patient erleben, wie dieser mit peinlichem Erleben oder Affekten ohne eine Fragmentierung des Selbst umzugehen vermag. Ein solcher Umgang mit dem Patienten verdeutlicht auch den Respekt vor dem anderen, dem Abgegrenzten, der eben nicht – wie Patienten mit struktueller Ich-Störung es häufig erlebt haben – zu eigenen narzißtischen Zwecken mißbraucht wird. In der familientherapeutischen Literatur wird die Parentifikation des späteren Suchtpatienten als Hilfsquelle narzißtischer Stabilisierung der Eltern ausführlich dargestellt.

Zum Verhältnis von Diagnostik – Theorie – Behandlungstechnik

Ebenso wie die psychoanalytische Diagnostik nicht zu trennen ist von der hermeneutischen Wahrnehmungseinstellung und dem Übertragungs- Gegenübertragungsprozeß ist sie auch nicht zu trennen von der psychoanalytischen Theorie.

Wie aus dem bisher Erörterten hervorgeht, gibt das diagnostizierende Verstehen dem Therapeuten Handlungsanweisungen für die weiterführende Behandlungstechnik, etwa wann und wie gedeutet oder spiegelnd interveniert werden sollte, ob besser geschwiegen wird oder vielleicht sogar pädagogische Ratschläge notwendig sind, welches affektive Klima in einer bestimmten Situation für den Patienten am günstigsten ist, um wichtige Neuerfahrungen machen zu können.

Gerade von Berufsanfängern werden angesichts der vielfältigen Informationen des Patienten und der eigenen multiplen Gefühlsantworten wie beispielsweise Leeregefühle, Angstgefühle, Orientierungslosigkeit, häufig Zweifel geäußert: Wie sollen sie angesichts dieser Gefühlsreaktionen zu einer stimmigen, die Psychodynamik berücksichtigenden Diagnostik kommen, die ihnen Hilfestellung bei den Interventionen oder Deutungen geben könnte? Welche der vielen Suchttheorien sollen sie bevorzugen? Was sollen sie ansprechen, wie können sie deuten, wie intervenieren? Soll die Droge nun als »Selbstheilungsversuch« oder aber als »Partialobjekt mit sadistischen mütterlichen Eigenschaften« verstanden werden? Hat der Alkoholpatient eine Über-Ich-Störung, eventuell sogar ein gespaltenes Über-Ich?

Die Frage nach einer möglichst verbindlichen Theorie und der daraus abzuleitenden »richtigen Technik« steht dann im Raum; sie wird zum Teil auch explizit gestellt mit dem Verweis, daß auch in der Literatur nur widersprüchliche Hinweise zu erhalten sind.

Die Irritation der Weiterbildungskandidaten erinnert an die von CREMERIUS beschriebene »Verwirrung des Zöglings T.« (1979), der für seine therapeutisch-praktische Arbeit Orientierung am analytischen Theoriegebäude sucht. Er wendet sich vielleicht zunächst FREUDS technischen Schriften zu. Dabei wird er auch auf widersprüchliche Aussagen stoßen. CREMERIUS vergleicht die Verwirrung des Ausbildungskandidaten mit einem Automechaniker, der einen funktionierenden Motor bauen soll aus Motorteilen, die aus unterschiedlichen Baujahren stammen. Wie kann zum Beispiel die »verlangte gleichschwebende Aufmerksamkeit (Baujahr 1912) und die geforderte Aktivität bei der Bekämpfung der Widerstände in Zusammenhang gebracht werden?« Soll der Therapeut »die Inhalte deuten (Baujahr vor 1914) oder sie alle liegen lassen zugunsten der Übertragungsdeutung (Baujahr 1914)?« (S. 552).

Nun könnte der Leser mit dem Hinweis auf den technischen Unterschied zwischen einer Standardtherapie und dem modifizierten analytischen Verfahren meinen, derartige analytische Feinheiten müßten ihn nicht interessieren. Beim modifizierten Verfahren sei vor allem die »gefühlshafte Stellung zum Patienten und die pädagogische (informierende, beratende) Stellungnahme des Therapeuten« ratsam. Erst an dritter Stelle würde die »im engeren Sinne analytische Intervention, die die unbewußte Dynamik und neurotische Problematik anspricht«, stehen (DÜHRSSEN 1972, S. 109).

Vor allem diese modifizierte Technik erfordert ausgewogene theoretische wie auch diagnostische Kenntnisse, um den zentralen neurotischen Konflikt zu erfassen und behandlungstechnisch anzugehen. Die Bearbeitung des in den Stunden deutlich werdenden Triebkonfliktes kann nach DÜHRSSEN (1972) in drei Schritten erfolgen.

Zunächst geht es darum, »die Gefühlslage des Patienten richtig zu verstehen und dabei gleichzeitig anzustreben, daß der Patient auch selber in die Lage kommt, diese Gefühle zu beschreiben und mitzuteilen. Erst wenn es dem Patienten möglich gewesen ist, die ihn beherrschenden Gefühle einigermaßen zu verbalisieren, kann man unbesorgt weiter vordringen und – als zweiten Schritt – die Motive oder die begleitenden Vorstellungen für die erlebten Gefühle aufspüren. Schließlich – wenn Gefühl und Vorstellung beim Patienten ausreichend deutlich geworden sind – darf man sich daran wagen, auch die zugehörige Triebqualität in das Bewußtsein zu heben« (S. 196). Wie aus der Abfolge hervorgeht, wird die deutende Arbeit hauptsächlich im Mittelteil der Behandlung eine Rolle spielen. Trotz der Abwandlungen der Behandlungstechnik in den modifizierten Verfahren unterscheiden sich die Interventionen *qualitativ* nicht von denen der Psychoanalyse. Der Unterschied besteht nur im Hinblick auf die *Häufigkeit* ihrer Anwendung. (S. 121)

Dieses notwendigerweise aktiv strukturierende Vorgehen des Therapeuten – wenn nicht in der Behandlung reflektiert – lädt ebenfalls wie das bereits beschriebene Helfersyndrom zum Agieren im Dienste der Abwehr des Therapeuten ein.

In einer Supervisionsstunde stellte sich das ausgesprochen aktive Eingehen der Therapeutin auf den Patienten als Abwehr des libidinösen Angebotes des Patienten dar. In einem anderen Fall galt die Aktivität des Therapeuten der Abwehr seiner Angst vor drohendem regressiven Einbruch des Patienten und der Auseinandersetzung mit dessen sadistischen Phantasien und seiner Suizidalität.

Die Frage nach der »richtigen Technik« entpuppt sich häufig als Abwehr eines Übertragungs- Gegenübertragungsgeschehens, das es diagnostisch, interaktionell zu erfassen gilt. Mit DÜHRSSEN (1972) schlage ich in den Supervisionen vor, die Frage, »Was mache ich, wenn ...?« umzuwandeln in die Fragestellung »Was liegt vor, wenn ...?«

Wir stellten beispielsweise angesichts des auffällig aktiven Vorgehens der Therapeutin im ersten Fall fest, daß der Patient mit seinem libidinös getönten Angebot seine Trennungsängste und Wut vor dem sich ankündigenden Urlaub der Therapeutin abwehrte und die Therapeutin – wiederum in Abwehr eigener Schuldgefühle, den Patienten gerade jetzt »allein zu lassen« – ähnlich wie die Mutter das libidinöse Angebot nicht wahrnahm, statt dessen mit funktionalen Ratschlägen reagierte. Das neugewonnene diagnostische Verständnis gab den nächsten Stunden eine neue Wende. Mit Hilfe der Therapeutin konnte der Patient sich mit seiner Enttäuschungswut, ebenso auch mit seiner »inneren Formel« ›Ich brauche niemanden, dann kann ich auch nicht verlassen werden‹, auseinandersetzen.

In Anlehnung an CREMERIUS (1979) möchte ich diejenigen trösten, die im Theoriegebäude nach der »richtigen« Technik und der »richtigen« psychodynamischen Einschätzung suchen. Wenn sich auch Theorie – Technik – und Diagnostik wechselseitig bedingen, ist letztere nicht *nur* angewandte analytische Theorie. Es ist ein Mythos, wenn man meint, man müsse nur die Theorie »richtig« beherrschen, um zu einer »richtigen« differentialdiagnostischen Einschätzung im Behandlungsprozeß zu gelangen. Die psychoanalytische Diagnostik ist nicht von therapeutischen Essentials trennbar; sie ist vom ersten Gespräch bis zur Beendigung der Behandlung Ausdruck und Ergebnis angewandter Psychotherapie. Sie ist Ausdruck eines persönlichen therapeutischen Stils und der daraus abgeleiteten therapeutischen Technik, die sich jeder Therapeut im Laufe seiner Berufsjahre aneignen muß.

Zum diagnostischen Prozeß im Behandlungsverlauf

Ebenso wie es nicht *die* analytische Theorie, *die* Lehre von der analytischen Technik gibt, läßt sich auch nicht *die* Lehre von der psychoanalytischen Diagnostik im Behandlungsverlauf formulieren.

Analytische Therapie und Diagnostik implizieren eine Zwei-Personen-Psychologie, bei der der Analytiker dem Patienten mit seinen bewußten und unbewußten Anteilen begegnet. Gerade die Sensibilität für die eigene Konflikthaftigkeit ermöglicht es dem Therapeuten, die Pathologie des Patienten in ihrer Komplexität zu verstehen. Dieses »persönliche Verstehen«, gekoppelt mit dem Wissen um die psychoanalytischen Grundlagen, der Ätiologie des Krankheitsbildes und den Erfahrungen des Therapeuten, sind das Wesentliche psychoanalytischer Diagnostik.

Die sich ergebenden individuellen Differenzen im Umgang mit dem vom Patienten angebotenen Material haben zur Folge, daß »keine zwei Analytiker jemals im Verlauf einer Analyse genau dieselben Deutungen geben würden ... eine ... Einheitlichkeit des Verfahrens nie mehr als wenige Tage zu Beginn der Kur erhalten bleibt. Nach dieser Einleitungsphase verschwindet die Parallelität in der Handhabung des Materials, jeder Analytiker trifft seine eigene Wahl, auf welches Stück oder sogar auf welche Tiefenschicht er deutend eingeht. Die unterschiedliche Zeitwahl beeinflußt das Auftauchen von weiterem Stoff, dieser die Richtung der weiteren Deutungen. Auch wenn das Endergebnis vielleicht identisch ist, die Wege, die zu ihm führen, laufen weit auseinander«. (A. Freud 1945 – 1956, S. 1351)

Wenn auch die Subjektivität in der psychoanalytischen Diagnostik einen großen Raum einnimmt, muß sie sich jedoch messen lassen am »therapeutischen Erfolg«. Ob der Therapeut mit seiner theoriegeleiteten Annahme »richtig liegt«, erweist sich zum Beispiel am schrittweisen, manchmal auch plötzlich eintretenden Evidenzerleben des Patienten, wenn er sich »verstanden fühlt«, oder wenn die in der Therapie auftretenden Affekte wie Trauer, Wut, Neid zu neuem intrapsychischen und genetischen Material und zu neuen Problemlösungsmöglichkeiten führen, im optimalen Fall die Symptomatik überflüssig wird. Als Indikatoren für prognostisch günstige Veränderungen des Patienten sind auch die Etablierung des Arbeitsbündnisses und die Verschiebung der Aufmerksamkeit von der individuellen Symptomatik zur zwischenmenschlichen Problematik zu nennen.

An dieser Stelle muß auch auf die familiären Widerstände gegen die Therapie als prognostisches Kriterium hingewiesen werden. Treten manifeste familiäre Widerstände gleich zu Beginn der Behandlung auf, ist die Frage zu stellen, ob die Indikation einer Einzeltherapie gerechtfertigt war. Fragestellungen zur familiären Diagnostik sind möglicherweise nicht genügend reflektiert worden, beispielsweise: Welche Funktion hat die Symptomatik für die familiäre Beziehungskonstellation? Wem »nützt« das Symptom, wer dekompensiert eventuell, wenn das Symptom entfällt? Treten familiäre Widerstände während des Behandlungsverlaufs auf, ist dies häufig ein Anzeichen für gravierende Veränderungen des Patienten, auf die das familiäre Beziehungssystem beunruhigt reagiert.

Bei der Eruierung der familiären Beziehungsdynamik stellt sich häufig heraus, daß die Familie mit dem Symptom der Sucht ein neues interpsychisches Gleichgewicht gewonnen hat. Der Suchtkonflikt lenkt die Aufmerksamkeit von gefährlichen Beziehungskonflikten ab. Wird der Patient während der Therapie autonomer, selbstsicherer, gerät das familiäre Gleichgewicht ins Wanken, was zu erheblichen Turbulenzen führen kann. Der Rückfall des Suchtpatienten erweist sich dann häufig als ein gut eingespielter »Problemlösungsversuch«, auf den zurückgegriffen wird.

So reagierte der Mann einer Suchtpatientin mit depressiven Verstimmungen als diese nach 20-jährigem Hausfrauendasein expansiver, selbstsicherer wurde und gegen seinen Willen ein Geschäft eröffnete. Als er auch noch an einem Bandscheibenschaden erkrankte, erwog die 19-jährige Tochter, die seit einem Jahr nicht mehr im Haus der Eltern lebte, wieder nach Hause zurückzukehren. Gleichzeitig kündigte sich der Rückfall der Patientin an. Der Schritt in Richtung einer Neuorientierung drohte für alle zu mißlingen.

Jeder in der Suchttherapie erfahrene Therapeut kennt solche »familiären Rückfälle«. Er muß jetzt erwägen, welche therapeutischen Schlüsse zu ziehen sind. Aufgrund des gemeinsamen Widerstands gegen die notwendigen Entwicklungsschritte und der meiner Meinung nach ebenso bei der Tochter und beim Ehemann bestehenden Trennungsängste entschied ich mich in diesem Fall, die Einzeltherapie in eine Familientherapie umzuwandeln.

Wie HEIGL-EVERS und STANDKE (1991) vergleiche ich vor allem in der Initialphase der Behandlung die psychoanalytische Diagnostik mit einem Sammeln von Mosaiksteinchen: »Die Diagnose wird aus vielen Teilen als ein Mosaik konstruiert, ja, geschaffen, die Wahrheit, die es hier zu finden gilt, ist nicht vorgegeben, sondern wird in einem kreativen Akt erzeugt« (S. 44).

Im Mittelteil der Behandlung bis Behandlungsende bevorzuge ich den Vergleich psychoanalytischer Diagnostik mit dem gemeinsamen Blick durch ein Kaleidoskop. Jede Drehung des Kaleidoskops zeigt eine neue Ganzheit, neue Strukturen und Facetten, ein neues Farbzusammenspiel.

Übertragen wir dies auf den Behandlungsprozeß. Die sich in der Behandlung verändernden Ich-Funktionen, die sich auch im Übertragungs- Gegenübertragungsgeschehen widerspiegeln, fördern gegenüber dem anfänglichen Bild neue, differenziertere diagnostische Teilaspekte zutage, die die genetischen wie auch die aktuellen Lebensumstände in einem neuen Licht erscheinen lassen. Der Analytiker und der Patient »konstruieren in einer gegenseitigen Validierung der Sinneseindrücke« ein neues gemeinsames »Wahrheits-Wissen«, das dem Patienten »erlaubt, sein seelisches Leben, seine seelische Perspektive unter einem neuen Gesichtspunkt ... zu begreifen« (LOCH 1976, S. 880).

Die eingangs gestellte Frage nach der Bedeutung und dem Stellenwert psychoanalytischer Diagnostik im Behandlungsverlauf beantwortet sich von selbst durch die Definition psychoanalytischer Diagnostik als interaktioneller Prozeß zwischen Patient und Therapeut.

Dementsprechend ist die psychoanalytische Diagnostik weder ein einmaliger noch ein zeitlich begrenzter Akt, sondern ein Prozeß, der mit dem Erstgespräch beginnt und mit der letzten Behandlungsstunde aufhört. Eine so verstandene Diagnostik schmälert nicht den Gewinn einer guten differentialdiagnostischen Einschätzung zu Beginn der Behandlung. Sie grenzt sich jedoch von einer primär sich an der Nosologie orientierenden Diagnostik ab. Letztere beinhaltet die Gefahr, die Patienten in das Prokrustesbett einer Theorie zu zwingen.

Als Beispiel kann eine Patientin gelten, die nach Klinikaufenthalt und einem abgebrochenen Therapieversuch bei einem Kollegen schließlich zu mir wegen erneut drohendem Alkoholabusus kam.
Gleich zu Beginn berichtete sie schuldgefühlshaft und mit deutlich selbstentwertenden Tendenzen von der »diagnostischen Einschätzung« des Kollegen. Zwischen ihr und dem Kollegen hätte es einen »ständigen Kampf« gegeben. Der Kollege hätte ihr gesagt, sie sei »beziehungsgestört«, habe eine »Borderline-Störung«.
Als mich einige Zeit später dieser Kollege ansprach, »wie sich denn diese ›Borderline-Patientin‹ entwickele«, ich ihm mitteilte, daß ich mit dem Therapieverlauf recht zufrieden sei, antwortete er: »Das kann nicht sein, das ist doch eine Borderline-Patientin«.

Diese kurze Interaktionssequenz spiegelt die Gefahr einer Ein-Personen-Psychologie wider. Informationen, die der ersten diagnostischen Einschätzung nicht entsprechen, werden übergangen.

Diese Art der Diagnostik dient wohl eher der Sicherung der Omnipotenz des Therapeuten und seiner Abwehr, sich auf den interaktionellen Prozeß einzulassen.

Als Basisliteratur empfohlen

Dührssen, A. (1972): Analytische Psychotherapie in Theorie und Praxis und Ergebnisse. Vandenhoeck & Ruprecht, Göttingen

Heigl-Evers, A., Standke, G. (1991): Die Beziehungsdynamik Patient-Therapeut in der psychoanalytisch orientierten Diagnostik. In: Heigl-Evers, A.; Helas, I.; Vollmer, H. C. (Hrsg.): Suchttherapie – psychoanalytisch, verhaltenstherapeutisch, Vandenhoeck & Ruprecht, Göttingen, S. 43-56

Rudolf, G. (1981): Untersuchung und Befund bei Neurosen und psychosomatischen Erkrankungen. Beltz, Basel/Weinheim

Zur weiterführenden Lektüre empfohlen:

ARGELANDER, H. (1974): Über die psychoanalytische Kompetenz. Psyche 12, 1063-1076

THOMÄ, H.; KÄCHELE, H. (1989): Lehrbuch der psychoanalytischen Therapie. Bd.1 Grundlagen, Springer, Berlin/Heidelberg/New York/Paris/London/Tokio

Literaturangaben zum Text:

CREMERIUS, J. (1979): Die Verwirrung des Zöglings T., Psychoanalytische Lehrjahre neben der Couch. Psyche 6, 551-564

FREUD, A. (1954): Der wachsende Indikationsbereich der Psychoanalyse. Diskussion (1954). In: Schriften der Anna Freud. Bd. V, Kindler Verlag, München, 1980, S. 1348-1367; auch in: Die Schriften der Anna Freud. Bd. V, Fischer, Frankfurt a.M., S. 1349-1367

FÜRSTENAU, P. (1990): Entwicklungsförderung oder Defizienzorientierung? Plädoyer für zielgerichtetes psychoanalytisch-psychotherapeutisches Handeln. In: STREECK, U.; WERTHMANN, H.-V. (Hrsg.): Herausforderungen für die Psychoanalyse – Diskurse und Perspektiven, Pfeiffer, München, S. 53-66

LOCH, W. (1991): Psychoanalyse und Wahrheit. Psyche 10, 865-889

RIEMANN, F. (1961): Die Struktur des Analytikers und ihr Einfluß auf den Behandlungsverlauf. In: Fortschritte der Psychoanalyse, Intern. Jahrbuch zur Weiterentwicklung der Psychoanalyse, Bd. 1, Hogrefe, Göttingen, S. 156-174

RUDOLF, G. (1991): Die therapeutische Arbeitsbeziehung. Untersuchungen zum Zustandekommen, Verlauf und Ergebnis analytischer Psychotherapien. Springer, Berlin/Heidelberg/New York

Johannes Dittert

Anamnesen-Erhebung und diagnostischer Prozeß

> Stichwort: Anamnese
>
> »Anamnese« bedeutet entsprechend seinem griechisch-lateinischen Ursprung Erinnerung, hat jedoch in der Medizin ebenso wie in der Psychoanalyse eine Bedeutungsausweitung erfahren, so daß zur Anamneseerhebung nicht nur entsprechend der Erinnerung des Klienten die Beschreibung der Ausprägung und der Vorgeschichte einer Krankheit gehört, sondern auch die vom Untersucher vorzunehmende Auswertung des erhobenen Materials. Diese erfolgt in der Psychoanalyse vor allem unter Einbeziehung von psychodynamischen und strukturellen Gesichtspunkten und führt zu diagnostischen, prognostischen und therapeutischen Aussagen. Diese Gesamtabklärung eines Krankheitsbildes läßt sich auch als diagnostischer Prozeß verstehen.

Psychoanalytisches Erstinterview und biographische Anamnese

Eine Anamneseserhebung erfolgt – allerdings mit sehr unterschiedlicher Vollständigkeit – entweder im Rahmen eines psychoanalytischen Erstinterviews (BALINT u. BALINT 1961; ARGELANDER 1966, 1970) oder einer biographischen Anamnese (DÜHRSSEN 1981). Diese beiden Interviewtechniken sollen zunächst mit ihren Schwerpunkten und Zielen kurz beschrieben werden. Da unser Hauptinteresse jedoch dem Aufgabenbereich der Sozial- und Suchttherapie gilt, wird später eine entsprechend modifizierte tiefenpsychologische Anamnese besonders in ihrer praktischen Durchführbarkeit ausführlicher beschrieben werden, die sowohl die »szenische Information« des Erstinterviews als auch den genetisch-historischen Aspekt der biographischen Anamnese berücksichtigt.

Das *psychoanalytische Erstinterview* ist eher eine bruchstückhafte Anamneseserhebung. Sein Schwerpunkt und Ziel ist nicht ein möglichst vollständiges Erfassen von Symptomen und Persönlichkeitsbeschwerden, auch nicht eine ergänzende lebensgeschichtliche Erforschung des Ursprungs und Entwicklungsverlaufs seelischer Störungen, sondern das Erlebenkönnen spezifischer Interaktionsszenen mit dem Klienten, deren Entschlüsselung zum Verstehen von unbewußten Konflikten dieses Klienten führt. Entsprechend diesem Konzept überläßt der Interviewer dem Klienten weitgehend die »Szene«, die vorwiegend von diesem strukturiert werden soll. Es sollte dem Untersucher bewußt sein, daß in dem Klienten die Vorstellung, einen Berater aufsuchen zu müssen, ein Bündel von bewußten und unbewußten Erwartungen, Ansprüchen, Befürchtungen, Abwehrhaltungen und Handlungsdispositionen weckt, das dieser in die Erstbegegnung mit dem Interviewer hineinträgt (Übertragung), der seinerseits mit einem Bündel von Erwartungen und Befürchtungen die »Szene« betritt (Übertragung des Interviewers). Während die Übertragungsäußerungen des Klienten sich in dieser Szene möglichst ungehindert entfalten sollen, wird von dem Betrachter ein reflektierender Umgang mit seinen Übertragungsanteilen erwartet, die er unter Kontrolle haben sollte. Im übrigen können diese Übertragungen als reinste Form der Übertragung bezeichnet werden, da sie in den Objektbeziehungen des Klienten und des Interviewers ihren Ursprung haben und noch nicht durch das Erscheinungsbild, die Art des Auftretens und die sonstigen Begleitumstände des jeweils anderen modifiziert sind. Ist dagegen die Erstbegegnung eröffnet und treten Klient und Interviewer in Interaktion, werden die Übertragungsangebote des ersteren in dem Untersucher antwortende Reaktionsbereitschaften auslösen (Gegenübertragung).

Was nun den Verlauf des Gesprächs und dessen szenische Ausgestaltung anbetrifft, so können und werden diese in der Regel darin bestehen, daß der Klient den Grund seines Erscheinens nennt, über seine Beschwerden und Störungen berichtet, dabei auf seine konflikthaften Beziehungen in Familie, Beruf und Partnerschaft eingeht und vielleicht auch eigene Ansichten über die Entstehungsursachen seiner Erkrankung entwickelt. Der Interviewer wird dem Klienten nicht nur mit freischwebender Aufmerksamkeit zuhören, sondern sich mit diesem auch identifizieren, womit die zu gewinnende Erkenntnis eine zusätzliche Dimension erhält. Im übrigen wird er das vorgebrachte Material, so unsystematisch und verworren es auch dargeboten wurde, mit Hilfe seines theoretischen Wissens auswerten können, so daß sich erste diagnostische Hinweise ergeben mögen. Die für das psychoanalytische Erstinterview zentralen Erkenntnisse werden jedoch nicht auf diesen Wegen gewonnen, sondern mittels der Wahrnehmung des bewußten und unbewußten Beziehungsgeschehens zwischen Klient und Interviewer, so wie es vorwiegend der erstere inszeniert und wie es sich in einer Abfolge von Interaktionsszenen zeigt (»szenische Information«).

Die von dem Klienten in das Beziehungsgeschehen übertragenen Wünsche, Ansprüche, Befürchtungen, Abwehrhaltungen und Handlungserwartungen an den anderen werden von intensiven Affekten begleitet, die der Interviewer erspürt und auf die er seinerseits innerlich mit Gefühlen, Phantasien und Handlungsbereitschaften reagiert, die er in ihrer Gesamtheit als seine Gegenübertragung erkennen sollte. Das Erfassen dieses Übertragungs-Gegenübertragungsgeschehens durch den Untersucher mittels geschulter fachlicher Kompetenz, besonders mittels der kritisch reflektierten affektiven Resonanzerlebnisse, fördert das Erkennen der Bedürfnislage des Klienten, seiner Ängste und seiner Abwehr sowie das Erkennen der durch seine Handlungserwartungen in den anderen Menschen ausgelösten Reaktionen. Auf diesem Weg gelangt der Interviewer zu einer ziemlich präzisen Diagnose der Beziehungsformen des Klienten, das heißt seiner interpersonalen Konflikte beziehungsweise seiner Objektbeziehungsstörungen.

Die *biographische Anamnese* strebt im Gegensatz zum psychoanalytischen Erstinterview eine möglichst vollständige Anamneseerhebung an. Hier geht es nicht zentral um »szenische Informationen«, sondern um eine durch gezielte Fragen provozierte Selbstdarstellung des Klienten, die dennoch einem gewissen in sich schlüssigen Ordnungsschema folgt. Das so gewonnene Material sollte in seiner diagnostischen Relevanz keinesfalls unterschätzt werden. Auch hier wird in der Regel der Klient zunächst über den Anlaß seines Kommens sprechen, über seine Symptome und Schwierigkeiten mit anderen Menschen, sein Versagen in Beruf und Partnerschaften, doch wird die Selbstdarstellung vorsichtig vom Therapeuten auch auf auslösende Konfliktsituationen gelenkt. Desweiteren sollte in möglichst freier Form eine Darstellung der lebensgeschichtlichen Entwicklung folgen, unter Einbeziehung der »Drei-Generationen-Familie«, wenn möglich unter Berücksichtigung des Seperations-Individuations-Prozesses und typischer Krisen in Schwellensituationen. Eine möglichst spontane Schilderung der Sozialentwicklung sollte sich anschließen. Das gesamte Material läßt sich dann nach neurosenpsychologischen Gesichtspunkten auswerten, so daß sich Überlegungen zur Psychodynamik der neurotischen Erkrankung, zur Diagnose und Prognose sowie zur Behandlungsplanung anstellen lassen.

Modifizierte tiefenpsychologische Anamnese

Äußere und persönliche Bedingungen der Anamneseerhebung

Voraussetzung einer guten Anamneseerhebung ist die Bereitstellung einer angenehmen äußeren Umgebung und eines wohltätigen menschlichen Klimas (BLANCK und BLANCK 1989). Dazu gehört ein geschützter Raum ohne Störungen von außen wie Telefonanrufe oder sonstige Unterbrechungen, aber auch ein angemessenes Verhalten des Interviewers, der übertriebene Freundlichkeit, übermäßige Nachgiebigkeit vor den Forderungen des Klienten oder unangebrachtes Eingreifen zur Angstbeschwichtigung vermeiden sollte. Es empfiehlt sich, dem Klienten das Ziel des Gesprächs (»wir sollten eine Übersicht über Ihre Beschwerden und Probleme und über Ihre Lebensgeschichte gewinnen«) kurz zu erläutern, ohne in lange Erklärungen zu verfallen, und die dafür angesetzte Zeit (bei Anfängern möglichst nicht über 1 Stunde je Sitzung) mitzuteilen. Es gehört zur Kunst der Gesprächsführung, den Klienten, insofern dessen spontane Mitteilungen stocken, durch gezielte Fragen zur weiteren Selbstdarstellung zu provozieren, wobei der Interviewer einem verinnerlichten Ordnungsschema folgen darf. Mit anderen Worten, der Interviewer läßt dem Klienten einen relativ großen Freiraum und überläßt ihm die Aktivität, diesen auszufüllen. Es versteht sich von selbst, daß unangemessener Zeitdruck oder anders begründete Ungeduld diesem Setting zuwiderlaufen. Die Gesprächshaltung des Interviewers sollte sich auszeichnen durch freischwebende Aufmerksamkeit, zurückhaltende Einfühlsamkeit, durch Neutralität, das heißt einen Verzicht auf Kritik und Werturteil (besonders auch über frühere Berater und Therapeuten, selbst wenn Klienten dazu verführen wollen!), durch das Unterlassen jeder Art von Besserwisserei, womit Auseinandersetzungen mit dem Klienten vermieden werden, sowie durch eine Hinnahme von Kritik und Lob ohne narzißtische Kränkung oder Überbewertung. Mit anderen Worten: Der Interviewer muß in Selbsterfahrung und Supervision seine eigene narzißtische Bedürftigkeit erfaßt haben, so daß er nicht auf Gratifikation durch Klienten angewiesen ist.

Diagnostischer Prozeß und angestrebte Ziele

Durch die Anamneseerhebung wird ein vielschichtiger diagnostischer Prozeß in Gang gesetzt. Während der Gesprächsbegegnung werden verbale und nonverbale Informationen gewonnen, die der Erkenntnisgewinnung dienen. Zu diesen treten die »szenischen Informationen«, die Ausdruck des Übertragungs-Gegenübertragungsgeschehens sind und die der Erkenntnis wichtige neue Dimensionen hinzufügen.

Der diagnostische Prozeß zielt

– auf die Erhebung der Symptomatik, die mehr oder weniger leicht bestimmten Krankheitsbildern zugeordnet werden kann (Süchten, Phobien, Depressionen, Zwängen);
– auf die Abklärung der symptomauslösenden Konfliktsituationen;
– auf belastende äußere Ereignisse beziehungsweise Objektbeziehungsstörungen;
– auf aktualisierte intrapsychische Konflikte;
– auf die Symptombildung als neurotischen Versuch einer Konfliktlösung;
– auf die Analyse der Lebensgeschichte in ihrer Bedeutung für die Persönlichkeitsstruktur, und im Zusammenhang mit dieser;
– auf das Erfassen der Entwicklung der präödipalen und

ödipalen Objektbeziehungen mit ihren angst- und spannungsregulierenden Funktionen als Teil der Ich- und Über-Ich-Organisation.

Die Auswertung dieser Informationen und Kenntnisse erlaubt dann Überlegungen zu der Psychodynamik der neurotischen Erkrankung und der Ich-Organisation sowie im weiteren Verlauf des diagnostischen Prozesses die Formulierung einer vorläufigen Diagnose, einer Einschätzung der Prognose und Planung einer Therapie.

Das folgende Anamnesenschema soll drei Funktionen gerecht werden:

1. Als verinnerlichtes Ordnungsschema für die Durchführung der Anamneseerhebung erlaubt es gezielte Frageanstöße bei stockender Selbstdarstellung des Klienten.
2. Seine Gliederung erleichtert die Überprüfung des erhobenen Materials auf Vollständigkeit.
3. Als Vorlage für die schriftliche Abfassung der Anamnese möchte es eine Hilfe zur Systematisierung bieten.

Das Schema folgt einer in sich logischen Gliederung in Abschnitte. Diese werden kommentiert, wenn das zu erwartende Material verdeutlicht werden soll. Der Sozial- und Suchttherapeut wird sich den einzelnen Kategorien gegenüber mehr oder weniger kompetent fühlen. So wird er keine Schwierigkeiten haben, beispielsweise den Abschnitt »Familiäre und berufliche (wirtschaftliche) Situation« auszugestalten, während etwa der Abschnitt »Trieb- und Affektentwicklung« wahrscheinlich eine erhebliche Herausforderung an die Darstellungskunst sein dürfte. Somit erübrigt sich ein Kommentar für manche Abschnitte, während andere eine Erläuterung notwendig erscheinen lassen.

Anamnesenschema

Personalien

Die Personalien des Klienten – Name, Geburtsdatum, Alter, Beruf und Familienstand – sollen der eigentlichen Anamnese vorangestellt werden.
Beispiel: Herr A., geb. 12. 12. 47, 46 Jahre alt; abgebrochene Kfz-Lehre; z.Z. Arbeiter in einem Versandhaus; in Zweitehe verheiratet, Vater eines Kindes aus Erstehe.
(Alle familiären und zeitlichen Datierungen nehmen den Klienten zum Ausgangspunkt.)

A. Kontaktaufnahme und erste szenische Begegnung

Wie kam der Kontakt zustande, und wie gestaltete er sich?
(Darstellung des »szenischen« Beziehungsgeschehens. Sehr relevant für die Diagnose der Objektbeziehungsstörungen! Das diagnostische Instrument der affektiven Resonanz erlaubt dem Untersucher das Erkennen der Bedürfnislage des Klienten, seiner Ängste und seiner Abwehr, besonders auch seiner objektbezogenen Handlungserwartungen, die in den anderen Menschen oft ablehnende und wütende Reaktionen auslösen.)

B. Kranken- und Lebensgeschichte

1. Symptomatik und derzeitige Lebenslage

1.1. Suchtentwicklung, gegebenenfalls körperliche Komplikationen, Vorbehandlungen
(Stationen der Suchtentwicklung mit Zeitangaben auflisten. Neben den Hauptsuchtmitteln sollten alle süchtigen Aktivitäten oraler, aggressiver und sexueller Art aufgezählt werden wie Eßstörungen, Streitsucht, impulsives Zerstören, Ladendiebstähle, getriebenes pausenloses Arbeiten, sexuelle Überaktivität usw.)

1.2. Sonstige Symptome im seelischen, körperlichen und zwischenmenschlichen Bereich

(Zum Beispiel Angstzustände, Phobien oder Vermeidungen, Depressionen, Zwänge, psychosomatische Reaktionen, das Muster wiederkehrender Konflikte mit den Bezugspersonen.)

1.3. Familiäre und berufliche (wirtschaftliche) Situation

2. Auslösende Situationen

Wie war die Lebenslage kurz vor und bei Beginn der Symptomatik?
(Fokussieren auf belastende äußere Ereignisse und besonders auf Objektbeziehungsstörungen; dadurch Aktualisierung intrapsychischer Konflikte und Symptombildung als neurotischer Versuch einer Konfliktlösung; häufig auch nur Ausklinken von Impulshandlungen.)

3. Lebensgeschichte

3.1. Primärfamilie
Vater und Mutter durch Jahrgang, familiäre Herkunft und soziale Entwicklung kurz charakterisieren. Wann Lebensgemeinschaft oder Ehe begonnen? Aufzählen der Geschwisterreihe mit Namen, Altersdifferenz und sozialer Entwicklung. (Zum Beispiel: Bruder Ernst, + 1.01 Jahre [die Zahl hinter dem Punkt gibt die Monate an], Schreiner, verheiratet, Vater von zwei Kindern, ebenfalls Alkoholiker. Schwester Monika, – 1.06 Jahre, ohne Berufsausbildung, verheiratet und Mutter eines Kindes; oft depressiv; usw.)

3.2. Kindheit und häusliches Milieu
Schwangerschaftsverlauf, Geburt und erstes Lebensjahr. (Erwünschtes oder unerwünschtes Kind, Abtreibungsversuche, Schwangerschaft als Grund der elterlichen Ehe, Fütterungs- und Ernährungsschwierigkeiten und andere Säuglingskrankheiten, frühe Trennungen von der Mutter, etc.)

Kleinkindliche und vorschulische Entwicklung. (Reifungsverzögerungen beim Laufen und Sprechen, Art der Reinlichkeitserziehung, Eßverweigerungen, Qualität der Bemutterung, Rolle des Vaters, Sozialisationsprozesse in der Familie, beginnende sekundäre Sozialisation [Kindergarten] usw. Früheste Erinnerung?)

Häusliche Verhältnisse und familiäres Klima. (Materielle Lebensbedingungen, jedoch besonders die Schilderung der von den Eltern gestalteten Umwelt in ihren Auswirkungen auf die kindliche Entwicklung.)

3.3. Schule und Beruf
(Schulische Entwicklung, Ausbildung beziehungsweise Studium, beruflicher Werdegang.)

3.4. Psychosexuelle Entwicklung und Partnerschaften
(Sexueller Mißbrauch in der Kindheit und Jugendzeit, Trieb und Objekt in der Pubertät, Freundschaften und Gruppenkontakte, Festigung der Geschlechtsidentität, Auflösung der Elternautorität, Paarbildung, wiederkehrende Muster von Beziehungsstörungen in Partnerschaften, Perversionen, Ehe und [Sekundär-]Familie.)

C. Auswertung des Materials

1. Überlegungen zur Psychodynamik

1.1. Frühkindliche Objektbeziehungen und Traumatisierungen
(In welcher Weise kollidierten angemessene [Subphasen-]Bedürfnisse des Kindes mit einer überängstlichen bis feindlichen, überfürsorglichen bis vernachlässigenden Mutter? Ausgangspunkte für Ich-Schädigungen.)

1.2. Spätere Objektbeziehungen und suchtauslösende Konfliktsituationen
(Für die weitere Entwicklung sind unter anderem folgende Zusammenhänge wichtig: Die Psychodynamik der Symptombildungen hängt von der relativen Ich-Stärke des Klienten ab, der Art seiner Objektbeziehungen und den für ihn spezifischen Konfliktsituationen.)

1.3. Aktuelle Objektbeziehungen und rückfallverdächtige Konfliktsituationen

2. Ich-Organisation und Über-Ich-Struktur

2.1. Trieb- und Affektentwicklung
Da das Ich der »Vollstrecker« der Triebe ist, wird dieser Abschnitt hier eingeordnet. (Spätere Drogenabhängige erlitten durch die Primärobjekte massive Überstimulierungen – zumeist aggressiver, gelegentlich libidinöser, oft kombinierter Art – wurden dadurch massiven Affektüberschwemmungen ausgeliefert und erhielten gegen diese keine spannungsregu-

lierende Hilfen, die somit auch nicht verinnerlicht werden konnten [Ich-Schwäche]).

Beschreibung der Trieb- und Affektseite des Klienten: Die in Konfliktsituationen auftretenden Affekte sind global, das heißt undifferenziert und von inadäquater Intensität (globale Affektstörung). Dazu gehören unbestimmte Spannungen und Ängste, unklare Minderwertigkeits- und Depressionszustände mit Scham- und Schuldanteilen, meist ausgelöst durch die Überzeugung, nichts geleistet, Verantwortung verfehlt und andere verletzt zu haben. Reaktiver Haß, Wut und andere aggressive Affekte entladen sich in Impulshandlungen gegen eine als provozierend erlebte Umwelt.

2.2. Störungen der Ich-Funktionen
Beispielsweise im Bereich der

- Affektwahrnehmung (Affektdifferenzierung) und Affektsteuerung,
- Angsttoleranz (wirkt Angst überwältigend oder als Signal?),
- Impulskontrolle (des Aufschubs von Trieb- und Affekthandlungen),
- Frustrationstoleranz (des Umgehens mit Versagung und Enttäuschung),
- Antizipation (des vorausschauenden Wahrnehmens von Handlungsfolgen),
- Realitätswahrnehmung (des Unterscheidens von Innen und Außen, der Selbstbilder und Objektbilder),
- Leistungskompetenz (Ausgewogenheit zwischen Fähigkeit und Erwartung),
- Gestaltung von Objektbeziehungen (Entwicklung vom Partialobjekt zum integrierten Totalobjekt).

2.3. Abwehrmaßnahmen des Ich
Alle allgemeinen und speziellen Abwehrformen beschreiben. (Jede allgemeine Ich-Haltung kann zur Abwehr benutzt werden: Blockierung der Wahrnehmung, wandernde Aufmerksamkeit, bangloses Dahinreden, chaotischer Denkstil, jede Förderung von Affekten und Triebimpulsen usw. – Welcher Strukturebene sind die speziellen Abwehrmechanismen zuzuordnen? Dominieren präödipale Abwehrmechanismen? Vermag das Ich auf Signalangst zu reagieren und eine angemessene Abwehr in Gang zu setzen? Wird das Ich von traumatisch sich auswirkender Angst überwältigt?)

2.4. Über-Ich-Funktionen
(Störungen des Über-Ich lassen sich ebenfalls durch die Beschreibung seiner Funktionen abklären.)
Das Über-Ich ist die Instanz
– der zielsetzenden Ideale (des Ich-Ideals),
– der lenkenden Selbstbeobachtung,
– der Selbstbilligung (des Selbstschutzes),
– der Selbstkritik und Selbstverurteilung (der Selbstbestrafung),
– der Stabilisierung der Stimmungen und des Selbstbildes (des Selbstwertgefühls),
– der Wacht der Grenzen des Anstandes und der Moral.

2.5. Grad der Identitätsbildung
Wie weit ist der Klient auf dem Wege zu einer eindeutigen
– geschlechtlichen (Rollen-)Identität?
– beruflichen (Rollen-)Identität?
Inwieweit waren die primären Identifikationsobjekte Vorbilder?

3. Überlegungen zur Diagnose, Prognose und Therapieplanung

3.1. Vorläufige Diagnosen
Symptomdiagnosen: (Beispielsweise Alkoholabhängigkeit in der chronischen Phase nach JELLINEK, Medikamentenabhängigkeit. Zustand nach rezividierenden Magengeschwüren und Magenteilresektion. Aggressive Impulsdurchbrüche dissozialen Ausmaßes.)
Persönlichkeitsdiagnosen: (Beispielsweise Verdacht auf Borderline-Persönlichkeitsorganisation)
Soziale Diagnosen: (Beispielsweise desexualisierte Ehebeziehung. Arbeitsverhältnis durch Alkoholabusus gefährdet.)

3.2. Prognostische Einschätzung
Die Therapiemotivation und die Entwicklungsmöglichkeiten, ohne die ein therapeutischer Prozeß nicht in Gang kommt, sind von vielen Faktoren abhängig, die hier zu beschreiben sind.

3.3. Therapieplanung
Phasen der beabsichtigten Behandlung darstellen.

Als Basisliteratur empfohlen:

DÜHRSSEN, A. (1990): Die biographische Anamnese unter tiefenpsychologischem Aspekt. Vandenhoeck & Ruprecht, Göttingen, 3. Aufl.

KLUSSMANN, R. (1988): Psychoanalytische Entwicklungspsychologie, Neurosenlehre, Psychotherapie. Springer, Berlin/Heidelberg

Zur weiterführenden Lektüre empfohlen:

ARGELANDER, H. (1966): Zur Psychodynamik der Erstinterviews. Psyche 20, 40-53

ARGELANDER, H. (1970): Das Erstinterview in der Psychotherapie. Wissenschaftliche Buchgesellschaft, Darmstadt

BALINT, M.; BALINT, E. (1961): Psychotherapeutische Techniken in der Medizin. Ernst-Klett-Verlag, Stuttgart

Literaturangaben zum Text:

BLANCK, R.; BLANCK, G. (1989): Jenseits der Ich-Psychologie (Amerikanische Originalausgabe 1986). Klett-Cotta, Stuttgart

JELLINEK, E. M. (1960): The desease concept of alcoholism. Yale University Press, New Haven

Karl König

Grundkonzepte der psychoanalytischen Technik: Übertragung, Gegenübertragung, Widerstand

> Stichwort: Übertragung – Gegenübertragung – Widerstand
>
> Unter *Übertragung* versteht man in der Psychoanalyse, daß Personen in der Gegenwart unter dem Einfluß von Erfahrungen mit Personen in der Vergangenheit nicht so wahrgenommen werden, wie sie jetzt sind, sondern ein Stück weit auch wie die Personen, an die sie erinnern. Dieser Zusammenhang bleibt meist unbewußt. Es kommt so zu Verkennungen.
> Unter *Gegenübertragung* verstand man ursprünglich die Reaktionen des Analytikers auf die Übertragung des Patienten oder auch die Übertragung des Analytikers auf den Patienten. Heute benutzen die meisten Analytiker das sogenannte totalistische Konzept: der Analytiker achtet auf alle Gefühle, Stimmungen, Phantasien und Handlungsimpulse, die bei ihm im Umgang mit dem Patienten auftreten, und versucht zu verstehen, wie sie zustande kommen. Er unterscheidet zum Beispiel Reaktionen auf die in der Übertragung enthaltenen Zuschreibungen, Reaktionen auf den Umgang des Patienten mit dem, was er überträgt, und Reaktionen auf ein Verhalten des Patienten, das zum Ziel hat, den Therapeuten dem übertragenen Objekt oder auch einem externalisierten Selbstanteil ähnlich zu machen.
> Unter *Widerstand* versteht man jedes Verhalten des Patienten, das sich gegen das Fortschreiten des therapeutischen Prozesses richtet.

Übertragung

Alle Menschen nehmen andere unter dem Einfluß von Erfahrungen wahr, die sie vorher gemacht haben. So lernen wir mit Menschen umzugehen. Wir bilden Vorstellungen darüber, was wir von anderen zu erhoffen und zu befürchten haben, wie andere auf uns reagieren und wie wir auf andere Einfluß nehmen können. Die Erinnerungen, unter deren Einwirkung wir mit anderen umgehen, sind nur zum Teil bewußt, aber auch Unbewußtes beeinflußt unser bewußtes Erleben und Handeln. Unsere Vorerfahrungen *übertragen* wir auf Menschen, die wir neu kennenlernen.

Jeder Mensch hat bestimmte *zentrale Beziehungswünsche* (KÖNIG 1991, 1992), die etwas mit *verarbeiteten Erfahrungen* aus der Kindheit zu tun haben. So ist es dem einen wichtig, von anderen Menschen versorgt zu werden oder sie zu versorgen, und er sucht eine Beziehung entsprechend zu strukturieren. Man spricht hier von einer *oralen Objektbeziehung*. Andere wieder sehen Beziehungen vorwiegend unter dem Aspekt des Oben oder Unten, sie möchten dominieren oder sich dominieren lassen (*anale Objektbeziehung*), andere möchten in ihren Geschlechtseigenschaften bestätigt werden oder die Geschlechtseigenschaften anderer bewundern können (*phallische Objektbeziehung*) und wieder andere haben ein großes Bedürfnis nach Bestätigung jeder Art, weil sie sich selbst schlecht anerkennen können, oder sie suchen einen bewundernswerten Menschen, den sie bewundern und durch den sie sich selbst bestätigen können. Sie streben eine *narzißtische Objektbeziehung* an. Es gibt Menschen, die ein wortloses Sich-Verstehen wünschen und gleichzeitig Angst haben, in einer Beziehung ihre Individualität zu verlieren, im anderen aufzugehen (*schizoide Objektbeziehung*). Menschen mit einer sogenannten *Borderline-Struktur* sehen andere und sich selbst als nur böse oder nur gut, weil sie in einem Entwicklungsstadium steckengeblieben sind, wo es noch schwierig war, Gutes und Böses in einer Person zu sehen und zu akzeptieren.

Es gibt aber nicht nur qualitative Unterschiede zwischen Menschen, sondern auch quantitative. So kann jemand in Beziehungen unersättlich sein, er kann einen großen Hunger nach Versorgung haben oder im Gegenteil überbescheiden sein.

Auch die Art und Weise, wie jemand seine Beziehungspersonen aus der Ursprungsfamilie schildert, aber auch die Menschen, mit denen er jetzt umgeht, hängt von Vorerfahrungen ab, die nur zum Teil bewußt sind. Das ist ein Grund, weshalb man von Klienten oder Patienten in der Regel kein objektives Bild davon vermittelt bekommt, wie Personen der Primärfamilie oder in ihrem aktuellen Beziehungsfeld wirklich waren oder sind. Oft ist man dann überrascht, wenn man sie kennenlernt. Natürlich ist auch jemand, der therapeutisch arbeitet, subjektiv. In der Selbsterfahrung sollte er aber die Art und Weise und das Ausmaß seiner Subjektivität kennengelernt haben, um so zu einer objektiveren Einschätzung seiner Klienten oder Patienten zu gelangen.

Der Zustand des Selbst und die Wahrnehmung von anderen Personen sind auch insoweit voneinander abhängig, als zum Beispiel jemand, der sich mütterlich verhält, im anderen das Kind aktivieren kann, und umgekehrt, wer sich kindlich verhält, im anderen die Mutter oder den Vater. Wird das Kind aktiviert, spricht man von einem regressionsauslösenden Einfluß. Jemand, der sich mütterlich oder väterlich verhält, kann also Regression im anderen auslösen. Es kommt so zu einem Zurückgehen auf ein Erleben und Handeln, das eher der Kindheit als einem erwachsenen Zustand angehört.

Im Umgang mit Suchtkranken ist es meist zweckmäßig, eher die erwachsenen Anteile einer Persönlichkeit anzusprechen als die kindlichen. Aus der Spannung zwischen kindlicher Bedürftigkeit und Erwachsenenrolle entstehen oft unangenehme Gefühlszustände, die einen Rückfall in den Suchtmittelgebrauch fördern können.

Andererseits ist es bei den Klienten oder Patienten oft notwendig, ihnen Beziehungsformen anzubieten, die sie in der Kindheit nicht erlebt haben, wie freundliche Zuwendung, aber auch Grenzen zu setzen, auf der Grundlage einer freundlich zugewandten Basiseinstellung. Dabei sollte jeder Berater oder Therapeut darauf achten, welche *Übertragungsauslöser* er durch sein Verhalten bietet und welche Übertragungen er also im Klienten oder Patienten aktivieren kann. Welche Übertragungsauslöser man bietet, hängt mit der eigenen Persönlichkeit zusammen, aber auch mit dem Verhalten, das einem die Rolle des Therapeuten oder Beraters vorschreibt; schließlich hat es auch einen Einfluß, wie man aussieht, ob man alt oder jung, dick oder dünn, ob man ein Mann oder eine Frau ist. Frühe Mutterübertragungen sind relativ unabhängig vom Geschlecht des Beraters oder Therapeuten. Erst die Übertragungen, die auf das vierte bis fünfte Lebensjahr und auf spätere Zeiten, zum Beispiel die Adoleszenz, zurückgehen, richten sich stark nach dem Geschlecht, weil das Geschlecht der Eltern für das Kind ab etwa dem vierten Lebensjahr besonders wichtig wird.

Gegenübertragung

Wie aus dem vorher Gesagten schon deutlich geworden sein dürfte, übertragen nicht nur Klienten oder Patienten. Auch der Berater oder Therapeut überträgt. So kann er im Klienten oder Patienten eine Vaterfigur sehen, in der Patientin oder Klientin eine Mutterfigur oder sich so wie gegenüber einem eigenen Kind einstellen; auch unsere Erfahrungen mit den eigenen Kindern beeinflussen unser Erleben und Handeln.

Außerdem reagieren wir natürlich auf die Zuschreibungen, die mit einer Übertragung verbunden sind. Es läßt uns nicht gleichgültig, ob wir als autoritär, mütterlich zugewandt, versagend, schwach oder stark erlebt werden. Wir reagieren auch auf das Verhalten des Klienten oder Patienten gegenüber dem Objekt, welches er in uns sieht. Das Gesamt unserer Reaktionen auf einen Patienten, also die Gefühle, Stimmungen, Phantasien und Handlungsimpulse, die er in uns auslöst, bezeichnet man heute als Gegenübertragung. Der Begriff »Gegenübertragung« meint also nicht mehr, wie früher, nur unsere Reaktionen auf die Übertragung des Patienten oder, wie GREENSON (1975) es definierte, unsere Übertragung auf den Patienten. Wenn wir versuchen, unsere Reaktionen auf einen Klienten oder Patienten zu verstehen, betreiben wir *Gegenübertragungsanalyse* (KÖNIG 1993b).

Zur Gegenübertragung gehört auch, daß wir auf unbewußtes Manipulieren des Patienten reagieren, der eine Beziehung zu einer Vater- oder Mutterfigur haben möchte und phantasiert, zu der unser tatsächliches Verhalten nicht paßt. Reicht die Phantasie nicht aus, wird der Klient oder Patient zum Beispiel, wenn er einen autoritären Vater in uns sehen will, uns provozierend behandeln; wenn er von uns versorgt werden will, wird er versuchen, uns dazu zu verführen. Wenn er möchte, daß wir ihn bewundern, wird er von jenen seiner Eigenschaften und Taten sprechen, die er für bewundernswert hält. Wenn er ein verachtendes Objekt überträgt, wird er sich so darstellen, daß wir geneigt sind, ihn zu verachten. Der Patient macht uns so dem Objekt ähnlicher, das er überträgt. Das wird er immer dann tun, wenn seine Phantasie nicht ausreicht, seine Wahrnehmung von uns so umzustrukturieren, daß wir zu dem übertragenen Objekt passen.

Man nennt diesen Vorgang *projektive Identifizierung vom Übertragungstyp*. Das Gegenüber wird dem übertragenen Objekt gleichgemacht. Was ist nun das Motiv, diesen Vorgang der projektiven Identifizierung vom Übertragungstyp einzusetzen? Im Umgang mit Personen, die sich in einer Weise verhalten, die einem vertraut ist, besonders in einer Weise, die man von den Beziehungspersonen aus der Ursprungsfamilie her kennt, fühlt man sich sicherer als im Umgang mit jemandem, der sich ganz anders verhält, als man es bisher kennengelernt hat. Der Umgang mit jemandem, der sich ähnlich verhält, wie man es schon kennt, erzeugt ein Gefühl von *Familiarität*, von Bekannt- und Vertrautsein, das ein starkes Motiv ist, warum Menschen versuchen, frühe Beziehungen zu reinszenieren. Es wirkt dem Wunsch entgegen, Neues zu entdecken und zu erfahren, einem Wunsch, den wir gleichfalls in uns haben. Zur Familiarität gehört eine Art Heimatgefühl, wie wir es auch Orten und Landschaften gegenüber empfinden, in denen wir aufgewachsen sind. Etwas Unbekanntes können wir erregend und interessant finden, oft aber macht es auch Angst. In diesem Zusammenhang sei erwähnt, daß sexuelle Anziehung auch etwas mit Vertrautheit und Fremdheit zu tun hat. Jemand, der einem zu vertraut ist, verliert an sexueller Anziehung; jemand, der einem fremd ist, kann erregen, aber auch Angst machen (BISCHOF 1985).

Es gibt noch ein anderes Motiv, warum frühere Beziehungsformen reinszeniert werden. Ein strenger Vater, mit dem wir uns identifiziert haben, kann uns zu einem Verhalten bringen, das sich so beschreiben läßt, daß wir streng mit uns selbst sind. Gleichzeitig protestieren wir gegen die inneren Anforderungen. Man nennt das einen inneren Konflikt. Ein solcher Konflikt ist oft unbewußt. Er kann sich dann in Charaktersymptomen äußern, zum Beispiel in einer übertriebenen Selbstkritik.

Bewußte innere Konflikte oder die bestehenden oder drohenden Auswirkungen unbewußter Konflikte sind meist schwerer auszuhalten als Konflikte zwischen uns und einer Außenperson. Deshalb werden Aspekte eines inneren Objekts oder eines Selbstanteils, die an einem inneren Konflikt beteiligt sind, oft nach außen verlagert und in einer Außenperson hervorgerufen, aktualisiert. Man kann dann von einer *projektiven Identifizierung zum Zwecke der inneren Konfliktentlastung* sprechen. Ein Klient oder Patient, der seine eigene innere Strenge nicht aushält, die mit dem Vater oder der Mutter etwas zu tun hat und die in seine Gewissensinstanz, sein Über-Ich aufgenommen wurde, kann versuchen, den Berater oder Therapeuten zu einem solchen strengen Vater zu machen, mit dem er sich dann besser auseinandersetzen kann als mit dem inneren Objekt Vater oder Mutter und dessen Abkömmlingen im Über-Ich. Für den Therapeuten oder Berater ist das oft sehr unangenehm, besonders dann, wenn er selbst Eltern hatte, die er als streng erlebte. Er möchte keinesfalls so sein wie diese und versucht vielleicht, der Aktualisierung des Strengen durch besonders mildes und freundliches Verhalten zu entgehen. Das kann dazu führen, daß der Patient die Aktualisierung tatsächlich wieder zurücknimmt. Er ist dann seinem inneren, schwer erträglichen Konflikt von neuem ausgeliefert. Durch sein mildes und freundliches Verhalten hat der Berater oder Therapeut die Externalisierung gleichsam zurückgewiesen.

Schließlich gibt es noch die *projektive Identifizierung vom kommunikativen Typ*: Jemand versucht, den anderen ihm ähnlich zu machen, weil er meint, nur so von ihm verstanden zu werden und ihn zu verstehen. Hier werden Anteile des Selbst externalisiert, das heißt, nach außen in einen anderen verlagert. Jemand, der das tut, kommuniziert gleichsam mit sich selbst im anderen und meint so, ihn besonders gut zu verstehen. Das Gegenstück ist die projektive Identifizierung vom Abgrenzungstyp (KÖNIG 1993a). Sie wird dann eingesetzt, wenn die Ähnlichkeit als zu groß empfunden wird, was Verschmelzungsängste aktiviert. Indem er ihm das Verstehen erschwert, macht der Klient oder Patient den Berater oder Therapeuten zu einem uneinfühlsamen Objekt, das ihn nicht versteht. Er drückt sich zum Beispiel unklarer aus, als er es sonst täte, oder er provoziert sein Gegenüber – wenn man auf jemanden ärgerlich wird, kann man ihn nicht mehr so gut verstehen.

Die projektive Identifizierung spielt im Umgang von Menschen miteinander eine große Rolle. Je unreifer (»primitiver«) die außen aktualisierten inneren Objekte und Selbstanteile sind, desto fremdartiger kommen wir uns vor, wenn wir projektiv identifiziert werden. Wir verstehen uns dann oft selbst nicht mehr. So kann jemand, der uns zu einem nur bösen Menschen machen will, in uns Haß auf ihn erzeugen, den wir mit unseren alltäglichen Einstellungen und Gefühlsreaktionen und unserer Rolle als Berater oder Therapeut nicht in Einklang bringen können; besonders solange wir noch nicht verstehen, wie der Haß erzeugt wird, wie der Patient das macht.

Ebenso kann uns ein Klient oder Patient in ein unbegrenzt spendefreudiges Objekt zu verwandeln suchen, indem er uns fasziniert oder uns mehr Bedürftigkeit wahrnehmen läßt, als tatsächlich vorhanden ist. Dann setzen wir uns für diesen Patienten besonders ein, während im Team vielleicht andere die Rolle des Bösen zugeschrieben bekommen und vom gleichen Klienten oder Patienten provoziert werden, damit sie sich wirklich böse verhalten. Viele Teamkonflikte sind durch projektive Identifizierung zu erklären. Die einen Teammitglieder werden dem Klienten oder Patienten gegenüber zu nur Guten, die anderen zu nur Bösen gemacht und streiten sich dann.

Widerstand

Auch wenn ein Klient oder Patient sich bewußt verändern will, will er nicht nur das. In jedem Klienten oder Patienten gibt es Persönlichkeitsanteile, die am Bisherigen festhalten wollen. Diese konservativen Kräfte behindern die Entwicklung einer *Arbeitsbeziehung*, in der auch Neues ausprobiert werden soll. Auch Übertragung kann die Arbeitsbeziehung stören. Man spricht von einem *Übertragungswiderstand*. Dann genügt es oft nicht, den Klienten oder Patienten darauf hinzuweisen, daß wir doch nicht so sind, wie er uns sieht. Wirksamer ist es, wenn wir dem Patienten verständlich machen können, warum er uns so sieht, zum Beispiel, weil er schon seinen Vater oder seine Mutter so gesehen hat. Freilich ist vieles, was an Erinnerungsspuren in uns vorhanden ist, dem Bewußtsein nicht zugänglich. Das gilt besonders für die ersten drei Lebensjahre, in die Erinnerung selten zurückreicht. Auch genügt die Erkenntnis, daß jemand sich uns gegenüber so verhält wie zum Beispiel früher seinem Vater gegenüber, meist nicht, um Änderungen hervorzurufen. Mit dem Berater oder Therapeuten zusammen muß der Klient oder Patient erst erkennen lernen, wo überall in seinem Leben er Männer nicht so sieht, wie sie wirklich sind, sondern so, wie der Vater war. Man nennt das *Durcharbeiten*. Oft muß man Geduld haben. So muß man den Patienten immer wieder darauf hinweisen, und das auch begründen, daß er vielleicht etwas verkennt, daß er uns nicht so sieht, wie wir uns tatsächlich verhalten. Der Patient wird dann, wenn er seine Sichtweise von uns ändert, auch sein inneres Objekt oder seinen Selbstanteil verändern, das oder der an der Verkennung beteiligt ist. Das führt dazu, daß der Klient oder Patient künftig andere und auch sich selbst nicht mehr so sieht wie früher. Das Spektrum seiner Beziehungsmöglichkeiten wird dadurch erweitert. Die inneren Bilder, die als Modelle für das dienen, was er von anderen und von sich selbst erhofft oder befürchtet, und auch sein Selbstkonzept verändern sich. Ist die Entwicklung des Patienten aber, zumindest teilweise, auf einem sehr frühen Stadium stehengeblieben, verfügt er nicht über alternative, reife Objektvorstellungen, auf die er zurückgreifen kann, wenn er gesagt bekommt, der Berater oder Therapeut sei nicht so wie sein Bild vom Vater oder der Mutter. Alle Menschen, die er im Anschluß kennengelernt hat, sah er durch die Brille frühen Erlebens. Dann kann es sinnvoll sein, wenn der Therapeut seine Transparenz erhöht und Informationen darüber gibt, wie er wirklich ist und erlebt (Prinzip Antwort, HEIGL-EVERS u. HEIGL 1983, HEIGL-EVERS et al. 1986).

Viele Klienten oder Patienten müssen für eine wirksame Beratung oder Therapie erst gewonnen werden. Motivierend wirken die Folgen einer Sucht. Jeder Mensch hat zudem die Tendenz, alles, was in ihm an Entwicklungsmöglichkeiten verborgen ist, zu verwirklichen. Nicht jeder Klient oder Patient empfindet den Berater oder den Therapeuten aber als jemanden, der ihm dabei helfen will. Auch wenn er mit dem Verstand erkennt, daß dies die Rolle des Beraters oder Therapeuten ist, erlebt er ihn doch oft als jemanden, der ihn unterkriegen will, der ihm Vorwürfe macht, wenn er ihn mit seinem Verhalten konfrontiert, oder der ihn verachtet. Deshalb und auch weil er sich vor dem bisher nicht Erlebten und Erkannten fürchtet, setzt er den Bemühungen des Beraters oder Therapeuten einen *Widerstand* entgegen.

Ein Teil des Erlebens und Verhaltens eines jeden Menschen ist ja unbewußt, und das meist aus guten Gründen. Triebimpulse, mit denen jemand schlechte Erfahrungen gemacht hat, zum Beispiel aggressive, orale oder sexuelle Impulse, werden blockiert, sie treten nicht mehr ins Bewußtsein. Viele Menschen haben auch Angst, von Impulsen aus ihrem Inneren gleichsam überschwemmt zu werden. Diese Angst wird um so größer sein, je schwächer das Ich ist. Es hat dann keinen Sinn, blockierte Impulse bewußt machen zu wollen, solange das Ich nicht gestärkt ist. Eine Stärkung des Ich kann man oft durch eine psychoanalytisch-interaktionelle Form des Intervenierens erreichen (vgl. dazu den Beitrag von HEIGL et al. in diesem Band). Impulse können aber auch abgewehrt werden, weil sie ein schlechtes Gewissen machen würden; man spricht von *Über-Ich-Widerstand*. Von *Ich-Widerstand* kann man dann sprechen, wenn ein bestimmtes Verhalten uns in real schwierige Situationen bringen könnte, wie das bei aggressiven oder sexuellen Impulsen oft der Fall ist. Viele Menschen haben nicht gelernt, mit ihren Triebimpulsen sozialadäquat umzugehen, und würden sich tatsächlich in unangenehme Situationen bringen, wenn sie die Impulse ins Ich zuließen.

Jeder Berater oder Therapeut muß sich fragen, wie weit er einen Widerstand des Patienten unnötig provoziert. Das tut er zum Beispiel dann, wenn er zu direkt und zu rasch versucht, Unbewußtes bewußt zu machen. Der Patient vermeidet dann eine Situation, in der das geschieht, er bricht die Therapie ab. Bei Suchtkranken kommt es hier oft zu Rückfällen. Die unangenehmen Gefühle, die durch die aktivierten Impulse hervorgerufen werden, sind unerträglich. Klienten oder Patienten mit einem schwachen Ich haben oft auch nicht die Fähigkeit erlernt, Gefühle klar zu empfinden. Ein unklares unangenehmes Gefühl gibt aber keine Handlungsanweisungen, wie man es verringern kann. Dann bleibt oft nur der Suchtmittelgebrauch, um es zu beenden. Aufgabe der Therapie ist es dann, dem Klienten oder Patienten zu helfen, seine Gefühle zu differenzieren und zu benennen (Affektklarifizierung).

Ähnliches gilt für Gefühle, die auftreten, ohne daß man versteht, wie sie verursacht werden, zum Beispiel bei neurotischer Angst oder neurotischer Depressivität. Neurotische Angst und neurotische Depressivität sind nicht selten das einzige, was sich aus einem inneren unbewußten Konflikt bemerkbar macht. Der Konflikt selbst bleibt unbewußt, er ruft im Bewußtsein aber Angst oder Depressivität hervor.

Es gibt nicht nur Widerstände gegen den Beginn einer Therapie oder dagegen, eine Therapie durchzuhalten, sondern oft auch dagegen, eine Therapie zu beenden. Das ist vor allem dann der Fall, wenn der Berater oder Therapeut sich mit dem Klienten oder Patienten in eine ausschließliche Zweisamkeit zurückzieht und nur das für wichtig hält, was sich zwischen diesen beiden Menschen abspielt. In jeder Beratung oder Therapie ist es wichtig, zu beachten, was außerhalb vorgeht; auch deswegen, weil es wichtig ist, ob ein Patient die Beziehungserfahrungen in der Therapie auf andere Personen überträgt. Ist der Berater oder der Therapeut das einzige Objekt, mit dem der Klient oder Patient eine einigermaßen befriedigende Beziehung haben kann, wird es ihm schwer oder fast unmöglich sein, sich zu trennen. Auch hier kann es dann zu Rückfällen kommen.

Die Möglichkeiten, wie Widerstand sich in einer Beratung oder Therapie äußern kann, sind vielfältig. Im Gespräch können die Gedanken des Klienten oder Patienten abreißen; er kann immer wieder das gleiche erzählen, er kann von einem Thema auf das andere ablenken, er kann zu spät kommen oder die Sitzung zu früh verlassen. Er kann durch selbst- oder fremdschädigendes Verhalten außerhalb der therapeutischen Sitzung den Therapeuten dazu bringen wollen, zu einem Helfer zu werden, der ihn wie ein ganz kleines Kind behandelt und nicht mehr Beratung oder Therapie macht, sondern nur noch »mütterlich« oder »väterlich« über die aktuellen Probleme spricht, die der Patient hervorgerufen hat.

Im Dienst des Widerstandes können auch alle *Abwehrmechanismen* eingesetzt werden. Bei Suchtkranken findet man besonders oft ein *Leugnen* der mit dem Suchtmittelgebrauch verbundenen Gefahren und der bereits eingetretenen Schäden, oder Gefahren und Schäden werden *bagatellisiert*. Oft vereinigen sich Suchtkranke und Angehörige in kollektivem Leugnen und Bagatellisieren, besonders auch den Kindern gegenüber (ein betrunkener Vater, der nicht ins Haus gefunden hat, sondern im Vorgarten schläft, »macht dort Camping«). Andererseits können Angehörige den Suchtkranken durch besonders rücksichtsloses Konfrontieren in sein Leugnen weiter hineintreiben oder, wenn das Leugnen nicht wirkt, durch Aktivieren der Schuld- und Schamgefühle den Suchtmittelgebrauch verstärken; besonders dann, wenn sie eigene Suchtansätze im Partner kontrollieren und im Verhalten des Suchtkranken etwas finden müssen, das sie kontrollieren können.

Oft trifft man in Supervisionen auf das Mißverständnis, Widerstand sei immer und in jedem Falle nur etwas Hinderliches. Mit seinen Widerständen steuert der Klient oder Patient aber den therapeutischen Prozeß so, daß seine *Toleranzgrenze* nicht überschritten wird. Oft setzt er mehr Widerstände ein, als dazu nötig sind. Dann müssen die bearbeitet werden. Es gibt aber auch Klienten oder Patienten, die zu wenig Widerstand einsetzen und sich so überfordern. Dann muß sich der Berater oder Therapeut auf die Seite des Widerstandes stellen und den Klienten oder Patienten auf das Überfordernde seines Verhaltens aufmerksam machen. Die Toleranzgrenze einzuschätzen ist nicht immer leicht. Man lernt es am besten durch praktische Arbeit mit den Klienten oder Patienten unter der Supervision eines Erfahrenen. Gute Berater oder Therapeuten erkennt man auch daran, daß sie mit einem Klienten oder Patienten nahe an dessen Toleranzgrenze arbeiten, ohne daß sie überschritten wird.

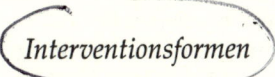

Interventionsformen

Wenn der Berater einen Klienten oder Patienten auf etwas aufmerksam macht, zum Beispiel auf einen Widerstand, spricht man von *Konfrontation*. Stellt der Berater oder Therapeut Zusammenhänge zwischen verschiedenen Informationen her, die der Patient schon hat, spricht man meist von *Klarifizierung*. Stellt er Zusammenhänge her, indem er auch auf etwas hinweist, das dem Patienten nicht bewußt oder leicht erinnerlich ist, spricht man von *Deutung*. Die Deutung enthält einen Schluß von Bekanntem auf Unbekanntes. Bei dem Unbekannten kann es sich um eine fehlende Information handeln oder um etwas Abgewehrtes, das im Vorbewußten oder Unterbewußten des Klienten oder Patienten schon vorhanden ist.

Deutungen können Konflikte mobilisieren, die das Ich des Patienten noch nicht verträgt. Besonders Menschen mit einer strukturellen Ich-Störung sind oft schon durch die ihnen bewußten Konflikte überfordert. Die Beratung oder Therapie sollte sich dann darauf konzentrieren, das Ich zu stützen, indem der Berater oder Therapeut Hilfs-Ich-Funktionen übernimmt. Er wirkt dabei auch als Modell, von dem der Klient oder Patient etwas lernen kann.

Fazit

Zwischenmenschliche Beziehungen sind durch zentrale Beziehungswünsche und durch Vorerfahrungen bestimmt. Erinnert ein Mensch, mit dem man umgeht, an eine Person aus der Zeit, in der man noch Kind war, reagiert man dieser Person gegenüber kindlicher, als man es sonst täte. Ähnlichkeiten mit früheren Beziehungspersonen nennt man Übertragungsauslöser. Auch der Patient bietet Übertragungsauslöser für den Therapeuten. Reicht die Phantasie des Patienten nicht aus, eine Übertragungserwartung oder eine Externalisierung des Selbst zu bestätigen, kann der Patient den Therapeuten so manipulieren, daß der sich entsprechend den Erwartungen verhält, indem er im Patienten entsprechende Gefühle, Stimmungen und Phantasien erzeugt, die Handlungsimpulse auslösen. Der Therapeut reagiert auch auf interpersonelle Inszenierungen, die der inneren Konfliktentlastung dienen und auf solche, die bewirken sollen, daß der Therapeut ähnlich erlebt wie der Patient selbst.

Widerstände, die den therapeutischen Prozeß verlangsamen, können eine Folge von Übertragung sein. Dann beruht die Angst des Patienten auf einer Verkennung. Der Patient kann aber auch vor seinem eigenen Inneren Angst haben. Ferner kann er einen Widerstand dagegen haben, Erkenntnisse in Veränderungen seines Handelns umzusetzen. Er kann auch fürchten, daß ihm seine eigenen, zunächst unbewußten Impulse ein schlechtes Gewissen machen oder ihn kränken

könnten oder daß sie ihn in real unangenehme Situationen bringen.
Der Widerstand trägt dazu bei, die Toleranzgrenze des Patienten zu wahren. Er darf deshalb nicht nur als etwas gesehen werden, das aufzulösen ist.

Als Basisliteratur empfohlen:

GREENSON, R. R. (1975): The practice and technique of psychoanalysis. Universities Press, New York, 1967. Deutsch: Technik und Praxis der Psychoanalyse. Klett, Stuttgart, 3. Aufl. 1981

KÖNIG, K. (1991): Praxis der psychoanalytischen Therapie. Vandenhoeck & Ruprecht, Göttingen

Zur weiterführenden Lektüre empfohlen:

KÖNIG, K. (1992): Kleine psychoanalytische Charakterkunde. Vandenhoeck & Ruprecht, Göttingen

KÖNIG, K. (1993a): Einzeltherapie außerhalb des klassischen Settings. Vandenhoeck & Ruprecht, Göttingen

KÖNIG, K. (1993b): Gegenübertragungsanalyse. Vandenhoeck & Ruprecht, Göttingen.

Literaturangaben zum Text:

BISCHOF, N. (1985): Das Rätsel Ödipus. Piper, München

HEIGL, F.; HEIGL-EVERS, A. (1983): Das interaktionelle Prinzip in der Einzel- und Gruppenpsychotherapie. Zeitschrift für Psychosomatische Medizin 29, 1-14

HEIGL-EVERS, A.; HENNEBERG-MÖNCH, C.; ODAG, G.; STANDKE, G. (Hrsg.; 1986): Die Vierzigstundenwoche für Patienten, Konzept und Praxis teilstationärer Psychotherapie. Vandenhoeck & Ruprecht, Göttingen

Franz Heigl, Elke Schultze-Dierbach
und Annelise Heigl-Evers

Die Bedeutung des psychoanalytisch-interaktionellen Prinzips für die Sozialisation von Suchtkranken

> Stichwort: Psychoanalytisch-interaktionelle Psychotherapie
>
> Die pychoanalytisch-interaktionelle Psychotherapie ist eine aus der Ich- und Objektbeziehungs-Psychologie entwickelte Behandlungsform, die sich bei der Therapie von Patienten mit strukturellen Ich-Störungen, zu denen auch viele Abhängigkeitskranke gehören, bewährt hat. Sie fokussiert auf entwicklungspathologische Phänomene und regt über eine spezifische therapeutische Wahrnehmungsausrichtung, diagnostische Erfassung und ein von der Standardform der Psychoanalyse deutlich unterschiedenes Therapeutenverhalten im Sinne einer interaktionell-dialogisch orientierten, um authentisches Antworten bemühten, in Hilfs-Ich-Funktion stützenden Vorgehensweise zur Nachentwicklung wenig differenzierter Objektbeziehungen und nicht ausreichend verfügbarer Ich-Funktionen und Affekte an.
>
> Das entscheidende Wirkprinzip ist das *Prinzip Antwort*, das sich vom Prinzip Deutung des klassischen psychoanalytischen Verfahrens dadurch unterscheidet, daß der Behandler als Dialogpartner zur Verfügung steht. Er drückt selektiv eigene Gefühle aus, bestätigt auch kleine und kleinste Lernschritte, bietet ein Modell für Interaktion und Austausch und regt zu deren Libidinisierung an.

Grundlagen

Das Wort Sucht hängt etymologisch mit Siech zusammen und ist in diesem Zusammenhang gleichbedeutend mit Krankheit. Wenn wir heute von Sucht sprechen, denken wir im allgemeinen an den Zustand körperlicher Abhängigkeit von Suchtmitteln wie Alkohol, Drogen und Medikamenten und an deren körperliche und psychosoziale Folgeerscheinungen, die langjähriger Abusus mit sich bringt.

Sucht ist nach FEUERLEIN ein psychopathologisches Phänomen, das auf der Basis einer süchtigen Fehlhaltung, der Süchtigkeit, entsteht (1984, S. 4f.).

Süchtig zu reagieren heißt aus unserer Sicht, eine psychische Abhängigkeit von oder ein Verlangen nach einer Droge oder einer Tätigkeit mit einer gewissen Unabdingbarkeit zu erleben, die einen Zustand des Unbehagens oder Mißempfindens infolge einer immer im Unbewußten wurzelnden Enttäuschung oder Kränkung nach dem »Stellvertreterprinzip« beheben soll. Die danach einsetzende Befriedigung ist zwangsläufig eine Pseudobefriedigung, weil das eigentlich Gemeinte an einem Ersatzobjekt abgehandelt wird, so daß ein Verlangen nach Wiederholung oder Steigerung eine notwendige Folge ist. Erst im Jahre 1964 definierte die WHO den Suchtbegriff neu, wurden Alkoholismus und Drogensucht nicht mehr als Laster bewertet, sondern als behandlungsbedürftige Krankheit anerkannt – und dies vor allem wegen der körperlichen Folgekrankheiten. Im Zusammenhang mit dieser Novellierung wurde der Suchtbegriff durch den Begriff der Abhängigkeit ersetzt. Man unterscheidet heute eine psychische von einer physischen Abhängigkeit, wobei ein Charakteristikum der psychischen Abhängigkeit das unwiderstehliche Verlangen nach Einnahme eines Suchtmittels ist, um Lust zu erzeugen oder Mißbehagen zu vermeiden; das wesentliche Merkmal der physischen Abhängigkeit ist das körperliche Entzugssyndrom (FEUERLEIN 1984, S. 5f.). Süchtigkeit muß nicht an die Einnahme einer toxischen Substanz gebunden sein. Süchtige oder potentiell süchtige Anteile hat wohl jeder Mensch, man denke an sogenannte Suchtstoff-Äquivalente beim Gesunden wie beispielsweise die Fernsehsucht, die Abhängigkeit von einem Partner, eine süchtige Sportleidenschaft, Naschsucht, Arbeitssucht, Spielsucht, deren Entzug Gefühle von Mißbehagen auslöst, die bei neuerlicher Zufuhr des »Suchtmittels« gebessert oder gar aufgehoben werden können. Man kennt die spannungsreduzierende Wirkung von beispielsweise Alkohol oder Zigaretten, die narzißtische Aufwertung durch ein Suchtmittel in Situationen von Kränkung oder Belastung durch andere oder dadurch, daß man dem eigenen Ich-Ideal nicht genügt hat. Süchtigkeit als solche ist also nichts Krankheitsspezifisches. Für die Entstehungsbedingungen des Umschaltens von »normaler Süchtigkeit« zur »krankhaften Sucht« gibt es die unterschiedlichsten Erklärungsmodelle, die meist für sich alleine genommen zur Erklärung einer süchtigen Fehlhaltung nicht ausreichen. Man sollte von einer multifaktoriellen Verursachung der Abhängigkeitskrankheiten ausgehen, also von der Annahme, daß erst das Zusammenwirken mehrerer Faktoren die Entstehung einer Suchtkrankheit bedingt.

Hier sind einmal die lerntheoretischen Suchttheorien anzuführen, ferner kulturanthropologische Suchttheorien, vertreten zum Beispiel durch HORTON (1943), der die Primärfunktion des Alkoholismus in allen Gesellschaften in einer Reduzierung des allgemeinen Angstpegels sieht. Einem hohen gesellschaftlichen Angstpegel entspricht nach HORTON eine hohe Inzidenzrate von Sucht. Es gibt drittens somatische Suchttheorien, von denen, wie ANTONS (1976, S. 197) ausführt, lediglich die Theorie von TRUITT noch diskutiert wird. TRUITT (1958) stellt eine somatische Störung im Alkoholmetabolismus als pathogenetischen Faktor heraus. Somatische Prozesse werden jedoch nicht als einzige Ursache angenommen, »man trinkt nicht nur, weil ein bestimmtes metabolisches Muster vorliegt, sondern auch, weil Alkohol vorhanden ist und bestimmte Trinksitten und Trinkmotive existieren« (ANTONS 1976, S. 200) – für Zärtlichkeitssucht, Fernseh- und Fußballeidenschaft oder Spielsucht gibt es mit einiger Sicherheit kein somatisches Korrelat.

Schließlich gibt es viertens psychogenetische Suchttheorien. Zu ihren frühen Begründern zählen Psychoanalytiker, deren Arbeiten lange Zeit in Vergessenheit geraten waren, obwohl sie schon in der ersten Hälfte unseres Jahrhunderts Erkenntnisse gesammelt haben, die noch heute gültig sind. Wegen unserer theoretisch-methodischen Orientierung möchten wir auf diese Suchttheorien etwas ausführlicher eingehen.

Beschäftigten sich frühere Forscher und Theoretiker eher mit dem regressiven Wunscherfüllungs- und Lustcharakter der Sucht wie auch mit den unbewußten Phantasien und der Bedeutung der Droge als Symbolobjekt, so befassen sich heutige Psychoanalytiker schwerpunktmäßig mehr mit der Ich-Struktur, der Abwehrorganisation und den Objektbeziehungen von Abhängigkeitskranken. Dabei schließen sich diese Betrachtungsweisen nicht aus, ergänzen sich vielmehr. Heutige psychoanalytische Suchtforscher sehen die Einnahme von Suchtmitteln als einen mißglückten Selbstheilungsversuch an, der aufgrund einer gespürten oder geahnten Gefahr, einer durch Ich-Defizite drohenden Selbst-Desintegration, notwendig wurde (z.B. KRYSTAL u. RASKIN 1983; LÜHRSSEN 1974, S. 176ff).

Kurzer Überblick über psychogenetische Suchttheorien

RADÓS Arbeiten (1926, 1934) enthalten nach LÜHRSSEN (1974) die wichtigsten Fragestellungen, die noch heute das analytische Schrifttum beherrschen: die Herabsetzung oder Aufhebung der Schmerzempfindung, der Schutz gegen innere und äußere Reize durch das Suchtmittel, die gestörte Lust-Unlust-Regulierung. Anzuführen sind in diesem Zusammenhang auch RADÓS Fragen nach der psychodynamischen Funktion des Suchtmittels, nach der Art des Objektes, das es darstellt, nach der psychischen Struktur im Hinblick auf Ich-Organisation und Abwehrfunktion, nach der Qualität der Objektbeziehungen, nach der Beschaffenheit des prämorbiden Über-Ich, nach der Frage der Selbstrepräsentanz, von Selbstgefühl und Stimmungslage (LÜHRSSEN 1976, S. 843). RADÓS These von der narzißtischen Störung, die einer Suchterkrankung zugrundeliege, ist unwidersprochen. Die pharmakotoxisch erzeugte Hochstimmung gibt dem Ich passager seinen ursprünglichen narzißtischen Zustand mit magischer Wunscherfüllung und Omnipotenz zurück. Im Jahre 1934 bereits führte RADÓ zur Genese der Sucht aus: »Nicht das Suchtmittel schlechthin, sondern der zielbewußte Antrieb, sich seiner zu bedienen, macht das Individuum zum Süchtigen.«

GLOVER (1932) betont den Abwehrcharakter der Sucht, ihre Schutzfunktion gegen psychotische Regression, und weist auf Störungen in der sogenannten paranoid-schizoiden Position im Sinne von MELANIE KLEIN (1972) hin. Er unterscheidet »gutartige Süchte«, in deren Motivations-Gefüge restaurative und belebende Eigenschaften dominieren, von *den* Süchten, bei denen die Droge sozusagen ein Partialobjekt mit sadistischen Eigenschaften ist und sadistische Macht im Innern des Subjekts ausübt. Im ersten Fall hätten wir es mit einer depressiven

Struktur zu tun, die im Rausch eine Wiedervereinigung mit einem verlorenen Objekt anstrebt, im letzten Fall mit der Wirksamkeit eines introjizierten bösen, selbstzerstörenden Objektes, wie es auch Rost (1983) beschrieben hat.

Fenichel (1975) zieht eine Parallele zwischen den Objektbeziehungen des Süchtigen und dem Suchtmittel, die beide Lieferanten von Befriedigung sein sollen; er setzt sie in Beziehung zu den oralen Ansprüchen des Säuglings, der jede Spannung als Hunger und damit als Bedrohung seiner Existenz erlebe (1975, S. 247). Damit spricht er die erst später so bezeichneten defizitären Ich-Funktionen der Affektdifferenzierung und Frustrationstoleranz (Bellak, Hurvich u. Gediman 1973) an.

Krystal und Raskin (deutsche Übersetzung 1983; Original: Drug Dependence – Aspects of Ego-Function, 1970) schließlich betrachten das süchtige Verhalten als Ausdruck einer bestimmten Funktionsweise des Ich, als eine Form der Anpassung des Ich an schwerere akute Probleme, als einen Versuch, ein intrapsychisches Ungleichgewicht zu umgehen und der Gefahr einer Selbst-Desintegration vorzubeugen (S. 15). Genetisch gehen sie von einer Traumatheorie aus, wobei das Trauma des Süchtigen durch unzureichende Interaktionen mit der Mutter und mit einem als nicht genügend männlich erlebten Vater erklärt wird. Auf die Funktion der Mütterlichkeit eingehend betonen sie, daß die Mutter zu wenig Reizschutz gegen innere und äußere Reize, gegen übermäßige Stimulierung und Depravation geboten hat. Ihre mangelhafte Schutzfunktion habe die Entwicklung der Fähigkeit verhindert, Spannungen und Unlust zu ertragen. Die unzureichende Integration einer heilenden, fürsorgenden Mutter in die Selbstrepräsentanz (S. 52 u. 71) bietet nach Ansicht dieser Autoren die Voraussetzung dafür, daß an die Stelle eines solchen Mutterbildes das Suchtmittel tritt, weil der Suchtkranke Möglichkeiten und Fähigkeiten verloren habe, »sich selbst zu erhalten, zu heilen und zu trösten, sich anzuerkennen und zu akzeptieren« (S. 71). Ihre Betrachtungsweise des Phänomens Sucht unter dem Aspekt gestörter Ich-Funktionen, insbesondere hinsichtlich der Objekt- und Selbstrepräsentanzen, der Art und Weise, wie das Ich mit Affekten, speziell mit Angst und Depression, umgeht, sowie des Bewußtseins und seiner Veränderungen sind von Heigl-Evers, Heigl und Ruff (1980) und Lindner (1980) im deutschen Sprachraum ebenso aufgegriffen worden wie die theoretischen Überlegungen von RADÓ.

Schließlich wäre noch KERNBERG zu erwähnen, der die intrapsychische Struktur, insbesondere der Selbst- und Objektrepräsentanzen (1978, S. 255f.), in Relation setzt zu der psychischen Wirkung der Droge. Bei Borderline-Störungen ruft Alkohol ein Gefühl des Gut-Seins und Wohlbefindens hervor, was mit einer Aktivierung abgespaltener nur guter Selbst- und Objektrepräsentanzen unter Verleugnung der nur bösen zu erklären sei. Bei narzißtischen Persönlichkeiten dient das Suchtmittel zum Auftanken des pathologischen Größenselbst als Schutz gegen eine entsprechend frustrierende Umwelt. Bei depressiv strukturierten Persönlichkeiten kommt es unter der bewußtseins- und affektverändernden Wirkung der Droge zu einer Versöhnung und Wiedervereinigung mit einem verlorenen Objekt.

Einige Gedanken zum triebdynamischen, ich-psychologischen und objektbeziehungstheoretischen Aspekt der Sucht

Die bisher erwähnten Ansätze zur Erklärung einer Abhängigkeitsentwicklung heben die unzureichende Entwicklung von Ich-Funktionen und Objektbeziehungen mit den ihnen zugeordneten Triebbefriedigungs-Modi hervor. *Triebdynamisch* gesehen handelt es sich bei der Sucht vor allem um die Wirksamkeit eines oralen Partialtriebes, um Einverleibungsphantasien (HEIGL-EVERS 1977, S. 4), zum Teil auch um einen analen Partialtrieb im Sinne von Abstoßen, Festhalten, Bemächtigen, Verweigern und Ausbeuten.

Die zu diesen Trieben gehörenden Partialobjekt-Repräsentanzen blieben beim Suchtkranken »vor allem mit der Libido der oralen und narzißtischen Stufe besetzt und mit den Eigenschaften der entsprechenden Trieb-Partialobjekte ausgestattet. Das bedeutet: Die darauf gerichtete Beziehung strebt nach totaler Fusion, nach völliger Verschmelzung mit dem Selbst, um einen nirwanaähnlichen Zustand zu erreichen, in dem eine totale Befriedigung der Entstehung von Bedürfnissen zuvorkommt« (HEIGL-EVERS 1977, S. 6).

Die *Selbstrepräsentanz* des Suchtkranken zeigt eine Tendenz zur Auflösung der Ich-Grenzen hinsichtlich der Differenzierung zwischen Selbst und Nicht-Selbst, vor allen Dingen beim Vorliegen einer basalen präpsychotischen Struktur. Bei Borderline-Störungen konnten zwar stabile Ich-Grenzen entwickelt werden, jeder Versuch, ihre extrem entgegengesetzten, liebevollen und haßerfüllten Selbstbilder und Objektvorstellungen einander anzunähern, löst jedoch unerträgliche Angst und Schuldgefühle aus, so daß sie aus Abwehrgründen aktiv voneinander getrennt werden müssen (KERNBERG 1978, S. 193). Bei narzißtisch strukturierten Suchtkranken kommt es zur Verschmelzung von Ideal-Selbst-, Ideal-Objekt- und Real-Selbst-Repräsentanzen als Abwehr gegen unerträgliche innere und äußere Gegebenheiten im zwischenmenschlichen Beziehungsfeld. Dieser Vorgang ist gleichzeitig mit einer Entwertung und Zerstörung innerer Objektimagines und äußerer Objekte verbunden (KERNBERG 1978, S. 266). KRYSTAL und RASKIN weisen auf eine Veränderung der Selbstrepräsentanz unter Drogeneinfluß hin. Die Droge ermöglicht bestimmte Arten von Phantasien, die die Verschmelzung zwischen der »guten« Selbstrepräsentanz und der idealisierten Objektrepräsentanz symbolisieren; es entstehe ein Gefühl von Unverwundbarkeit, Angst werde als lustvoll, nicht mehr als bedrohlich erlebt (KRYSTAL u. RASKIN 1983, S. 90).

Zur Struktur der Suchtkranken gehört ferner der Entwicklungsgrad des *Ich* und seiner Funktionen. Das Ich besteht nach der letzten Theorie FREUDS (1923) aus jenen Funktionen, die vor allem mit der Beziehung des Individuums zur Umwelt und mit der Regulation und Adaptation an die Realität zu tun haben.

Beim Suchtkranken sind häufig mehrere Ich-Funktionen defizitär. Er verfügt nicht über ein ausreichendes, zur Lebensbewältigung, zur autoplastischen und alloplastischen Anpassung dienendes Repertoire von Ich-Funktionen, um angemessen und befriedigend mit sich und der Umwelt, vor allem mit der unmittelbaren sozialen Umwelt, umzugehen (HEIGL-EVERS, HEIGL u. SCHULTZE-DIERBACH 1983). Nach unseren Erfahrungen betreffen diese Einschränkungen vor allem die Realitätsprüfungsfunktion mit ihren Subfunktionen der Binnenwahrnehmung, der Urteilsfunktion und besonders der Antizipation der interaktionellen Folgen des eigenen Tuns, die Frustrationstoleranz, die Ich-Funktion der Impulskontrolle und die

Verfügung über die Affekte. – Diese Ich-Funktions-Defizite stellen sich »der klinischen Beobachtung entweder direkt, gleichsam unverhüllt dar, oder sie werden durch eine vom Patienten entwickelte Kompensation verhüllt« (HEIGL-EVERS u. HEIGL 1983b).

Die Entstehungsbedingungen süchtigen Verhaltens

Wenn man süchtiges Verhalten als eine bestimmte Form aktuellen Verhaltens bezeichnen will, das einerseits verstehbar ist aus der Art der Frühentwicklung eines Menschen mit entsprechenden Niederschlägen im Ich-Selbst-System, in Objektbeziehungen und Ich-Funktionen, aber auch aus der späteren Lebensgeschichte eines Menschen, andererseits aus der aktuellen psychosozialen Belastungssituation, dann können wir die Primärsozialisation als Bedingungsgefüge für späteres süchtiges Verhalten verstehen. Es stellt sich die Frage, welche Entwicklungsbedingungen aus psychoanalytischer Sicht zu süchtiger Fehlentwicklung disponieren. Aus den Untersuchungen von RENÉ SPITZ (1967, 1973) ergibt sich, daß der mütterliche Partner für die Entwicklung des Kindes unerläßlich ist und deshalb großes Gewicht auf die Fähigkeiten oder Unfähigkeiten der Mutter zu legen ist. Über Interaktionen mit ihr, über angemessene Gewährungen und Versagungen entwickelt sich beim Kleinstkind eine Ich-Du-Differenzierung und ein Außen-Objekt, das mit Bedürfnisbefriedigung verbunden ist. Sammeln sich solche Befriedigungserlebnisse in ausreichendem Maße an, wird ein Aufschub der Triebabfuhr möglich und lernt das Kind, vor einer Aktion Gedanken einzuschalten, ein Vorgang, der schließlich zu der Fähigkeit führt, Konsequenzen des eigenen Handelns abzuwägen, Alternativen in Betracht zu ziehen; das Kleinkind wird in die Lage versetzt, sich von der Mutter zu trennen sowie libidinöse und aggressive Impulse allmählich zu integrieren. In ihrer Rolle als Hilfs-Ich oder als Schutzschild des Kindes übernimmt die Mutter auch Funktionen des Reizschutzes, der dann allmählich über Identifikation mit der Mutter vom Kind selbst übernommen werden kann (SPITZ 1967, 1973).

MARGARET MAHLER betont die Notwendigkeit einer optimalen symbiotischen Befriedigung, deren Voraussetzung ein kommunikatives Zusammenpassen zwischen Mutter und Kind ist (Das Symbiosekonzept von M. MAHLER ist inzwischen durch die Ergebnisse moderner Säuglingsbeobachtung in Frage gestellt worden; vgl. dazu den Beitrag von G. STANDKE in diesem Band). Dieses Zusammenpassen ermöglicht dem Kinde über Erinnerungsspuren einer guten Bemutterung eine Ich-Du-Differenzierung, garantiert die Fähigkeit zum Triebaufschub und die Entwicklung höherer Ebenen der Objektbeziehung (MAHLER 1972, MAHLER et al. 1980). Je mehr sich die Symbiose dem Optimum annähert, mit anderen Worten, je empathischer die Mutter sich auf die Bedürfnisse des Kindes einstellen kann, desto besser ist das Kind ausgerüstet, sich zu trennen und seine Selbstrepräsentanzen von den bisher verschmolzenen Selbst- und Objektrepräsentanzen zu differenzieren (MAHLER 1972, MAHLER et al. 1980). In dem Loslösungs- und Individuationsprozeß wird die Fähigkeit der Mutter gefordert, selbst mit Trennungen und Wiederannäherung umgehen zu können, um über fortlaufende Widerspiegelungen und Anregung des Kindes ein adäquates Bezugssystem für die beginnende Bildung einer Ich-Identität zu liefern. Entläßt die Mutter das Kind zu früh und eventuell sogar erleichtert in die Unabhängigkeit, so wird dies als Verlassenwerden erlebt und wird der Erwerb einer auf Vertrauen gestützten Identität verhindert.

EDITH JACOBSON (1973) geht von der Annahme aus, daß die frühesten Erfahrungen des Kindes hinsichtlich der Befriedigung und Versagung in der Beziehung zur Mutter eine gewichtige Bedeutung für die Stimulierung der Wahrnehmung und für die Entstehung des Unterscheidungsvermögens zwischen dem kindlichen Selbst und der Objektwelt hat. Eine einfühlsame Mutter regt durch ihr Beispiel zur Verfügung über Affekte an, hilft zu vermeiden, daß sie gehemmt oder unterdrückt werden, und ermöglicht die Entwicklung der Fähigkeit zur Empathie. RENÉ SPITZ konstatiert, daß Elternliebe, die von einem erträglichen Maß von Frustration und Versagung begleitet wird, beim Kind die Entwicklung einer festen, dauerhaften libidinösen Besetzung des Selbst und der Objekte fördert und die Bildung eines normalen Ich- und Über-Ich anregt (1967, S. 164–166).

Klinische Erfahrungen mit Suchtpatienten legen den Gedanken nahe, daß sie bestimmte Modalitäten der frühen Objekte im Umgang mit Triebspannung gleichsam kopieren (HEIGL-EVERS, STANDKE u. WIENEN 1981, S. 58). Auslösende Faktoren vom Übergang eines noch unauffälligen zum krankhaften Umgang mit Suchtmitteln lassen sich mit Hilfe einer Schnittpunktmetapher begreifen: Süchtiges Verhalten tritt jeweils an bestimmten Schnittpunkten der gleichsam vertikalen Achse der bisherigen Lebensgeschichte und der gleichsam horizontalen Achse der Aktualgeschichte (aktuelle Belastungssituationen) in Erscheinung und manifestiert sich in einem emotional hochbesetzten, von überwiegend unerträglichen Affekten getragenen Wiedererleben früherer Spannungs- und Konfliktsituationen, die damals noch interpersonell (extern) reguliert wurden (HEIGL-EVERS u. SCHULTZE-DIERBACH 1981, S. 52).

Die Voraussetzungen einer psychoanalytischen Therapie bei der Behandlung von Suchtkranken

Suchtkranke gehören zur Gruppe jener Patienten, die heute vermehrt therapeutische Hilfe bei Psychotherapeuten und Psychoanalytikern suchen. Im Gegensatz zu den Patienten mit Konfliktneurosen fehlt ihnen häufig eine Ich-Struktur, wie sie von FREUD als fiktives Normal-Ich bezeichnet wurde (1937, GW XVI, S. 79f.). Das heißt, es überwiegen bei ihnen entwicklungspathologische Phänomene, die sich in Form unzureichend verfügbarer Ich-Funktionen darstellen, oder, wie FÜRSTENAU (1979, S. 47) es genannt hat, es liegen strukturelle Ich-Störungen oder strukturelle Ich-Defekte vor; außerdem dominieren bei diesen Kranken apersonale oder Teilobjektbeziehungen. Bei ihnen stößt, wie KERNBERG (1978, S. 188) ausführt, die Psychoanalyse an die Grenzen ihrer therapeutischen Wirksamkeit.

Die klassische Psychoanalyse und auch die tiefenpsychologisch fundierte Psychotherapie (HEIGL u. HEIGL-EVERS, 1982, 1983a sowie HEIGL-EVERS, HEIGL u. KÖNIG 1982) fördern, wenn auch in unterschiedlichem Ausmaß, eine Regression beim Patienten. Pathogene Konflikte müssen in der Regression erneut erlebt werden, weil nur auf diese Weise Einsicht in die Konfliktdynamik möglich ist. Die Wirksamkeit der psychoanalytischen Therapie ist an die Intaktheit mehrerer Ich-Funktionen gebunden, so die Ich-Funktion der Realitätsprüfung als der Fähigkeit, zwischen innen und außen, zwischen Ich und Du verläßlich zu unterscheiden (Bellak et al. 1973, S. 80ff.), die Ich-Funktion der Binnenwahrnehmung, wobei die Introspektion des Patienten über die Deutung des Therapeuten vornehmlich auf infantil-archaische Inhalte ausgerichtet wird, und die der Fähigkeit zum Oszillieren der Wahrnehmungsausrichtung von innen nach außen und umgekehrt, also die Fähigkeit zur therapeutischen Ich-Spaltung (Sterba 1934). Ferner muß der Patient die ihm durch den psychoanalytischen Prozeß auferlegte Frustration tolerieren können, die sich aus dem Abstinenzprinzip der Psychoanalyse ergibt. Ich-Funktions-Mängel schränken nun die Wirksamkeit dieser Methode erheblich ein, lassen sie unter Umständen gefährlich werden. Eine psychoanalytische Behandlung solcher Ich-Störungen muß folgerichtig auf eine Beseitigung der Ich-Funktions-Defizite abzielen unter verstehendem Erfassen dieser Mängel und ihrer Kompensationen. Vor allem aber muß angestrebt werden, dominierende Teilobjektbeziehungen durch personale oder Ganzobjektbeziehungen zu ersetzen und damit die Voraussetzungen für eine trianguläre Ordnung zu schaffen. Heigl-Evers (1980) und Heigl-Evers und Heigl (1973, 1979a, 1980, 1983b) haben auf der Basis der psychoanalytischen Ich- und Objektpsychologie die sogenannte psychoanalytisch-interaktionelle Methode entwickelt, die sich der emotionalen Beziehung zwischen Patient und Therapeut bedient, dabei aber eine unerwünschte Regression verhindert.

Psychoanalytisch-interaktionelle Psychotherapie und das Prinzip Antwort

Eines der wesentlichen Prinzipien dieser Psychotherapieform ist das *Prinzip Antwort*, ein Kontrapunkt zum Prinzip Deutung der klassischen Psychoanalyse. Antwortendes Verhalten des Therapeuten soll als ein Entwicklungsreiz dienen, den die Mutter in der Frühphase nicht hat geben können. Der Therapeut verhält sich im Sinne einer mütterlichen Schutzschildfunktion (Winnicott 1949). Er diagnostiziert Bedürfnisse, vom Patienten nicht oder nicht voll erlebte Affekte, geht »antwortend« auf sie ein, benennt sie und lenkt seine Mitteilung immer auf die aktuelle Beziehung, auf die gerade stattfindenden verbalen und nonverbalen Interaktionsprozesse und deren die Kommunikation fördernde oder behindernde Elemente, immer unter Wahrung der Toleranz des Patienten. Er übernimmt stellvertretend Hilfs-Ich-Funktionen oder Hilfs-Über-Ich-Funktionen und regt damit die Behebung von Mängeln dieser Strukturen an. Vor allem durch sein antwortendes Verhalten (er antwortet authentisch im Sinne seiner Affekte gegenüber dem Patienten, jedoch in der Expression *selektiv* in Abstimmung auf dessen Toleranzgrenzen) fördert er einen Prozeß, in dem er für den Patienten im gelungenen Fall zunehmend als Ganzobjekt erfahrbar wird.

Die *Veränderungsschritte* des Patienten bei dieser Methode (HEIGL-EVERS und HEIGL 1983b) werden auf folgende Weise zu erreichen versucht:

- Die Förderung der Fähigkeit des Patienten, den Therapeuten zunehmend als Ganzobjekt wahrzunehmen; sie geschieht durch authentisches (expressiv-selektives) »Antworten« des Therapeuten in der Interaktion mit dem Patienten.
- Das Ansprechen der mit Teilobjektbeziehungen verbundenen Schutz- und Abwehrformen des Patienten wie primitive Leugnung, primitive Idealisierung und Entwertung, Spaltung und projektive Identifizierung.
- Die Wahrnehmung eines Defizits von seiten des Patienten auf dem Wege der Ausrichtung seiner Aufmerksamkeit auf habituelle Formen seines Sozialverhaltens, in denen sich Ich-Funktions-Mängel und deren Kompensation darstellen.
- Die Förderung einer Motivation des Patienten zur Nachentwicklung, was eine Wahrnehmung der Auswirkung vorliegender Mängel, speziell in den interpersonellen Beziehungen, voraussetzt. Der Patient muß verstehen und erleben, daß er über solche Nachentwicklung auch seine Beziehungen befriedigender gestalten kann.
- Die Auseinandersetzung mit dem beschämenden, peinlichen oder gar demütigenden Erleben eigener Unzulänglichkeit, das mit dem Erkennen von defizitären Ich-Funktionen regelhaft verbunden ist. Der Patient muß bemüht sein, sich durch Schamaffekte bei der Nachentwicklung sei-

ner Reifungsmängel nicht entmutigen zu lassen, wozu es nötig ist, daß der Therapeut immer wieder antwortend auf den Schamaffekt aufmerksam macht.
- Die Entwicklung der notwendigen Geduld bei der mühsamen Nachentwicklungs- und Einübungsarbeit und der Fähigkeit, die in solchen Prozessen unvermeidbaren Rückschritte ertragen zu lernen.

Welche therapeutischen Mittel sind einzusetzen, damit der Patient die beschriebenen Schritte vollziehen kann? Es geht darum, dem Patienten seine Ich-Funktions-Mängel überhaupt erst einmal wahrnehmbar zu machen. Dazu ist es wichtig, daß der Therapeut dem Patienten seine eigenen emotionalen Reaktionen auf die jeweiligen Ich-Funktions-Mängel in wirksamer Weise mitteilt. Eine solche Mitteilung, realisiert im Prinzip Antwort, sollte hinsichtlich ihrer emotionalen Qualität authentisch und gleichzeitig mit einem Hinweis auf die Auswirkungen des Defizits in der interpersonellen Situation verknüpft sein, eben im Sinne einer *interaktionellen* Psychotherapie, und sollte natürlich den Toleranzgrenzen des Patienten Rechnung tragen. Vorausgehen muß immer eine differenzierte Diagnostik, eine Diagnostik aufgrund verbaler und nonverbaler Äußerungen des Patienten sowie der Eigenwahrnehmung des Therapeuten, eine Diagnostik vor allem der dominierenden Objektbeziehung (apersonal oder personal) des Patienten, eine Diagnostik der vorherrschenden sowie der gehemmten oder unterdrückten Affekte, Ich-Funktionen und ihrer Kompensationen.

Auf diese Weise werden dem Patienten allmählich seine Objektbeziehungsstörung und die damit verbundenen Ich-Funktions-Mängel und deren unmittelbare Auswirkungen auf die Beziehungen zum anderen deutlich. Wenn man davon ausgeht, daß sich Ich-Funktionen in Interaktion vor allem mit der Mutter entwickeln und daß eine enge Beziehung besteht zwischen der Qualität der Ich-Funktionen und dem Niveau der Objektbeziehungen, die ihrerseits strukturelle Niederschläge früher Austauschprozesse sind, dann leuchtet ein, daß es nicht ausreicht, wenn der Therapeut auf solche Mängel nur konstatierend und gleichsam konfrontierend hinweist. Erst die Verknüpfung der emotionalen Auswirkungen seines Verhaltens mit den ihm zugrundeliegenden Objektbeziehungsmustern und Ich-Funktions-Ausfällen durch den Therapeuten weist dem Patienten die Richtung, die er einschlagen kann, wenn er eine Verhaltensänderung in Richtung befriedigender sozialer Beziehungen erreichen möchte. Eine therapeutische Antwort könnte etwa lauten: ›Was Sie da eben zu mir gesagt haben, hat mich verblüfft und auch ein wenig ärgerlich gemacht. Erschreckt, weil Sie mich so plötzlich attackierten‹ – Schreck ist bekanntlich nach FREUD (1920, S. 10) die Reaktion auf etwas Nichtvorhergesehenes – ›und geärgert hat es mich etwas, weil Sie so wenig auf meine Gefühle Rücksicht genommen haben‹.

Die *Wirksamkeit* des therapeutischen Vorgehens hängt von der Bereitschaft des Therapeuten ab, sich als Austausch- oder Dialogpartner zur Verfügung zu stellen. Dies verlangt von ihm ein Bemühen um äußerste sensorische, emotionale und kognitive Präsenz und außerdem eine genaue Beobachtung des Patienten, auch und besonders seiner averbalen Verhaltensantworten, unter Einschluß seiner eigenen Antworten und Reaktionen auf das Beobachtete. Diese Art von Authentischsein, gepaart mit Verständnis und Empathie bei gleichzeitiger Klarheit der Antwort, haben diese Patienten wegen bei ihnen regelhaft vorkommenden Störungen der frühen Mutter-Kind-Dyade vorher meist nicht oder nicht ausreichend erlebt. Der Therapeut als Austausch- oder Dialogpartner setzt damit nachträglich diejenigen Entwicklungsreize, die die Mutter nicht anbieten konnte, und regt eine Nachreifung unzureichend verfügbarer Funktionen und eine Differenzierung der Objektbeziehungen an.

ANNA FREUD hat diesen Wirkmechanismus im Umgang zwischen Mutter und Kind folgendermaßen beschrieben: »Was der Mutter am besten gefällt und von ihr am lebhaftesten begrüßt wird, entwickelt sich am schnellsten; wenn sie gleichgültig bleibt oder mit ihrer Zustimmung zurückhält, verlangsamt sich der Entwicklungsvorgang. Offenbar handelt es sich hier um Besetzungsvorgänge, die, von der Mutter ausgehend, gewisse Tätigkeiten libidinisieren und das Kind damit zu ihrer häufigen Wiederholung anregen« (1968, S. 87).

Ein so gearteter therapeutischer Umgang schließt die von WINNICOTT benannte Haltefunktion (holding function) ein: »...

dies nimmt oft die Form an, daß im richtigen Augenblick dem Patienten mit Worten etwas mitgeteilt wird, das zeigt, daß der Analytiker die tiefe Angst, die erlebt wird oder deren Erleben erwartet wird, kennt und versteht« (1974, S. 317).

Die im Verlauf einer psychoanalytisch-interaktionellen Psychotherapie sich entwickelnde Libidinisierung des zwischenmenschlichen Umgangs regt zur Wiederholung eines als befriedigend erlebten Verhaltens an und stellt, da sich die Patienten wahrgenommen, angenommen und ernstgenommen fühlen, darüber hinaus eine bedeutsame narzißtische Stützung dar, einen Anreiz, in gleicher Weise sich selbst wie auch den anderen ernst und wichtig zu nehmen. Diese narzißtische Stützung ermöglicht es dem Patienten ferner, seine sonst verleugneten Scham- und Peinlichkeitsaffekte zu ertragen, und ermuntert ihn zu einer ersten Infragestellung eines eventuellen narzißtischen Größenselbst. Die Bestätigung kleiner und kleinster Lernschritte über urteilendes Antworten (Heigl, Triebel 1977) ist ein weiteres therapeutisches Mittel, auf dessen Bedeutung sinngemäß schon Anna Freud hingewiesen hat (1968, S. 87). Im Sinne teilnehmender urteilender Antwort wird der Therapeut beispielsweise äußern: »Ich finde, da sind Sie schon ein Stück weitergekommen«.

Die Anwendung der psychoanalytisch-interaktionellen Psychotherapie in der Gruppe

Psychoanalytisch-interaktionelle Psychotherapie wird sowohl im Einzelsetting wie auch in Gruppen angewandt. In der Gruppentherapie, die wie alle analytischen Psychotherapien den Prinzipien der Minimalstrukturierung folgt und die von der Regel der freien Interaktion geprägt ist (jeder soll sich so freimütig wie möglich äußern, eventuell mit dem Zusatz: so freimütig, wie er meint, es den anderen zumuten zu können), ergibt sich für alle Teilnehmer zunächst meist ein Zustand der Verunsicherung und Orientierungslosigkeit, ein innerer Notstand (Heigl-Evers u. Schulte-Herbrüggen 1977). Dieser Zustand ist dadurch charakterisiert, daß gleichzeitig ungewohnte Entfaltungsmöglichkeiten für Affekte und Impulse, Assoziationen und Phantasien stimuliert werden und daß eben dadurch eine Labilisierung bisher gültiger normativer Orientierungen eintritt. Die so geschaffene Unsicherheit stellt die Teilnehmer der Gruppe vor die Notwendigkeit, eine eigene neue Verhaltensregulierung zu entwickeln, das heißt Normen zu finden, an denen sich alle Gruppenteilnehmer orientieren können. Die gemeinsam entwickelte normative Verhaltensregulierung entfaltet sich in der Sicht des Göttinger Modells (HEIGL-EVERS 1978, S. 72-77; HEIGL-EVERS u. HEIGL 1979a, S. 852) auf der Ebene des manifesten, bewußten, wenngleich oft nicht oder nicht genügend reflektierten Verhaltens. Auf dieser Ebene interveniert der psychoanalytisch-interaktionell orientierte Therapeut, indem er die Entfaltung einer normativen Verhaltensregulierung zuläßt, sie nicht als eine Form der Abwehr interpretiert und auf ihre je nachdem mehr restriktiven oder fördernden Qualitäten antwortend eingeht.

Gruppennormen haben meist auch eine kompensatorische Funktion insofern, als sie dazu dienen, eine Situation herzustellen, in der Verhaltensrestriktionen und Ich-Funktions-Defizite möglichst unauffällig bleiben sollen. Dafür ein Beispiel: In einer psychoanalytisch-interaktionellen Gruppentherapie gehen die Mitglieder sehr vorsichtig miteinander um, sie zeigen eine große Scheu vor kritischen Äußerungen und weisen ein interpersonelles Verhalten auf, das von Lob und Bestätigung geprägt ist. Als eine Teilnehmerin zum Ausdruck bringt, daß sie immer nur dazu neige, auf die von den anderen ausgehenden Reize (Bedürfnisse, Gefühle, Meinungen, Appelle etc.) zu reagieren und deshalb ständig im Trab sei, daß sie ferner den Eindruck habe, anderen hier in der Gruppe ergehe es ähnlich, nur wenige seien nicht so fremdgesteuert wie sie, interveniert der Therapeut: »Ich wäre neugierig, wie das mit der Fremd- und Eigensteuerung hier in der Gruppe aussieht.« – Ein Teilnehmer geht auf die Frage des Selbstwertgefühls ein, das durch das Nichtakzeptiertwerden von seiten eines anderen verletzt werde. Mehrere Teilnehmer bekräftigen nonverbal diese Aussage durch Kopfnicken. Ein anderer Teilnehmer drückt aus, sein Selbstwertgefühl werde nur dann verletzt, wenn der reagierende andere für ihn von Bedeutung sei; seine Selbstachtung sei nur von der Bestätigung einiger weniger Menschen abhängig.

So wurde deutlich, warum die Gruppenmitglieder so vorsichtig miteinander umgingen. Der Therapeut stellte für sich die Diagnose ›Jeder hier ist für den anderen Versorger mit Selbstwertgefühl oder Selbstvertrauen oder Entzieher von Selbstwertgefühl beziehungsweise Selbstvertrauen‹. Aus dieser Vermutung ließ sich eine Gruppennorm erschließen, die etwa zu formulieren war: Laßt uns vorsichtig, bestätigend und nicht kritisierend miteinander umgehen, damit uns der andere als Spender von Selbstvertrauen nicht verlorengeht. Der Therapeut äußerte nun: »Jetzt bin ich aber erstaunt, jeder kann hier jedem das Selbstvertrauen rauben! Jetzt verstehe ich auch, warum Sie so vorsichtig miteinander umgehen.« Der Therapeut fand verbale und nonverbale Zustimmung und setzte seine Intervention, dieses Mal mit Hilfs-Ich-Funktion, fort: »Da geht es mir in dieser Hinsicht anders. Bestätigung kann mich freuen, Nichtbestätigung nachdenklich machen, ich bin betroffen, wenn mir jemand sein Vertrauen entzieht – aber mein Vertrauen in mich selber nimmt er mir dadurch nicht.«

Die Gruppensitzung endete mit allgemeinem Staunen darüber, daß solche Ängste von Nichtbestätigung nicht unbedingt selbstverständlich seien, Erstaunen auch darüber, welch starke Macht jeder über jeden anderen hier in der Gruppe hatte.

Leicht überarbeiteter Wiederabdruck aus: Gruppenpsychotherapie und Gruppendynamik 20 (1984): 152-167

Als Basisliteratur empfohlen:

HEIGL-EVERS, A.; HEIGL, F. (1979): Interaktionelle Gruppenpsychotherapie. Eine gruppentherapeutische Methode der Psychoanalyse nach dem Göttinger Modell. In: HEIGL-EVERS, A.; STREECK, U. (Hrsg.): Lewin und die Folgen. Bd. VIII aus: Die Psychologie des XX. Jahrhunderts. Kindler, Zürich, S. 850-858

HEIGL, F.; HEIGL-EVERS, A.; STANDKE, G. (1988): Faktoren therapeutischer Einflußnahme in der psychoanalytisch orientierten Therapie von Abhängigkeits- und Suchtkranken. In: HEIGL-EVERS, A.; VOLLMER, H.; HELAS, I.; KNISCHEWSKI, E. (Hrsg.): Psychoanalyse und Verhaltenstherapie in der Behandlung von Abhängigkeitskranken – Wege zur Kooperation? Nicol, Kassel; Blaukreuz-Verlag, Wuppertal, S. 137-156

Zur weiterführenden Lektüre empfohlen:

HEIGL-EVERS, A.; HEIGL, F. (1979): Konzepte der analytischen Gruppentherapie. In: HEIGL-EVERS, A.; STREECK, U. (Hrsg.): Lewin und die Folgen. Bd. VIII aus: Die Psychologie des XX. Jahrhunderts. Kindler, Zürich, S. 763-777

HEIGL-EVERS, A.; STANDKE, G. (1988): Die Behandlung von Suchtkranken aus der Sicht der Psychoanalyse. In: HEIGL-EVERS, A.; VOLLMER, H.; HELAS, I.; KNISCHEWSKI, E. (Hrsg.): Psychoanalyse und Verhaltenstherapie in der Behandlung von Abhängigkeitskranken – Wege zur Kooperation? Nicol, Kassel; Blaukreuz-Verlag, Wuppertal, S. 15-37

HEIGL-EVERS, A.; STREECK, U. (1983): Theorie der psychoanalytisch-interaktionellen Therapie. In: Sozialtherapie in der Praxis. Nicol, Kassel, S. 5-20

Literaturangaben zum Text:

ANTONS, K. (1976): Abgrenzungen und Definitionen des Alkoholismus. In: ANTONS, K.; SCHULZ, W.: Normales Trinken und Suchtentwicklung. Verlag für Psychologie Hogrefe, Göttingen/Toronto/Zürich, S. 183-254

BELLAK, L.; HURVICH, M.; GEDIMAN, H. (1973): Ego Functions in Schizophrenics, Neurotics and Normals. John Wiley & Sons, New York/London/Sydney/Toronto

FENICHEL, O. (1975): Perversionen und Impulsneurosen. In: FEDERN, P. (Hrsg.): Psychoanalytische Neurosenlehre. Bd. II, Olten, Freiburg, S. 186-271

FEUERLEIN, W. (1984): Alkoholismus – Mißbrauch und Abhängigkeit. Thieme Verlag, Stuttgart, 3. Aufl.

FREUD, A. (1968): Wege und Irrgwege in der Kinderentwicklung. Klett, Stuttgart

FREUD, S. (1920): Jenseits des Lustprinzips. Ges. Werke Bd. II, S. 3-66, Fischer, Frankfurt a.M.

FREUD, S. (1923): Das Ich und Das Es. Ges. Werke Bd. XIII, S. 71-80, Fischer, Frankfurt a.M.

FREUD, S. (1937): Die endliche und die unendliche Analyse. Ges. Werke Bd. XVII, S. 63-138, Fischer, Frankfurt a.M.

FÜRSTENAU, P. (1979): Die beiden Dimensionen des psychoanalytischen Umgangs mit strukturell ichgestörten Patienten. Psyche 3, 197-207

GLOVER, E. (1932): Common Problems in Psychoanalysis and Anthropology: Drug Ritual and Addiction. Journ. Med. Psychol. 12, 109-131

HEIGL, F.; TRIEBEL, A. (1977): Lernvorgänge in psychoanalytischer Therapie. Huber, Bern/Stuttgart/Wien

HEIGL-EVERS, A. (1977): Möglichkeiten und Grenzen einer psychanalytisch orientierten Kurztherapie bei Suchtkranken. Nicol, Kassel

HEIGL-EVERS, A. (1978): Konzepte der analytischen Gruppenpsychotherapie. Vandenhoeck & Ruprecht, Göttingen

HEIGL-EVERS, A. (1980): Zur Bedeutung des therapeutischen Prinzips der Interaktion. In: HAASE, H. J. (Hrsg.): Psychotherapie im Wirkungsbereich des psychiatrischen Krankenhauses. Perimed-Verlagsgesellschaft, Erlangen, S. 87-103

Heigl-Evers, A.; Heigl, F. (1973): Gruppenpsychotherapie: interaktionell und tiefenpsychologisch fundiert. Gruppenpsychother. Gruppendynamik 7, 137-157

Heigl-Evers, A.; Heigl, F. (1979a): Interaktionelle Gruppenpsychotherapie. In: Heigl-Evers, A.; Streeck, U. (Hrsg.): Lewin und die Folgen. Bd. VIII. aus: Die Psychologie des XX. Jhdt., Kindler, Zürich, S. 850-858

Heigl-Evers, A.; Heigl, F. (1979b): Prinzipien und Methoden der Gruppenpsychotherapie. In: Heigl-Evers, A.; Streeck, U. (Hrsg.): Lewin und die Folgen. Bd. VIII. aus: Die Psychologie des XX. Jhdt., Kindler, Zürich, S. 753-762

Heigl-Evers, A.; Heigl, F. (1980): Zum interaktionellen Prinzip in der Psychoanalyse. Schlesw. Holst. Ärzteblatt 33, 234-238

Heigl-Evers, A.; Heigl, F. (1982): Tiefenpsychologisch fundierte Psychotherapie. Eigenart und Interventionsstil. Zeitschr. Psychosom. Med. Psychoan. 28, 160-157

Heigl-Evers, A.; Heigl, F. (1983a): Zum Interventionsstil in der analytischen Gruppenpsychotherapie. Gruppenpsychother. Gruppendynamik 19, 2-18

Heigl-Evers, A.; Heigl, F. (1983b): Das interaktionelle Prinzip in der Einzel- und Gruppenpsychotherapie. Zeitschrift für Psychosomatische Medizin 29, 1-14

Heigl-Evers, A.; Heigl, F.; König, K. (1982): Analytische Gruppenpsychotherapie. Verarbeitung von Umweltreizen in einem regressiven Prozeß. In: Publikationen zu wissenschaftlichen Filmen, Serie 5, Nr. 20, Göttingen

Heigl-Evers, A.; Heigl, F.; Ruff, W. (1980): Möglichkeiten und Grenzen einer psychoanalytisch orientierten Suchtkranken-Therapie. In: Gesamtverband für Suchtkrankenhilfe (Hrsg.): Sozialtherapie in der Praxis (Kongreßbericht). Nicol, Kassel, S. 16-29

Heigl-Evers, A.; Heigl, F.; Schultze-Dierbach, E. (1983): Überlegungen zur Indikation von Einzel- und Gruppentherapie bei Suchtkranken, insbesondere bei Alkoholkranken. In: Gesamtverband für Suchtkrankenhilfe (Hrsg.): Sozialtherapie in der Praxis. Psychoanalytisch interaktionelle Therapie in der Suchtkrankenhilfe (Kongreßbericht). Nicol, Kassel, S. 21-36

Heigl-Evers, A.; Schulte-Herbrüggen, O. (1977): Zur normativen Verhaltensregulierung in Gruppen. Gruppenpsychother. Gruppendynamik 12, 226-241

Heigl-Evers, A.; Schultze-Dierbach, E. (1981): Die Therapeut-Patient-Beziehung. In: Knischewski, E. (Hrsg.): Alkoholismus-Therapie. – Vermittlung von Erfahrungsfeldern im stationären Bereich. Nicol, Kassel, S. 51-60

Heigl-Evers, A.; Standke, G.; Wienen, G. (1981): Sozialisationsstörungen und Sucht – Psychoanalytische Aspekte. In: Feuerlein, W. (Hrsg.): Sozialisationsstörungen und Sucht. Akademische Verlagsgesellschaft, Wiesbaden, S. 51-61

Horton, D. (1943): The Functions of Alcohol in Primitive Societies. A cross Cultural Study. QJSA 4, 199-320

JACOBSON, E. (1973): Das Selbst und die Welt der Objekte. Suhrkamp Taschenbuch Verlag, Frankfurt a.M.
KERNBERG, O. F. (1978): Borderline-Störungen und pathologischer Narzißmus. Suhrkamp Taschenbuch Wissenschaft, Frankfurt a.M.
KLEIN, M. (1972): Das Seelenleben des Kleinkindes und andere Beiträge zur Psychoanalyse. Rohwolt, Reinbeck
KRYSTAL, H.; RASKIN, H. A. (1983): Drogensucht, Aspekte der Ich-Funktion (Amerikanische Erstausgabe 1970). Einl. u. Überarbeitung d. Übers. von Wulf-Volker LINDNER, Vorwort für die dt. Ausgabe von Annelise HEIGL-EVERS, Verlag für Medizinische Psychologie im Verlag Vandenhoeck & Ruprecht, Göttingen
LINDNER, W. V. (1980): Prinzipien einer bedarfsgerechten Suchtkrankentherapie – psychoanalytisch orientiert. In: GESAMTVERBAND FÜR SUCHTKRANKENHILFE (Hrsg.): Sozialtherapie in der Praxis (Kongreßbericht). Nicol, Kassel, S. 30-39
LÜHRSSEN, E. (1974): Psychoanalytische Theorien über die Suchtstrukturen. Suchtgefahren 20, 145-151
LÜHRSSEN, E. (1976): Das Suchtproblem in neuerer psychoanalytischer Sicht. In: EICKE, D. (Hrsg.): Freud und die Folgen (1), Bd. II aus: Die Psychologie des XX. Jhdt., Kindler, Zürich/München, S. 838-867
MAHLER, M. S. (1972): Symbiose und Individuation, Bd. I, Psychosen im frühen Kindesalter. Klett-Cotta, Stuttgart
MAHLER, M. S.; PINE, F.; BERGMAN, A. (1980): Die psychische Geburt des Menschen. Symbiose und Individuation. Fischer Taschenbuch Verlag, Frankfurt a.M.
RADÓ, S. (1926): Die psychischen Wirkungen der Rauschgifte. Versuch einer psychoanalytischen Theorie der Süchte. Internationale Zeitschrift für Psychoanalyse 12, 540-556. In: Psyche 4: 360-376, 1975
RADÓ, S. (1934): Psychoanalyse der Pharmakothymie (Rauschgiftsucht). Internationale Zeitschrift für Psychoanalyse 20, 16-32
ROST, W.-D. (1983): Der psychoanalytische Zugang zum Alkoholismus. Psyche 37, 412-439
SPITZ, R. (1967): Vom Säugling zum Kleinkind. Naturgeschichte der Mutter-Kind-Beziehungen im 1. Lebensjahr. Klett, Stuttgart
SPITZ, R. (1973): Die Entstehung der ersten Objektbeziehungen. Klett, Stuttgart
STERBA, R. F. (1934): Das Schicksal des Ich im psychotherapeutischen Verfahren. Internationale Zeitschrift für Psychoanalyse 20, 6-73
TRUITT, E. B. (1958): Is there a Biochemical Lesion in the Disease of Alcoholism? Ohio State med. Journ. 66, 681-683
WINNICOTT, D. W. (1949): Mind and its Relation to Psyche-Soma. In: DERS., Collected Papers, New York, Basic Books, 1958
WINNICOTT, D. W. (1974): Reifungsprozesse und fördernde Umwelt. Kindler, München

ALEXANDER BÖHLE und HEDWIG VATTES

Stationäre Gruppenpsychotherapie von Alkoholkranken

> STICHWORT: Stationäre Gruppenpsychotherapie
>
> Aus der Psychoanalyse abgeleitete Gruppentherapieverfahren beziehen sich auf zwei eher konträre, theoretisch jedoch zusammenhängende Ansätze: die Einzeltherapie in der Gruppe und die Therapie der Gruppe als Ganzes. Das Göttinger Modell der Gruppenpsychotherapie jedoch integriert beide Ansätze durch Kombination sozialpsychologischer und psychoanalytischer Theoreme. Insbesondere die psychoanalytisch-interaktionelle und die psychoanalytisch orientierte Gruppentherapieform dieses Modells haben sich bei Alkoholkranken bewährt.
>
> Die stationäre Gruppenbehandlung von Alkoholkranken findet in der Frühphase von deren Abstinenz statt. Sie muß daher motivierende und aktuelle ich-stabilisierende Effekte mit der Behandlung der affektiven Prozesse um Abschied und Trauer um den Verlust des Objektes Droge verbinden.
>
> Gruppenpsychotherapie bei Alkoholkranken verbessert zwar das seelische Los der Patienten, löst jedoch nicht das Problem der einmal erworbenen lebenslangen Alkoholunverträglichkeit.

Grundlagen

Die Entdeckung unbewußter seelischer Vorgänge durch FREUD zu Beginn dieses Jahrhunderts revolutionierte unser Wissen vom Menschen. Seine psychoanalytische Methode gewährte Einsichten in bis dahin unzugängliche Quellen menschlicher Konflikte und Motivationen und ermöglichte zugleich Linderung und Heilung seelischen Leidens, welches auf dem Hintergrund biologischer und frühkindlich-sozialer Bedingungen einen neuen Sinn bekam. Insbesondere das sozialpsychologisch-soziologische Moment psychoanalytischer Empirie –

nämlich die intrapsychische Gestaltung frühkindlicher Objektbeziehungen – konnte schon in den zwanziger Jahren mit dem allerorten aufkeimenden Interesse verschiedenster Fachdisziplinen an Gruppenprozessen eine Verbindung eingehen, aus der sich neben der Dyade zwischen Analytiker und Analysand im klassischen Couch-Setting bald eine Fülle verschieden akzentuierter gruppenpsychoanalytischer Verfahren entwickelte (siehe auch Heigl-Evers und Heigl 1979).

Diese Zweierbeziehung zwischen Analytiker und Analysand, aus welcher heraus sich die psychoanalytische Theorie zunächst entfaltete, ist freilich darauf angelegt, die äußere soziale Realität des Patienten so weit wie möglich auszuschalten. Durch die Abstinenz des Therapeuten und das Prinzip der unzensierten freien Assoziation des Patienten wird in der Einzelbehandlung ein intimer Raum einzigartiger Nähe hergestellt, in welchem der Patient seine eigene unverwechselbare biographische Gewordenheit und die aus ihr resultierenden unbewußten Motive, die sein Fühlen und Handeln determinieren, besser verstehen und umbilden kann.

Die *Pluralität* der Gruppensituation jedoch läßt den Patienten die Erfahrung machen, daß er trotz seiner Einzigartigkeit zugleich nie Einzelwesen und nie völlig souveräner Gestalter seiner Handlungen ist. Die Gegenwart der anderen in der Halböffentlichkeit der Gruppe stellt seine Omnipotenzvorstellungen in Frage und konfrontiert ihn mit seiner sozialen Begrenztheit und seiner Interdependenz mit der Verhaltenssteuerung durch die Gruppe.

Konzepte wie Pluralität, Norm und Interaktion sind mit der aus der Dyade entwickelten psychoanalytischen Begriffssprache kaum zu fassen. Das Phänomen Gruppe als solches fordert von der Psychoanalyse die Auseinandersetzung mit Sozialpsychologie ein und stellt sie vor das Problem einer theoretischen Begründung der Anwendung von Psychoanalyse in Gruppen und führt zu grundsätzlichen Fragen der Technik. Zur Lösung dieser grundlegenden Schwierigkeiten wurden verschiedene Wege beschritten.

Zum einen versuchte man, die Gruppe auf einer technisch-theoretischen Ebene ganz in das psychoanalytische Paradigma einzupassen und die Dyade des Einzelsettings auch im Sinne einer therapeutische Handlungsanweisung wiederherzustellen. Das führte zu zwei eher konträren, theoretisch jedoch eng zusammenhängenden Ansätzen: der *Einzeltherapie in der Gruppe und der Therapie der Gruppe als Ganzes*.

Bei der Einzeltherapie in der Gruppe wird diese zur Ansammlung mehrerer Therapeut/Patient-Dyaden. Die Gruppe wirkt durch ihr Zusammengehörigkeits- und Wir-Gefühl und durch Aktualisierung familiärer Übertragungsmodi fördernd und stimulierend auf den Bewußtwerdungsprozeß des Einzelnen in seiner Beziehung zum väterlichen Therapeuten (SCHINDLER 1980, 1985; WOLF u. SCHWARTZ 1962). Die Interventionen des Therapeuten werden in der Tendenz den einzelnen auf dem Hintergrund der Gruppe zum Ziel haben.

Die gleiche theoretische Ausgangslage der Anpassung der Gruppe an die Dyade führt auf der anderen Seite zu einer Wahrnehmung der Gruppe als Ganzes im Sinne einer Analogie zum psychischen Apparat einer Einzelperson. Die Interaktionen in der Gruppe werden als Ausdruck homogener unbewußter Triebstrebungen und Abwehroperationen der Gesamtgruppe verstanden. Der Therapeut deutet dann diese Wünsche und Befürchtungen in der Gruppe als gemeinsame Aktion der Gruppenteilnehmer auf dem Hintergrund einer »Dyade« von Therapeut und Gruppengesamtobjekt (ARGELANDER 1963/64, 1968; BION 1971, EZRIEL 1973, OHLMEIER 1976).

Andere theoretische Ansätze versuchen eine sozialpsychologische Sichtweise, welche manifestes Gruppenverhalten beschreibt, mit dem psychoanalytischen Paradigma, das latente Gruppenmotive und Kräfte auf den Begriff bringt, zu einem neuen Horizont zu verbinden (FOULKES 1974, KUTTER 1976, LIEBERMANN, LAKIN u. STOCK-WHITAKER 1973, HEIGL-EVERS u. HEIGL 1973, 1975, 1976, 1979, 1985).

Insbesondere mit der Entwicklung des *Göttinger Modells* von HEIGL-EVERS und HEIGL kam es zu einer Integration von Sozialpsychologie und Psychoanalyse, die ein breites Spektrum von Behandlungsmöglichkeiten verschiedenster seelischer Krankheiten durch das Medium Gruppe erlaubte. Dies gelang durch die Einführung des von SHERIF und SHERIF (1969) inspirierten Begriffs des »Inneren Notstandes«, der zum Grenzbegriff zwischen sozialpsychologischem und psychoanalytischem Aspekt dieses Modells wurde. Durch die Prinzipien der »Minimalstrukturierung« und »Freien Interaktion« geraten die Gruppenteilnehmer in einen Notstand, in welchem sie sich der Gruppe mehr öffnen können und gemeinsam einen Orientierungsrahmen zur Bewältigung dieser Situation entwickeln. Dabei werden auch unbewußte Wünsche, Schuldgefühle und Befürchtungen mobilisiert, welche dann in einem Prozeß beständiger Interpretation und Umbildung durchgearbeitet werden können. Die dabei hervorgerufenen Bewältigungsstrategien der Gruppe werden im Rahmen des topischen Aspektes der psychoanalytischen Metapsychologie beschrieben.

Auf der bewußten Ebene der Interaktion kommt es im Rahmen der Angstbewältigung zur Definition von Gruppensituationen und zum Aushandeln von Normen durch die Gruppenteilnehmer in Sinne *normativer Verhaltensregulierungen*, welche durch die pathologischen Selbst- und Objekt-Repräsentanzen der Patienten determiniert werden. Auf dieser Ebene der *psychoanalytisch-interaktionellen Gruppentherapie* können insbesondere frühgestörte Patienten ihre Ich-Funktionsdefizite und Störungen der internalisierten Objektbeziehungen nachentwickeln. Der Therapeut konfrontiert die Gruppenteilnehmer mit eigenen emotionalen Reaktionen und Urteilen im Sinne eines Antworten durch selektive emotionale Expressivität.

Im Bereich der vorbewußt/unbewußten Ebene mittlerer Regressionstiefe entwickeln sich relativ stabile Rollen- und Funktionsverteilungen mit Untergruppenbildungen zwischen den Teilnehmern, bei denen durch Projektion und projektive Identifikation aus intrapsychischen Konflikten interpersonelle Auseinandersetzungen werden, die als sogenannte *psychosoziale Kompromißbildungen* Abwehrleistungen darstellen und der Angstbewältigung dienen. In der *psychoanalytisch orientierten Gruppentherapie* sind sie der Gegenstand der Klärung und Interpretation im Sinne des Deutungsprinzips.

Auf der Ebene tiefster Regression tritt die Individualität der einzelnen in der Gruppe immer mehr in den Hintergrund. Im *gemeinsamen Tagträumen* in der analytischen Gruppentherapie verbinden sich die Derivate unerfüllter infantiler Triebwünsche der Mitglieder miteinander und gestalten sich zu einer gemeinsamen Übertragung auf den Therapeuten, mit welcher unbewußte Konflikte der Gruppenmitglieder untereinander und in bezug auf den Therapeuten abgewehrt werden. Die

Interpretation dieses Widerstandes erfolgt nach den Regeln klassischer Deutung.

Für die Gruppenbehandlung von Suchtkranken hat sich insbesondere die psychoanalytisch orientierte und die psychoanalytisch-interaktionelle Technik des Göttinger Modells bewährt (HEIGL-EVERS und STANDKE 1988). Das hat nicht nur seine praktisch-technischen Gründe in der bei Alkoholkranken bestehenden Ich- und Objektbeziehungs-Pathologie, die eine Behandlung auf weniger regressivem Niveau erfordert, sondern auch in der Eigenart des Alkoholismus als einer Sozialpathologie, die mit einer ausschließlich psychoanalytischen Begrifflichkeit kaum zu fassen ist. Viele Trinkriten, »Kiezsozialisationen« und sehr ähnliche soziale Stile des Umgangs der Kranken mit sich und anderen machen sie mehr als andere Patienten zu »Gruppenwesen«, die sich in ihrer Krankheitsidentität auch selbst gerne von Nichtalkoholikern abgrenzen. Mit Hilfe der sozialpsychologischen Aspekte im Göttinger Modell sind gerade diese Phänomene auf dem Horizont der normativen Verhaltensregulierung gut faßbar. Mit Hilfe dieser modifizierten psychoanalytischen Verfahren tritt neben die seit Jahren erprobten Selbsthilfe-Konzepte endlich eine Form professioneller Hilfe, welche gerade für die zunehmende Zahl schwerer erkrankter Alkoholiker – also einer besonders auch innerhalb der Psychiatrie diskriminierten Gruppe, die auch oft die Selbsthilfe-Angebote zunächst nicht annehmen kann – eine Chance bietet.

Ein größerer Teil der Gruppentherapie von Alkoholikern – abgesehen von Selbsthilfegruppen – findet in Institutionen statt. Es erscheint uns daher sinnvoll, im Rahmen dieses Lehrbuches über stationäre Gruppenpsychotherapie mit Süchtigen zu berichten, zum einen, weil wir glauben, daß sich verschiedene technische Probleme dieser Behandlungsform auch auf ambulante Settings hin verallgemeinern lassen, zum anderen, weil viele Suchttherapeuten in klinischen Institutionen arbeiten und sich gerade mit den besonderen Schwierigkeiten der Anfangsphase des abstinenten Lebens auseinanderzusetzen haben.

Grundregel und Setting

Die stationäre Gruppenpsychotherapie ist integriert in eine Vielfalt anderer institutioneller therapeutischer Verfahren und findet in den verschiedenen Einrichtungen meist in mehreren Sitzungen pro Woche (2-4) und unterschiedlicher Dauer (60-120 Minuten) statt. Es gibt geschlossene, halboffene und offene Gruppensettings, die jeweils einen unterschiedlichen Gruppenprozeß aufweisen: In halboffenen Gruppen ist der Gruppenprozeß durch den allmählichen Wechsel von Gruppenmitgliedern oft undeutlicher und weniger charakteristisch als in geschlossenen Gruppen. Dafür scheint uns die Möglichkeit größer zu sein, Geschwisterkonflikte (Ankunft und Verlust) durchzuarbeiten.

In der Gruppe gilt die Regel der *freien Interaktion* und das Prinzip der *Minimalstrukturierung*. Die Regel der freien Interaktion ist die einzige Verhaltensnorm für die Patienten in der Gruppe. Nach ihr soll jeder versuchen, sich so freimütig wie möglich zu äußern, mit der Einschränkung, daß dies nur sprachlich und mimisch-gestisch zu erfolgen hat. Der Patient wird aufgefordert, insbesondere auch seine Gefühle, Gedanken, Wünsche und Befürchtungen in bezug auf sich und die anderen zu äußern. Auf dem stationären Hintergrund einer ›Therapeutischen Gemeinschaft‹ mit all ihren verschiedenen Loyalitäten und Konflikten des Zusammenlebens freilich wird diese technische Anweisung durch die Regeln des Taktes und der Diskretion eingeschränkt. In der Alkoholiker-Gruppentherapie ist das Erfordernis der Balance zwischen freier Interaktion und Takt häufig ein wiederholter Brennpunkt für Verletzungen und Kränkungen, der vom Therapeuten einiges Fingerspitzengefühl erfordert.

Das Prinzip der Minimalstrukturierung besteht darin, daß die strukturierenden Bedingungen der Gruppe bis auf ein organisatorisch unvermeidliches Maß reduziert werden, der Therapeut bietet keine wesentlichen Verhaltensregulierungen an. Dieses Prinzip interferiert freilich im Rahmen des stationären Settings mit den normativen Verhaltensregulierungen der Institution. Der Therapeut ist ja neben seiner Funktion als Gruppenleiter auch Repräsentant der Institution und muß unter Umständen auch Sanktionen verhängen. Er ist abhängig von den im Team festgelegten organisatorischen Rahmenbedingungen der Therapie und durch Arbeitsvertrag an die Hausordnung und Funktionsnormen der Klinik gebunden. Seine Doppelrolle relativiert also das Prinzip der Minimalstrukturierung und läßt äußere normative Setzungen in das Gruppensetting hineinragen (siehe auch Heigl-Evers, Heigl u. Münch 1976).

Durch die Prinzipien der Minimalstrukturierung und der ›Freien Interaktion‹ wird der therapeutische Prozeß erst in Gang gesetzt. Sie erzeugen eine Regression, die zum emotionalen Notstand und damit zur Mobilisierung unbewußter Inhalte führt. Die Relativierung dieser Prinzipien im stationären Setting beinhaltet freilich wegen der speziellen Situation von Alkoholkranken am Anfang der Behandlung auch eine günstige Möglichkeit zur optimaleren Dosierung der Regression. Durch die weiteren Therapieangebote der Großgruppe, der nonverbalen Therapien und anderer kann der Patient seine Beziehung zur Psychotherapiegruppe differenzierter gestalten und sich je nach Gruppenprozeß mehr oder weniger auf die Gruppe einlassen. Das bietet auch eine zusätzliche diagnostische Möglichkeit, weil die Einstellung des Patienten zum mütterlichen Globalobjekt sich konkreter und deutlicher darstellt.

Ein weiterer wichtiger Aspekt des Settings ist die *Arbeitsbeziehung* in der Gruppentherapie. Man versteht darunter die Kooperation der gesunden Ich-Anteile des Patienten mit der Arbeitshaltung des Therapeuten und der anderen Mitpatienten. Jeder Patient nimmt also in Grenzen sich selbst und den anderen gegenüber neben der freien Interaktion eine reflexive Haltung teilnehmender Beobachtung ein. Diese Haltung, welche von rationalisierendem Widerstand zu unterscheiden ist, sollte schon im Vorgespräch gefördert werden, indem der Therapeut mit dem Patienten in der Atmosphäre der Arbeitsbeziehung die jeweiligen Vorstellungen und Erwartungen an die Therapie reflektiert. Häufiger als in anderen Gruppentherapien wird es bei der Behandlung von Alkoholkranken notwendig sein, während des Gruppenprozesses auf das Arbeitsbündnis und die Arbeitsbeziehung abzuheben, besonders auch, um das Selbsthilfepotential der Patienten zu fördern und sie auf den Besuch von Selbsthilfegruppen vorzubereiten.

Die Arbeitsbeziehung zum Therapeuten beginnt also schon

im Vorgespräch, die zu den anderen Gruppenmitgliedern erst während des Gruppenprozesses und wird durch das Vorbild des Therapeuten und seinen Interventionsstil geprägt. Gerade diese Identifikation mit der Arbeitsweise des Therapeuten macht den eher präödipal gestörten Suchtpatienten oft große Schwierigkeiten. Es erfordert vom Therapeuten eine besondere Sorgfalt, jeweils seine Arbeitshaltung zu analysieren und sie gerade im stationären Setting auch bei Begegnungen mit dem Patienten außerhalb der Gruppensitzungen zu überprüfen.

Therapeutische Haltung und Interventionen

Allgemeine Grundsätze der therapeutischen Haltung und Interventionen gelten auch in der stationären Psychotherapie von Alkoholkranken. Ausgehend vom manifesten (das heißt beobachtbaren) Geschehen in der Gruppe und von seinen eigenen korrespondierenden Affekten und Vorstellungen bewegt sich der Therapeut hin zu Vermutungen über den latenten Gehalt der Gruppensitzung. Er schiebt sozusagen seine Konstruktion des Wirkens der latenten Kräfte und Motive immer mehr in die ›Terra incognita‹ des Gruppenprozesses vor und überprüft sie an Hand seiner emotionalen und theoretischen Gewichtung und durch den weiteren Gruppenverlauf.

Es geht also nicht um die Applikation verdinglichter theoretischer Begriffe auf Interaktionen oder eine ›Entlarvung‹ unbewußter Motive, sondern um den kognitiv-affektiven Nachvollzug seiner intrapsychischen Vorgänge in bezug auf die Dynamik der Gruppe. Eine solche therapeutische Haltung impliziert auch eine gewisse Distanz des Therapeuten zur Gruppe und äußert sich zunächst in einer schweigenden, zuhörenden Haltung. Das Schweigen des Therapeuten in der Gruppentherapie von Alkoholkranken sollte hier seine Quelle haben und nicht zu einem konfrontierenden oder interpretierenden Schweigen werden, das diese frühgestörten Patienten in der Regel nicht gut aushalten und oft paranoid verarbeiten. Es geht nicht darum, wie lange und wie ausdauernd der Therapeut schweigt, sondern aus welchen Motiven und in welcher Art er nichts sagt. Im Schweigen des Therapeuten findet also sowohl ein intensiver diagnostischer Prozeß statt wie auch ein Sich-Ausbalancieren des Therapeuten im Sinne der ›Teilnehmenden Beobachtung‹, welche der gleichschwebenden Aufmerksamkeit der Einzelbehandlung entspricht. Aus dieser authentischen Position heraus interveniert der Therapeut schließlich.

Im Rahmen des bei Alkoholkranken indizierten psychoanalytisch-interaktionellen oder psychoanalytisch orientierten Verfahrens ergeben sich zwei unterschiedliche Interventionsstile: ein interpretativer Typ, der mit der Expression emotionaler Gewichtungen und Urteile des Therapeuten einhergeht – das Prinzip Antwort –, und ein interpretativer Typus, der die Person des Therapeuten in ihrer persönlichen Emotionalität verbal nicht berücksichtigt – das Prinzip Deutung. Beide Arten der Intervention schließen sich nicht aus, sondern sind die Endpunkte eines Kontinuums. Gefühlsantworten des Therapeuten haben einen besonders ich-stärkenden Charakter und verhelfen dem Patienten zu einer korrigierenden emotionalen Erfahrung, distanziertere deutende Interpretationen schwächen die Abwehrmechanismen des Ich und stimulieren die latenten vorbewußten Wünsche. Man sollte sich klar sein, daß auch die gelungenste Deutung immer eine Spur narzißtischer Kränkung enthält, die der Patient aus Liebe zum Therapeuten oder wegen des Erkenntnisgewinns in Kauf nimmt. Das weist auf die Problematik von Interpretationen bei Suchtkranken mit ihrer narzißtischen Kränkbarkeit hin. Es empfiehlt sich also, eine taktvolle Mischung aus Interpretation und Affektivität zu finden, die der Patient mit Gewinn ertragen kann.

Das Prinzip Antwort und das Prinzip Deutung sind der Horizont, auf dem sich die verschiedenen Interventionsarten abbilden: die sachklärende Nachfrage, die Affektklarifizierung, der Hinweis, die Konfrontation und andere. Zwei dieser ineinander übergehenden Interventionen sind besonders bei Alkoholkranken von Bedeutung: die Affektklärung und die sogenannte bifokale Deutung (HEIGL-EVERS und HEIGL 1971).

Wir haben die Erfahrung gemacht, daß *Affektklarifizierungen* bei Alkoholkranken einen hohen interpretativen und ich-stabilisierenden Effekt haben. Vor dem Hintergrund der ichpsychologischen Untersuchungen KRYSTALS und RASKINS (1983) stellen wir immer wieder fest, daß die genauere Exploration und Benennung von Affekten enttraumatisierend und damit stabilisierend auf das Ich von Alkoholkranken wirkt und weitere introspektive Prozesse überhaupt erst ermöglicht.

Bei der <u>bifokalen Deutung</u> interveniert der Therapeut aus einer relativ distanzierten Beobachterposition mit einer »sowohl, als auch«-Deutung. Er interpretiert dabei psychosoziale Kompromißbildungen, indem er die Projektion unbewußter Wünsche der Majorität auf die Minorität deutet und auf die Schutzfunktion dieser Projektionen hinweist. Ebenso deutet er das gleiche Phänomen bei der Minorität. Dieser Interpretationstyp, der eher zum analytisch orientierten Verfahren gehört, erreicht beide Untergruppen in gleicher Weise und betont die Gemeinsamkeit ihres Konfliktes. Gerade in der Behandlung von Alkoholkranken ist diese Technik wegen ihrer kränkungsmindernden und die Frustrationstoleranz hebenden Wirkung ausgesprochen nützlich. Das gemeinsame Konflikterleben baut Feindseligkeit ab und stärkt die Gruppenkohäsion.

Indikationstellung und Situation der Patienten bei Aufnahme

In Entwöhnungseinrichtungen werden in der Regel nur Patienten aufgenommen, die bereits abstinent sind, das bedeutet, daß ihr Entzug nur wenige Tage bis Wochen zurückliegt. Der Patient muß sein Trinken wenigstens in Ansätzen problematisieren können und zu Interaktion auf einem verbalen – in der Tendenz reflexiven – Niveau fähig sein. Ausgedehnte Motivationsprüfungen mit hoher Schwelle sind in diesem krisenhaften Stadium der Krankheit eher problematisch und bringen den Patienten, der oft unter extremem sozialem Druck steht, zu stereotypen Statements, die wenig von seiner intrapsychischen Struktur verraten. Zum anderen kann der Therapeut kaum bei oft so weit regredierten, funktionell ich-gestörten Patienten zu diesem Zeitpunkt zu stichhaltigen Aussagen über das höchste einmal erreichte strukturelle Niveau von Ich-Funktionen und inneren Objekten kommen. Der Patient ist meist noch ganz verstrickt in seine »nasse« Sozialisation und steckt noch tief in dem drogenbezogenen Denken seines »purifizierten Lust-Ich« (FREUD 1915, S. 228). Neben entzugsbedingten funktionellen Hirnleistungseinbußen (KRYSPIN-EX-NERE et al. 1987) ist sein Widerstand gegen Therapie schon vor deren Beginn aus verschiedenen Gründen stärker als bei anderen Kranken.

Im Gegensatz zum neurotischen Patienten ist der Alkoholiker gezwungen, seine Symptomatik sofort aufzugeben. Von einem Tag zum anderen verliert er sein wichtigstes Mittel, seinen körperlichen Zustand in irgendeiner Weise zu stabilisieren, gegen Angst, Schmerz und Depression geschützt zu sein, ein gewisses Selbstwertgefühl zu entwickeln und mit anderen zu kommunizieren.

Die Aufgabe des Trinkens führt zu einem vollkommenen Wandel seiner Lebensverhältnisse. Er befindet sich an einem anderen Ort (Klinik), hat mit Menschen ziemlich anderer Sozialisation (Therapeuten) zu tun, beginnt sich seines körperlich-sozial-psychischen Zusammenbruches plötzlich bewußt zu werden und soll diesen nun mit Mitteln bewältigen, die er noch nicht kennt oder lange vergessen hat.

Seine Verwandten oder Bezugspersonen während der Trinkzeit teilen seine Selbstverurteilungen, betrachten wie er selbst seine Krankheit als moralisches Problem und unterstützen ihn in seinen Selbstanklagen, die zuweilen ein monströses Ausmaß annehmen. Therapie soll dann die Strafbedürfnisse der Umgebung und die Suche des Patienten nach Buße befriedigen.

Er fürchtet, daß die ›Therapeutische Gemeinschaft‹ und die Gruppenpsychotherapie seine Grandiositätshoffnungen, welche ihm auch noch im schlimmsten Elend geblieben sind, lädieren könnten – schließlich wird er just in dem Augenblick mit dem Gruppenauftrag zur Interaktion konfrontiert, in welchem er aus oben genannten körperlich-seelischen Gründen am wenigsten dazu aufgelegt und in der Lage ist.

Dieser eher äußerlichen Beschreibung der Situation des Patienten liegt in der Sprache der psychoanalytischen Theorie ein Objektverlust zugrunde. Alkohol ist im Leben des Süchtigen an die Stelle eines frühen versorgenden Teilobjektes getreten, das schon immer verloren wurde. Mit diesen durch präödipale Entwicklungsstörungen eindimensional verzerrten Objektvorstellungen (siehe auch HEIGL-EVERS u. STANDKE 1988) sind meist weitgehend undifferenzierte Affektspannungen gebunden, in denen der Patient nur unvollkommen zwischen

Depression, Angst und Schmerz unterscheiden kann. Alkohol in seiner kompensatorischen Funktion repräsentierte libidinöse und destruktive Aspekte dieses monströsen Teilobjekts. Das Zentraltrauma des Patienten wird also in der ersten Phase seiner Abstinenz durch den Entzug der Droge abrupt aktualisiert. Zugleich verliert er sein vertrautes soziales Umfeld, in welchem Trinken oft einen sozialen Wert repräsentierte und Ausdruck von Stärke, Männlichkeit, Kommunikationsfähigkeit und Gruppenzugehörigkeit war. Der Patient gerät also schon, bevor er an seiner ersten Gruppensitzung teilnimmt, durch Aufnahme in die Institution in einen dem Phänomen des »Inneren Notstandes« äquivalenten Zustand, der sowohl sozial wie auch intrapsychisch determiniert ist.

Der Patient versucht diese Krise durch Mobilisierung seiner Abwehr und seiner Widerstände zu bewältigen. Es handelt sich bei diesen intrapsychischen Widerständen des Patienten nicht um »ungezogenes Verhalten«, sondern um sinnvolle – wenn auch wenig ökonomische – Angstminderungsstrategien, für deren Bedeutung der Therapeut sich und den Patienten interessieren muß. In der Regel ist die innerseelische Quelle seines Widerstandes gegen die Therapie seine Angst vor der Reaktivierung seiner Beziehung zu einem narzißtisch idealisierten Objekt, von dem er die grausamen Qualen eines sadistischen Über-Ich erwartet, dessen Verlust als bedürfnisbefriedigendes Objekt er gleichzeitig antizipiert. Kurz – er hat unbewußt Angst vor ihn einschnürender Abhängigkeit, die er dennoch ersehnt, und fürchtet die Traumatisierung seines Ich durch die damit verbundenen undifferenzierten Affekte. Gleichzeitig fürchtet er – aus der Sicht der Therapeuten in vollkommen paradoxer Weise – den sozialen Untergang durch Verlassen der schützenden Gruppe seiner Trinkkumpane.

Initialphase der Behandlung

Bei den meist offenen Gruppen der stationären Psychotherapie häufen sich im Gegensatz zu den geschlossenen oder slow-open Gruppen im ambulanten Bereich die Ankunfts- und Abschiedssituationen. Die Initialphase der Behandlung ist also in der Regel eine Auseinandersetzung der Gruppe und des Therapeuten mit einem neuen Patienten. Das hat den Effekt, daß die Konfrontation des neuen Patienten mit schon längere Zeit in Therapie befindlichen Patienten ein erhebliches Stück Motivationsarbeit beschleunigt leistet und der Ankömmling sich hier schneller in den Gruppenprozeß integrieren kann, als es in geschlossenen Settings zu leisten ist. Für ihn, der neu in die Therapie kommt und für den gerade zu Beginn der Umgang mit der Grundregel und dem Setting oft sehr schwer ist – er kommt ja gerade aus einer tiefen, auch toxisch bedingt oft sehr leibnah erfahrenen Ich-Regression heraus – hat die Gegenwart von schon etwas gesünderen, auf einem höheren Ich-Funktionsniveau befindlichen Mitpatienten einen stabilisierenden Effekt und bietet ihm in seiner noch unbewußten Trauer um den Verlust der Droge Substitut und Trost. Im Rahmen der engen Zeitbegrenzung der stationären Behandlung ist das ein großer Vorteil.

Andererseits gerät der Patient in der Initialphase mit dem Prinzip der Minimalstrukturierung und der ›Freien Interaktion‹ und ihrer eher regressionsfördernden Wirkung schon deshalb in Konflikt, weil er bei seinem Weg aus der Intoxikation und Verwahrlosung heraus sich sozusagen in einer dem Setting entgegengesetzten Bewegung befindet.

Die älteren Gruppenmitglieder profitieren in der Regel von dem Neuankömmling, erleben sie doch plastisch ihre eigenen Therapiefortschritte und die neuen kognitiven und emotionalen Fähigkeiten, über die sie bereits verfügen. Vielleicht ist es ein Spezifikum von Gruppen mit Alkoholkranken, daß Geschwisterkonflikte mit neuen Patienten in der Anfangsphase, in der dann eher Fürsorgeimpulse vorherrschen, selten sind. Der Therapeut sollte sich jedoch über die Abwehrfunktion dieser Hinwendung im klaren und auf die dahinter mobilisierten Neid- und Rivalitätskonflikte gefaßt sein. Die Veränderung der Größe des Gruppengesamtobjektes führt dabei manchmal zu einer ängstlich-paranoiden Atmosphäre, die im ungünstigsten Falle zu späterer Ausstoßung des Neuen und zu tiefen Schuldgefühlen der Gruppenmitglieder führen kann.

Für den Therapeuten stellen sich in dieser ersten Phase der Behandlung spezielle Aufgaben. Auch er wird zum Substitut der aufgegebenen Droge. Das führt nach unserer Erfahrung im Gegensatz zu Gruppen mit neurotischen Patienten zu einer oft übergroßen idealisierenden Erwartung an den Therapeuten, auf den sich der Patient oft unter »Nichtachtung« der Gruppe bezieht. Häufig sind Alkoholkranke in der ersten Phase der Entwöhnung durch ihre Ich-Funktionsdefizite, ihre Fusionierungswünsche und ihre geringe Frustrationstoleranz nicht in der Lage, auf die Gesamtgruppe zu reagieren, und stellen daher eine therapeutische Zweierbeziehung (Dyade) mit dem Therapeuten her.

Der Therapeut sollte in seinen Interventionen auf die Arbeitsbeziehung abheben und dem Patienten dadurch zeigen, worauf es ihm in Hinsicht auf den Zweck der Gruppe ankommt. Im Rahmen des interaktionell-analytischen Settings ist das auch für die anderen Patienten förderlich. Die Ankunft eines neuen Patienten führt oft in günstiger Weise wieder zu einer Fokussierung auf das Alkoholthema und leitet auch bei älteren Patienten neue Abschieds- und Trauerprozesse ein. Daneben bietet das Eingangssetting oft zusätzliche diagnostische Möglichkeiten für den Therapeuten gerade in bezug auf das Niveau der Ich-Entwicklung des Patienten, das in den Gruppen-Interaktionen oft besser zu beurteilen ist als im Einzelgespräch.

Häufig konstellieren Patienten in der ersten Stunde ihren zentralen Konflikt, der dann über die ganze Therapie hin in Variationen wiederholt wird.

Eine etwa 60jährige Frau beginnt die erste Gruppensitzung mit zerknirschten Schuldeingeständnissen: So weit habe sie es nach einer Periode der Trockenheit kommen lassen, so schlimm habe sie sich gehen lassen ... Ihre Beichte wurde wohl von den Mitpatienten – wie die Therapeutin aus deren Mimik schloß – etwas peinlich empfunden. Sie verhielten sich explorierend, gingen aber wenig auf die Patientin ein. Die Therapeutin schwankte zwischen verständnisvoll-fürsorglicher Hinwendung und ebenfalls leicht peinlichem Unbehagen. Die Ko-Therapeutin schließlich kommentierte glücklich: »Ist gut, daß Sie jetzt hier sind ...«, was zu einer deutlichen Entspannung der Gruppe und Über-Ich-Entlastung der Patientin führte und den Aspekt des realen Leidens dieser Frau in den Vordergrund brachte.

Im weiteren Verlauf der Gruppentherapie war die Patientin durchgängig sehr aktiv mit andererseits großem Widerstand gegen eine kritische Vertiefung des Verständnisses ihrer Konflikte. Ihre »Argusaugen« entdeckten jede Missetat anderer Patienten, wobei sie gerade in der ›Therapeutischen Gemeinschaft‹ sehr viel kränkende Kritik erfahren mußte. Ihre Therapiegruppe freilich, mit der sie sich sehr identifizierte, hielt zu ihr. Es war ihr gelungen, ihr grausam-paranoides Über-Ich auf die Großgruppe zu projizieren und die Therapiegruppe zur narzißtischen Extension eines Ich-Ideal-Anteils zu machen.

Als schließlich in einer Gruppensitzung die Therapeutin fehlte, fielen die anderen Patienten mit heftiger Kritik über die Patientin her. Der Therapeutin wurde dadurch klar, daß die Patientin sie benutzt hatte, wie sie früher von ihrer Mutter oft benutzt worden war (»gemeinsam den Krieg durchgestanden«). Schon in der ersten Stunde hatte diese Konstellation sich in den Gefühlen der Therapeutin und der Gruppe angekündigt, nämlich als eine Mischung aus Fürsorge und peinlicher Distanz, die nun als Abwehr der Bemächtigung durch die Patientin verstanden werden konnte. Der sich aus diesem vertieften Verständnis ergebende etwas offenere konfrontative Umgang der Gruppe und der Therapeutin mit der Patientin, welcher an die Stelle des eher vorsichtigen explorativen, sich mit ihren Kränkungen identifizierenden Verhaltens getreten war, führte auch bei ihr zu einer Verhaltens- und Erlebensänderung: Sie entspannte sich mehr und begann etwas besser und liebevoller für sich zu sorgen (Rücknahme der Externalisierung der Über-Ich-Anteile).

Durcharbeitungsphase

In einem offenen Gruppensetting sind zeitlich aufeinanderfolgende Phasen des Gruppenprozesses nur schwer abzugrenzen. Dennoch ergeben sich für den einzelnen Patienten – freilich in individuell sehr unterschiedlicher Weise – in seiner Auseinandersetzung mit der beginnenden Abstinenz und seinen in der Entwöhnungsphase offen zu Tage tretenden Ich- und Objektstörungen typische Konstellationen, die man als Äquivalent einer Durcharbeitungsphase bezeichnen könnte. Treffen mehrere dieser intrapsychischen Konstellationen der Patienten zeitlich zusammen, können sich typische »Durcharbeitungs«-Gruppensitzungen ergeben, die in der stationären Gruppentherapie sich mehr in lockerer Folge ablösen können, als daß sie im Sinne eines kontinuierlichen Gesamtgruppenprozesses psychologisch aufeinander folgen. Die innere Dynamik des Verlaufs der Therapie über einen längeren Zeitraum wird eher am Einzelpatienten sichtbar. Einige dieser typischen Abläufe seien hier aufgeführt.

Nach der Einleitungsphase geraten die Patienten manchmal in eine beginnende Ich-Regression, welche durch eine Reizüberflutung in der Gruppe und den Verlust des omnipotenten Objektes Alkohol bedingt ist, die der Patient durch seine strukturell bedingte geringe Affekttoleranz nicht ausreichend bewältigen kann. Wegen der mangelnden Unterscheidung zwischen Schmerz, Angst und Depression (Krystal u. Raskin 1983, S. 18ff.) mündet diese Regression oft in vielfältige angstvoll besetzte körperliche Beschwerden und ins Agieren des Patienten auf der Ebene somatisch-medizinischer Versorgung. Gruppensitzungen, die von derartigem regressiven Agieren beherrscht werden, sind sehr mühevoll für den Therapeuten und erfordern von ihm eine aktiv regressionsmindernde strukturierende Haltung. Am wenigsten sinnvoll scheint uns in dieser Situation ein passiv-distanziertes, sogenannte »orale Anspruchshaltungen« interpretierendes Verhalten zu sein, bei dem sich die Patienten zu Recht nicht an- und ernstgenommen fühlen und eher weiter regredieren. Nach unserer Erfahrung entstehen dann schnell Abbrüche der Behandlung. Gerade in der beginnenden Durcharbeitung ist die Gruppe – aber in ganz besonderem Maße der Therapeut – Surrogat für die fehlende Droge und den reinszenierten Objektverlust. Es herrscht in solchen Gruppensitzungen eine sehr auf den Therapeuten zentrierte Atmosphäre, bei der das Gruppengesamtobjekt unscharf und bedrohlich erlebt wird. Es ist dabei für den Therapeuten nützlich, sich klar zu machen, daß die Droge nicht nur Ersatz für ein verlorenes Objekt ist, sondern auch für fehlende psychische Struktur, zu deren Aufbau in der frühen Entwicklung das Objekt hätte dienen sollen (Kohut 1971). Der Therapeut wird damit selbst für die Gruppenmitglieder nicht nur Surrogat der Droge und des verlorenen Objektes, sondern auch Ersatz für die nicht entwickelte Ich- und Über-Ich-Struktur der Patienten. Das erklärt in der Durcharbeitungsphase die häufige Projektion und Externalisierung sadistisch-strenger Über-Ich-Anteile, die dann eine paranoide Tönung bekommen, insbesondere auf den Therapeuten. Sie dienen nicht nur der Abwehr eigener nicht zu ertragender aggressiver Triebderivate, sondern stellen auch den projektiven Versuch dar, Struktur zu bilden. Es empfiehlt sich, diese Projektionen in der stationären Therapie zunächst nicht streng-distanziert zu deuten, sondern in einer der reiferen, das heißt integrierteren Struktur des Therapeuten gemäßen Weise emotional-annehmend zu beantworten, dadurch dem Patienten die Möglichkeit der Reintrojektion von Struktur zu geben und so Strukturbildung (sowohl von Über-Ich- als auch von Ich-Struktur) erst zu ermöglichen. Eine Interpretation des Objektverlustes zu diesem Zeitpunkt würde von der Gruppe entweder gar nicht angenommen werden oder auf Grund der Struktur-Defizite unter Umständen traumatisch verarbeitet werden.

Es geht also in einer ersten Phase um die Durcharbeitung von Abkömmlingen des Aggressionstriebes in der Gruppe, um deren Projektion und Reinternalisierung und ihr Verständnis als strukturbildendes Potential für die Förderung der Ich- und Über-Ich-Entwicklung. Auf der manifesten sozialpsychologischen Ebene bilden sich diese intrapsychischen Vorgänge als Diskurs über den Sinn der institutionellen Regeln und den Umgang mit deren Übertretungen ab. In der Gruppentherapie steht in dieser Situation nicht so sehr die Arbeit an psychosozialen Kompromißbildungen im Vordergrund, sondern die meist sehr auf den Therapeuten bezogene Interaktion, auf welche der Therapeut authentisch antwortend reagieren muß. Dabei assistieren ihm im offenen Setting manchmal die älteren Gruppenmitglieder.

Bei vielen Patienten ist in einer drei- bis sechsmonatigen stationären Therapie nicht viel mehr zu erreichen. Hier hat die Gruppentherapie mit der Stabilisierung des Patienten und seiner weitergehenden Motivierung, Selbsthilfegruppen oder andere ambulante therapeutische Hilfe aufzusuchen, ihren Zweck erfüllt. Oft ist damit viel erreicht, und man sollte den Effekt der Erfahrung von »Gruppe« als Regulativ für Affekte und Wahrnehmung für die Entwicklung einer »trockenen« Identität nicht unterschätzen.

Bei den Patienten, bei denen reifere Ich-Strukturen und integrierte Selbst- und Objekt-Imagines vor ihrer Suchterkrankung bestanden und der manifeste Alkoholismus eher Ausdruck einer funktionellen Ich-Regression ist, kommt es im Anschluß an diese Restitution und Reifung ihrer Ich-Strukturen und Objektbeziehungen gegen Ende des Aufenthalts oft zu Trauerprozessen, die sich in manchmal krisenhaft zugespitzten, manchmal eher still verlaufenden Depressionen äußern und ein besonderes Problem bei der Beendigung der Behandlung darstellen können. Wenn mehrere solcher Patienten in der Gruppe sind, kommt es häufig zu Untergruppenbildungen im Sinne psychosozialer Kompromißbildungen und einer Veränderung in der Gruppe im Sinne einer Dezentralisierung der Übertragungsvorgänge weg vom Therapeuten hin zu einzelnen jeweils unbewußt bedeutsamen Gruppenmitgliedern. Projektive Identifizierungen auf einzelne Gruppenmitglieder als »Sündenböcke« nehmen deutlich zu.

Oft sind derartige Gruppensitzungen bestimmt von einer eher mit Affekten geringerer Quantität einhergehenden Auseinandersetzung mit der süchtigen Vergangenheit. Die körperlichen und seelischen Folgen des Trinkens werden erinnert und mehr in den lebensgeschichtlichen Sinnzusammenhang integriert. Erinnerungen an Demütigungen, die sie während der Trinkphase erlitten oder zugefügt haben, realistische Vorstellungen von Wiedergutmachung und weiterer Lebensplanung tauchen auf, und einige Patienten beginnen sich auf einer emotionaleren und nüchterneren Ebene mit ihrer Biographie zu beschäftigen – kurz: der Gruppenprozeß bekommt eine historischere Dimension und gibt dem Therapeuten, der in dieser Zeit mehr als Gegenüber erlebt wird, die Chance zu ersten Ansätzen von Interpretation (siehe oben bifokale Deutung). Die Patienten erleben sich mehr als abgegrenzte Individuen im Kontext der Gruppe. Oft liegt hier der Ansatz zu einer Verlängerung des stationären Aufenthalts.

Unseres Erachtens werden die ungünstigen Auswirkungen des Wechsels von der stationären Behandlung in die ambulante Sebsthilfegruppe oft gerade bei glückenden Therapieverläufen deutlich. Die Patienten sind am Beginn dieser Trauerprozesse noch sehr vulnerabel und brauchen ein höheres Maß an Containment und Objektkonstanz durch den Therapeuten, als auf den ersten Blick notwendig erscheint. Durch die Entlassung kommt es dann unter Umständen zu einer beträchtlichen Destabilisierung, die unter Umständen den Therapieerfolg gefährden kann.

Jenseits all dieser Überlegungen zur Psychodynamik und zum Interventionsstil in Gruppen mit Alkoholkranken sollte sich freilich der Therapeut an die Dimension der »Unheilbarkeit« der Alkoholkrankheit erinnern, in deren Rahmen stationäre und ambulante Gruppenpsychotherapie das seelische Los der Patienten zwar entscheidend verbessern kann, jedoch das Problem der einmal erworbenen lebenslangen Alkoholunverträglichkeit nicht löst.

Als Basisliteratur empfohlen:

HEIGL-EVERS, A.; HEIGL, F. (1973): Gruppenpsychotherapie: interaktionell – tiefenpsychologisch fundiert. Gruppenpsychoth. Gruppendyn. 7, 132-157

HEIGL-EVERS, A.; HEIGL, F. (1975): Zur tiefenpsychologisch fundierten oder analytisch orientierten Gruppenpsychotherapie des Göttinger Modells. Gruppenpsychoth. Gruppendyn. 9, 237-266

Zur weiterführenden Lektüre empfohlen:

HEIGL-EVERS, A.; HEIGL, F. (1976): Zum Konzept der unbewußten Phantasie in der psychoanalytischen Gruppentherapie des Göttinger Modells. Gruppenpsychoth. Gruppendyn. 11, 6-22

KÖNIG, K. (1976): Arbeitsbeziehungen in analytischen Gruppen. In: HEIGL-EVERS, A.; STREECK, U. (Hrsg.): Lewin und die Folgen, Bd. VIII aus: Die Psychologie des XX. Jhdt., Kindler, Zürich, S. 790-794

KUTTER, P. (1985): Methoden und Theorien der Gruppenpsychotherapie. frommann-holzboog, Stuttgart

Literaturangaben zum Text:

ARGELANDER, H. (1963/64): Die Analyse psychischer Prozesse in der Gruppe. Psyche 17, 450-470, 481-515

ARGELANDER, H. (1968): Gruppenanalyse unter Anwendung des Strukturmodells. Psyche 22, 913-933

BION, W. R. (1971): Erfahrungen in Gruppen und andere Schriften. Klett-Verlag, Stuttgart

EZRIEL, H. (1973): Bemerkungen zur psychoanalytischen Gruppentherapie II – Interpretation und Forschung. In: AMMON, G. (Hrsg.): Gruppenpsychotherapie. Hoffmann und Campe, Hamburg

FENICHEL, O. (1980): Psychoanalytische Neurosenlehre. 3 Bände, Walter-Verlag, Freiburg i. Br., 2. Aufl.

FOULKES, S. H. (1974): Gruppenanalytische Psychotherapie. Reihe ›Geist und Psyche‹, Kindler, München

FREUD, S. (1915): Triebe und Triebschicksale. Ges. Werke Bd. X, Fischer, Frankfurt a.M.

HEIGL-EVERS, A.; HEIGL, F. (1971): Rolle und Interventionsstil des Gruppenpsychotherapeuten. Gruppenpsychoth. Gruppendyn. 6, 152-171

HEIGL-EVERS, A.; HEIGL, F. (1979a): Konzepte der analytischen Gruppenpsychotherapie. In: HEIGL-EVERS, A.; STREECK, U. (Hrsg.): Lewin und die Folgen. Bd VIII. aus: Die Psychologie des XX. Jhdt., Kindler, Zürich, S. 763-777

HEIGL-EVERS, A.; HEIGL, F. (1979b): Die psychosozialen Kompromißbildungen als Umschaltstellen innerseelischer und zwischenmenschlicher Beziehungen. Gruppenpsychoth. Gruppendyn. 14, S. 105-116

HEIGL-EVERS, A.; HEIGL, F.; MÜNCH, J. (1976): Die therapeutische Kleingruppe in der Institution. Klinik. Gruppenpsychoth. Gruppendyn. 10, 50-63

HEIGL-EVERS, A.; STANDKE, G. (1988): Faktoren therapeutischer Einflußnahme in der psychoanalytisch orientierten Therapie von Abhängigkeits- und Suchtkranken. In: HEIGL-EVERS, A.; VOLLMER, H.; HELAS, I.; KNISCHEWSKI, E. (Hrsg.): Psychoanalyse und Verhaltenstherapie in der Behandlung von Abhängigkeitskranken – Wege zur Kooperation? Nicol, Kassel; Blaukreuz-Verlag, Wuppertal, S. 137-156

KOHUT, H. (1971): Introspektion, Empathie und Psychoanalyse. Psyche 25, 831-855

KRYSTAL, H.; RASKIN, H. A. (1983): Drogensucht- Aspekte der Ich-Funktion (Amerikanische Erstausgabe 1970). Einl. u. Überarbeitung d. Übers. von Wulf-Volker LINDNER, Vorwort für die dt. Ausgabe von Annelise HEIGL-EVERS, Verlag für Medizinische Psychologie im Verlag Vandenhoeck & Ruprecht, Göttingen

KUTTER, P. (1976): Elemente der Gruppentherapie. Vandenhoeck & Ruprecht, Göttingen

LIEBERMAN, M. A.; LAKIN, M.; STOCK-WHITAKER, D. (1972): Probleme und Perspektiven psychoanalytischer und gruppendynamischer Theorien für die Gruppenpsychotherapie. In: HORN, K. (Hrsg.): Gruppendynamik und der »subjektive Faktor«. Repressive Entsublimierung oder politisierende Praxis. Suhrkamp, Frankfurt a.M., S. 281-292

OHLMEIER, D. (1976): Gruppeneigenschaften des psychischen Apparates. In: EICKE, D. (Hrsg.): Freud und die Folgen (1). Bd. II. aus: Die Psychologie des XX. Jhdt., Kindler, Zürich, S. 1133-1144

SCHINDLER, R. (1980): Analytische Gruppentherapie nach dem Familienmodell. Ernst Reinhardt-Verlag, München

SCHINDLER, R. (1985): Ein Leben für die Gruppe – Erfahrungen eines Gruppentherapeuten der ersten Generation. In: KUTTER, P. (Hrsg.): Methoden und Theorien der Gruppenpsychotherapie. Frommann-Holzboog, Stuttgart

SHERIF, M.; SHERIF, C. W. (1969): Social psychology New York Harper, Intern. Ed.

WOLF, A.; SCHWARTZ, E. K. (1962): Psychoanalysis in groups. Grune & Stratton, New York/London

Mario Wernado

Präödipale Störungen und Abhängigkeitserkrankungen in der stationären Behandlung

---

STICHWORT: Präödipale Störung und Abhängigkeitserkrankung

Als präödipal gestört – synonym verwendet wird das Wort »frühgestört« – werden solche Patienten charakterisiert, die keine stabilen Selbst- und Objektrepräsentanzen bilden konnten und entweder, im Falle narzißtischer Persönlichkeitsstörung, durch Wut- und Kränkungsreaktion zu fragmentieren drohen oder, im Falle von Borderline-Patienten, ein kohärentes Selbst nicht erreicht haben und in archaischen Spaltungsprozeduren verharren müssen.

Psychoanalytische Theorie kann für den therapeutischen Alltag dazu beitragen, diese Patienten angemessen zu verstehen und daraus therapiebedeutsame Interventionen zu entwickeln.

Der nachfolgende Artikel versucht, präödipal gestörte Patienten zu beschreiben, die Symptomatik verständlich zu machen, auf spezifische Funktionen der Suchtmittel im Rahmen ihrer Psychodynamik zu verweisen und insbesondere an den Phänomenen der Übertragung und Gegenübertragung die therapeutischen Möglichkeiten zu entwickeln.

Grundlagen

> Das therapeutische Klima darf nicht das pathogene wiederholen.
>
> BLANCK und BLANCK 1978, S. 112

Die Theorie über präödipal gestörte Patienten – synonym wird hier der Begriff frühgestörte Patienten verwendet – gilt als anspruchsvoll und deren Behandlung als schwierig. Versuche, diese Problematik zu durchdringen, datieren erst aus den letzten Jahren; die nachfolgenden Ausführungen stützen sich im wesentlichen auf KERNBERGS Arbeiten (1978, 1987), die als gut verständliche Standardwerke zu diesem Thema gelten können.

Therapeuten von Abhängigkeitskranken müssen sich mit solchen Patienten auseinandersetzen und tun dies in den ersten Berufsjahren mit gesundem Menschenverstand, meist aber mit geringen theoretischen Kenntnissen; eigene Erfahrungen wirken dabei korrigierend oder bestätigend. Aus eigenen Beobachtungen in einer Suchtklinik weiß ich, daß Therapeuten (gemessen an den katamnestischen Ergebnissen) durchaus erfolgreich gearbeitet haben, die sich erst später eine theoretische Grundlage ihrer Praxis erarbeiten konnten. Das ist mutmachend, wenn es darum geht, eigene Erfahrungen (insbesondere dann, wenn sie gegen theoretische Konzepte zu sprechen scheinen) nicht zu verleugnen. Erst in der Synthese von bearbeiteten eigenen Erfahrungen und theoretischer Durchdringung kann eine Sicherheit gewonnen werden, die den Patienten hilft, da sie dem Therapeuten Engagement *und* Distanz im Umgang mit seinen Patienten ermöglicht.

Die Erfahrung, daß auch theoretisch unerfahrene Therapeuten wirksam sein können, ist durchaus verständlich: Zumeist lassen sich bereits in der Anamnese grobe Auffälligkeiten in der Herkunftsfamilie explorieren, häufig spielen Abhängigkeitserkrankungen eine unheilvoll prägende Rolle. Therapeutische Qualitäten wie Wohlwollen, Zuverlässigkeit, Frustrationsbereitschaft, ehrliches Bemühen um Verständnis und Bereitschaft, hilfreich sein zu wollen, enthalten ganz »instinktiv« Grundhaltungen, die sich dann von denen der Herkunftsfamilie korrigierend unterscheiden, und führen zu Interventionen, die auch präziseren Untersuchungen zur Frage der Wirksamkeit von Haltung und Intervention standhalten können.

Diese »Natürlichkeit« von Haltung und Intervention ist theoretisch zu stützen und zu schützen; zu schützen vor typischen, im Konfliktfall zu erwartenden Gegenübertragungsphänomenen, die dann im Umgang mit solchen Menschen »natürlich« aussehen können und doch nur das Ausagieren der angetragenen Gegenübertragung darstellen; sie ist zu stützen durch ein gesichertes Modell, das Defizite und Konfliktfelder solcher Patienten angemessen erfaßt.

Was ist eine präödipale Störung?

Wie bei allen psychoanalytischen Kategorien ist es schwierig, eine Definition zu geben, die unumstritten ist. Historisch war von S. FREUD mit »Ödipuskomplex« die Problematik beschrieben worden, in der sich ein Kind befindet, das den gegengeschlechtlichen Elternteil als mit sexueller Identität ausgestattet in sein Lebenssystem einbeziehen und deshalb den so entstehenden Triebkonflikt (für den Sohn: die Mutter besitzen zu wollen und somit den Vater verdrängen zu müssen; für die Tochter: den Vater zu besitzen – und zwar eben auch als phantasiertes Sexualobjekt – und dabei die Mutter auszustoßen) bewältigen muß (näheres dazu in LAPLANCHE u. PONTALIS 1972, S. 351ff.).

Ideal gelöst wäre dieser Konflikt dann, wenn das Kind in der Lage ist, wohlwollend zu akzeptieren, daß Vater und Mutter sich einander, auch sexuell, zuwenden (und es dabei ausschließen), oder anders ausgedrückt, wenn sich der Sohn beispielsweise dem Vater zuwenden und zugleich eine gute Repräsentanz der Mutter behalten kann.

Das setzt aber voraus, daß es ausreichend genaue Selbst- und Objektrepräsentanzen hat, die Eltern als genital unterschiedlich zueinander und in ihrer sexuellen Potenz unterschiedlich zu sich selbst wahrnehmen kann. Um dies »auszuhalten«, ist ein hinreichend stabiles Selbstwertsystem erforderlich. Patienten mit präödipalen Störungen sind solche, die ein derartiges Strukturniveau noch nicht erreicht haben und in die ödipale Konfliktsituation mit umfangreichen Defiziten eintreten. Ausführlich und differenziert stellt ROHDE-DACHSER (1987) die Probleme des Erlebens von frühgestörten Patienten beim Eintritt in die ödipale Konstellation dar.

Es läßt sich eine Entwicklungsstrecke zwischen sehr frühen und späteren Frühstörungen vorstellen. Eine frühe Frühstörung wäre abzugrenzen gegen eine Psychose, eine späte Frühstörung gegen eine neurotische Erkrankung. Gängigerweise unterscheiden wir frühgestörte Patienten, nämlich in solche mit Borderline-Pathologie und solche mit narzißtischen Persönlichkeitsstörungen.

Woran ist ein Borderline-Patient zu erkennen?

Charakteristisch ist die Vielgestaltigkeit ihrer Symptomatik. Sie betrifft das Verhalten, die Gestaltung von Beziehungen, das Selbstbild und die Affektregulation; am einfachsten läßt sich eine Borderline-Symptomatik als eine Pan-Neurose (also alle erdenklichen neurotischen Symptome können dabei auftreten) mit ausgeprägter Instabilität in der Symptomatik beschreiben. Kurz gefaßt: Ein Borderline-Patient ist »stabil instabil«.

Praktisch bedeutet dies: Man kann sich auf die Veränderung einer Symptomatik einigermaßen sicher verlassen; das relativiert die Angst vor ihrer Zunahme und Dauerhaftigkeit, aber auch Phantasien über therapeutische Erfolge, da ja erwartungsgemäß bestimmte Symptome dann wieder verschwinden müssen – dafür aber neue auftreten können.

Diese Patienten fallen uns im Alltag auf durch ihre Distanzlosigkeit, ihre Anspruchshaltung und ihre Schwierigkeit, sich an Regeln zu halten. In ihren zwischenmenschlichen Beziehungen teilen sie die Welt in gute und böse Menschen auf; normale, also solche, die gute und böse Anteile in sich tragen, erscheinen darin praktisch nicht. Ihr sexuelles Verhalten wird als polymorph pervers charakterisiert, so daß KERNBERG dazu feststellt: »Je chaotischer und vielgestaltiger die perversen Phantasien und Handlungen sind und je labiler die mit solchen Interaktionen verbundene Objektbeziehung, desto eher ist eine Borderline-Persönlichkeitsstruktur zu erwägen« (KERNBERG 1978, S. 28). Wegen nicht vorhandener konstanter Objektbeziehung unterscheiden sich diese Patienten von Menschen mit stabil-sexuell devianten Beziehungen (zum Beispiel Homosexuellen).

Typischerweise werden andere Personen und Umgebungen phasenweise als eigentümlich fremd, unwirklich und unreal empfunden (Derealisationserlebnisse).

Durch den Verlust der Impulskontrolle (beispielsweise durch promiskuitive sexuelle Aktivität, Alkohol-, Medikamenten- und Drogenmißbrauch, freßsüchtige Attacken) werden diese Patienten relativ früh auffällig. Ein Impulskontrollverlust ist während der Episoden ich-synton; der Patient ist also in diesen Situationen mit seinem Handeln einverstanden – danach kann er es durchaus kritisch und auch sich selbstkritisch sehen und ist dann manchmal Opfer seiner autoaggressiven Impulse (zum Beispiel in Form von selbst zugefügten Verletzungen mit Rasierklingen). Die Störung der Stimmung ist durch eine immense Wut gegen sich und andere charakterisiert. Aus einem solchen Wuterleben heraus können Suizidversuche entstehen, die dann als Ergebnis eines enttäuschten Selbstbildes zu verstehen sind. Das Affektrepertoire wird von Angst und Wut beherrscht; eine depressive Verstimmung ist diesen Patienten eher fremd. Da eine phasengerechte Entwicklung der Signalangst, also der Fähigkeit, gefährliche Situationen als solche auch zu erkennen, nicht ausgebildet werden konnte, werden Konfliktsituationen mit undifferenzierter Angst oder ohnmächtiger Wut beantwortet; das schränkt die sogenannten Ich-Funktionsmöglichkeiten (siehe dazu unten), die entwicklungsbedingt defizitär ausgebildet sind, weiter ein; auch für Gesunde ist es schwierig, bei heftigen Angst- und Wutgefühlen die zur Verfügung stehenden Ich-Funktionen angemessen zu aktivieren.

Solche Patienten haben kaum Möglichkeiten, ihre alltägliche Stimmung zu regulieren; sie wirken für Therapeuten durch ihre Gegensätzlichkeit faszinierend, sind außerordentlich anstrengend – weil unberechenbar – und daher auch ängstigend. Durch eine massiv defizitäre Entwicklung kann kein zusammenhängendes Selbstbild entstehen, und davon sind alle Lebensbereiche betroffen: Partnerschaft ebenso wie Geschlechtsidentität und berufliche Qualität und Qualifikation, die im Konfliktfall folgerichtig zerbrechlich sind. Entschlüsse können gefaßt werden, sind aber ausgeprägt situationsabhängig und nicht geschützt vor den Impulsen, Anfechtungen und Gefährdungen, die ein Alltagsleben den Patienten eben aufzwingt. Näheres dazu findet sich bei MERTENS (1990, Seite 68ff.); dort sind gut verständlich Begriffe und Aspekte psychoanalytischer Theorie und Technik nachzulesen.

Wie ist die Pathologie der Borderline-Patienten zu verstehen?

Ein Modell zum Verständnis solcher Menschen bietet die Betrachtung ihrer Störungen in den Objektbeziehungen. Eine sichere Trennung der Selbst- und Objektrepräsentanzen (also der Vorstellung über sich, abgegrenzte Bilder von anderen als ganzen Personen und Persönlichkeiten sowie deren Beziehungen zueinander) ist nicht erreicht worden. Es läßt sich begründet behaupten, daß sich solche Patienten mit ihrem primären Objekt nicht ausreichend identifizieren konnten, da das Bild der Mutter zu bedrohlich wurde. Es mußte in zwei Teilen voneinander getrennt gehalten werden, oft beschrieben in dem Bild von einer guten und einer bösen Mutterbrust. Folgerichtig kann ein Patient sich von einem solchen Objekt auch nicht verabschieden – denn dazu gehörte eine ganzheitliche Wahrnehmung einer Person und eben nicht nur die Wahrnehmung von Teilaspekten; man spricht in solchen Fällen dann von den bei Frühgestörten typischen Partialobjektbeziehungen, die sie ihrem Gegenüber antragen.

Durch die Abwehroperation der projektiven Identifikation stellen sie eine typische Beziehung zu ihrer Umwelt her. Da die bösen Anteile – entwicklungsbedingt – nicht integriert werden können, müssen sie projiziert werden; wegen der nicht erfolgten Selbst- und Objekt-Repräsentanz-Differenzierung ist es aber diesen Patienten nicht möglich, sie einfach dort auch zu belassen. Der andere wird ja nicht als selbständig, unabhängig, autonom wahrgenommen, sondern in gewisser Weise immer noch als ein Teil von einem selbst erlebt. Daher muß dieser bedrohliche Teil nicht nur ausgelagert (projiziert), sondern auch kontrolliert und verfolgt werden – er könnte ja sonst vernichtend auf einen selbst zurückkommen. Dieser Modus der Bewältigung ist deshalb wesentlich, weil er zu erklären vermag, wie Therapeuten in typische Gegenübertragungskonstellationen geraten, die entscheidend mit dieser Abwehroperation der Patienten zu tun haben.

Das Störungsniveau solcher Patienten läßt eine intrapsychische Konfliktlösung nicht zu – die gesamte Pathologie muß sich wegen der nicht erfolgten Selbst-Objekt-Repräsentanzentrennung im sozialen Raum, also immer mit einem Gegenüber, entfalten. Das erklärt auch den bereits oben beschriebenen Ärger, den diese Patienten durch ihre Auffälligkeiten, durch ihre Aufdringlichkeit und ihre Distanzlosigkeit machen. All das entspringt ihrem Objekthunger; diese Verhaltensweise der Patienten läßt sich verstehen als eine Form des Ringens um Lebendigsein, denn erst in der affektgeladenen Auseinandersetzung entgehen sie dem Gefühl von Leere und Einsamkeit.

Die Ich-Funktionen dieser Patienten sind in aller Regel ausgeprägt defizitär. Die Unterscheidung zwischen innen und außen, zwischen Selbst und Objekt, gelingt im Konfliktfalle unzureichend, oft gar nicht. Ausgeprägte Frustrationsintoleranz und die Unfähigkeit, Triebbefriedigungen aufzuschieben, lassen die Patienten gelegentlich anspruchsvoll und unverschämt erscheinen. Affekte und Triebimpulse können durch ein steuerndes Ich kaum kontrolliert werden; ebenso gelingt es dem funktionsuntüchtigen Ich kaum, Urteile zu bilden, die Bestand haben; die mangelhaft ausgeprägte Fähigkeit zur Antizipation bringt solche Patienten nicht selten in Lebensgefahr. Ihre Unfähigkeit, sich vorzustellen, wie sie selbst und ihr Verhalten auf andere wirken, erschwert ihnen soziale Kontakte. Aus der Fülle des Beschriebenen kann nicht erstaunen, daß sie deshalb auch nicht kompromißfähig sein können. Ein gesunder Kompromiß setzt die Fähigkeit zur Synthese voraus, und auch diese Ich-Funktion (nämlich Synthesen bilden zu können) konnte nicht ausreichend entwickelt werden. Sie würde unter anderem die Möglichkeit zur Antizipation voraussetzen.

Deshalb ist es von erheblicher Bedeutung, mit Hilfe der Anamnese die Frage nach den Einschränkungen der Ich-Funktionen möglichst präzise zu beantworten. Hier ergeben sich dann Verbindungslinien zu dem Einsatz des Suchtmittels, das entweder diese Ich-Funktionen zu ersetzen oder die Folgen aus diesem Defizit erträglich zu machen versucht. Die therapeutische Konsequenz daraus lautet, daß der Therapeut für eine gewisse Phase Hilfs-Ich-Funktion übernehmen muß.

Sucht und Borderline-Syndrom

Ein konsistentes Konzept über die Verhältnisse von Abhängigkeit und präödipalen Störungen liegt bisher noch nicht vor. Bekanntlich schließt keine psychiatrische Diagnose und keine strukturdiagnostische Einordnung eines Patienten die Diagnose einer Abhängigkeit aus.

Erfahrungsgemäß benutzen Borderline-Patienten Amphetamine, Kokain und LSD nur sporadisch; in ihren Anamnesen berichten sie, daß Erlebnisse unter dem Einfluß solcher Substanzen sie dazu brachten, den weiteren Umgang damit einzustellen. Offensichtlich fürchten sie die Überflutung durch die so ausgelösten Erlebnisweisen und benutzen vorzugsweise psychotrope Substanzen mit dämpfender Wirkung wie Alkohol oder Heroin.

Die spezifischen Funktionen des Suchtmittels (beispielsweise Hilfsmittel zur Affektregulation, zur Objektbeziehungsgestaltung und zur Stabilisierung des Selbstwertgefühles) müssen konsequent zusammen mit dem Patienten erarbeitet werden; auch die Nachfrage nach der Bedeutung des Suchtmittels steht jedoch in Gefahr, in die Gegenübertragungssituation mit einbezogen zu werden. So kann etwa eine penetrant aggressive Exploration zur Bewältigung einer Wut dienen, die aus bereits stattgehabten Enttäuschungen im Umgang mit diesen Patienten stammt. Ein konsequentes Ausklammern dieses Problems ist unter Umständen Ausdruck masochistischer Unterwerfung und somit schon Ergebnis einer geheimen Allianz zwischen Therapeut und Patient.

Zur Therapie von Abhängigkeitskranken mit Borderline-Störungen

Höchst bedeutsam zum Verständnis dieser Patienten und für die Therapie ist die Kenntnis der Übertragungsbeziehung dieser Patienten. Zumeist werden archaische Selbstobjekt-Imagines auf den Therapeuten übertragen. Mit diesen Begriffen ist gemeint, daß nicht eng umschriebene und abgrenzbare Anteile übertragen werden, sondern unscharfe »Imagines«, die dem intrapsychischen Zustand der Patienten in ihrer Ungenauigkeit auch entsprechen. Der Therapeut wird bei den Übertragungsoperationen zum Teilobjekt, wobei der »als-ob-Anteil« der Übertragung fehlt. Während neurotische Patienten mit Hilfe ihres steuernden Ich in aller Regel erkennen können, daß sie sich in bezug auf ihren Therapeuten »so ähnlich wie« verhalten, fehlt dieses »ähnlich wie« im Umgang mit solchen Patienten. Es gibt für sie in der Szene keinen Unterschied, keine Differenz, keine Abgrenzbarkeit zu dem Objekt der frühen Tage.

Der Objekthunger und die daraus folgende Übertragungswucht dieser Patienten ist eine zwar problematische, zugleich aber wichtige Voraussetzung ihrer Therapierbarkeit: Sie können – im Gegensatz zu narzißtisch gestörten Menschen – nicht durch die Abwehroperation der Pseudoselbstgenügsamkeit sich entlasten, sondern sind zur erneuten Objektsuche gedrängt.

Die Übertragungssituation läßt sich nach dem Talions-Prinzip beschreiben. Angst des Patienten bewirkt Angst im Therapeuten, Liebe des Patienten bewirkt Liebe im Therapeuten. Probleme können entstehen, wenn diese Patienten durch Worte das Gegenteil von dem ausdrücken, was sie innerlich fühlen: Scheinbar aggressive Umgehensweisen mit beschimpfendem Charakter können durchaus Ausdrucksformen für das Gefühl von Zuneigung sein.

Diese Wucht der Übertragung, verbunden mit der Fülle sozialer Probleme, kann verständlicherweise Therapeuten heftig irritieren. Die Gegenübertragungsgefühle und -reaktionen des Therapeuten sind nachvollziehbar, wenn man die Abwehrform der Patienten und die Heftigkeit der Übertragung ihrer Gefühle berücksichtigt. Es werden kaum Zwischentöne und Differenzierungsmöglichkeiten zugelassen. Aggressive Gegenübertragungsgefühle haben ihre Quelle häufig in dem Gefühl von Überforderung insbesondere dann, wenn böse Selbstanteile längere Zeit auf den Therapeuten projiziert und in ihm verfolgt werden. In solchen Szenen gelingt es Patienten nicht selten, Therapeuten im Rahmen der Gruppentherapie in die Position des abgewerteten Außenseiters zu drängen und mit messerscharfen Wahrnehmungen und Beschreibungen auch tief zu treffen.

Für erfahrene Therapeuten ist es oft schwierig, für Berufsanfänger meist unmöglich, die vernichtende Kritik und Entwertung wegen eines vermeintlichen oder vielleicht auch real gemachten Fehlers, besonders im Rahmen einer gruppentherapeutischen Sitzung, zu ertragen. Ziel in solchen Situationen muß es sein, weder sich der Auseinandersetzung zu entziehen noch sich aggressiv oder defensiv zu verteidigen, sondern zusammen mit dem Patienten eine realistische Überprüfung des Vorgefallenen vorzunehmen.

Ohnmacht, Hilflosigkeit und (vermeintliche) therapeutische Inkompetenz führen dann nicht selten zu Versuchen, den Patienten »mit Anstand« loszuwerden. Die Frage, ob nicht ein anderer Ort geeigneter für die Schwere der Störung wäre, ob nicht doch eine psychiatrische Erkrankung hinter dieser Störung liegen könnte, können Ausprägungsformen »institutionsangemessen« scheinender, aggressiver Gegenübertragungsbedürfnisse sein. Ein anderer Versuch der Bewältigung der Gegenübertragungsgefühle ist die konsequent aggressive Deutung; es macht wenig Mühe, und hier zeigt sich die Macht des Therapeuten ganz unverhohlen, durch eine solche Vorgehensweise Borderline-Patienten zum Abbruch der Therapie zu drängen.

Wenn eine aggressive Auseinandersetzung für den Therapeuten ängstigend wird, entstehen häufig Wünsche nach masochistischer Unterwerfung: Plötzlich bekommt der Patient einen Sonderstatus, wird außerordentlich geschont, worauf er mit vermehrter Kontrolle und Angst reagieren muß. Der Therapeut hat dann nämlich für den Patienten spürbar seine Autonomie eingebüßt und seine Vorbildfunktion verloren. Das Erleben, daß aggressive Impulse nicht vernichten und eine Beziehung nicht zerstören müssen, ist gefährdet.

Zur stationären Behandlung von abhängigkeitskranken Borderline-Patienten

Die Therapie der Borderline-Patienten orientiert sich an der angemessenen Beachtung und dem gewachsenen Verständnis der bisher dargestellten Phänomene, Symptome und Defizite und findet aufgrund der Schwere der Pathologie in der Regel im stationären Setting statt. Diese Patienten sind auf ausführliche Informationen über ihre Krankheit, das therapeutische Setting und die für sie wichtigen Strukturen einer Klinik angewiesen. Der Realitätsbezug kann dadurch verbessert und die Angst gebunden werden. Der Behandlungsplan ist genauestens abzusprechen; über Regelverstöße ist zu informieren, und rechtzeitig sind die Grenzen der Toleranz der Therapeuten und der Institution plausibel zu benennen. Durch eine stationäre Behandlung besteht die Möglichkeit, Patienten umfassend in allen Lebensbereichen kennenzulernen und die zu erwartenden abgespaltenen Lebensbezüge zu erleben. Das ermöglicht einen Überblick über die ausagierten Konflikte und bietet so Möglichkeiten zur Reintegration verleugneter Konfliktfelder; es birgt jedoch die Gefahr einer völligen Kontrolle durch Versuche sadistischer Unterwerfung unter die Klinikordnung und die Macht des Therapeuten. Teamkonferenzen und Übergaben sind wichtig, um die den Therapeuten angetragene Spaltung und die »außerhalb« der Therapie sich manifestierenden Problembereiche erkennen zu können.

Häufig sind sogenannte »Pairings« Versuche, die Spaltung aufrecht zu erhalten. In einem anderen Fall wurden die »guten« Fortschritte eines solchen Patienten (der sich in stationärer Behandlung befand) verständlicher, als sich herausstellte, daß er zeitgleich und regelmäßig mit diesen Fortschritten nach Ende des Therapietages eine Spielothek besuchte und exzessiv an Groschenautomaten zu spielen begann.

Dann ist es erforderlich, Patienten hartnäckig mit den abgespaltenen realen Konflikten und anstehenden Gefahren auch angemessen zu konfrontieren. Hier zeigt sich dann eine mögliche und auch notwendige Hilfs-Ich-Funktion des Therapeuten. Folgerichtig können auch die sozialen Probleme der Patienten nicht aus der Therapie ferngehalten werden; wird dies versucht, ist es meist eine Hilflosigkeitsreaktion des sich überfordert fühlenden Therapeuten, wobei Patienten ein solches Vorgehen als Mißachtung ihrer Probleme und Schwierigkeiten erleben können.

Die Abwehrmechanismen solcher Patienten müssen geschützt werden. Im Falle eines Wutausbruches ist nicht die genetische Deutung dafür zu suchen und zu geben, sondern die Fähigkeit des Patienten zu benennen, überhaupt Gefühle zu haben, sie zum Ausdruck zu bringen und sie auszuhalten, ohne zu fliehen. Um diese Abwehrmechanismen zu schützen, muß das Therapiesetting antiregressiv gestaltet werden; dies verbessert den Realitätsbezug und wirkt dem Derealisationserleben entgegen. Antiregressiv ist natürlich nicht gleichbedeutend mit einem ungemütlichen, nicht auch Geborgenheit bietenden Milieu.

Postive Übertragungen sollten genutzt werden; es kann durchaus richtig sein, eindeutig Partei für den Patienten zu ergreifen. Der Patient sieht in dem Therapeuten ein Realobjekt, mit dem er umgeht. Insofern muß der Therapeut auch die

Bereitschaft haben, sich kränken zu lassen, und er muß Idealisierungen (und im Einzelfall beispielsweise auch Geschenke) annehmen können.

In einer massiven Krise eines Patienten konnte der Therapeut dadurch hilfreich sein, daß er auf den Wunsch des Patienten, die Therapie nun abzubrechen, angemessen reagierte. Er machte dies nicht zu »seiner Entscheidung«, sondern teilte ihm mit: »Ich möchte, daß Sie bleiben«.

Das Gegenübertragungsagieren (zum Beispiel durch völliges Offenlegen der eigenen Empfindungen, Gefühle und Phantasien als Ausdruck masochistischer Unterwerfung oder konsequente Verweigerung der Mitteilung eigener Gefühle als Ausdruck der Angst vor Verletzung) ist ständig angemessen zu beachten. Hilfreich kann es sein, selektive Authentizität zu wahren; diese ermöglicht dem Patienten, vorbildhafte Aspekte am Therapeuten wahrzunehmen; so kann er erleben, wie jemand sich angemessen abgrenzt, indem er beispielsweise darauf hinweist, daß er bestimmte Phantasien, Überlegungen oder biographische Erfahrungen eher als Bestandteil seiner Intimsphäre versteht, ohne den anderen kränken zu wollen. Erfahrungsgemäß ist es nützlich, zu überprüfen, ob man sich angemessen abgegrenzt fühlt oder sich verweigert hat – letzteres könnte Ausdruck des Gegenübertragungsagierens sein.

Grundsätzlich gilt für solche Patienten das Prinzip »Antwort« und nicht das Prinzip »Deutung« (Heigl-Evers u. Heigl 1983). Daher ist ein Gespräch mit diesen Patienten so zu führen, daß sie ihren Therapeuten als reale Person wahrnehmen können. Damit entsteht die Möglichkeit, ihn zu entidealisieren und ihn zu entteufeln, so daß Menschen als Personen mit Vorzügen *und* Schwächen wahrgenommen werden können. Durch das Mitteilen der Gegenübertragungsgefühle entsteht für sie die Möglichkeit, verzerrte Wahrnehmungen zu korrigieren und die Angst vor dem Überflutetwerden von Zorn- und Angstgefühlen abzubauen.

Grundsätzlich läßt sich die Therapie von Borderline-Patienten beschreiben als ein Versuch, ihnen auf dem Weg vom Chaos zur Struktur hilfreich zur Seite zu stehen: durch Verständnis und Konfrontation, indem der Therapeut Bereitschaft entwickelt, auch als Hilfs-Ich zur Verfügung zu stehen und so zur Entwicklung der Ich-Funktionen beiträgt. Der Patient kann so lernen zu verdrängen – statt abzuspalten –, so daß KERNBERG formuliert: Erst wenn ein solcher Patient verdrängen kann, ist er geheilt.

Woran sind Patienten mit narzißtischen Persönlichkeitsstörungen zu erkennen?

Diese Patienten leiden und lassen leiden – unter ihrem labilen Selbstwertgefühl, das nach außen gut kompensiert und durch sozialen Erfolg überdeckt sein kann.

Ein Grundstücksmakler hat finanziellen Erfolg, er kommt wegen Vergehens gegen das Betäubungsmittelgesetz (Heroin- und Kokainmißbrauch bei gleichzeitig vorliegender Alkoholabhängigkeit) zur Therapie. Sein souveränes Auftreten läßt erst nach und nach erkennen, wie sehr er zwischen Phantasien von maßlosem Erfolg und kränkenden Niederlagen hin- und herpendelt, ohne die geringste Fähigkeit, etwa seine Erfolge zu genießen. Kokain konnte (vermeintlich) die Leistungsfähigkeit steigern und die Ideenproduktion vermehren, Heroin bot die Möglichkeit zu abgeschirmt-geschützter Zufriedenheit.

Die Störungen solcher Patienten betreffen die Vorstellungen von ihrer Persönlichkeit und von ihrem Wert; sie weisen typische Einschränkungen in ihrer affektiven Entwicklung und den Fähigkeiten zur Impulskontrolle im Falle einer Kränkung auf. Die auffällig übertrieben wirkende Bedeutung des eigenen Wertes, die sie einschränkende Beschäftigung mit Macht, Erfolg und idealen Partnern, verbunden mit der Forderung nach Aufmerksamkeit und Bewunderung, lassen solche Menschen rasch und deutlich erkennbar werden.

Ihre Affektausstattung und die Kontrolle über ihre Impulse und Triebe wirken über weite Strecken ausreichend kontrolliert; im Gefühlsleben sind sie eher flach und oberflächlich, tiefere Empfindungen von Freude oder Trauer sind ihnen kaum möglich. Das Gefühlsrepertoire wird durch Leere und Sinnlosigkeitsgefühle dominiert, insbesondere dann, wenn die zur Aufrechterhaltung des Selbstbildes notwendigen Bestätigungen nicht ausreichend erfolgen. Ihre Kränkbarkeit und ihre Neidgefühle führen zu außerordentlich arroganten, abwertenden, vernichtend zynischen Auseinandersetzungen mit solchen Menschen, von denen die erwartete narzißtische Zufuhr ausbleibt. Sofern es ihnen jedoch gelingt, eine solche sie befriedigende, überwiegend ausbeuterische Beziehungskonstellation herzustellen, wirken sie unauffällig; durch ihre ausgeprägte Fähigkeit, sich solche Menschen auszusuchen, die ihren Bedürfnissen willfährig sind, haben sie Erfolg, da sie ja durch Skrupel oder Loyalitäten nicht beeinträchtigt sind. Trauer, selbstkritische Reflexion und Reue im eigentlichen Sinne sind ihnen dabei fremd.

Die prägnanteste Darstellung narzißtischer Beziehungskonstellation findet sich in einer Fabel: Ein Pfau und eine Graugans kommen zum Standesbeamten. Dieser drückt vorsichtig sein Erstaunen über dieses ungleiche Paar aus, worauf der Pfau antwortet: »Meine Frau und ich, wir lieben mich unendlich«.

Während Borderline-Patienten durch den bereits benannten Objekthunger auf ihre Mitmenschen angewiesen sind und nicht allein sein können (Phasen der Einsamkeit dann gegebenenfalls durch minipsychotische Dekompensation verarbeiten müssen), haben narzißtisch gestörte Menschen die Möglichkeit zu psyeudosouveränen Reaktionsformen: ›Ich brauche niemanden‹; aus dieser Position werden erhebliche Energien zur Bewältigung von Problemen freigesetzt – die dann folgerichtig um Wiedergutmachung von empfundener Kränkung, um Rache und Bewältigung von Neid kreisen müssen.

Wie läßt sich die Pathologie der narzißtischen Persönlichkeitsstörung verstehen?

Narzißtisch gestörte Patienten teilen mit Borderline-Patienten die Tendenz, Ereignisse oder Personen aufzuspalten. Während letztere jedoch nach einem Gut-Böse-Schema spalten, hat ersteren ihre Entwicklung schon ermöglicht, Personen entweder als ideal oder bedrohlich wahrzunehmen. Zugrunde liegt auch hier die nicht entwickelte Fähigkeit, ideale und bedrohliche Aspekte in einem Menschen als gegensätzliche Qualitäten zu integrieren, so daß diese getrennt voneinander gehalten werden müssen; befürchtet wird, daß der bedrohliche den idealen Teil auslöschen könne. Der Vorteil dieser Abwehroperation der Aufspaltung ist die unglaubliche Vereinfachung der Welt, um den teuren Preis, daß Ambivalenzen und Vieldeutigkeiten in der zwischenmenschlichen Begegnung nicht als Bereicherungen erlebt werden können. Daraus resultiert die bereits oben beschriebene mangelhafte Möglichkeit, »Realitäten« der Umwelt (was hier gleichbedeutend ist mit Differenziertheit) wahrzunehmen. Die oft gestellte Frage des Unterschiedes zwischen Borderline-Persönlichkeitsorganisation und Narzißmus läßt sich so beantworten, daß narzißtisch gestörte Patienten ein höher ausgeprägtes Strukturniveau, beispielsweise ein sogenanntes »kohärentes Selbst«, besitzen, das dann in Gefahr gerät und in typischer Weise auffällig wird, wenn Kränkungen erlebt werden. Sofern diese Kränkung ausbleibt, kommt es nicht zu den borderline-typischen Impulskontrollverlusten und dadurch entstehenden Unberechenbarkeiten in der Beziehung. Der Therapeut kann sich bei narzißtischen Patienten darauf verlassen, daß lediglich im Kränkungsfalle die typischen Neid-Wut-Reaktionen auftreten.

Mit Hilfe des Begriffes *Selbstwert-Gefühl* lassen sich Verständniswege zur Pathologie solcher Menschen auffinden; eine gesunde Selbstwertentwicklung ist in der Entwicklung eines Menschen erst dann möglich, wenn die Bereitschaft eines Kindes zur Idealisierung, verbunden mit der Bereitschaft der Eltern, sich vom Kind auch idealisieren zu lassen, zusammentrifft mit integrationsfähigen (und somit entwicklungsfördernden) Enttäuschungen. Idealisierte Eltern-Imago und archaisches Größen-Selbst (Begriffe bei Kohut 1981) und deren Schicksal in der frühkindlichen Entwicklung sind hilfreiche Kategorien zum Verständis dieses Störungsbildes (eine verständliche Darstellung dazu findet sich bei Mertens 1990, Seite 146ff.; vgl. auch die Beiträge von F. Hempfling in diesem Band).

Ein Grundelement narzißtischer Störung, nämlich die Unfähigkeit solcher Patienten, von anderen abhängig zu sein, ist auf der Grundlage ihrer Neidproblematik nachzuvollziehen. Nur bei einem gesunden Selbstwert kann es gelingen, mit Neidimpulsen angemessen fertig zu werden. Durch die Frühstörung und den daraus folgenden Objekthunger zum Zwecke der Selbstwertbestätigung wird der andere benötigt, zugleich müssen sich jedoch Neid- und Kränkungsgefühle durch eine solch bedrohlich entstehende Abhängigkeit entwickeln.

Diese Konfliktspannung wird durch heftige Entwertung versuchsweise bewältigt.

Die Idealisierung und Entwertung der eigenen Person, ebenso wie die des Therapeuten, vollziehen sich in einer Pendelbewegung; dieses Pendel wird durch Kränkungserlebnisse und deren Abwehr angestoßen und von Neidgefühlen und deren Abwehr in Gang gehalten. Gleichzeitig versucht der Patient, durch die Abwehr und Bewältigung von Schamgefühlen seinen Selbstwert zu regulieren.

Trauer und Schuldgefühle können sich nicht angemessen entfalten. Zu einer wirklichen Trauer gehören Ganzobjektbeziehungen (der präödipal Gestörte bleibt auf der Stufe der Partialobjektbeziehung); Schuldgefühle erfordern eine gelungene (reife und integrierte) Über-Ich-Entwicklung. Bei diesen Menschen dominieren jedoch Beschämungserlebnisse und Kränkungsgefühle die innere Welt.

Ein Zusammenhang zwischen Selbstwert und Gefühlsdifferenzierung läßt sich an dem problembeladen empfundenen Abstand zwischen einem realen Selbstbild und der Vorstellung vom Ich-Ideal dieser Patienten darstellen. Dieser Abstand ist chronisch spannungsvoll und läßt eine liebevolle Integration kaum zu. Die prägnanteste Darstellung dieser Problematik scheint mir von Nietzsche: »›Das habe ich getan‹, sagt mein Gedächtnis. ›Das kann ich nicht getan haben‹ – sagt mein Stolz und bleibt unerbittlich. Endlich – gibt das Gedächtnis nach« (Nietzsche, Jenseits von Gut und Böse, S. 625). In einer solchen Formulierung sind nur Stolz und Verachtung als Gefühlsqualitäten erkennbar, ein liebevolles Miteinander ist nicht zu entdecken.

Suchtmittel und narzißtische Persönlichkeitsstörung

Für narzißtisch gestörte Patienten haben psychotrope Substanzen eine typische Bedeutung. Sie ermöglichen ihnen eine Stabilisierung des Selbstwertgefühls, da sie ihnen die Möglichkeit bieten, zwischen der Welt und deren Anforderungen zu vermitteln, zwischen dem realistischen Selbst und der Vorstellung, wie man ideal zu sein hat. Die Kränkung durch Unlustreize kann durch dämpfende Suchtmittel einfach und bequem bewältigt werden, und die Tatsache, daß der Patient sich selbst das Suchtmittel einverleiben kann, ist für den Abhängigkeit von Menschen fürchtenden Patienten besonders attraktiv; entsprechend widerstandsfähig gegen therapeutische Interventionen muß eine solche Pathologie natürlich auch sein.

Ein Patient berichtet, wie großartig er sich findet, wenn er sich sein Suchtmittel spritzen kann. Er hat dabei die Phantasie eines unendlichen Kreislaufes zwischen seiner Vene, seinem Körper, seinen Händen und dem Heroin in der Spritze. Vor dem Hintergrund solcher Phantasien müssen »Kleinigkeiten« wie Spritzenabszesse oder der Schmerz durch die Injektion natürlich verblassen.

Verständnis für das Zusammenwirken von Störung und Suchtmittel bietet ein Modell, nach dem solche Patienten unter chronischer Verwundbarkeit durch ein Strukturdefizit (nämlich mangelhaft ausgeprägtes Funktionieren eines Reizschutzes gegen Kränkung und Schmerz sowie angemessene Möglichkeiten zur Spannungsregulation) leiden. Psychotrope Substanzen sind hier Hilfsmittel bei der Verteidigung des Selbst, das schmerzhafte Bewußtsein von Leere und Verletzbarkeit zu bewältigen. Durch ihren Einsatz wird die Überzeugung gestützt, »etwas Besonderes« zu sein. JÜRGEN VOM SCHEIDT (1976) entwickelt in »Der falsche Weg zum Selbst« ein Verständnis für die Entwicklung der Cannabisabhängigkeit eines Patienten auf der Grundlage von und in Auseinandersetzungen mit den Arbeiten von KOHUT.

Bei dem Versuch, diese Strukturdefizite zu kompensieren, können sozial akzeptierte Suchtäquivalente (beispielsweise Arbeitssucht) die zugrundeliegenden Defizite und Konflikte verschleiern.

Zur Therapie narzißtischer Störungen

Die nur oberflächliche Beziehungsfähigkeit dieser Patienten – sie können nur primitive Objektbeziehungen bilden, ebenso die Unfähigkeit, gute Objekte zuverlässig zu integrieren – bestimmt die Probleme und auch das Ziel der Therapie. Es ist hier nicht der Raum, die Aspekte der Übertragung narzißtischer Patienten darzustellen (diese sind u.a. nachzulesen bei MERTENS 1988, Seite 184ff.). Für die praktische Arbeit ist es unerläßlich, sich zu verdeutlichen, daß frühgestörte Patienten sogenannte Selbstobjekt-Übertragungen bilden: Dem Therapeuten werden Funktionen zugemutet, die der Patient selbst nicht ausreichend leisten kann. Für einen Borderline-Patienten, für den Selbstwertprobleme (noch) keine große Rolle spielen, sind dies das Bedürfnis nach Trost, Halt und wohlwollender Geborgenheit. Patienten mit narzißtischen Störungen suchen vorbehaltlose Achtung, Bewunderung und Idealisierung. Das verletzt den Therapeuten, was dann zu Gleichgültigkeit, pointierter Abgrenzung eigener Meinungen und eigener Gefühle oder auch zu dem Bedürfnis, sich zu entidealisieren (»so gut sind wir auch nicht«), führt.

Die Notwendigkeit einer ambulanten, aber auch stationären Behandlung ist für solche Patienten eine Kränkung; sie ist das unabweisbare Zeichen dafür, mit den eigenen Lösungsstrategien gescheitert zu sein. Sowohl ein dysphorisch gereiztes Verhalten wie auch das »souveräne« Gebaren – indem beispielsweise bereits in der ersten Stunde ausführlich die Hausordnung kritisiert wird – sind vor dem Hintergrund dieser Verletzung zu verstehen.

Nach meiner Erfahrung finden sich in der Behandlung solcher Patienten regelmäßig Phasen, in denen ihre Fähigkeit, mit dem Suchtmittel angemessen, das heißt abstinent, zu leben, über- oder unterschätzt wird; das entspricht der Entwertung beziehungsweise Idealisierung des Patienten durch den Therapeuten.

Bei narzißtisch gestörten Patienten muß der Therapeut mit ihrer Distanziertheit und ihrem Desinteresse rechnen, wenn sie sich aus Furcht vor Neid- und Kränkungsgefühlen ständig gezwungen sehen, die Beziehung zu entwerten und zu zerstören. Thema und Ziel der Therapie ist die Erarbeitung eines »gesunden« Selbstwertgefühles: die Erweiterung der Fähigkeit, zu lieben, von anderen Menschen abhängig zu sein, Dankbarkeit zu empfinden und wirkliche Anteilnahme am Schicksal anderer Menschen zu entwickeln.

Da Therapeuten und Patienten häufig die Problemfelder teilen (Selbstsicherheit, Selbstwertgefühl, Gelassenheit, liebevolles Versöhnen zwischen Real- und Ideal-Ich), ist der Umgang mit diesen Patienten zum einen spannungsgeladen, zum anderen für den Therapeuten auch ungeheuer bereichernd.

Eine Therapie erscheint mir dann gelungen, wenn beide angemessen bereichert zum Abschied trauern können.

Als Basisliteratur empfohlen:

KERNBERG, O. F. (1978): Borderline-Störungen und pathologischer Narzißmus. Suhrkamp Taschenbuch Wissenschaft, Frankfurt a.M.
MERTENS, W. (1990): Psychoanalyse. Kohlhammer 3. Aufl., Stuttgart/Berlin/Köln, 4. Aufl. 1992

Zur weiterführenden Lektüre empfohlen:

BLANCK, R.; BLANCK, G. (1981): Angewandte Ich-Psychologie (Amerikanische Originalausgabe 1974). Klett-Cotta, Stuttgart, 2. Aufl.
HEIGL, F.; HEIGL-EVERS, A. (1983): Das interaktionelle Prinzip in der Einzel- und Gruppenpsychotherapie. Zeitschrift für Psychosomatische Medizin 29, 1-14
ROHDE-DACHSER, C. (1979): Das Borderline-Syndrom. Verlag Hans Huber, Bern, 4. Aufl. 1989

Literaturangaben zum Text:

KERNBERG, O. F. (1987): Pathologischer Narzißmus: Eine Übersicht. In: RAUCHFLEISCH, U. (Hrsg.): Allmacht und Ohnmacht. Verlag Hans Huber, Bern
KOHUT, H. (1981): Narzißmus (Amerikanische Originalausgabe 1971). Suhrkamp Taschenbuch Wissenschaft, Frankfurt a.M., 3. Aufl.
LAPLANCHE, J.; PONTALIS, J.-B. (1972): Das Vokabular der Psychoanalyse. 2 Bände, Suhrkamp Taschenbuch Wissenschaft, Frankfurt a.M.
NIETZSCHE, F. (1980): Jenseits von Gut und Böse. In: Nietzsche, F.: Werke Bd. IV, S. 625. Carl Hanser Verlag, München/Wien
ROHDE-DACHSER, C. (1987): Die ödipale Konstellation bei narzißtischen und Borderline-Störungen. Psyche 41, 773-779
SCHEIDT VOM, J. (1976): Der falsche Weg zum Selbst, Reihe »Geist und Psyche«. Kindler, München

Irene Helas

Theorie und Praxis der psychoanalytisch orientierten Weiterbildung zum Sozialtherapeuten

> Stichwort: Weiterbildung zum Sozialtherapeuten – psychoanalytisch orientiert
>
> In diesem Beitrag geht es um die Skizzierung und Diskussion der gesellschaftlichen, berufspolitischen und fachlich-inhaltlichen Rahmung der Weiterbildung zum Sozialtherapeuten des GVS in seiner psychoanalytisch orientierten Ausrichtung. Ausgehend von berufstheoretischen Überlegungen wird die Entwicklung des Curriculums einschließlich der Transferprozesse in die Praxis der Teilnehmerinnen und Teilnehmer dargestellt. Der Subjektzentrierung dieses Curriculums als einer bedeutsamen Forderung aus der Erwachsenenbildung wird besondere Bedeutung beigemessen.

Der gesellschaftliche Auftrag zur Entwicklung von Behandlungsformen für Suchtkranke

Beratungs- und Behandlungseinrichtungen für suchtkranke Menschen gab es zu Beginn unseres Jahrhunderts nur in stationärer Form, nach dem zweiten Weltkrieg wurden zunehmend ambulante und teilstationäre Einrichtungen entwickelt. Sie erhielten einen gesundheitspolitisch begründeten Versorgungsauftrag, der mit der Forderung verbunden war, die in den Einrichtungen tätigen Mitarbeiterinnen und Mitarbeiter stärker zu qualifizieren und damit eine Professionalisierung der gesamten Arbeit in Gang zu setzen.

In der Bundesrepublik Deutschland hat eine Fülle von gesundheitspolitischen Initiativen des Bundes und der Länder seit Beginn der siebziger Jahre eine Entwicklung unterstützt, die dem differenzierten Ausbau der Behandlungseinrichtungen für Alkohol-, Medikamenten- und Drogenabhängige diente und mit der Erwartung verbunden war, suchtkranke Menschen so zu behandeln, daß es ihnen möglich sein würde, langfristig entweder ganz abstinent oder aber sozial integriert zu leben. Neben der vielbeachteten Psychiatrie-Enquête, die 1975 von der Bundesregierung und den Gremien des Deutschen Bundestages diskutiert und vorgelegt worden ist, gab es eine Reihe weiterer Initiativen einzelner Bundesländer zum Ausbau und zur Finanzierung der ambulanten Hilfe für Suchtkranke, aber auch Empfehlungsvereinbarungen zwischen den Kranken- und Rentenversicherungsträgern zur stationären Rehabilitation Abhängigkeitskranker von 1978 und eine ähnliche Vereinbarung zur Förderung der ambulanten Rehabilitation von 1991. Hinter diesen gesundheitspolitischen Initiativen verbirgt sich bis auf den heutigen Tag die gesellschaftliche Erwartung, daß man suchtkranken Menschen langfristig so helfen möge, daß Süchtigkeit als Phänomen mehr oder weniger zum Verschwinden gebracht werden könne. Die Erfahrung hat aber gezeigt, daß es, trotz aller fachlichen Anstrengungen, auch in Zukunft Suchterkrankungen geben wird. Auch aus der rechtlichen Anerkennung von Sucht als Krankheit läßt sich ableiten, daß die Gesellschaft immer mit einer bestimmten Zahl von suchtkranken Menschen zu rechnen haben wird und für diese Gruppe, ähnlich wie für organisch Erkrankte, ein Hilfesystem vorhalten muß. Diese Einsicht ist deswegen nicht selbstverständlich, weil es sich bei der Pathogenese der Suchterkrankungen um Störungen mit multifaktoriellem Bedingungsgefüge handelt, bei dem insbesondere die psychologischen und psychosozialen Faktoren eine besondere Bedeutung haben und die nicht zwangsläufig das medizinische Versorgungssystem auf den Plan rufen (STEINBRECHER U. SOLMS 1975).

In diesem Beitrag geht es um die zentrale Frage, wie die heutige Situation erwachsenenpädagogischer Aktivitäten im Bereich Suchtkrankenhilfe zu bewerten ist, zu welchen beruflichen Entwicklungsmöglichkeiten sie für die hauptamtlichen Mitarbeiterinnen und Mitarbeiter geführt haben und wie ihre Entwicklungschancen in der Zukunft, wie überhaupt für die gesamte Suchtkrankenhilfe als eigenständigen und professionellen Bereich der Gesundheitsversorgung, bewertet werden können. Dazu wird es notwendig sein, gerade auf die erwachsenenpädagogischen und curricularen Anforderungen von Weiterbildungsprogrammen in diesem Feld einzugehen, da Professionalisierungsprozesse sich über die Qualifizierung der Mitarbeiterinnen und Mitarbeiter vollzogen haben und auch weiterhin vollziehen.

Bildungspolitische Konsequenzen für die Mitarbeiterinnen und Mitarbeiter in der Suchtkrankenhilfe

In unserem bedarfsorientierten beruflichen Bildungssystem geht man davon aus, daß die Notwendigkeit zur beruflichen Weiterbildung in der Regel darin bestehe, daß sich in einer wissenschaftlich-fachlich geprägten Welt Anforderungen an die jeweiligen Mitarbeitergruppen so schnell wandeln, daß die Qualifikation der Erstausbildung bald nicht mehr ausreiche und durch Weiterbildung ständig aktualisiert werden müsse (BRATER 1980). Diese allgemeine bildungspolitische Feststellung weist auf einen Zustand hin, der eine offensichtlich strenge Trennung zwischen Arbeiten und Lernen in unserer heutigen Berufswelt beschreibt. In früheren Zeiten wäre davon auszugehen gewesen, daß der Arbeitende gleichzeitig in seiner Tätigkeit eine wesentliche Basis für ein kontinuierliches Lernen gefunden hatte und somit einer ständigen Aktualisierung seiner Erfahrungs- und Wissensbestände nicht weiter bedurfte.

Dieser lebendige Lernprozeß scheint jedoch in vielen Berufsfeldern nicht mehr möglich zu sein. Er muß durch die Schaffung besonderer Institutionen erst wieder ermöglicht werden, etwa im Rahmen von Fortbildung, Weiterbildung, zusätzlicher Berufsausbildung. Dieser Gedanke wird von einer weiteren bildungspolitischen Überzeugung getragen, nämlich der Vermutung, daß die Lernfähigkeit einer Person keineswegs auf ein bestimmtes Lebensalter – etwa Kindheit und Jugend – begrenzt sei, sondern vielmehr bis ins hohe Alter erhalten bleibe und zur Verfügung stehe (BRATER 1980). Dennoch scheint es nicht üblich zu sein, diese individuelle Lernfähigkeit auch bis ins hohe Alter zu üben. Nach einer längeren Pause nach der Schul- und Berufsausbildungszeit ergeben sich oft schwierige Umstellungsprobleme für diejenigen Personen, die plötzlich wieder »die Schulbank drücken müssen«.

Diese traditionelle Trennung führte auch im Versorgungsfeld Suchtkrankenhilfe zu dem Eindruck, daß durch die Einführung berufsbegleitender Weiterbildungsprogramme eine bahnbrechende Neuerung der beruflichen Weiterbildung initiiert worden sei. Da es sich hier aber um das Erlernen spezifischer therapeutischer Fähigkeiten handelt, die in enger Beziehung zu den täglichen Berufserfahrungen stehen, insbesondere zu denjenigen, die die Mitarbeiterinnen und Mitarbeiter gerade in der Beziehung zu den betroffenen Menschen machen, liegt die Schlußfolgerung nahe, daß ein für diese Tätigkeit qualifizierender Weiterbildungsprozeß überhaupt nur berufsbegleitend durchgeführt werden kann. Die berufsbegleitende Organisationsform einer für dieses Feld sinnvollen Weiterbildung ist also auch ein didaktisches Prinzip. Weiterhin besteht nach wie vor die Schwierigkeit in diesem Versorgungsbereich, daß keine der in Frage kommenden Berufsgruppen (Sozialarbeiter und Sozialpädagogen, Diplom-Pädagogen, Diplom-Psychologen, Ärzte und Angehörige anderer sozial- und humanwissenschaftlicher Fachrichtungen) für sich alleine in Anspruch nehmen kann, originär, und zwar versehen mit einem spezifischen gesellschaftlichen Auftrag, für die Versorgung suchtkranker Menschen zuständig zu sein. Die sich ergebende modifizierte psychotherapeutische Versorgung Suchtkranker kann nach heutigem Kenntnisstand sinnvoll nur von mehreren Berufsgruppen erfüllt werden, wobei selbstverständlich jede den ihr eigenen professionellen Beitrag zu leisten hat (HELAS 1991).

Eine Weiterbildung, die die hier in Rede stehende professionelle Kompetenz zur psychotherapeutisch orientierten Arbeit mit Suchtkranken vermitteln kann, läßt sich aufgrund vorgenannter Überlegungen wie folgt beschreiben: Da es um modifizierte psychotherapeutische Behandlung mit suchtkranken Menschen geht, die je nach Fachrichtung unterschiedlich konzeptualisiert ist, muß den Teilnehmerinnen und Teilnehmern ein Lernfeld angeboten werden, in dem der Erwerb dieser Kompetenz ermöglicht werden kann. Wie dieser Prozeß aussieht und von den Teilnehmerinnen und Teilnehmern erlebt wird, welche sozialen und beruflichen Folgen er für sie hat und wie die Umsetzung dieser Überlegungen in die curriculare Gestaltung eines professionellen Weiterbildungsprogrammes im Suchtbereich auszusehen hat, wird noch erläutert werden.

Das subjektorientierte Modell beruflicher Weiterbildung

Um die Sinnhaftigkeit und Qualität eines professionellen Weiterbildungsprogramms für die Suchtkrankenhilfe besser verstehen zu können, ist es notwendig, sich zunächst mit einigen berufstheoretischen Überlegungen auseinanderzusetzen.

Ein Weiterbildungssystem, das die vorgenannte Kompetenz vermitteln und zudem die Trennung von Arbeiten und Lernen überwinden soll, muß berufsübergreifende Lernsituationen bieten. Es sollte weiterhin nicht starre Lernsequenzen vorgeben, sondern höchst variabel jeden Teilnehmer in die Lage versetzen, sich je nach Interessenlage und Engagement mit den theoretischen und fachlichen Hintergründen seiner eigenen beruflichen Tätigkeit zu beschäftigen. Ferner sind Lernformen vorzuziehen, die der Problemformulierung und Lernorganisation durch die Lernenden selbst maximalen Raum zugestehen, die also respektieren, daß es sich bei den Adressaten beruflicher Weiterbildung um Erwachsene handelt, die prinzipiell selbst in der Lage sind, ihre Lernwünsche zu formulieren und darüber zu befinden, was sie lernen wollen und in welcher Form (BRATER 1980).

Schließlich muß die Trennung zwischen beruflicher und allgemeiner Weiterbildung aufgehoben werden, die persönliche Kompetenz der Teilnehmer als Menschen und als Therapeuten muß einbezogen werden; eine Beschränkung auf eine enge fachbezogene Wahrnehmungs- und Vermittlungsebene ist zu vermeiden.

Eine Standardisierung und Formalisierung, das heißt Verschulung des Curriculums, das zudem noch angereichert wäre durch zuviel grundständiges und überwiegend theoretisches Fachwissen (schließlich muß man davon ausgehen, daß die Teilnehmerinnen und Teilnehmer bereits eine akademische Ausbildung in einem einschlägigen Fachbereich abgeschlossen haben), ließe dagegen befürchten, daß der Weiterbildungsprozeß nach vorgegebenen Schablonen ablaufen würde. Gerade in der psychotherapeutisch orientierten Weiterbildung geht es um eine individuelle Persönlichkeitsentwicklung, die nur dann möglich ist, wenn ein hohes Maß an Eigenbeteiligung und Selbstbestimmung der Teilnehmerinnen und Teilnehmer ermöglicht werden kann. Das gegenteilige Vorgehen widerspräche nicht nur allen didaktischen Regeln der Erwachsenenbildung, sondern es schlösse auch die Chance zu einem lebendigen Lernprozeß, der inhaltlich eng mit dem täglichen Berufsleben korrespondiert, mehr oder weniger aus. Natürlich schließt diese Erkenntnis nicht eine klare Strukturierung des Curriculums aus. Bedeutsam ist eben, daß die Lerninhalte, die hier im Zentrum der Weiterbildung stehen, nicht ausschließlich aus theoretischen Wissensbeständen herrühren, sondern weitestgehend auch aus der eigenen Lebenserfahrung der Teilnehmerinnen und Teilnehmer stammen, und, angeregt durch die psychoanalytische Wahrnehmungseinstellung, auf ihre Bedeutung für die therapeutische Praxis hin reflektiert werden.

Eine subjektorientierte Weiterbildung würde dagegen die zu vermittelnden Fähigkeiten nicht primär unter dem Gesichtspunkt des Beschäftigungsinteresses, sondern prinzipiell unter dem Gesichtspunkt sehen, welche zusätzlichen Qualifikationen der Teilnehmer und die Teilnehmerin braucht, um die eigene berufliche Situation besser meistern zu können.

Modifizierte Psychotherapie in der Suchtkrankenhilfe

Die Diskussion vorgenannter berufstheoretischer Überlegungen stellt selbstverständlich nur den Orientierungsrahmen für jene Inhalte dar, um die es tatsächlich bei einem professionellen Weiterbildungsprogramm in der Suchtkrankenhilfe gehen muß. Anhand des psychoanalytisch orientierten Curriculums des Gesamtverbandes für Suchtkrankenhilfe sollen nun die inhaltliche Ausgestaltung, die daraus resultierenden Forderungen an die Lernenden sowie deren subjektives Erleben und die Umsetzung des Gelernten in ihre berufliche Praxis diskutiert werden.

Lernprozesse, die die Wahrnehmung, Beschreibung und Bearbeitung menschlichen Erlebens und Verhaltens (auch des als krankhaft empfundenen) zum Ziele haben, erfordern immer auch die Einbeziehung der Lebensgeschichte des zukünftigen Sozialtherapeuten beziehungsweise der Sozialtherapeutin. Dies gilt generell, unabhängig von der Frage, ob sich der Therapeut eher der psychoanalytischen, verhaltenstherapeutischen, der systemisch-familientherapeutischen Fachrichtung oder einer anderen verbunden fühlt. Folgerichtig muß es in einem psychotherapeutisch orientierten Weiterbildungscurriculum neben den zu vermittelnden Theorien auch immer um eine bestimmte Form von Selbsterfahrung und fallzentrierter Arbeit gehen, damit die Ebene der Beziehungsdynamik zwischen Patient und Therapeut mit der des fachlichen Wissens verbunden werden kann. Kurz, es geht darum, »daß wir den therapeutischen Prozeß, an dem wir jetzt beobachtend teilnehmen, bei größtmöglicher sensorischer, emotionaler und kognitiver Präsenz mitvollziehen. Anschließend kommt es darauf an, das Erlebte und Erfahrene diagnostisch zu erfassen« (HEIGL-EVERS 1974). Der Lernprozeß gliedert sich infolgedessen in drei Bereiche.

1. *Analytisch orientierte Selbsterfahrung in Gruppen:* Ein psychoanalytisch orientiertes Wahrnehmungs- und Verstehenstraining (5 Blockseminare à 5 Tage);

2. *Theorieseminare:* Hier findet die Auseinandersetzung mit psychoanalytischem Fachwissen statt (Psychoanalytische Krankheitslehre, psychoanalytische Suchttheorien, Grundlagen der psychoanalytisch orientierten Beratungs- und Behandlungstechniken für Sozialtherapeuten), (4 Blockseminare à 5 Tage);

3. *Gruppensupervision:* Hier geht es um einen Lernprozeß, bei dem die Arbeit an Kasuistiken im Zentrum steht. Vorstellungen, Einfälle und Phantasien der Sozialtherapeuten, die während der Beziehung zum Patienten wahrgenommen werden, müssen benannt, diagnostiziert und schließlich in therapeutische Interventionen umgewandelt werden (4 Blockseminare à 5 Tage).

Es geht also um einen dichten Prozeß von affektivem und kognitivem Lernen im Bereich der angewandten Psychoanalyse zur Therapie von suchtkranken Menschen im Einzel- und Gruppensetting. Die Arbeitsweise soll es den künftigen Sozialtherapeuten ermöglichen, die für ihre therapeutischen Aktivitäten notwendigen Schritte der Fremd- und Selbstwahrnehmung und der daraus folgenden diagnostischen und therapeutischen Schlußbildungen sukzessive zu erlernen. Es ist interessant, daß durch die psychoanalytisch orientierte Ausgestaltung des Curriculums gerade jene Lernmöglichkeiten geschaffen werden konnten, die für eine subjektorientierte Weiterbildung gefordert worden sind. Aus der Sicht der Teilnehmerinnen und Teilnehmer ergibt sich bei dieser Curriculumgestaltung die Möglichkeit, sich während der selbsterfahrungszentrierten Lernphase mit der eigenen Lebensgeschichte und damit den eigenen früheren und aktuellen Beziehungsdynamiken zu befassen. In der Weiterbildungsgruppe wird quasi wechselseitig die eigene Wahrnehmungsfähigkeit geübt und ausdifferenziert, wobei die intrapsychischen und interaktionellen Prozesse die Rolle spielen, die sie später im Therapieprozeß spielen werden. Die Kandidaten sollen damit lernen, die jeweils entstehende Beziehung zwischen ihnen und dem Patienten verstehend zu erfassen, erklärend zu begreifen und durch gezielte Aktivitäten im Sinne von Interventionen zu verändern (STANDKE 1989). Die wechselseitige Beschäftigung mit der eigenen Lebensgeschichte in der Weiterbildungsgruppe stellt somit eine exemplarische Situation für die eigene Berufspraxis dar.

Während der Auseinandersetzung mit psychoanalytischem Fachwissen (Theorievermittlung) geht es um die Beschäftigung mit Theorien aus der psychoanalytischen Entwicklungspsychologie beziehungsweise Entwicklungspathologie, der allgemeinen und speziellen Neurosenlehre, der Diagnostik von Frühstörungen und speziell der Suchtsymptomatik, da Suchtkranke nach psychoanalytischem Verständnis in der Regel als präödipal gestörte Patienten und Patientinnen mit Ich-strukturellen Störungen diagnostiziert werden. Während der fallzentrierten Seminare erlernen die Teilnehmer auf der Basis der nunmehr geschärften eigenen Wahrnehmungsfähigkeit und der besseren theoretischen Kompetenz diejenigen psychoanalytischen Behandlungstechniken, die speziell für die Behandlung suchtkranker Menschen konzeptualisiert worden sind. Hierbei handelt es sich insbesondere um die psychoanalytisch-interaktionelle Vorgehensweise, wie sie von HEIGL-EVERS und HEIGL entwickelt worden ist (HEIGL-EVERS 1974).

Auf diese Weise läßt sich eine therapeutische Befähigung erreichen, die als »konstitutiver Teil professioneller Handlungskompetenz« (HELAS u. REIM 1986) bezeichnet worden ist. Hierbei handelt es sich nicht nur, wie bereits ausgeführt, um den Erwerb von reproduzierbarem Fachwissen, sondern auch um

- Beziehungsfähigkeit (Empathie),
- die Fähigkeit zur professionellen Einzelfallanalyse,
- die Fähigkeit zur Analyse von Gruppenprozessen,
- die Bereitschaft zum Engagement mit und für andere Menschen schlechthin (HELAS u. REIM 1988).

Eine entscheidende Bedeutung kommt den zwischen den Seminaren liegenden Praxisphasen zu. Die Kandidatinnen und Kandidaten sind, wie bereits festgestellt, während dieses Weiterbildungsprozesses hauptamtlich als Suchttherapeuten tätig. Angeregt durch die Inhalte der Weiterbildung kehren sie in den Berufsalltag zurück und übersetzen das Gelernte in ihre tägliche Praxis. Dies fällt am Anfang schwer, häufig finden sie nicht jene Arbeitsmöglichkeiten vor, die sie sich wünschen. Der Berufsalltag wird oft von anderen Problemen beherrscht, zum Beispiel von Personalknappheit und Geldmangel in den einzelnen Dienststellen, von einer gehäuften Zahl administrativer Aufgaben, die oftmals mit dem eigentlichen therapeutisch-inhaltlichen Arbeitsauftrag nichts zu tun haben. Die Teilnehmerinnen und Teilnehmer finden sich also in der Situation, häufig auch erst die Rahmenbedingungen schaffen zu müssen, innerhalb derer die Realisierung des Gelernten möglich sein wird.

Berufspolitischer Ausblick

Neben der Veränderung des Arbeitsfeldes gab und gibt es berufspolitische Auseinandersetzungen zwischen den in diesem Feld tätigen Ärzten und Psychologen, Sozialarbeitern und Sozialpädagogen, die durch die Diskussion um das Recht der Ausübung von Heilkunde und die Neuschaffung eines Psychotherapeutengesetzes weiter verschärft wurden. Die berufspolitisch schwächere Position der Sozialarbeiter und Sozialpädagogen in diesem Feld drückt sich vor allem darin aus, daß man ihnen die eigenständige, durch Weiterbildung erworbene Befähigung zur modifizierten therapeutischen Arbeit nicht zugestehen und sie auch nicht entsprechend besser bezahlen will. Wir sind jedoch überzeugt, daß es nur dann zu einem sinnvollen Miteinander der Berufsgruppen kommen kann, wenn jede einzelne, die an dieser Aufgabenstellung beteiligt ist, unter Berücksichtigung der eigenen professionellen Grenzen, dennoch selbstverantwortlich handeln darf.

Trotz all dieser aktuellen berufspolitischen Schwierigkeiten sollte an der Grundüberzeugung festgehalten werden, daß eine differenzierte Suchtkrankenhilfe nur im interdisziplinären Zusammenwirken der vorbenannten Berufsgruppen sinnvoll geleistet und zum Wohle der Klienten realisiert werden kann.

Als Basisliteratur empfohlen:

HELAS, I. (1991): Zusatzausbildungen. Das Weiterbildungsprogramm der Suchtkrankenhilfe im Diakonischen Werk. In: HEIGL-EVERS, A.; HELAS, I.; VOLLMER, H. C. (Hrsg.): Suchttherapie – psychoanalytisch, verhaltenstherapeutisch. Vandenhoeck & Ruprecht, Göttingen

STANDKE, G. (1989): Weiterbildung zum Sozialtherapeuten. Curriculum, GVS, Kassel, S. 12ff, Broschüre (erhältlich bei: Gesamtverband für Suchtkrankenhilfe, Kurt-Schumacher-Str. 2, 34117 Kassel)

Zur weiterführenden Lektüre empfohlen:

BRATER, M. (1980): Die Aufgaben beruflicher Weiterbildung – zur Konzeption einer subjektorientierten Weiterbildung. In: WEYMANN, A. (Hrsg.): Handbuch für die Soziologie der Weiterbildung. Luchterhand-Verlag, Darmstadt/Neuwied

HELAS, I.; REIM, TH. (1986): Biographie und therapeutische Weiterbildung. Eine Perspektive der interpretativen Sozialforschung. Suchtgefahren 32/5, 232ff

HELAS, I.; REIM, TH. (1988): Lebensgeschichte, Weiterbildung und Professionalisierung. In: HEIGL-EVERS, A.; VOLLMER, H. C.; HELAS, I.; KNISCHEWSKI, E. (Hrsg.): Psychoanalyse und Verhaltenstherapie in der Behandlung Abhängigkeitskranker – Wege zur Kooperation? Blaukreuz-Verlag, Wuppertal, S. 253ff

Literaturangaben zum Text:

DEUTSCHER BUNDESTAG (1975): Psychiatrie-Énquête. Heger Verlag, Bonn
HEIGL-EVERS, A.; HEIGL, F.; SCHULTZE-DIERBACH, E. (1983): Überlegungen zur Indikation von Einzel- und Gruppentherapie bei Suchtkranken, insbesondere bei Alkoholkranken. In: GESAMTVERBAND FÜR SUCHTKRANKENHILFE (Hrsg.): Sozialtherapie in der Praxis. Psychoanalytisch interaktionelle Therapie in der Suchtkrankenhilfe (Kongreßbericht), Nicol, Kassel, S. 21-36
HEIGL-EVERS, A. (1974): Die Gruppe als Medium im Unterricht und in der Psychotherapie. Gruppenpsychotherapie und Gruppendynamik 8, Heft 3
STANDKE, G. (1991): Zur Rolle der Handlungskompetenz in der Weiterbildung zum psychoanalytisch orientierten Sozialtherapeuten. Unveröffentlichtes Manuskript, Hilden
STEINBRECHER, W.; SOLMS, H. (1975): Sucht und Mißbrauch. Stuttgart

Die Autoren

BILITZA, Klaus Walter, Dr. phil.; Dipl.-Psych.; Psychoanalytiker (DGPT), Gruppentherapeut (DAGG) und Supervisor in freier Praxis, Duisburg; Dozent am Institut für Psychoanalyse Düsseldorf e.V.; Dozent in der Weiterbildung zum Sozialtherapeuten – psychoanalytisch orientiert – (Gesamtverband für Suchtkrankenhilfe, Kassel); verschiedene Lehraufträge; Veröffentlichungen zu: Psychotherapieforschung, Prävention von Alkoholismus, Psychoanalyse der Organisation, Psychoanalyse der Klinik, Supervision.

BÖHLE, Alexander, Dr. med.; Arzt für Neurologie und Psychiatrie; Psychoanalytiker, Gruppenpsychoanalytiker (Göttinger Modell); stellvertretender Abteilungsleiter der Abteilung für Alkoholkranke der Nervenklinik Spandau in Berlin; mehrjährige Erfahrung in der stationären Behandlung von Alkoholkranken; Tätigkeit als Dozent am Institut für Psychotherapie e.V., Berlin und an der Universitätsnervenklinik der FU Berlin in der Weiterbildung zum Psychotherapeuten und Psychoanalytiker, Dozent in der Weiterbildung zum Sozialtherapeuten – psychoanalytisch orientiert – (Gesamtverband für Suchtkrankenhilfe); wissenschaftliche Veröffentlichungen im Bereich psychoanalytische Wissenschaftstheorie, psychoanalytische Kriminologie, psychoanalytische Gesellschaftstheorie und Pädagogik; Mitglied in DPG, DGPT und DAGG.

BÜCHNER, Uwe, Dr. med.; Nervenarzt (DGPN) und Psychoanalytiker (DPG, DGPT); Chefarzt der Abteilung für Alkoholkranke der Nervenklinik Spandau; Lehranalytiker, Kontrollanalytiker und Dozent am Institut für Psychotherapie e.V. Berlin; Dozent in der Weiterbildung zum Sozialtherapeuten – psychoanalytisch orientiert – (Gesamtverband für Suchtkrankenhilfe, Kassel); Mitglied im Fachverband Sucht e.V. und der American Society on Addiction Medicine (ASAM).

DITTERT, Johannes, Dr. med.; Psychoanalytiker (DPG, DGPT); Abteilungsarzt an der Psychotherapeutischen Klinik Stuttgart; Dozent an der Stuttgarter Akademie für Tiefenpsychologie und analytischen Psychotherapie, Lehr- und Kontrollanalytiker; Dozent in der Weiterbildung zum Sozialtherapeuten – psychoanalytisch orientiert – (Gesamtverband für Suchtkrankenhilfe); Arbeiten zur Entwicklung der Triebe und Objektbeziehungen, Psychosomatik, stationären Psychotherapie und psychoanalytischen Anamneseerhebung.

EITH, Falk, Dr. phil.; Dipl.-Psych., Psychoanalytiker (DGPT); Gruppenanalytiker, Familientherapeut und Supervisor; Leiter des Funktionsbereiches Familien- und Paartherapie der Nervenklinik Spandau; Lehrbeauftragter im Fachbereich Medizin der Freien Universität Berlin; Dozent in der Weiterbildung zum Sozialtherapeuten – psychoanalytisch orientiert – (Gesamtverband für Suchtkrankenhilfe).

GERBEIT, Heidemarie, Dipl.-Psych.; Jahrgang 1942, Psychoanalytikerin und Familientherapeutin in freier Praxis in Berlin; Lehranalytikerin und Supervisorin am Institut für Psychotherapie e.V. Berlin; Lehrtherapeutin für Familientherapie; Dozentin in der Weiterbildung zum Sozialtherapeuten – psychoanalytisch orientiert – (Gesamtverband für Suchtkrankenhilfe); Mitglied in DGPT, DPG, DAGG.

HEIGL, Franz, Prof. Dr. med.; Ltd. Medizinaldirektor a.D.; Fachgebiet: Medizin, Psychoanalyse, Psychotherapie/Psychosomatik; therapeutische, sozialpsychologische und didaktische Gruppenmethoden; Dozent, Lehr- und Kontrollanalytiker für Psychotherapie und Psychoanalyse des Ausbildungszentrums für Psychotherapie und Psychoanalyse Göttingen (in Vereinigung des Instituts für Psychoanalyse und Psychotherapie e.V. Göttingen und der Psychiatrischen Universitätsklinik Göttingen); Dozent in der Weiterbildung zum Sozialtherapeuten – psychoanalytisch orientiert – (Gesamtverband für Suchtkrankenhilfe); Mitglied der Deutschen Psychoanalytischen Gesellschaft (DPG); Mitglied der Deutschen Gesellschaft für Psychotherapie, Psychosomatik und Tiefenpsychologie e.V. (DGPT); Mitglied der Allgemeinen Ärztlichen Gesellschaft für Psychotherapie (AÄPG); Mitglied der American Academy of Psychoanalysis.

HEIGL-EVERS, Annelise, Prof. Dr. med.; emeritierte Professorin für Psychotherapie und Psychosomatik der Universität Düsseldorf; Ehrenvorsitzende des Instituts für Psychoanalyse und Psychotherapie Düsseldorf – in Zusammenarbeit mit Lehrstuhl und Klinik für Psychotherapie der Universität Düsseldorf; Gründungsvorsitzende des Deutschen Arbeitskreises für Gruppenpsychotherapie und Gruppendynamik (DAGG); Dozentin in der Weiterbildung zum Sozialtherapeuten – psychoanalytisch orientiert – (Gesamtverband für Suchtkrankenhilfe); Mitglied der Deutschen Gesellschaft für Psychotherapie, Psychosomatik und Tiefenpsychologie e.V. (DGPT), der Allgemeinen Ärztlichen Gesellschaft für Psychotherapie (AÄGP), des Deutschen Kollegiums für Psychosomatische Medizin (DKPM) e.V. und der American Academy of Psychoanalysis. Fachgebiet: Medizin, Psychotherapie/Psychosomatik, Psychoanalyse. Schwerpunkte: Gruppentherapie, Sozialpsychologie der Gruppe, Psychotherapie struktureller Ich-Störungen, Abhängigkeit und Sucht, Psychosomatik.

HELAS, Irene, Diplom-Pädagogin; Bildungsreferentin; Gesamtverband für Suchtkrankenhilfe im Diakonischen Werk der Evangelischen Kirche Deutschlands, Kassel.

HEMPFLING, Friedhold, Dr. med.; Arzt für Neurologie und Psychiatrie, Dipl.-Psychologe, Psychoanalytiker (DGPT); bis 1992 Oberarzt der Abteilung für Psychosomatische Medizin und Psychotherapie, Universitätsklinik Düsseldorf, Rheinische Landesklinik Düsseldorf

KÖNIG, Karl, Prof. Dr. med.; Psychoanalytiker und Gruppentherapeut, Arzt für innere Medizin; Leiter der Abteilung klinische Gruppenpsychotherapie der Universität Göttingen; Dozent in der Weiterbildung zum Sozialtherapeuten – psychoanalytisch orientiert – (Gesamtverband für Suchtkrankenhilfe); derzeit Vorsitzender des Instituts für Psychoanalyse und Psychotherapie (DPG) e.V. Göttingen und des Ausbildungszentrums für Psychotherapie und Psychoanalyse. Arbeitsgebiete: Einzel-, Paar- und gruppentherapeutische Behandlungstechnik, Teamsupervision, spezielle Neurosenlehre. Bücher: Angst und Persönlichkeit, 3. Auflage 1991; Praxis der psychoanalytischen Therapie, 1991; Kleine psychoanalytische Charakterkunde, 2. Auflage 1993; Einzeltherapie außerhalb des klassischen Settings, 1993; Gegenübertragungsanalyse, 1993; mit Reinhard Kreische: Psychotherapeuten und Paare, 1991; mit Wulf-Volker Lindner: Psychoanalytische Gruppentherapie, 1992.

SCHULTZE-DIERBACH, Elke, Dipl.-Psych. Klinische Psychologin, Psychotherapeutin (BDP; DGPT; DAGG); Studium der Psychologie und Musikwissenschaft; langjährige Tätigkeit in der Akut-, Kinder- und forensische Psychiatrie; mehrere Jahre in leitender Funktion in der Fachklinik Wigbertshöhe und in der Klinik Tiefenbrunn (Fortbildung, Dokumentation und Klinische Supervision); in beiden Kliniken auch umfangreiche Patientenversorgung; Weiterbildung bei Prof. Fürstenau in psychoanalytisch-systemischer Organisationsentwicklung und Teamsupervision.; Dozentin in der Weiterbildung zum Sozialtherapeuten – psychoanalytisch orientiert – (Gesamtverband für Suchtkrankenhilfe); in eigener Praxis tätig als Therapeutin und Supervisorin.

STANDKE, Gerhard, Prof. Dr. phil.; Studium der Pädagogik und Psychologie; Psychoanalytiker (DGPT), Analytischer Kinder- und Jugendlichen-Psychotherapeut (VAKJP), Gruppenpsychotherapeut (DAGG), Lehrgruppenleiter in der Sektion KuP des DAGG; Dozent am Institut für Psychoanalyse und Psychotherapie Düsseldorf e.V.; von 1978–1990 Mitarbeit an der Klinik für Psychotherapie und Psychosomatik der Universitätsklinik/Rheinische Landesklinik Düsseldorf, zuletzt als Leiter der Poliklinik; seit 1984 tätig als Dozent in der Weiterbildung zum Sozialtherapeuten – psychoanalytisch orientiert – (Gesamtverband für Suchtkrankenhilfe, Kassel); seit 1991 Professor für Psychologie an der Ev. Fachhochschule RWL in Bochum.

VATTES, Hedwig, Dipl.-Psych. und Dipl.-Soz.; Klinische Psychologin (BDP) und Psychotherapeutin; Weiterbildung in tiefenpsychologisch orientierter Gruppenpsychotherapie (Göttinger Modell); z.Z. Tätigkeit in der stationären Entwöhnungseinheit der Abteilung für Alkoholkranke der Nervenklinik Spandau in Berlin.

WERNADO, Mario, Dr. med.; Studium der Medizin in Heidelberg; Facharzt für Psychiatrie mit dem Zusatztitel Psychotherapie; Psychotherapieweiterbildung an der medizinischen Hochschule Hannover; Dozent in der Weiterbildung zum Sozialtherapeuten – psychoanalytisch orientiert – (Gesamtverband für Suchtkrankenhilfe); seit 1985 tätig als leitender Arzt in der Fachklinik Fredeburg.

Gesamtbibliographie

ABELIN, E. L. (1971): The Role of the Father in the Separation-Individuation Process. In: McDEVITT, J. B.; SETTLAGE, C. F. (Hrsg.): Separation-Individuation. Unit. Univ. Press, New York

ABELIN, E. L. (1986): Die Theorie der frühkindlichen Triangulation. Von der Psychologie zur Psychoanalyse. In: STORK, J. (Hrsg.): Das Vaterbild in Kontinuität und Wandel. Zur Rolle und Bedeutung des Vaters aus psychopathologischer Betrachtung und in psychoanalytischer Reflexion. problemata 113, frommann-holzboog, Stuttgart

ABRAHAM, K. (1908): Die psychologischen Beziehungen zwischen Sexualität und Alkoholismus. Z. Sexualwiss. 8, 449-458. Auch in: ABRAHAM, K: Schriften zur Theorie und Anwendung der Psychoanalyse. Eine Auswahl, hrsg. v. J. CREMERIUS. Fischer, Frankfurt a.M., 1972, S. 29-36

ABRAHAM, K. (1916): Untersuchungen über die früheste prägenitale Entwicklungsstufe der Libido. Internationale Zeitschrift für Psychoanalyse IV, Heft 2, 71-97. Auch in: ABRAHAM, K.: Psychoanalytische Studien zur Charakterbildung und andere Schriften, hrsg. v. J. CREMERIUS. Fischer, Frankfurt a.M., 1969, S. 84-112

ADAMS, J. W. (1978): Psychoanalysis of Drug Dependence. The Understanding and Treatment of a Particular Form of Pathological Narcissism. Grune and Stratton, New York/San Francisco/London

ANTONS, K. (1976): Abgrenzungen und Definitionen des Alkoholismus. In: ANTONS, K.; SCHULZ, W.: Normales Trinken und Suchtentwicklung. Verlag für Psychologie Dr. W. Hogrefe, Göttingen/Toronto/Zürich, S. 183-254

ARGELANDER, H. (1963/64): Die Analyse psychischer Prozesse in der Gruppe. Psyche 17, 450-470, 481-515

ARGELANDER, H. (1966): Zur Psychodynamik der Erstinterviews. Psyche 20, 40-53

ARGELANDER, H. (1968): Gruppenanalyse unter Anwendung des Strukturmodells. Psyche 22, 913-933

ARGELANDER, H. (1970): Das Erstinterview in der Psychotherapie. Wissenschaftliche Buchgesellschaft, Darmstadt

ARGELANDER, H. (1974): Über die psychoanalytische Kompetenz. Psyche 12, 1063-1076

BALINT, M. (1988): Die Urformen der Liebe und die Technik der Psychoanalyse (Englische Originalausgabe 1952). Deutscher Taschenbuch Verlag, München

BALINT, M.; BALINT, E. (1961): Psychotherapeutische Techniken in der Medizin. Ernst-Klett-Verlag, Stuttgart

Bean, M. H.; Zinberg, N. E. (1981): Dynamic approaches to the understanding and treatment of alcoholism. The Free Press, New York/London

Bellak, L.; Hurvich, M.; Gediman, H. (1973): Ego Functions in Schizophrenics, Neurotics and Normals. John Wiley & Sons, New York/London/Sydney/Toronto

Bilitza, K. W. (1985): Prävention von Alkoholmißbrauch und Alkoholismus am Arbeitsplatz. Psychologie und Praxis 29 (N.F. 3), 2, S. 82-87

Bilitza, K. W. (1990): »Themroc« oder »die unbewußte Seite der Organisation«. In: Streeck, U.; Werthmann, H.-V. (Hrsg.): Herausforderungen für die Psychoanalyse. Pfeiffer, München, 1990, S. 256-269

Bilitza, K. W. (1991): Zur Psychoanalyse der Abwehr archaischer Ängste und Impulse durch soziale Organisationen. Gruppenpsychotherapie und Gruppendynamik 27, 27-36

Bilitza, K. W. (1993a): Unbewußte Grenzen in klinischen Institutionen – Folgen für die Supervision im Suchtbereich. In: Heigl-Evers, A.; Helas, I.; Vollmer, H. C. (Hrsg.; 1993): Eingrenzung und Ausgrenzung. Vandenhoeck & Ruprecht, Göttingen

Bilitza, K. W. (1993b): Innere Welt klinischer Institutionen und psychoanalytische Psychotherapie in der Klinik. Überarbeitete Fassung eines Referats auf dem XVI. Internationalen Kongreß für Psychotherapie, 16. 09.-20. 09. 1991, Hannover. Erscheint in: Gruppenpsychotherapie und Gruppendynamik

Bion, W. R. (1971): Erfahrungen in Gruppen und andere Schriften. Klett-Verlag, Stuttgart

Bischof, N. (1985): Das Rätsel Ödipus. Piper, München

Blanck, R.; Blanck, G. (1981): Angewandte Ich-Psychologie (Amerikanische Originalausgabe 1974). Klett-Cotta, Stuttgart, 2. Aufl.

Blanck, R.; Blanck, G. (1989): Jenseits der Ich-Psychologie (Amerikanische Originalausgabe 1986). Klett-Cotta, Stuttgart

Blum, E. M. (1966): Psychoanalytic Views of Alcoholism. A Review. Quarterly Journal of Studies on Alcohol 27, 259-299

Brater, M. (1980): Die Aufgaben beruflicher Weiterbildung – zur Konzeption einer subjektorientierten Weiterbildung. In: Weymann, A. (Hrsg.): Handbuch für die Soziologie der Weiterbildung, Luchterhand-Verlag, Darmstadt/Neuwied

Brenner, C. (1990): Grundzüge der Psychoanalyse (Amerikanische Erstausgabe 1955). Fischer Taschenbuch, Frankfurt a.M.

Büchner, U. (1989): Psychodynamische Aspekte des Alkoholismus. In: Beck-Mannagetta, H.; Reinhardt, K. (Hrsg.): Psychiatrische Begutachtung im Strafverfahren. Alfred Metzner, Frankfurt a.M.

Chasseguet-Smirgel, J. (1981): Das Ich-Ideal (Französische Originalausgabe 1975). Suhrkamp, Frankfurt a.M.

Cremerius, J. (1979): Die Verwirrung des Zöglings T., Psychoanalytische Lehrjahre neben der Couch. Psyche 6, 551-564

Davies-Osterkamp, S.; Heigl-Evers, A.; Hartkamp, N.; Strohmeyer, G.; Zepf, S. (1988): Persönlichkeitsorganisation und Objektbeziehungen von Patienten mit Morbus Crohn. Unveröffentlichter Bericht zu einem DFG-Forschungsprojekt, Düsseldorf

DEUTSCHER BUNDESTAG (1975): Psychiatrie-Enquête. Heger Verlag, Bonn
DÜHRSSEN, A. (1972): Analytische Psychotherapie in Theorie, Praxis und Ergebnissen. Vandenhoeck & Ruprecht, Göttingen
DÜHRSSEN, A. (1990): Die biographische Anamnese unter tiefenpsychologischem Aspekt. Vandenhoeck & Ruprecht, Göttingen, 3. Aufl.
EMDE, R. (1991): Die endliche und die unendliche Entwicklung. Psyche 45, 745-779
ERIKSON, E. H. (1971): Kindheit und Gesellschaft. Klett, Stuttgart
EZRIEL, H. (1973): Bemerkungen zur psychoanalytischen Gruppentherapie II – Interpretation und Forschung. In: AMMON, G. (Hrsg.): Gruppenpsychotherapie. Hoffmann und Campe, Hamburg
FEDERN, P.; MENG, H. (Hrsg.; 1926): Das psychoanalytische Volksbuch. (Mitarbeiter: Vorstand A. AICHHORN, Wien; Dr. F. ALEXANDER, Berlin; Dozent Dr. F. DEUTSCH, Wien; Dr. P. FEDERN, Dr. S. FERENCZI, Budapest; Dr. I. HOLLOS, Budapest; Dr. J. JEKELS, Wien; Dr. E. KOHN, Berlin; Dr. K. LANDAUER, Frankfurt a.M.; Dr. H. MENG, Dr. H. NUNBERG, Wien; Pfarrer Dr. O. PFISTER, Zürich; Dr. H. SACHS, Berlin; Prof. Dr. E. SCHNEIDER, Riga; Rechtsanwalt H. STAUB, Berlin). Hippokrates-Verlag, Stuttgart/Berlin
FENICHEL, O. (1975): Perversionen und Impulsneurosen. In: FEDERN, P. (Hrsg.), Psychoanalytische Neurosenlehre, Bd. II. Olten-Verlag, Freiburg, S. 186-271
FENICHEL, O. (1980): Psychoanalytische Neurosenlehre. 3 Bände, Walter-Verlag, Freiburg i. Br., 2. Aufl.
FERENCZI, S. (1911): Alkohol und Neurosen. Jb. psychoanal. psychopathol. Forsch. 3, 853-857. In: FERENCZI, S.: Bausteine der Psychoanalyse, Bd. I: 145-151, Klett, Stuttgart, 1964
FERENCZI, S. (1913): Über die Rolle der Homosexualität in der Pathogenese der Paranoia. Jb. psychoanal. psychopathol. Forsch. 3. In: FERENCZI, S.: Bausteine der Psychoanalyse, Bd. I: 120-144, Klett, Stuttgart, 1964
FEUERLEIN, W. (1975): Alkoholismus – Mißbrauch und Abhängigkeit. Thieme Verlag, Stuttgart
FLIESS, R. (Hrsg.; 1950): The Psycho-Analytic Reader. An Anthology of Essential Papers with Critical Introductions. The Hogarth Press and the Institute of Psycho-Analysis, London
FORGAS, J. (1987): Sozialpsychologie. Eine Einführung in die Psychologie der sozialen Interaktion. Psychologie Verlags Union, München/Weinheim
FOULKES, S. H. (1974): Gruppenanalytische Psychotherapie. ›Geist und Psyche‹, Kindler, München
FREUD, A. (1936): Das Ich und die Abwehrmechanismen. Kindler Verlag, München, 1974; auch in: Die Schriften der Anna Freud. Bd. I, Fischer, Frankfurt a.M., 1987, S. 191-355
FREUD, A. (1954): Der wachsende Indikationsbereich der Psychoanalyse. Diskussion (1954). In: Schriften der Anna Freud. Bd. V, Kindler Verlag, München, 1980, S. 1348-1367; auch in: Die Schriften der Anna Freud. Bd. V, Fischer, Frankfurt a.M.; 1987, S. 1349-1367
FREUD, A. (1965): Wege und Irrwege in der Kinderentwicklung. Klett,

Stuttgart, 1968; auch in: Die Schriften der Anna Freud. Bd. VIII, Fischer, Frankfurt a.M.; 1987

FREUD, S. (1884): Ueber Coca. In: Centralblatt für die gesamte Therapie 2: 289-314. Nachdruck in: TÄSCHNER, K.-L.; RICHTBERG, W.: Kokain-Report. Akademische Verlagsgesellschaft, Wiesbaden, 1982

FREUD, S. (1895): Studien über Hysterie. Ges. Werke Bd. I, S. 75-312, Fischer, Frankfurt a.M.

FREUD, S. (1897): Brief vom 12. Dez 1897. In: Briefe an Wilhelm Fließ. Fischer, Frankfurt a.M., 1986

FREUD, S. (1898): Die Sexualität in der Ätiologie der Neurosen. Ges. Werke Bd. I, S. 489-516, Fischer, Frankfurt a.M.

FREUD, S. (1900): Die Traumdeutung. Ges. Werke Bd. II/III, Fischer, Frankfurt a.M.

FREUD, S. (1905a): Drei Abhandlungen zur Sexualtheorie. Ges. Werke Bd. V (Fußnote von 1910), Fischer, Frankfurt a.M.

FREUD, S. (1905b): Meine Ansichten über die Rolle der Sexualität in der Ätiologie der Neurosen. Ges. Werke Bd. V, S. 146-159, Fischer, Frankfurt a.M.

FREUD, S. (1905c): Psychische Behandlung (Seelenbehandlung). Ges. Werke Bd. V, S. 287-316, Fischer, Frankfurt a.M.

FREUD, S. (1905d): Der Witz und seine Beziehung zum Unbewußten. Ges. Werke Bd. VI, Fischer, Frankfurt a.M.

FREUD, S. (1908): Die ›kulturelle‹ Sexualmoral und die moderne Nervosität. Ges. Werke Bd. VII, S. 143-167, Fischer, Frankfurt a.M.

FREUD, S. (1911): Psychoanalytische Bemerkungen über einen autobiographisch beschriebenen Fall von Paranoia (Dementia Paranoides). Ges. Werke Bd. VIII, S. 239-320, Fischer, Frankfurt a.M.

FREUD, S. (1911): Formulierungen über zwei Prinzipien des psychischen Geschehens. Ges. Werke Bd. VIII, S. 230-238, Imago, London, 1943

FREUD, S. (1912): Beiträge zur Psychologie des Liebeslebens II: Über die allgemeinste Erniedrigung des Liebeslebens. Ges. Werke Bd. VIII, Fischer, Frankfurt a.M.

FREUD, S. (1914): Zur Einführung des Narzißmus. Ges. Werke Bd. X, S. 138-170, Fischer, Frankfurt a.M.

FREUD, S. (1915): Triebe und Triebschicksale. Ges. Werke Bd. X, Fischer, Frankfurt a.M.

FREUD, S. (1916): Vorlesungen zur Einführung in die Psychoanalyse. Ges. Werke Bd. XI, Fischer, Frankfurt a.M.

FREUD, S. (1916a): Metapsychologische Ergänzungen zur Traumlehre. Ges. Werke Bd. X, S. 411-426, Fischer, Frankfurt a.M.

FREUD, S. (1916b): Trauer und Melancholie. Ges. Werke Bd. X, S. 427-446, Fischer, Frankfurt a.M.

FREUD, S. (1917): Trauer und Melancholie. Ges. Werke Bd. X, Fischer, Frankfurt a.M.

FREUD, S. (1918): Aus der Geschichte einer infantilen Neurose. Ges. Werke Bd. XII, S. 27-157, Imago, London, 1943

FREUD, S. (1920): Jenseits des Lustprinzips. Ges. Werke Bd. XIII, Fischer, Frankfurt a.M.

Freud, S. (1921): Massenpsychologie und Ich-Analyse. Ges. Werke Bd. XIII, Fischer, Frankfurt a.M.

Freud, S. (1923): Das Ich und das Es. Ges. Werke Bd. XIII, S. 235-289, Fischer, Frankfurt a.M.

Freud, S. (1924): Neurose und Psychose. Ges. Werke Bd. XIII, Fischer, Frankfurt a.M.

Freud, S. (1925): Die Verneinung. Ges. Werke Bd. XIV, S. 9-15, Fischer, Frankfurt a.M.

Freud, S. (1926): Hemmung, Symptom und Angst. Ges. Werke Bd. XIV, Fischer, Frankfurt a.M.

Freud, S. (1928): Der Humor. Ges. Werke Bd. XIV, S. 381-389, Fischer, Frankfurt a.M.

Freud, S. (1930): Das Unbehagen in der Kultur. Ges. Werke Bd. XIV, Fischer, Frankfurt a.M.

Freud, S. (1937): Die endliche und die unendliche Analyse. Ges. Werke Bd. XVII, S. 63-138, Fischer, Frankfurt a.M.

Freud, S. (1938): Abriß der Psychoanalyse. Ges. Werke Bd. XVII, S. 63-138, Fischer, Frankfurt a.M.

Freud, S. (1962): Aus den Anfängen der Psychoanalyse. Briefe an Wilhelm Fließ. Abhandlungen und Notizen aus den Jahren 1887–1902. Fischer, Frankfurt a.M.

Fürstenau, P. (1979): Die beiden Dimensionen des psychoanalytischen Umgangs mit strukturell ichgestörten Patienten. Psyche 3, 197-207

Fürstenau, P. (1990): Entwicklungsförderung oder Defizienzorientierung? Plädoyer für zielgerichtetes psychoanalytisch-psychotherapeutisches Handeln. In: Streeck, U.; Werthmann, H.-V. (Hrsg.): Herausforderungen für die Psychoanalyse – Diskurse und Perspektiven, Pfeiffer, München, S. 53-66

Glover, E. (1932): Common Problems in Psychoanalysis and Anthropology: Drug Ritual and Addiction. Journ. Med. Psychol. 12, 109-131

Glover, E. (1933): Zur Ätiologie der Sucht. Internationale Zeitschrift für Psychoanalyse 19, 170-197

Goertz, F. J. (1972): Zur Tiefenpsychologie des chronischen Alkoholabusus. Dissertation Bonn

Goldstein, L. (1966): Aspirin vs. Anxiety. Referat. Zitiert in: Krystal, H.; Raskin, H. A.: Drogensucht, Aspekte der Ich-Funktion. Vandenhoeck & Ruprecht, Göttingen, 1983

Greenson, R. R. (1975): The practice and technique of psychoanalysis. Universities Press, New York, 1967. Deutsch: Technik und Praxis der Psychoanalyse. Klett, Stuttgart, 3. Aufl. 1981

Grunberger, B. (1967): Ödipus und Narzißmus. In: Grunberger, B. (Hrsg.; 1976): Vom Narzißmus zum Objekt. Suhrkamp, Frankfurt a.M.

Hartkamp, N. (1990): Einige Befunde der Säuglingsbeobachtung und der neueren Entwicklungspsychologie. Prax. Kinderpsychol. Kinderpsychiat. 39, 120-126

Hartmann, H. (1964): Zur psychoanalytischen Theorie des Ichs. Klett, Stuttgart

HARTMANN, H. (1972): Ich-Psychologie. Studien zur psychoanalytischen Theorie. Klett, Stuttgart

HARTMANN, H. (1975): Ich-Psychologie und Anpassungsproblem. Klett, Stuttgart, 3. Aufl.

HEIGL, F.; HEIGL-EVERS, A. (1983): Zum Interventionsstil in der analytischen Gruppenpsychotherapie. Gruppenpsychother. Gruppendynamik 19, 2-18

HEIGL, F.; HEIGL-EVERS, A. (1991): Beziehungskonstellationen in der Suchtkrankentherapie. In: BUCHHEIM, P.; CIERPKA, M.; SEIFERT, Th. (Hrsg.): Psychotherapie im Wandel – Abhängigkeit. Lindauer Texte, Springer, Berlin/Heidelberg/New York, S. 233-243

HEIGL, F.; SCHULTZE-DIERBACH, E.; HEIGL-EVERS, A. (1984): Die Bedeutung des psychoanalytisch-interaktionellen Prinzips für die Sozialisation von Suchtkranken. Gruppenpsychotherapie, Gruppendynamik 20, S. 152-167 (überarbeiteter Wiederabdruck in diesem Buch)

HEIGL, F.; TRIEBEL, A. (1977): Lernvorgänge in psychoanalytischer Therapie. Huber, Bern/Stuttgart/Wien

HEIGL-EVERS, A. (1977): Möglichkeiten und Grenzen einer analytisch-orientierten Kurztherapie bei Suchtkranken. Nicol, Kassel

HEIGL-EVERS, A. (1978): Konzepte der analytischen Gruppenpsychotherapie. Vandenhoeck & Ruprecht, Göttingen

HEIGL-EVERS, A. (1980): Zur Bedeutung des therapeutischen Prinzips der Interaktion. In: HAASE, H. J. (Hrsg.): Psychotherapie im Wirkungsbereich des psychiatrischen Krankenhauses. Perimed-Verlagsgesellschaft, Erlangen, S. 87-103

HEIGL-EVERS, A. (1985b): Sucht und Abhängigkeit aus tiefenpsychologischer Sicht. In: DEUTSCHE HAUPTSTELLE GEGEN DIE SUCHTGEFAHREN (Hrsg.): Süchtiges Verhalten (Grenzen und Grauzonen im Alltag), Hoheneck, Hamm, S. 23-34

HEIGL-EVERS, A.; HEIGL, F. (1971): Rolle und Interventionsstil des Gruppenpsychotherapeuten. Gruppenpsychoth. Gruppendyn. 6, 152-171

HEIGL-EVERS, A.; HEIGL, F. (1973): Gruppenpsychotherapie: interaktionell – tiefenpsychologisch fundiert. Gruppenpsychoth. Gruppendyn. 7, 132-157

HEIGL-EVERS, A.; HEIGL, F. (1975): Zur tiefenpsychologisch fundierten oder analytisch orientierten Gruppenpsychotherapie des Göttinger Modells. Gruppenpsychoth. Gruppendyn. 9, 237-266

HEIGL-EVERS, A.; HEIGL, F. (1976): Zum Konzept der unbewußten Phantasie in der psychoanalytischen Gruppentherapie des Göttinger Modells. Gruppenpsychoth. Gruppendyn. 11, 6-22

HEIGL-EVERS, A.; HEIGL, F. (1979a): Konzepte der analytischen Gruppenpsychotherapie. In: HEIGL-EVERS, A.; STREECK, U. (Hrsg.): Lewin und die Folgen. Bd VIII. aus: Die Psychologie des XX. Jhdt., Kindler, Zürich, S. 763-777

HEIGL-EVERS, A.; HEIGL, F. (1979b): Die psychosozialen Kompromißbildungen als Umschaltstellen innerseelischer und zwischenmenschlicher Beziehungen. Gruppenpsychoth. Gruppendyn. 14, S. 105-116

HEIGL-EVERS, A.; HEIGL, F. (1979c): Interaktionelle Gruppenpsychotherapie. Eine gruppentherapeutische Methode der Psychoanalyse nach dem

Göttinger Modell. In: Heigl-Evers, A.; Streeck, U. (Hrsg.): Lewin und die Folgen. Bd. VIII. aus: Die Psychologie des XX. Jhdt., Kindler, Zürich, S. 850-858

Heigl-Evers, A.; Heigl, F. (1979d): Prinzipien und Methoden der Gruppenpsychotherapie. In: Heigl-Evers, A.; Streeck, U. (Hrsg.): Lewin und die Folgen. Bd. VIII. aus: Die Psychologie des XX. Jhdt., Kindler, Zürich, S. 753-762

Heigl-Evers, A.; Heigl, F. (1980): Zum interaktionellen Prinzip in der Psychoanalyse. Schlew. Holst. Ärzteblatt 33, 234-238

Heigl-Evers, A.; Heigl, F. (1982): Tiefenpsychologisch fundierte Psychotherapie. Eigenart und Interventionsstil. Zeitschr. Psychosom. Med. Psychoan. 28, 160-157

Heigl-Evers, A.; Heigl, F. (1983a): Zum Interventionsstil in der analytischen Gruppenpsychologie. Gruppenpsychother. Gruppendynamik 19, 2-18

Heigl-Evers, A.; Heigl, F. (1983b): Das interaktionelle Prinzip in der Einzel- und Gruppenpsychotherapie. Zeitschrift für Psychosomatische Medizin 29, 1-14

Heigl-Evers, A.; Heigl, F.; König, K. (1982): Analytische Gruppenpsychotherapie. Verarbeitung von Umweltreizen in einem regressiven Prozeß. In: Publikationen zu wissenschaftlichen Filmen, Serie 5, Nr. 20, Göttingen

Heigl-Evers, A.; Heigl, F.; Münch, J. (1976): Die therapeutische Kleingruppe in der Institution. Klinik. Gruppenpsychoth. Gruppendyn. 10, 50-63

Heigl-Evers, A.; Heigl, F.; Ruff, W. (1980): Möglichkeiten und Grenzen einer psychoanalytisch orientierten Suchtkranken-Therapie. In: Gesamtverband für Suchtkrankenhilfe (Hrsg.): Sozialtherapie in der Praxis (Kongreßbericht). Nicol, Kassel, S. 16-29

Heigl-Evers, A.; Heigl, F.; Schultze-Dierbach, E. (1983): Überlegungen zur Indikation von Einzel- und Gruppentherapie bei Suchtkranken, insbesondere bei Alkoholkranken. In: Gesamtverband für Suchtkrankenhilfe (Hrsg.): Sozialtherapie in der Praxis. Psychoanalytisch interaktionelle Therapie in der Suchtkrankenhilfe (Kongreßbericht), Nicol, Kassel, S. 21-36

Heigl-Evers, A.; Heigl, F.; Standke, G. (1988): Faktoren therapeutischer Einflußnahme in der psychoanalytisch orientierten Therapie von Abhängigkeits- und Suchtkranken. In: Heigl-Evers, A.; Vollmer, H.; Helas, I.; Knischewski, E. (Hrsg.): Psychoanalyse und Verhaltenstherapie in der Behandlung von Abhängigkeitskranken – Wege zur Kooperation? Nicol, Kassel; Blaukreuz-Verlag, Wuppertal, S. 137-156

Heigl-Evers, A.; Henneberg-Mönch, M.; Odag, C.; Standke G. (Hrsg.; 1986): Die Vierzigstundenwoche für Patienten, Konzept und Praxis teilstationärer Psychotherapie. Vandenhoeck & Ruprecht, Göttingen

Heigl-Evers, A.; Schulte-Herbrüggen, O. (1977): Zur normativen Verhaltensregulierung in Gruppen. Gruppenpsychother. Gruppendynamik 12, 226-241

Heigl-Evers, A.; Schultze-Dierbach, E. (1981): Therapeut-Patient-Beziehung. In: Knischewski, E. (Hrsg.): Alkoholismus-Therapie – Vermittlung von Erfahrungsfeldern im stationären Bereich, Nicol, Kassel, S. 51-60

Heigl-Evers, A.; Standke, G. (1988): Die Behandlung von Suchtkranken aus der Sicht der Psychoanalyse. In: Heigl-Evers, A.; Vollmer, H.; Helas, I.; Knischewski, E. (Hrsg.): Psychoanalyse und Verhaltenstherapie in der Behandlung von Abhängigkeitskranken – Wege zur Kooperation? Nicol, Kassel; Blaukreuz-Verlag, Wuppertal, S. 15-37

Heigl-Evers, A.; Standke, G. (1989): Sachbericht zum Forschungsprojekt Selbsterleben und Objektbeziehungen von Alkoholkranken. Suchtgefahren 35, 191-201

Heigl-Evers, A.; Standke, G. (1991): Die Beziehungsdynamik Patient – Therapeut in der psychoanalytisch orientierten Diagnostik. In: Heigl-Evers, A.; Helas, I.; Vollmer, H.C. (Hrsg.): Suchttherapie – psychoanalytisch, verhaltenstherapeutisch. Vandenhoeck & Ruprecht, Göttingen, S. 43-56

Heigl-Evers, A.; Standke, G.; Wienen, G. (1981b): Sozialisationsstörungen und Sucht – Psychoanalytische Aspekte. In: Feuerlein, W. (Hrsg.): Sozialisationsstörungen und Sucht. Akademische Verlagsgesellschaft, Wiesbaden, S. 51-61

Heigl-Evers, A.; Streeck, U. (1983): Theorie der psychoanalytisch-interaktionellen Therapie. In: Sozialtherapie in der Praxis. Nicol, Kassel, S. 5-20

Helas, I. (1991): Zusatzausbildungen. Das Weiterbildungsprogramm der Suchtkrankenhilfe im Diakonischen Werk. In: Heigl-Evers, A.; Helas, I.; Vollmer, H. C. (Hrsg.): Suchttherapie – psychoanalytisch, verhaltenstherapeutisch. Vandenhoeck & Ruprecht, Göttingen

Helas, I.; Reim, Th. (1986): Biographie und therapeutische Weiterbildung. Eine Perspektive der interpretativen Sozialforschung. Suchtgefahren 32/5, 232ff

Helas, I.; Reim, Th. (1988): Lebensgeschichte, Weiterbildung und Professionalisierung. In: Heigl-Evers, A.; Helas, I.; Vollmer, H.; Knischewski, E. (Hrsg.): Psychoanalyse und Verhaltenstherapie in der Behandlung Abhängigkeitskranker – Wege zur Kooperation? Blaukreuz-Verlag, Wuppertal, S. 253-277

Hoffmann, S. O., Hochapfel, G. (1984): Einführung in die Neurosenlehre und psychosomatische Medizin. Schattauer Verlag, Stuttgart/New York, 4. Aufl. 1991

Hoffmann, S. O. (1986): Psychoneurosen und Charakterneurosen. In: Kisker, K.P. (Hrsg.): Psychiatrie der Gegenwart. Bd. I, Springer, Berlin/Heidelberg/New York, S. 29-62

Horton, D. (1943): The Functions of Alcohol in Primitive Societies. A cross Cultural Study. QJSA 4, 199-320

Jacobson, E. (1978): Das Selbst und die Welt der Objekte. Suhrkamp Taschenbuch Verlag, Frankfurt a.M.

Janssen, P. L. (1987): Psychoanalytische Therapie in der Klinik. Klett-Cotta, Stuttgart

Jellinek, E. M. (1960): The desease concept of alcoholism. Yale University Press, New Haven

Joffe, W. G.; Sandler, J. (1967): Über einige begriffliche Probleme im Zusammenhang mit dem Studium narzißtischer Störungen. Psyche 21, 152ff

JULIUSBURGER, O. (1913): Zur Psychologie des Alkoholismus. Zbl. Psychoanal. 3, 1-16

KERNBERG, O. F. (1980): Borderline – Störungen und pathologischer Narzißmus (Amerikanische Originalausgabe 1975). Suhrkamp Verlag, Frankfurt a.M., 4. Aufl.

KERNBERG, O. F. (1987): Pathologischer Narzißmus: Eine Übersicht. In: RAUCHFLEISCH, U. (Hrsg.): Allmacht und Ohnmacht. Verlag Hans Huber, Bern

KERNBERG, O. F. (1988a): Objektbeziehung und Praxis der Psychoanalyse (Amerikanische Originalausgabe 1976). Klett-Cotta, Stuttgart

KERNBERG, O. F. (1988b): Innere Welt und äußere Realität/ Anwendung der Objektbeziehungstheorie (Amerikanische Originalausgabe 1980). Verlag Internationale Psychoanalyse, München/Wien

KERNBERG, O. F. (1988c): Regression in der Organisation. In: KERNBERG, O.F.: Innere Welt und äußere Realität/ Anwendung der Objektbeziehungstheorie (Amerikanische Originalausgabe 1980). Verlag Internationale Psychoanalyse, München/Wien, S. 268-288

KERNBERG, O. F. (1988d): Regression bei Führungspersönlichkeiten. In: KERNBERG, O. F.: Innere Welt und äußere Realität/ Anwendung der Objektbeziehungstheorie (Amerikanische Originalausgabe 1980). Verlag Internationale Psychoanalyse, München/Wien, S. 289-313

KERNBERG, O. F. (1988e): Schwere Persönlichkeitsstörungen. Klett-Cotta, Stuttgart

KIELHOLZ, A. (1925): Trunksucht und Psychoanalyse. Schweiz. Arch. Neurol. Psychiat. 16, 27-35

KLEIN, M. (1946): Bemerkungen über einige schizoide Mechanismen. In: KLEIN, M.; THORNER, H. A. (Hrsg.; 1983): Das Seelenleben des Kleinkindes, Klett-Cotta (2.), Stuttgart, S. 131-163

KLEIN, M. (1972): Das Seelenleben des Kleinkindes und andere Beiträge zur Psychoanalyse. Rohwolt, Reinbeck

KLUSSMANN, R. (1988): Psychoanalytische Entwicklungspsychologie, Neurosenlehre, Psychotherapie. Springer, Berlin/Heidelberg

KOHUT, H. (1971): Introspektion, Empathie und Psychoanalyse. Psyche 25, 831-855

KOHUT, H. (1981a): Narzißmus (Amerikanische Originalausgabe 1971). Suhrkamp Taschenbuch Wissenschaft, Frankfurt a.M., 3. Aufl.

KOHUT, H. (1981b): Die Heilung des Selbst (Amerikanische Originalausgabe 1977). Suhrkamp, Frankfurt a.M.

KOHUT, H. (1987): Wie heilt die Psychoanalyse? (Amerikanische Originalausgabe 1984). Suhrkamp, Frankfurt a.M.

KÖNIG, K. (1979): Arbeitsbeziehungen in analytischen Gruppen. In: HEIGL-EVERS, A.; STREECK, U. (Hrsg.): Lewin und die Folgen. Bd. VIII aus: Die Psychologie des XX. Jhdt., Kindler, Zürich, S. 790-794

KÖNIG, K. (1981): Angst und Persönlichkeit. Vandenhoeck & Ruprecht, Göttingen

KÖNIG, K. (1988): Basale und zentrale Beziehungswünsche. Forum Psychoanal 4, 177-185

König, K. (1991): Praxis der psychoanalytischen Therapie. Vandenhoeck & Ruprecht, Göttingen

König, K. (1992): Kleine psychoanalytische Charakterkunde. Vandenhoeck & Ruprecht, Göttingen

König, K. (1993): Einzeltherapie außerhalb des klassischen Settings. Vandenhoeck & Ruprecht, Göttingen

König, K. (1993, im Druck): Gegenübertragungsanalyse. Vandenhoeck & Ruprecht, Göttingen.

König, K.; Kreische, R. (1991): Psychotherapeuten und Paare. Vandenhoeck & Ruprecht, Göttingen

König, K.; Lindner, W.-V. (1992): Psychoanalytische Gruppentherapie. Vandenhoeck & Ruprecht, Göttingen

Krystal, H.; Raskin, H. A. (1983): Drogensucht, Aspekte der Ich-Funktion (Amerikanische Erstausgabe 1970). Einl. u. Überarbeitung d. Übers. von Wulf-Volker Lindner, Vorwort für die dt. Ausgabe von Annelise Heigl-Evers, Verlag für Medizinische Psychologie im Verlag Vandenhoeck & Ruprecht, Göttingen

Kutter, P. (1976): Elemente der Gruppentherapie. Vandenhoeck & Ruprecht, Göttingen

Kutter, P. (1985): Methoden und Theorien der Gruppenpsychotherapie. frommann-holzboog, Stuttgart

Laplanche, J.; Pontalis, J.-B. (1975): Das Vokabular der Psychoanalyse. 2 Bände, Suhrkamp Taschenbuch Wissenschaft, Frankfurt a.M.

Lichtenberg, J. D. (1991): Psychoanalysis and Infant Research. The Analytic Press, Hillsdale

Lieberman, M. A.; Lakin, M.; Stock-Whitaker, D. (1972): Probleme und Perspektiven psychoanalytischer und gruppendynamischer Theorien für die Gruppenpsychotherapie. In: Horn, K. (Hrsg.): Gruppendynamik und der »subjektive Faktor«. Repressive Entsublimierung oder politisierende Praxis. Suhrkamp, Frankfurt a.M., S. 281-292

Lindner, W. V. (1980): Prinzipien einer bedarfsgerechten Suchtkrankentherapie – psychoanalytisch orientiert. In: Gesamtverband für Suchtkrankenhilfe (Hrsg.): Sozialtherapie in der Praxis (Kongreßbericht). Nicol, Kassel, S. 30-39

Loch, E. (1983): Die Krankheitslehre der Psychoanalyse. Hirzel Verlag, Stuttgart

Loch, W. (1991): Psychoanalyse und Wahrheit. Psyche 10, 865-889

Lührssen, E. (1974): Psychoanalytische Theorien über die Suchtstrukturen. Suchtgefahren 20, 145-151

Lührssen, E. (1976): Das Suchtproblem in neuerer psychoanalytischer Sicht. In: Eicke, D. (Hrsg.): Freud und die Folgen (1). Bd. II aus: Die Psychologie des XX. Jhdt., Kindler, Zürich/München, S. 838-867

Mahler, M. S. (1972): Symbiose und Individuation, Bd. I, Psychosen im frühen Kindesalter. Klett-Cotta, Stuttgart

Mahler, M. S.; Pine, F.; Bergmann, A. (1980): Die psychische Geburt des Menschen. Symbiose und Individuation. Fischer Taschenbuch, Frankfurt a.M., 1980

Mentzos, S (1982): Neurotische Konfliktverarbeitung. Fischer Verlag, Frankfurt a.M.

Mertens, W. (1990): Einführung in die psychoanalytische Therapie. 3 Bände, Kohlhammer, Stuttgart/Berlin/Köln

Mertens, W. (1992): Psychoanalyse. Kohlhammer, Stuttgart/Berlin/Köln/Mainz, 4. Aufl.

Mitscherlich, A. (1947): Vom Ursprung der Sucht. Eine pathogenetische Untersuchung des Vieltrinkens. Ernst Klett Verlag, Stuttgart

Nietzsche, F. (1980): Jenseits von Gut und Böse. In: Nietzsche, F.: Werke Bd. IV, S. 625. Carl Hans Verlag, München/Wien

Nunberg, N. (1971): Allgemeine Neurosenlehre. Huber, Bern/Stuttgart/Wien

Ohlmeier, D. (1976): Gruppeneigenschaften des psychischen Apparates. In: Eicke, D. (Hrsg.): Freud und die Folgen (1). Bd. II. aus: Die Psychologie des XX. Jhdt., Kindler, Zürich, S. 1133-1144

Pühl, H.; Schmidbauer, W. (Hrsg.; 1986): Supervision und Psychoanalyse: Plädoyer für eine emanzipatorische Reflexion in den helfenden Berufen. Kösel, München

Radó, S. (1926): Die psychischen Wirkungen der Rauschgifte. Versuch einer psychoanalytischen Theorie der Süchte. Internationale Zeitschrift für Psychoanalyse 12, 540-556. In: Psyche 4: 360-376, 1975

Radó, S. (1934): Psychoanalyse der Pharmakothymie (Rauschgiftsucht). Internationale Zeitschrift für Psychoanalyse 20, 16-32

Rohde-Dachser, C. (1979): Das Borderline-Syndrom. Verlag Hans Huber, Bern, 4. Aufl. 1989

Rohde-Dachser, C. (1987): Die ödipale Konstellation bei narzißtischen und Borderline-Störungen. Psyche 41, 773-779

Rosenfeld, H. A. (1964): Die Psychopathologie der Drogensucht und des Alkoholismus – Eine kritische Sichtung der psychoanalytischen Literatur. In: Rosenfeld, H. A. (Hrsg.; 1989): Zur Psychoanalyse psychotischer Zustände. Suhrkamp, Frankfurt a.M.; S. 254-285

Rost, W.-D. (1983): Der psychoanalytische Zugang zum Alkoholismus. Psyche 37, 412-439

Rost, W.-D. (1987): Psychoanalyse des Alkoholismus. Theorie, Diagnostik, Behandlung. Klett-Cotta, Stuttgart, 3. Aufl. 1992

Rotmann, M. (1978): Über die Bedeutung des Vaters in der »Wiederannäherungsphase«. Psyche 32, 1105-1147

Rudolf, G. (1981): Untersuchung und Befund bei Neurosen und psychosomatischen Erkrankungen. Beltz, Basel/Weiheim

Rudolf, G. (1991): Die therapeutische Arbeitsbeziehung. Untersuchungen zum Zustandekommen, Verlauf und Ergebnis analytischer Psychotherapien. Springer, Berlin/Heidelberg/New York

Rüger, U. (1984): Neurotische und reale Angst. Vandenhoeck & Ruprecht, Göttingen

Sandler, J. (1961/62): Sicherheitsgefühl und Wahrnehmung. Psyche 15, 124-131

Sandler, J. (1964/65): Zum Begriff des Über-Ichs I. Psyche 18, 721-743

Sandler, J.; Rosenblatt, B. (1984): Der Begriff der Vorstellungswelt. Psyche 38, 235-253
Scheidt vom, J. (1973): Sigmund Freud und das Kokain. Psyche 5, 385-430
Scheidt vom, J. (1976): Der falsche Weg zum Selbst. ›Geist und Psyche‹, Kindler, München
Schepank, H.; Tress, W. (Hrsg.; 1988): Die stationäre Psychotherapie und ihr Rahmen. Springer, Berlin/Heidelberg
Schindler, R. (1980): Analytische Gruppentherapie nach dem Familienmodell. Ernst Reinhardt-Verlag, München
Schindler, R. (1985): Ein Leben für die Gruppe – Erfahrungen eines Gruppentherapeuten der ersten Generation. In: Kutter, P. (Hrsg.): Methoden und Theorien der Gruppenpsychotherapie. frommann-holzboog, Stuttgart
Schwidder, W. (1972): Klinik der Neurosen. In: Kisker, K. P. (Hrsg.): Psychiatrie der Gegenwart. Bd II/Teil 1, Springer, Berlin/Heidelberg/New York, 1972
Scobel, W. A. (1991): Was ist Supervision? Vandenhoeck & Ruprecht, Göttingen, 3. Aufl.
Sherif, M.; Sherif, C. W. (1969): Social psychology New York Harper, Intern.Ed.
Simmel, E. (1928): Die psychoanalytische Behandlung in der Klinik. Internationale Zeitschrift für Psychoanalyse 14, 352-370
Simmel, E. (1948): Alkoholism and addiction. Psychanal. Quart. 17, 6-31
Spitz, R. (1967): Vom Säugling zum Kleinkind. Naturgeschichte der Mutter-Kind-Beziehungen im 1. Lebensjahr. Klett, Stuttgart, 7. Aufl. 1983
Spitz, R. (1973): Die Entstehung der ersten Objektbeziehungen. Klett, Stuttgart
Standke, G. (1989): Weiterbildung zum Sozialtherapeuten. Curriculum, GVS, Kassel, S. 12ff, Broschüre (erhältlich bei: Gesamtverband für Suchtkrankenhilfe, Kurt-Schuhmacher-Str. 2, 3500 Kassel)
Standke, G. (1991): Zur Rolle der Handlungskompetenz in der Weiterbildung zum psychoanalytisch orientierten Sozialtherapeuten. Unveröffentlichtes Manuskript, Hilden
Steinbrecher, W.; Solms, H. (1975): Sucht und Mißbrauch. Stuttgart
Stern, D. (1990): Tagebuch eines Babys. Was ein Kind sieht, spürt, fühlt und denkt. Piper, 3. Aufl. 1991
Stern, D. (1992): Die Lebenserfahrung des Säuglings. Klett-Cotta, Stuttgart
Stork, J. (1986a): Die Ergebnisse der Verhaltensforschung im psychoanalytischen Verständnis. In: Stork, J. (Hrsg.; 1986): Zur Psychologie und Psychopathologie des Säuglings. problemata, frommann-holzboog, Stuttgart, S. 9-52
Stork, J. (1986b): Der Vater – Störenfried oder Befreier. In: Stork, J. (Hrsg.; 1986): Das Vaterbild in Kontinuität und Wandel. Zur Rolle und Bedeutung des Vaters aus psychopathologischer Betrachtung und in psychoanalytischer Reflexion. problemata 113, frommann-holzboog, Stuttgart
Stork, J. (1991): Wege der Individuation. Beiträge über die Dialektik in der Psychoanalyse. Verlag Internationale Psychoanalyse, Weinheim

Thomas, (1992): Grundriß der Sozialpsychologie. Bd. I Psychologie Verlags Union, München/Weinheim
Thomä, H.; Kächele, H. (1989): Lehrbuch der psychoanalytischen Therapie. Bd.1 Grundlagen, Springer, Berlin/Heidelberg/New York/Paris/London/Tokio
Tress, W. (1985): Zur Psychoanalyse der Sucht. Eine Studie am objektpsychologischen Modell. Forum der Psychoanalyse 1, 81-92
Truitt, E. B. (1958): Is there a Biochemical Lesion in the Disease of Alcoholism? Ohio State med. Journ. 66, 681-683
Volkan, V. D. (1978): Psychoanalyse der frühen Objektbeziehungen. Zur psychoananlytischen Behandlung psychotischer, präpsychotischer und narzißtischer Störungen (Amerikanische Originalausgabe 1976). Klett-Cotta, Stuttgart
Willi, J. (1979): Die Zweierbeziehung. Spannungsursachen/Störungsmuster/Klärungsprozesse/ Lösungsmodelle – Analyse des unbewußten Zusammenspiels in Partnerwahl und Paarkonflikt: Das Kollusions-Konzept. Rohwohlt, Reinbeck bei Hamburg, 10. Aufl.
Winnicott, D. W. (1949): Mind and its Relation to Psyche-Soma. In: Ders., Collected Papers, New York, Basic Books, 1958
Winnicott, D. (1960): Die Theorie von der Beziehung zwischen Mutter und Kind. In: Winnicott, D.: Reifungsprozesse und fördernde Umwelt. Fischer Verlag, Frankfurt a.M., 1990
Winnicott, D. W. (1969): Übergangsobjekte und Übergangsphänomene. Eine Studie über den ersten, nicht zum Selbst gehörenden Besitz (Englische Originalausgabe 1958). Psyche 9, 666-682
Winnicott, D. W. (1979): Vom Spiel zur Kreativität. Klett-Cotta, Stuttgart
Winnicott, D. W. (1990): Reifungsprozesse und fördernde Umwelt. Studie zur Theorie der emotionalen Entwicklung (Englische Originalausgabe 1965). Fischer Taschenbuch Verlag, Frankfurt a.M.
Wolf, A.; Schwartz, E. K. (1962): Psychoanalysis in groups. Grune & Stratton, New York/London
Wurmser, L. (1978): The hidden dimension. Psychodynamics in Compulsive Drug Use. Jason Aronson, New York/London
Wurmser, L. (1987): Flucht vor dem Gewissen. Analyse von Über-Ich und Abwehr bei schweren Neurosen. Springer, Berlin
Zepf, S. (1985): Narzißmus, Trieb und die Produktion von Subjektivität. Springer, Berlin/Heidelberg/New York/Tokio

Personenregister

Abelin 77
Abraham 124, 125
Adams 14
Aichhorn 10
Alexander 10
Allport 68
Argelander 188, 205, 252

Balint 50, 76, 159, 205
Bean 14
Beckmann 38
Bergmann 68, 79
Bilitza 10, 13-16, 18, 134, 154, 158, 179
Bion 252
Bischof 221
Blanck, G. 46, 47, 50, 100, 208, 270
Blanck, R. 46, 47, 50, 100, 208, 270
Blum 14
Böcklins 121
Böhle 13, 15, 16, 21, 148, 250
Bowlby 50
Brater 291, 293
Brenner 59, 60, 61, 65
Brunswick 12
Büchner 13, 16, 37, 134, 145, 155, 159, 171
Busch 147

Chasseguet-Smirgel 77
Cremerius 197, 199

Davies-Osterkamp 60
Deutsch, F. 10
Deutsch, H. 12
Dittert 16, 205
Dührssen 198, 199, 205

Eith 15, 115, 163
Emde 75, 76
Erikson 36
Ezriel 252

Fairbain 51, 160
Federn 10, 11
Fenichel 12, 13, 22, 35, 131-134, 137, 141
Ferenczi 10, 35, 125, 141
Fliess 12
Forgas 58, 68
Foulkes 252
Freud, A. 28, 44, 96, 200
Freud, S. 15, 21, 22, 23, 31, 33, 36, 38, 40-43, 45, 50, 58, 62, 65, 76, 81, 87, 92, 93, 95, 96, 101-103, 109, 115-124, 126, 127, 141, 145-147, 150, 163, 259, 272
Fürstenau 149, 192

Gerbeit 16, 185
Glover 124, 166, 168
Goertz 83
Goldstein 149
Greenson 220
Grunberger 77

Hartkamp 60, 77
Hartmann 44-46, 48, 50
Heigl 16, 71, 170, 224, 225, 251, 252, 256, 258, 281, 296
Heigl-Evers 7, 13, 16, 60, 72, 73, 80, 82, 83, 134, 145, 158, 169, 170, 188, 191, 202, 224, 251, 252, 254, 256, 258, 281, 295, 296
Helas 15, 16, 289, 292, 297

Hempfling 13, 15, 40, 87, 284
Hochapfel 22, 57, 63
Hoffmann 22, 35, 57, 63

Jacobson 50, 162, 173
Jellinek 215
Joffe 80
Juliusburger 126

Kernberg 50, 53-55, 64, 65, 71, 74, 88, 89, 93, 103, 105, 106, 108, 109, 158-162, 164, 165, 173, 175, 176, 178, 179, 271, 273, 282
Kielholz 126
Klein 28, 50-52, 103, 109, 160, 165
Kohut 47-50, 72, 88, 109, 151, 152, 177, 265, 284, 286
Koller 116
König 16, 36, 57, 74, 217, 218, 220, 222
Kris 45
Kryspin-Exnere 260
Krystal 38, 145, 149, 150, 151, 154, 171, 258, 265
Kutter 252

Lakin 252
Laplanche 142, 272
Landauer 10
Lichtenberg 77
Liebermann 252
Loch 22, 202
Loewenstein 45
Lührssen 14, 115, 124

Mahler 46-48, 50, 53, 61, 68-71, 78, 79, 88, 100
Meng 10, 11
Mentzos 22
Mertens 76, 159, 167, 274, 284, 286
Mitscherlich 11
Morgenthaler 192
Münch 256

Nietzsche 285

Nunberg 10, 22

Ohlmeier 252

Piaget 70
Pine 68, 79
Pontalis 142, 272
Pühl 179

Radó 115, 127-131, 134, 140, 141, 145, 148, 149, 153
Raskin 38, 145, 149, 150, 151, 154, 171, 258, 265
Reich 12
Reim 297
Richter 38
Riemann 191
Rohde-Dachser 272
Rosenblatt 63
Rosenfeld 14
Rost 14, 73, 83, 84, 126, 134, 166, 167, 176, 178
Rotmann 77
Rudolf 186, 191, 192, 195
Rüger 100

Sandler 63, 64-67, 80
Scheidt vom 286
Schindler 252
Schmidbauer 179
Schultze-Dierbach 16, 153
Schwarz 252
Schwidder 22
Scobel 179
Sherif 252
Sherif 252
Simmel 141
Spitz 61, 70, 79, 159
Standke 15, 53, 57, 60, 72, 73, 80, 82, 153, 188, 191, 202, 254, 260, 296
Steinbrecher-Solms 290
Stern 57, 65, 75, 78
Stock-Withaker 252
Stork 74-77, 81, 82
Strohmeyer 60

Tausk 12
Thomä 189
Thomas 68
Tress 163, 171, 172

Vattes 16, 148, 250
Volkan 160, 161, 165, 177, 178

Wernado 16, 270

Wienen 82
Willi 165
Winnicott 50, 81, 103, 108, 109, 160, 173-177
Wolf 252
Wurmser 14, 131-137, 141, 142

Zepf 60, 61, 67, 72
Zinberg 14

Sachregister

Abhängigkeit
  physische, psychische 231
Abhängigkeitsbedürfnisse 57, 63
Abstinenz 261
Abwehr
  -entwertung 98
  -formen des toxikomanen Ichs gegen Über-Ich und Außenwelt 136
  -funktion des Alkohols 14
  Herabsetzung der Abwehr durch Alkohol 119ff.
  homosexuelle Libido 120
  -mechanismen 28, 44, 214
  -mechanismen im Dienst des Widerstandes 226
  präödipale Abwehrorganisation 95
  primitive Idealisierung 98
  primitiver Abwehrvorgang 96
  psychosoziale Kompromißbildung 253
  Toxikomanie als künstliche Affektabwehr 136
  Verleugnung 98
Affekt 234, 239
  -differenzierung 99
  -identifizierung 99
  -kontrolle 148
  präödipale Affektstörungen 98
Aggression
  prägenitale 103
aktive Möglichkeiten 78
Alkohol
  -delirium 121
  Symbiosegehalt des 124

Alkoholismus
  Herabsetzung der Abwehr 119ff.
  psychoanalytische Auffassung vom 15
  Unheilbarkeit des 267
  -Vererbung 76
Alkoholrausch 132, 133
  und Humor 122
  und Manie 121
anale Phase 62
Anamnese 205ff.
  biographische 207
  -erhebung 205ff., 208
  -schema 210, 211ff.
  tiefenpsychologische 208ff.
Angst 37
  Real- 100
  Signal- 99
  -toleranz 93
Angstniveau
  Hierarchie des 100
Anlehnungs-Typ 118
Anpassung 44
Antwort (Prinzip Antwort) 230, 240ff.
Apparate primärer Autonomie 96
Arbeitsbeziehung 263
Arbeitsbündnis 191
Aspirin 149
»Ausgebranntsein« (burning out) 194
auslösende Situation 212
Autismus 161
autoerotisch 62, 101
Autonomieentwicklung 44

Bedürfnisaustausch 61
Behandlung
  stationäre 109
  teilstationäre (Tagesklinik) 110
Behandlungseinrichtungen 289
Behandlungsende 202
Behandlungsfokus 190
Borderline 73, 89, 235, 236, 169
  Differentialdiagnostik 107
  Gegenübertragungsgefühle und -reaktionen des Therapeuten 278
  Ich-Funktionen 276
  -Symptomatik 273
  Übertragungen von Teilobjekten 277
  und Sucht 276

checking-back 70
coenästhetisch 61

Defizienzorientierung 192
Depersonalisation 151
Depression 37
depressive Position 52
Derealisation 273
Deutung 190, 198, 227
Diagnose
  deskriptive Entwicklungs- 46
  vorläufige 187, 215
Diagnostik
  als Ausdruck und Ergebnis einer »sozialen Situation« 186
  als angewandte Psychotherapie 199
  Begriff Diagnose 185
  Berufsanfänger und 197
  strukturelle 92
diagnostischer Prozeß 187, 205ff., 209
Dialogpartner 243
Differenzierung 69
Durcharbeiten 224

Eifersuchtswahn 120, 125, 126

Empathie 50, 187
Entwicklung 67
Entwicklungspathologie 153
Entwicklungspsychologie 57
Entzug der Droge 261
Ersatzbefriedigung 151
Ersatzobjekt 171
Erziehungsstile 83
Es 58
Externalisierung 168, 169

familiäres Klima 212
Familiarität 221
Familienstörungen des Süchtigen 137
Fetischismus 102
Fixierung
  genitale 117
  orale 124
Frühstörung 42, 87, 99

Gegenübertragung 206, 217, 220ff.
Gegenübertragungsagieren 197, 271, 281
Gegenübertragungsanalyse 220
Genußunfähigkeit des Süchtigen 141
Geschlechtsidentität
  Störung der 101
Gesprächshaltung des Interviewers 209
Göttinger Modell 245
Gruppennormen 245
Gruppensupervision 295
Gruppentherapie 244
  Abbruch 265
  Arbeitsbeziehung in der 256
  Durcharbeitungsphase 264
  Einzeltherapie in der Gruppe 252
  »Gruppe« als Regulativ für Affekte und Wahrnehmung 266
  Initialphase der Behandlung 261
  innerer Notstand 252

normative Verhaltensregulierungen 253
Pluralität der Gruppensituation 251
Prinzip der Minimalstrukturierung 255
psychoanalytisch-interaktionelle 253
psychoanalytisch orientierte 253
Regel der freien Interaktion 255
stationäre 250ff.
Therapie der Gruppe als Ganzes 252
von Suchtkranken 254
Vorgespräch 257

Haltefunktion (holding function) 81, 243
Herkunftsfamilien 83
hermeneutische Wahrnehmungseinstellung 188, 189
Hilfs-Ich 95, 152, 189, 237, 241
Homosexualität
   als Kompromiß 131
Hysterie 32

Ich 59
   autonomes 162
   Normal- 41, 59
Ich-Du-Differenzierung 237
Ich-Du-Grenzen 72
Ich-Entwicklung 266
Ich-Funktionen 59, 61, 214, 236, 242
   artifizielle 145ff.
   defizitäre 94
   Frustrationstoleranz 147
   Realitätsprüfung 108
   -störungen 145, 154
Ich-Ideal 67, 126
   des Süchtigen 136
Ich-Modifizierung 46
Ich-Organisation 63, 213
Ich-Pathologie 159
Ich-Psychologie 43ff., 193

Ich-Schwäche 92ff.
Ich-Segmente 161
Ich-Spaltung
   therapeutische 92
Ich-Störung
   strukturelle 40, 42, 149, 190, 239
Ichveränderung 44
Identifizierung 64, 65
Identitätsdiffusion 98
Impulskontrolle 92
Impulsneurosen 131ff.
Individualität 71
Individuation 57, 68
Initialphase der Behandlung 202
Initialverstimmung 148
Instanzen 58, 59
interaktionell 240
Internalisierung 64, 162
Intervalltherapie 110
Interventionsarten 258
   Affektklarifizierung 258
   bifokale Deutung 259
Interventionsstile
   das Prinzip Antwort 224, 230, 240, 258, 281
   das Prinzip Deutung 258
Introjekt 162, 166, 169
Introjektion 64, 66, 165, 166, 173, 177

Klarifizierung 227
Koalitionsbildung
   des Therapeuten mit dem Patienten 195
kohärentes Selbst 284
Kokain 116, 119
Konflikt 116
   Geschwister- 262
   intersystemischer 45
   intrasystemischer 45
   ödipaler 32
   pathogener 25, 29
   -pathologie 154, 190
Konfrontation 227
Konsumgesellschaft 84

Kontaktaufnahme 211
Konversionssymptomatik 30

Langzeittherapie 110
Latenzphase 63
Lebensgeschichte 212ff., 295
Lernen
  affektives und kognitives 295
Lernsituation
  berufsübergreifende 293
Lernorganisation 293
Liebesfähigkeit 103
Loslösung 57, 68, 238
Loyalitätsverrat 194
Lustapparat
  autokratischer 129
Lustbefriedigung
  Unfähigkeit zur 125
Lustprinzip 117

Masochismus 104
Mehrgenerationenperspektive in der Suchtfamilie 194
Meta-Erotik (Radó) 129
Mythos
  der »richtigen« Technik 199

Nachreifung 243
Narzißmus 121
  diffuse narzißtische Verwundbarkeit 152
  -Theorie (Kohut) 151
narzißtisch 233, 235, 236, 244
narzißtische Persönlichkeitsstörung 48, 282ff.
  Differentialdiagnostik 107
  und Suchtmittel 285
Neurose 21
  Aktual- 23
  als Abwehr gegen Es 135
  Angst- 37
  -begriff 24
  Charakter- 24
  depressive 27, 37
  Herz- 38
  Symptom- 24

Übertragungs- 23
Zwangs- 34, 35
Neurosenlehre 21, 22
neurotischer Konflikt
  typische Konstellationen 31
Neutralisierung von Aggression 105

Objekt
  Selbst- 49
  steuerndes 36
  -ersatz 163
  -konstanz 71, 172
  -repräsentanzen 77, 163
  -verlust 170
Objektbeziehung 171, 178, 234, 242
  anale 218
  Entwicklung der 160
  Ganz- 164, 170
  narzißtische 218
  orale 164, 218
  phallische 218
  schizoide 218
Objektbeziehungsrepräsentanzen 51, 77
Objektbeziehungs-Theorie 50ff., 53ff., 158ff.
  »Britische Schule« der Objektbeziehungs-Theorie 51
  Entwicklung internalisierter Objektbeziehungen (Kernberg) 160ff.
Ödipuskomplex 272
orale Fixierung 118ff., 140
orale Phase 62
Organisator der Psyche (Spitz) 70
Orgasmus
  alimentärer 130
  pharmakogener (Radó) 128

paranoid-schizoide Position 52
Partialobjekt (Teilobjekt) 52, 102, 161, 165ff., 166, 168, 169, 172, 233

-charakter 166
-beziehungen 275
Partialtrieb
  oraler 235
Persönlichkeit
  antisoziale 107
Perversion 131
phallische Phase 62
Pharmakothymie 131
pharmakotoxische Impotenz 129
polymorph-pervers 101
prämorbide Persönlichkeit 133, 140
präödipale Störungen 42, 87ff., 272ff.
  und Abhängigkeitserkrankung 270ff.
  Theorie der 87
präpsychotische Struktur 72
primärer Narzismus 62
Primärprozeß 99, 120
primärprozeßhaftes Denken 95
Prinzip Antwort 224, 230, 240, 281
Professionalisierungsprozesse 291
Prognose
  familiäre Widerstände gegen die Therapie 201
  ungünstige 193
prognostische Einschätzung 215
prognostische Kriterien 192
Projektion 165, 166, 168, 169, 177
projektive Identifizierung 97, 275
  und Teamkonflikte 223
  vom Abgrenzungstyp 222
  vom kommunikativen Typ 222
  vom Übertragungstyp 221
  zum Zwecke der inneren Konfliktentlastung 222
Psychiatrie-Enquête 290
psychischer Apparat 146
Psychoanalyse
  angewandte 11
  der Trinksucht 11
  erkenntnistheoretischer Standort der 43
  klinische Theorie der 43
psychoanalytisch-interaktionelle Psychotherapie 186, 296
psychoanalytisch orientiertes Curriculum 294ff.
psychoanalytische Behandlung des Süchtigen 137
psychoanalytische Diagnostik 185ff., 202
psychoanalytische Theoriebildung 40ff.
psychoanalytische Wahrnehmungseinstellung 294
psychoanalytisches Erstinterview 205ff.
psychoanalytisches Paradigma 45
psychoanalytisches Volksbuch 10
Psychodynamik 213
Psychotherapie 47
  emotionale Neuerfahrung in der 196
  modifizierte analytische Verfahren der 198
  tiefenpsychologisch fundierte 186

Realitätsprinzip 118
Regression
  toxisch bedingte 125
Regulierung
  Nähe-Distanz- 94
  Selbstwertgefühl- 94
Reizschutz 150
  artifizieller 127, 148
  nach innen 127
Rentenversicherungsträger 290
Rückfall 194

Säugling 78
Sadismus 104
Selbst 48
  -darstellung 208
  Größen- 48
  -hilfegruppe 267

-Psychologie 47ff.
Spaltung im 49
Selbsterfahrung
analytisch orientierte Selbsterfahrung in Gruppen 295
Selbstobjekt-Übertragungen 287
Selbstwert
des Süchtigen 132
Selbstwert-Gefühl 284
Selbstzerstörung 126
sexueller Mißbrauch
früher 102
Spaltung 96ff., 161, 166, 167, 172, 176, 178, 280
Spannungstoleranz 92
Spielsucht 117
stationäre Behandlung
von abhängigkeitskranken Borderline-Patienten 297ff.
Strukturmodell der Psyche 45
Strukturtheorie 58
Sublimierungen
durch Alkohol aufgehoben 120
Substitutionsthese 170
Therapeut als Drogensubstitut 262
Sucht 12, 115
als Abwehr gegen Über-Ich und Außenwelt 135
als Ersatzbefriedigung 117ff.
als Selbstzerstörung 179
als stufenweiser, chronischer Verfallsprozeß 134
Psychoanalyse der 13
psychoanalytische Behandlung der (FENICHEL) 134
Selbstzerstörungspotential der 14
suchtmittellose 13
und familiäre Beziehungsdynamik 201
-klinik 179
-krankenhilfe 290
Suchtkranker
individuelle Psychopathologie des 187

Suchtmittel
als Selbstheilungsversuch 123
als Liebesersatz 121
als Objektersatz 163ff.
als Partialobjekt 165ff.
als Übergangsobjekt 173
Bedeutung nach dem Reifegrad der Objektbeziehung 178
Funktion des 123
und Potenz 125
Suchttheorie 13
im Werk S. FREUDS 115ff.
integrative Beschreibung (RADÓ) 127
triebpsychologische 115ff.
Suchttherapeuten 297
Suizidalität 126
Sündenböcke 267
Supervision 194
symbiotische Phase 69, 79
Symptomatik 211
beziehungsregulierende Funktion der 188
sinnvolle Lösung 189
Symptomentwicklung 30
Szene 206
szenische Information 207

Team-Supervision 179
Technik
die »richtige« 199
Theorieseminare 295
Therapeut
aktiv strukturierendes Vorgehen des 199
das Schweigen des 257
Hilfs-Ich-Funktionen des 228, 276, 280
persönliche Variablen des 195
persönliches Verstehen des 200
von Abhängigkeitskranken 271
therapeutische Haltung 257
therapeutische Ich-Spaltung 240
therapeutische Zweierbeziehung (Dyade) 263
therapeutischer Erfolg 200

Therapie
  narzißtischer Störungen 286ff.
  von Borderline-Patienten 281
Therapieplanung 215
Todestrieb (M. KLEIN) 51
topisches Modell (S. FREUD) 118
  der Psyche 45
  erstes 118
  zweites 122
Totalabstinenz 147
Totalobjekte (Ganzobjekte) 162
Toxikomanie (WURMSER) 135ff.
Traum 118, 120
Traumatheorie 234
Trieb- und Affektseite 214
Trieb 58
  Aggressions- 27
  -konflikt 27
  Sexual- 27
Triebentmischung 125
  durch Alkohol 126

Übergangsobjekt 173ff.
  und Sucht 176
Über-Ich 66, 67, 135, 166, 222
  archaisch-strenges 35
  archaisches Über-Ich des
    Süchtigen 137
  autonomes 162
  beschützender Aspekt des 137
  -Defekte 29
  -Depersonalisation 106
  -Entwicklung 266
  -Funktionen 215
  -kerne 106, 162
  -pathologie 14, 105ff.
  Persönlichkeit des Süchtigen
    137
  phobischer Kern des Süchtigen
    137
Übertragung 206, 217ff.
  narzißtische 49
Übertragungsauslöser des Therapeuten 219
Übertragungs-Gegenübertragungsgeschehen 207

Übertragungs-Gegenübertragungsprozeß
  Verstehen des 190
Übertragungspsychose 108
Übertragungswiderstand 223
Übungsphase 70
unbewußt 82
unbewußter Konflikt 25
Unlust 61
Unlustvermeidung 122ff.
Uraffekt 150
Ursucht 117, 124
Urvertrauen 36

Vater 76
Verdrängung 33, 96
Versagungssituation 26, 29
Versuchungssituation 26, 29

Weiterbildung
  berufsbegleitende 292
  Notwendigkeit zur beruflichen
    291
  zum Sozialtherapeuten 289ff.
Widerstand 217, 223ff., 225
  des Alkoholkranken 260
  des Patienten 191
  des Therapeuten 191
  Ich- 225
  provozieren 225
  Über-Ich- 225
  und Toleranzgrenze 227
Wiederannäherung, Phase der 46,
  70
Wiederholungszwang 122
Wiederkehr des Verdrängten 33
Wirkung der Rauschmittel
  orgastische 128
  schmerzlindernde 127
  stimulierende 127
Wut
  anale 104
  orale 104

zwanghafter Charakter 35
Zwangshandlung 131

Annelise Heigl-Evers / Irene Helas /
Heinz C. Vollmer (Hg.)
Eingrenzung und Ausgrenzung
Zur Indikation und Kontraindikation für Suchttherapien.
1993. 207 Seiten mit 14 Abbildungen und 3 Tabellen kartoniert. ISBN 3-525-45752-9

Annelise Heigl-Evers / Irene Helas /
Heinz C. Vollmer (Hg.)
Suchttherapie – psychoanalytisch, verhaltenstherapeutisch
1991. 235 Seiten mit 8 Abbildungen, kartoniert.
ISBN 3-525-45734-0

Alexander Schuller / Jutta Anna Kleber (Hg.)
Gier
Zur Anthropologie der Sucht. (Sammlung Vandenhoeck).
1993. 283 Seiten, Paperback. ISBN 3-525-01422-8

Henry Krystal / Herbert A. Raskin
Drogensucht
Aspekte der Ich-Funktion. Aus dem Amerikanischen von Brigitte Stein. Einleitung und Überarbeitung der Übersetzung von Wulf-Volker Lindner. Vorwort für die deutsche Ausgabe von Annelise Heigl-Evers. 1983. 125 Seiten, kartoniert. ISBN 3-525-45657-3

Karl König · **Indikation**
Entscheidungen vor und während einer psychoanalytischen Therapie. 1993. Ca. 220 Seiten, kartoniert.
ISBN 3-525-45761-8

Vandenhoeck & Ruprecht · Göttingen

Wolfgang Schneider / Harald J. Freyberger / Aribert Muhs / Gerhard Schüßler (Hg.)
Diagnostik und Klassifikation nach ICD-10, Kapitel V
Eine kritische Auseinandersetzung.
Ergebnisse der ICD-10-Forschungskriterienstudie aus dem Bereich Psychosomatik / Psychotherapie. (Monographie zur „Zeitschrift für Psychosomatische Medizin und Psychoanalyse" 17).
1993. 274 Seiten mit 11 Abb., 41 Tab. u. 27 Übersichten. kart. ISBN 3-525-45271-3

Michael Ermann (Hg.)
Die hilfreiche Beziehung in der Psychoanalyse
1993. 162 Seiten mit 10 Abbildungen, kartoniert.
ISBN 3-525-45753-7

Karl König. Einzeltherapie außerhalb des klassischen Settings
1993. 230 Seiten, kartoniert. ISBN 3-525-45748-0

Arno Hellwig / Matthias Schoof (Hg.)
Psychotherapie und Rehabilitation in der Klinik
1990. 189 Seiten mit 34, teils farbigen Abbildungen, kartoniert. ISBN 3-525-45721-9

Benjamin Bardé / Dankwart Mattke (Hg.)
Therapeutische Teams
Theorie – Empirie – Klinik. 1993. 306 Seiten, kartoniert.
ISBN 3-525-45745-6

Vandenhoeck & Ruprecht · Göttingen